dtv

Geld oder Liebe, das ist hier die Frage. Jedenfalls für Gabriel Strickland, denn seit er denken kann, predigt sein Vater den unbedingten Glauben an den Handel mit Waren und schwärmt von diesem magischen Moment an der Türschwelle des Käufers (oder besser der Käuferin!), kurz bevor man sich einigt. Alles auf dieser Welt, verkündet Roman Strickland seinem Sohn, habe seinen Preis – ob die Bibel, der Gartenstuhl oder der neueste Haushaltsreiniger –, und die beste Gelegenheit, reich zu werden, warte meist schon an der nächsten Straßenkreuzung. Nur leider hat diese Lebensphilosophie einen ganz entscheidenden Haken: Jeder von Romans Erfolgen zieht einen ebenso denkwürdigen Mißerfolg nach sich, und Gabriels Mutter Gladys ist es allmählich leid, allein zu Hause auf ein Leben voller bezahlter Rechnungen zu warten. Und während sie sich im Sommer 1975 Dutch, dem Bruder ihres Mannes, zuwendet, einem bodenständigen Autohändler mit zuverlässigem Portemonnaie, überredet Strickland senior seinen sechzehnjährigen Sohn zu einer verrückten Idee nach der anderen und, *last but not least*, zu dem ganz großen Coup: Vater und Sohn reisen mit Geldgeber Vic Comstock von Jahrmarkt zu Jahrmarkt und stellen die Todeskarossen berühmter Verstorbener aus. Und tatsächlich: Diesmal scheint alles zu klappen. Doch ob Gladys das beeindruckt und ob Roman seine Frau zurückgewinnen kann, wird sich erst zeigen. Eine liebevolle und witzige Hommage an das Amerika der siebziger Jahre und an einen Teenager, der zwischen den Träumen seines Vaters und den Bedürfnissen seiner Mutter versucht, sein eigenes Leben zu finden.

Brad Barkley, geboren in North Carolina, lebt mit seiner Familie in Frostburg, Maryland. Nach einem Erzählungsband ist ›Wie ich den Porsche von James Dean verkaufte‹ sein erster Roman. Wenn er nicht gerade schreibt oder Creative Writing unterrichtet, restauriert er Oldtimer.

Brad Barkley

Wie ich den Porsche von James Dean verkaufte

Roman

Deutsch von Dieter Kuhaupt

Deutscher Taschenbuch Verlag

Deutsche Erstausgabe
August 2002
Deutscher Taschenbuch Verlag GmbH & Co. KG,
München
www.dtv.de

Titel der amerikanischen Originalausgabe:
›Money, Love‹
W. W. Norton & Company, Inc., New York 2000

Umschlagkonzept: Balk & Brumshagen
Umschlaggestaltung: Catherine Collin
unter Verwendung einer Fotografie von
© Bilderberg/Popperfoto
Satz: Fotosatz Reinhard Amann, Aichstetten
Gesetzt aus der Aldus 10/11,5˙ (QuarkXPress)
Druck und Bindung: Druckerei C. H. Beck, Nördlingen
Gedruckt auf säurefreiem, chlorfrei gebleichtem Papier
Printed in Germany · ISBN 3-423-20556-3

Wieder und wie immer für Mary

Money, love . . . No money, no love.
Howling Wolf

The large print giveth, and the small print taketh away.
Tom Waits

ERSTES KAPITEL

Im Sommer nach Nixons Rücktritt begann mein Vater, die Mr America Body Sculpting Kits zu verkaufen, Multitrainer, die er im Kofferraum seines Chevy Impala herumkutschierte und an der Haustür verhökerte. August war die falsche Zeit für diese Art Klinkenputzerei, bei der er in seinem braunen Anzug durch unser sanft gewelltes North Carolina marschierte, Kartons mit Gewichten unter dem Arm, über bröckelige Gehsteige und Zufahrten, und in Souterrains und Dachkammern die Trainer für seine Kunden zusammensetzte und den Eistee trank, den sie ihm anboten. Mit seinen einundvierzig Jahren hatte er eine traumhaft sichere Nase für abgelebte Trends, für brillante Geschäftsideen, die keinen Cent einbrachten, eine natürliche Neigung, sich in Sackgassen zu verrennen. Zu einer Zeit, da jedermann Jogging und Yoga entdeckt hatte, wirkte die bloße Idee des Gewichtestemmens – Grunzen, Schwitzen, Eisenpumpen – fast rechtsradikal, altmodisch wie die Mr-America-Annoncen, die ich auf dem Rückumschlag meiner ›Popular-Mechanics‹-Ausgaben sah: die ewig gleichen, grobstrichigen, den fünfziger Jahren entsprungenen Comictypen, durchtrainiert, kurzgeschoren, aus der Milchbar zum Strand sprintend, wo sie Mädchen umwarben, die Annette-Funnicello-Frisuren und zweiteilige Badeanzüge trugen, zu bieder, als daß man sie hätte Bikinis nennen können.

Selbst ich begriff damals die Ironie dieser Anzeigen, und ich hatte eigentlich von nichts eine Ahnung. Sechzehn war ich und wuchs heran in einer Stadt aus Substädten, die Green Valley und Forest Glen hießen, nahe einem Einkaufszentrum, wo Santa Claus jedes Weihnachten mit dem Fallschirm absprang. Ich ließ mich durch die Tage treiben von einer stumpfen Lebensbejahung, wie eine Kuh auf dem Feld. Damals trug ich einen Pferdeschwanz, nicht als Statement, sondern weil meine Mutter Gladys (sie bestand darauf, daß ich sie mit Vornamen anredete) sich als Künstlerin und Poetin sah und glaubte, nonkonformistische Kindererziehung gehöre zu dieser Rolle. Veröffentlicht wurden ihre Gedichte in Versand-Anthologien, zu deren Abnahme sie sich verpflichten mußte, 29,95 Dollar das Stück, zehn Dollar Aufschlag für ihren Namen in Goldprägung auf dem Cover, ihre Gedichte darin verstreut unter tausend anderen, fast alle zu den Themen »Opas Farm«, »Alte sterbende Hunde« und »Die amerikanische Fahne«. In einem Jahr gewann sie die »Dichterinnennadel in Platin« und machte ihren ersten Trip im Jet nach Chicago, zahlte 275 Dollar (plus Flugticket und Hotelkosten) und nahm auf einem Sperrholzpodest im Airport Ramada ein gerahmtes Diplom und einen Füllfederhalter entgegen. Dies alles war, glaube ich, eher eine Art Spiel für sie; sie wußte, daß ihre Gedichte nicht sehr gut waren, wollte aber auf das damit verbundene Vergnügen nicht verzichten. Ihre eigentlichen Hoffnungen setzte Gladys auf mich, darauf, daß aus mir nach neuneinhalb Monaten Schwangerschaft, einunddreißig Stunden Wehen und ein paar Jahrzehnten freigeistigen, wohlmeinenden Erziehens ein »ernsthafter Künstler von Bedeutung« werden würde. So nannte sie es, und sie wiederholte es, als sei eine Garantie damit verbunden. Dabei war das höchste meiner künstlerischen Gefühle, daß ich mal halbnackt auf meiner Matratze tanzte und Luftgitarre spielte, während Grand Funk oder Led Zeppelin aus dem Achtspurrekorder dröhnten.

Niemand kiffte oder nahm LSD in den Mr-America-Annoncen, niemand trank Bier, fuhr nachts herum und warf die leeren Dosen auf Stoppschilder. Statt dessen fuhr man in holzgetäfelten Kombis voller Surfbretter zum Strand und ließ endlose Sommer über sich ergehen. Niemand hatte je psychedelisch bemalte Kleinbusse und japanische Minicars gesehen, niemand je an einem kalten Montagmorgen in der Tankstellenschlange gewartet. Jeder in Mr Americas Welt war weiß; keiner hatte langes Haar, keiner war arm. Eine Welt, versiegelt in Hochglanz-Schwarzweiß, in die sich mein Vater nahtlos eingefügt hätte; die Leute hatten das Vertrauen in Politiker, Polizisten und Handelsreisende noch nicht verloren. Mit in geprägtes Leder gebundenen Bibeln, Haarwasser oder Atombunkern hätte er da ein Vermögen verdient. Daß die Welt sich so rasch und radikal änderte, ging an ihm vorbei. Endlich, in jenem Sommer 1975, begriff er es; zu spät – die Sechziger waren längst vorüber – fing er an, abgelegte Armeeklamotten und Batik-T-Shirts in Neonfarben zu verkaufen, in ebenjenem Jahr, da jeder anfing, sich wieder die Haare zu fönen und Freizeitanzüge aus Polyester zu tragen. Mr Americas Welt war verschwunden, für immer. Ich wußte nicht, wie ich's ihm beibringen sollte.

Aber: Mein Vater konnte verkaufen. Der beste Beweis für mich war, daß er es verstanden hatte, Gladys die Idee zu verkaufen, ihn zu heiraten, ungeachtet des Umstands, daß ihre Familie ihr das Geld vorenthielt, das sie mit Standish's Lawn Builder und anderen Kunstdüngerprodukten gemacht hatte, und sie eines schönen Oktobertages vom Familiensitz in Pawley's Island vertrieb. Doch nichts – nicht einmal die Eroberung von Gladys – war meinem Vater je genug. Bei seinen Verkaufsgesprächen wurde er ungehalten, machte Fehler, wurde gefeuert. Er wechselte so oft die Firma, daß er sich schließlich eine allgemeingültige Visitenkarte drucken ließ:

ROMAN MERRILL STRICKLAND
VERTRETER

In einer Ecke prangte der Vierfarbdruck einer mit Herzen, Girlanden und Flitzebogen geschmückten Putte. Mein Vater sagte, der Amor solle ihn selbst symbolisieren, er wolle sich im Herzen des Kunden festhaken, eine Idee, die er den zahllosen Motivations- und Verkaufstrainings-Wälzern entnommen hatte, die er las. Ich verkniff mir die Bemerkung, daß ein stämmiger Einssiebenundsiebziger mit pomadigem schwarzem Haar unter seinem Fedora, mit über den Gürtel quellendem Wanst und dichtem Brustpelz kaum mit einer neckischen

Putte in Verbindung zu bringen war. Roman war auf eine Weise gutaussehend, die aus der Mode gekommen war – breitschultrig, kompakt, Goldzahn im Mundwinkel, Hosenträger unter dem Jackett. Er trug einen Ring am kleinen Finger und gab Geld, das er nicht hatte, für Maniküre aus. In guten Jahren fuhr er einen Lincoln Continental mit nach vorne zu öffnenden »Selbstmordtüren« und dimmbarer Innenbeleuchtung. Er glaubte noch daran, daß sich Eleganz und Manieren bei Frauen auszahlten, und das war, in einem bestimmten Abschnitt seines Lebens, auch der Fall.

Die Gewichte klemmten. Roman hatte einen seiner Heimtrainer im feuchten Basement unseres Hauses montiert, unter der pinkfarbenen Glühbirne, einer Marotte meiner Mutter, die das zartrosa Licht beim Wäschefalten liebte. Sie glaubte an die kleinen Freuden des Lebens. Abends, nach dem Essen, ging Vater nach unten und stemmte Gewichte, im T-Shirt, die Anzughose in die alten ledernen Ringer-Schnürschuhe gestopft, die er seit der Highschool im Schrank stehen hatte. Der Heimtrainer bestand aus Hanteln und Freigewichten, die nichts anderes waren als Betonscheiben, eingeschweißt in braunen Kunststoff. Es gab auch eine Bank mit Klapplehne für Preacher Curls und zum Bankdrücken, ein Springseil mit beschwerten Griffen, einen Medizinball, einen Ledergürtel und das lebensgroße Bild eines Mannes mit braun und rosa eingezeichneten Hauptmuskelgruppen mit lateinischen Namen. Das Bild hatte Vater an den Heizkessel gepinnt, weshalb ich unter die Treppe treten mußte, wenn ich die Hauptmuskelgruppen am linken Oberkörper des Mannes studieren wollte. Allabendlich folgte ich Vater in den Keller und las laut aus den Trainingsanweisungen vor, damit, wie dort stand, der »volle ISOTONISCHE ™ Mr-America-Effekt!!!« erzielt wurde. Roman grunzte beim Stemmen, sein Gesicht tiefrot unter der rosa Birne. In den Heimtrainer schien eine Art Enttäuschungsgarantie eingebaut: Wie Mr America (so haarlos und gebräunt, Bizeps wie Tennisbälle) konnte man niemals werden. Daß Roman je so aussehen würde, unvorstellbar. Auch der Sound der Gewichte stimmte nicht: kein metallisches Klirren und Klingen, nur ein dumpfes *Tock*, wenn die Plastikscheiben aufeinanderprallten. Nach einer Woche hatte die Stange Rost angesetzt, und der Beton in mehreren Gewichten bröselte, so daß sie rasselten wie eine Kiste voll Steine. Quer über Romans T-Shirt, dort, wo die Stange beim Bankdrücken ruhte, zog sich ein leichter Ölstreifen.

Mein Job war, ihm zu assistieren. Als er mich erstmals dazu heranzog, setzte er sich neben mich auf die Bank, musterte mich eingehend und kniff besorgt die Augen zusammen (sein »Abschlußgesicht«, wie er es nannte). Er lege sein Leben in meine Hand, sagte er. Er packte meine Hände und hielt sie hoch, so daß ich sie betrachten konnte. Ich fühlte mich wie ein Experte für Bombenentschärfung, ein begabter Herzchirurg, und verdrängte den Gedanken daran, daß, ließe er die zweihundertzehn Pfund aus Versehen auf seine Luftröhre plumpsen, mir nichts zu tun bliebe, als zum Telefon zu laufen oder zu schreien. Doch als die Abstände zwischen den einzelnen Übungsabschnitten größer wurden, tat ich so, als könne ich ihm helfen, könne ihm in der Not das Leben retten. Er zahlte mir zwei Dollar die Stunde.

Eines Abends stand ich hinter ihm und schaute zu, wie die Stange stieg und fiel, mein Kopf nickend im Rhythmus von Deep Purple, die auf dem über der Werkbank eingestöpselten Achtspurrekorder liefen. Roman keuchte und grunzte und saß zwischen den einzelnen Sequenzen auf der mit einem dünnen Schweißfilm überzogenen Trainingsbank aus Vinyl, um Pall Malls zu rauchen. Unser Souterrain war kein normaler Keller voll klebriger Farbbüchsen, Werkzeug, Sägemehl und kaputtem Spielzeug; es war ein Museum mit Andenken an Romans Vertreterjobs, die er jeweils eine Weile gehalten und dann verloren hatte. Hier eine Phalanx Kartons mit einer Universal-Küchenmaschine namens Juice Moose, die sogar funktionierte, leider aber an der Vorderseite, unauslöschlich in Pink und Blau, mit der Karikatur eines Elchs verziert war; da die Habein-Herz-Mause- und Rattenfallen (ein Ladenhüter; offenbar hatte niemand ein Herz für Ratten und Mäuse); dort die Golfbälle aus Styropor, die jedes Spiel garantiert um fünf Schläge verkürzten.

Neben uns stand Gladys unter ihrer rosa Glühbirne, schüttelte Bettlaken glatt, faltete die Boxershorts meines Vaters und stärkte seine Hemdkragen, während sie auf der Waschmaschine bügelte, meine Rockband-T-Shirts von innen nach außen gedreht, damit die aufgebrachte Beschriftung nicht litt. Tief unten im Wäschekorb, wie versteckt, lag ihre eigene Unterwäsche, die schwarzen BHs mit Vorderverschluß und die spitzenbesetzten Strapse. Erst vor kurzem hatte ich begriffen, daß dieser Bodensatz des Korbes das war, was meine Mutter drunter trug, unter ihren gelbbraunen Khakiröcken, ihren Tennis-Shorts und Bubi-Kragen; es wirkte unpassend, als habe eine Verwechslung stattgefunden, als habe die Waschmaschine weggehext, was ich mir als die wahre Unterwäsche meiner Mutter vorgestellt hatte: weiße BHs mit Drahteinlagen und breiten Trägern und – weiß Gott, wie ich darauf kam – lange Unterhosen. Das schwarze und silbrige Spitzenzeug am Korbboden wirkte wie ein Doppelleben, das sie zu verbergen suchte. Während ich sie beobachtete, grunzte Roman, und die Stange mit den Gewichten rutschte bedrohlich in die Schräge. Ich half sie geraderücken, während das Tapedeck klickte und das Intro zu ›Space Truckin'‹ ertönte. Mit einem imaginären Gitarrenplektrum bearbeitete ich meine Jeanstasche.

»Stell diesen Mist leiser«, sagte Roman. »Klingt wie eine Horde Irrer.«

»Genau das hat dein Vater über Buddy Rich auch gesagt«, wandte Gladys ein. »Gabe saugt die Musik seiner Zeit auf. Das ist Teil seiner Bildung.«

»Befaß dich mit den Gesetzen des Geldes, Junge. Mehr brauchst du nicht zu wissen.«

»Also wirklich, Roman«, sagte Gladys. »Gabe, gib nichts auf sein Gerede.«

»Ich mein' das ernst«, sagte Roman. »Wenn einer deiner Pauker anfängt von ...« Er stockte und drückte seine Pall Mall an der Trainingsbank unten aus. Dann schwang er seine Beine über die Bank und stand auf. »Was nehmt ihr denn jetzt so durch?«

»Die Bastille ...«, sagte ich. »Robert Frost ... Kosinus.«

»Aha. Also wenn einer von Robert Frost anfängt, hebst du die Hand – immer höflich, das merken die Kunden sich – du hebst die Hand und fragst: ›Wie hilft mir das, Geld zu verdienen?‹ Wenn du keine Antwort kriegst, raus aus dem Klassenzimmer.« Er nahm ein frisches Handtuch aus dem Wäschekorb und wischte sich den Nacken.

»Hör nicht auf ihn, Gabe«, sagte Gladys. »Denk dran, wohin das Geld Richard Burton und Ernest Hemingway gebracht hat.«

»Gott, ja«, grinste Roman. »Man mußte sie mit Riesenhonoraren ködern, im Fernsehen aufzutreten, tolle Weiber zu heiraten, Sportwagen zu fahren. Ein furchtbares Schicksal.«

»Ich kann nicht einfach aus der Schule weglaufen, Dad«, sagte ich. »Das wäre mein sicherer Untergang.«

»Dann unterrichte *ich* dich«, sagte Roman. »Als dein Hauslehrer, hier. Lektion eins. Du klopfst an eine Tür, eine Dame in Lockenwicklern, Gesicht wie 'ne Schotterstraße, und du willst ihr verkaufen – was war es noch?«

Ich blickte meine Mutter an, die die Augen verdrehte. Eine alte Übungsaufgabe. »Staubsaugeraufsatz für Jalousien«, murmelte ich.

»Gut«, lobte Roman. »Aber du siehst gleich, sie ist eine harte Nuß. Bittest um ein paar Minuten ihrer Zeit, bietest ein kleines Werbegeschenk, bla, bla, bla, sie fragt, ob du draußen reden oder ins Wohnzimmer kommen willst. Was sagst du?«

Ich zuckte die Achseln. »Wohnzimmer?«

Roman lächelte mich an, wobei sein Goldzahn aufblitzte. Dann hob er die Arme und fing an, kreisende Bewegungen zu vollführen, die Hände wirbelten herum, ein seitliches Wiegen aus der Hüfte wie bei einem ägyptischen Schlangenbeschwörer. »Oh, wie Sie wollen, gnädige Frau. Da bin ich *völlig flexi-*

bel.« Er hielt in seinem Tanz inne. »Kapiert? Das kleinste Kichern von der Frau, das leiseste Babylächeln, und schwupp – schon klingelt die Kasse.«

Ich lachte.

»Wunderbar, Roman«, sagte meine Mutter, die gerade einen Kissenüberzug ausschüttelte.

Er ignorierte sie. »Über diesen Stoff wird vielleicht eine Prüfung nachkommen«, sagte er.

Gladys schüttelte den Kopf. »Roman, *hör auf*, ihm solche Flausen in den Kopf zu setzen. Gabe, sieh mich an. Versprich mir, daß du nicht dem Geld nachjagen wirst. Das ist mir wichtig.«

»Okay«, sagte ich achselzuckend. Ich war sechzehn. Noch flog ich frei wie ein Vogel durchs Leben. Ich konnte allen alles versprechen.

Roman nahm die federgespreizten Handgriffe und begann sie zusammenzudrücken. Drei Wochen Training hatten seinen Armumfang gesteigert, jedoch traten die Muskeln längst nicht so deutlich hervor wie bei Mr America auf dem Karton. Bei Roman schwollen die Arme wie Brotlaibe, dick und teigig, wobei sich die Brust faßartig nach außen wölbte. Bald würde er sein eigenes Gewicht stemmen können.

»Also, Junge, kleiner Schnellkurs in Mathe und Philosophie. Angenommen, ich sag' dir, ich hätte in den letzten zwei Wochen nur einen einzigen Mr-America-Multitrainer verkauft. Sechzig Dollar Provision, abzüglich Sprit und Öl für den vollbeladenen Wagen, macht zwanzig Dollar für einen halben Monat Arbeit, fünfzig Stunden pro Woche. Weiter angenommen, dies hieße, daß die Stromrechnung nicht mehr bezahlt werden kann, daß unser Kredit zum Teufel geht, daß die Speisekammer leersteht. Glaubst du dann endlich, daß Geld wichtig ist?«

Mutter ließ ihren Rock zu Boden fallen. »Roman, nicht schon wieder. Bitte nicht.« Unbezahlte Rechnungen waren das übliche Thema ihrer Streitgespräche, die ich halblaut durch die Schlafzimmerwand hörte.

Er schwenkte die Hand, die Griffedern klirrten. »Rein hypothetisch. Also, was sagst du?«

Ich wollte antworten, da hob Gladys den geblümten Rock auf, knüllte ihn fest zusammen und feuerte ihn durch den Keller gegen die Unterseite der Treppe. Baumelnd blieb er dort an einem Holzsplitter hängen. Mit zwei langen Schritten hatte sie den Raum durchquert und boxte Roman hart in die Schulter.

»Gott*verdammt*, Roman. Hör auf damit. Schenk mir lieber reinen Wein ein.«

Er blickte sie an und rieb sich die Schulter. »Alles unter Kontrolle, Gladys. Keine Sorge.«

Ich kannte die Sprache ihrer Ehe gut genug, um zu erkennen, daß dies ein Alarmzeichen war, daß meine Mutter in ihren Teilzeitjob würde zurückkehren müssen, wahrscheinlich wieder ins Speiseeislager bei United Dairy. Ich wußte, daß ein erneuter Hausratsverkauf anstand, daß ich etwas würde in den Klingelbeutel werfen müssen, alte Rollschuhe oder Kassetten, die ich nicht mehr hörte. Und darüber hinaus, ganz allgemein, wußte ich, welches Händchen Roman dafür hatte, Vertretungen zu verlieren, und daß Gladys' Haß von Mal zu Mal größer wurde, wenn er arbeitslos nach Hause kam. Zu den musealen Relikten in unserem Keller zählte auch ein Dutzend verstaubter grüner Gartenstühle mit einem Bezug aus »extra strapazierfähigem Spezialgewebe«. Roman hatte damit einen Sommer lang gute Geschäfte gemacht, auf Kommissionsbasis, für den Erfinder, der als Qualitätsbeweis einen Streifen des Bezugs hinter seinen Truck gespannt und auf seiner Farm bei Asheboro ein sechzehn Meter hohes verrottetes Silo niedergerissen hatte. Bei seinen Verkaufsgesprächen an der Haustür zeigte Roman Farbfotos von dem Silo vor, wie es zu Boden krachte, und setzte in der ersten Woche vierzehn Kisten Stühle um. In der zweiten Woche nahm er mich als Chauffeur mit (ich war damals vierzehn). Er beschloß, das Alten- und Pflegeheim Bermuda Run als nächstes Ziel ins Visier zu nehmen. Jeder Seniorenresidenz und Pflegeeinrichtung im Staate – so seine spontane Eingebung – wollte er Stühle und Bezug-Service-Verträge verkaufen, denn da, sagte er, tue man nichts anderes als sitzen, den ganzen Tag sitzen. Die Idee begeisterte ihn so sehr, daß er gleich Paulie Mathers anrief, den Lincoln-Händler, und einen neuen babyblauen Continental mit elektrischen Fensterhebern, Hickoryholzausstattung, Kunstledersitzen und Weißwandreifen orderte.

Die Leiterin des Bermuda Run war eine übergewichtige Frau mittleren Alters im grünen Blümchenkittel, aus dessen Tasche eine Packung Mentholzigaretten lugte. Während Roman seine Verkaufsleier abspulte, prüfte sie kritisch die Gartenstühle, blies den Rauch durch die Nase und murmelte mit ihrem dünnen Stimmchen, sie sähen »windig« aus.

Mein Vater reichte ihr noch einmal die Fotos. »Schauen Sie mal, das Silo, Margaret. Windig? Kein Wind der Welt hat's geschafft, das verdammte Ding umzupusten. Verzeihen Sie meine Ausdrucksweise. Aber für unser extra strapazierfähiges Spezialgewebe war das kein Problem. Nach diesem Experiment haben wir genau aus dieser Stoffbahn – wollten keinen Zentimeter verschwenden – die ersten Stuhlbezüge gefertigt, und genau diese Stühle benutze ich heute bei mir zu Hause.«

Sie hob einen der Stühle hoch und schüttelte ihn, in der anderen Hand die Fotos und ihre Zigarette. »Ich weiß nicht. Glauben Sie, der trägt mich?«

Roman blickte verstohlen nach rechts und links. »Margaret, eigentlich ist es noch geheim, aber die NASA ist wegen des extra strapazierfähigen Spezialgewebes an uns herangetreten, für Mondlandungen, Bremsfallschirme, alles top secret, wissen Sie. Dies hier war der erste Gartenstuhl auf dem Mond.«

Sie musterte die Fotos des eingestürzten Silos. »Was meinen Sie, ist das echt oder getürkt?«

»Die Bilder lügen nicht. Man schätzte das Silo auf drei Tonnen.«

»Nein, ich meine diese ganze Geschichte mit der Mondlandung. Manche Leute sagen, das hätte man im Filmstudio gedreht.«

Roman zögerte. »Hab' ich noch nie drüber nachgedacht.«

»Wenn's nämlich ein Film war, war es eine Unverschämtheit, mich dafür nachts um zwei aus dem Bett zu holen. Um die Uhrzeit würde ich nicht mal für Tyrone Power aufstehen.«

Roman biß sich auf die Lippe und warf mir einen Blick zu. Er war aus dem verkaufspsychologischen Tritt gekommen, seinem Rhythmus, der ihm so wichtig war wie dem Boxer die Beinarbeit.

»Margaret, diese Stühle sind so bequem, daß wir bei uns zu Hause die Couch verschenkt haben. Verschenkt an die Wohlfahrt. Wir, meine Familie und ich, haben uns komplett damit ausgestattet.« Er senkte die Stimme. »Schauen Sie mal, mein Sohn da.«

Dies war der gefühlige Teil des Verkaufsgesprächs, in dem Roman eine Verbindung von den Gartenstühlen (oder elektrischen Dosenöffnern oder Alu-Wandverblendungen) zur Gesundheit der verheißungsvollen Zukunft der amerikanischen Jugend schuf.

Margaret blickte mich an und lächelte, während sie den Rauch durch die Nase blies.

»Glauben Sie, ich würde sein Leib und Leben irgendeinem x-beliebigen Gartenstuhl anvertrauen?« fragte Roman.

Sie lachte.

Platzte laut heraus, und zusammen mit ihrem schallenden Gelächter drang eine dicke Qualmwolke aus ihrem Mund heraus. Dabei hatte mein Vater gar nichts Lustiges gesagt. Jeder Umworbene lachte irgendwann, über die abgenudelten Verandageschichten, die Roman erzählte, über die Dreistigkeit des Verkaufssermons, über die eigene Bereitschaft, sich davon mitreißen zu lassen. Wer etwas kaufte – so Roman –, der liebte anschließend den Verkäufer. Doch Margaret, die Chefin im Geblümten, hatte sich darüber hinweggesetzt, hatte ihre Rolle als Kundin vergessen, ihren ungeschriebenen Part des Dialoges verpatzt. Mein Vater nannte dies »die Seifenblase platzen lassen«.

Romans Gesicht rötete sich. »Ben Franklin war ein weiser Mann, dem stimmen Sie doch wohl zu, Margaret.«

Nun lachte auch ich beinahe. Die Franklin-Masche war der letzte Rettungsanker, ein amateurhafter Schlußgag, Schmierentheater. Selbst ich sah, daß Margaret weit davon entfernt war, einen Kaufvertrag zu unterzeichnen.

Roman ließ nicht locker. »Wenn Ben Franklin vor einer schweren Entscheidung stand, tat er meist etwas sehr Weises, Margaret. Er setzte sich hin und machte eine Liste des Für und Wider, prüfte, was überwog, und handelte dementsprechend.«

Er fischte Papier und Stift aus dem Jackett. »Nummer eins, Sie haben gesagt, die Farbe gefällt Ihnen. Ein Pluspunkt.« Er schrieb es auf. »Nummer zwei, Sie lieben die hochqualitative Webart.«

Sie runzelte die Stirn. »Das habe ich nie gesagt, Mr Strickland.«

Er stellte sich taub. »Nummer drei ...«

Margaret blickte mich an. »Wissen Sie, daß er dreizehn uneheliche Kinder in die Welt gesetzt hat? Stand im ›World Examiner‹.«

Ich erstarrte, einen Sekundenbruchteil im Glauben, sie spräche über Roman.

»Das nenne ich nicht sehr weise«, sagte sie, zu Roman gewandt.

Er begann seine Fotos und Muster wegzupacken und stopfte sie in seine Tasche, wobei er die Stoffproben straff zusammenrollte.

»Rufen Sie an, wenn Sie sich's anders überlegen«, murmelte er.

Sie schüttelte den Kopf. »Ich glaube einfach nicht, daß sie mich tragen«, sagte sie, als hätte daran ihre Entscheidung gehangen. Es war der Punkt, an dem wir den Rückzug hätten antreten sollen, aber wie immer mußte Roman das letzte Wort haben.

»Sie tragen Sie durchaus, gnädige Frau«, sagte er. »Die Frage ist nur, warum, zum Teufel, sie das überhaupt *wollen* sollten? Ich meine, *ich* würde Sie nicht tragen wollen. Und ich bin sicher, Ihr Mann hat auch keine Lust darauf.«

»Dad«, mahnte ich.

Er schaute mich an. »Fällt dir einer ein, der so eine Tonne tragen will, Gabe? Vielleicht haben Sie recht, Margaret. Warum sollten ausgerechnet diese armen Stühle hier dran glauben.«

Auf dem Parkplatz blieb er neben seinem Wagen stehen und starrte ins Leere.

»Das hättest du nicht sagen sollen«, meinte ich. »Du hast es vermasselt.«

»Ich weiß, Gabe. Ich weiß.« Er kratzte sich am Kopf. »Wenn sie einfach den Mund hielten und *zuhörten*, dann könnte ich ihnen in Ruhe erklären, was sie brauchen, sie könnten es kaufen, und wir alle wären glücklich.«

»Aber sie *müssen* nicht zuhören. Das vergißt du immer.«

»Hast recht, Sohn. Wir leben in einer verkommenen Welt, sie müssen nicht zuhören.« Er lächelte mich an und ging dann zurück ins Haus, entschuldigte sich und schenkte Margaret einen seiner Vorführstühle mit dem extra strapazierfähigen Bezug. Aber es war zu spät für Entschuldigungen. Am nächsten Morgen hatte sie schon angerufen und sich bei seinem Boß beschwert, und noch vor dem Lunch war er die Stelle los. Eine weitere Woche, die für Roman verlief wie so viele andere.

Gladys boxte ihn ein zweites Mal, etwas vorsichtiger. »Roman, ich meine es ernst. Wenn du uns das noch einmal einbrockst, ist das Maß voll.« Sie schüttelte den Kopf. »So kann ich nicht mehr leben.«

»Mom, er hat gesagt, er hat alles unter Kontrolle.«

»Stell dich nicht so dumm, Gabe. Du kennst das doch auch seit sechzehn Jahren.« Sie musterte meinen Vater, der das Handtuch wie einen Turban um den Kopf gewickelt hatte. »Also, stimmt es, oder stimmt es nicht?«

»Wenn du weiter den Unterricht störst«, sagte Roman, »dann muß ich dich nach oben bringen und dir den Hosenboden strammziehen.«

Als echter Vertreter besaß er ein Gespür für das richtige Timing, hatte ein Gefühl dafür, wann ein schlechter Witz das Eis brechen, wann starkes Drücken den Deal forcieren, wann noch der Rückzug möglich war. Zu Hause, bei meiner Mutter freilich, versagte das alles.

Meine Mutter starrte ihn an; diesmal wollte sie es ihm nicht durchgehen lassen, sie wollte, so merkte ich, diesmal eine echte Drohung in ihre Worte legen. Sie wünschte, sie wäre in der Lage, ihm den Lohn zu kürzen, ihm ein Scheißrevier zuzuweisen, ihn zu feuern – etwas, was er begriff. Statt dessen drehte sie sich um, stürmte die Treppe hinauf und ließ das glühende Bügeleisen auf der Waschmaschine liegen, wo es langsam ein Loch in die Kegelmännchen-Krawatte meines Vaters sengte.

»Also, wie lautet deine Antwort, Sohn?«

Ich trat hinüber, hob das Eisen hoch und stellte es ab. »Ich würde sagen, Geld ist ziemlich wichtig.«

Er lächelte, öffnete die Fäuste und ließ die Unterarmmuskeln spielen, um uns herum der Geruch versengten Polyesters.

»Der Unterricht ist beendet.«

Roman gab die Mr-America-Trainer auf, nachdem er die hinteren Stoßdämpfer des Chevy hatte erneuern müssen, und verlegte sich wieder auf Haushaltswaren. Er haßte Haushaltswaren, weil sie solche Dauerseller waren. Man verlor damit kein Geld, sagte er – Backofenreiniger und Gemüsebürsten wurden immer gebraucht –, aber man verdiente auch nichts. Nichts Ordentliches. In Georgia, in den frühen Sechzigern, hatte er eine Weile lang an der Haustür Bibeln verkauft, an Baumwollfarmer- und Fabrikarbeiterfrauen. Eines Morgens war er in ein Nest namens Byleah geraten, durch das am Abend zuvor Reverend Bobby Mortimers Zeltmission wie ein Sturmwind durchgefegt war, eine lange Nacht voller Höllenbeschwörungen, geheilter Kropfkranker und Dämonenaustreibungen bei leseschwachen Schulkindern. Nach dreieinhalb Wochen geschäftlicher Hängepartie wurde Roman hier die Wagenladung goldverzierter Rotdruckbibeln in zwei Tagen aus den Händen gerissen. Er bestellte Nachschub, belud sein Vehikel bis unters Dach, besorgte sich Bobby Mortimers Reiseplan und folgte dem Erweckungsprediger zwölfhundert Meilen durch den Süden, so daß er hinter ihm abkassierte wie ein Ablaßmönch und Bibeln verkaufte, ohne auch nur den Mund aufzumachen. Fast ein halbes Jahr lang sahnte er ab. Fünfzehnhundert im Monat.

Bei Haushaltswaren war das undenkbar. »Egal unter welchem Blickwinkel man Schaumreiniger fürs Bad betrachtet«, sagte er einmal, »Gott steckt nicht drin.« Und auch engagiertes Drücken nützte nichts; entweder hatten die Frauen keine Putzmittel und Zahnbürsten mehr, oder sie hatten noch welche und ersuchten ihn, doch bitte einen Monat darauf noch einmal vorbeizukommen.

»Nimm so was wie futuristische Plastik-Gartenstühle, Gabe«, sagte er mir, »oder einen gerahmten Druck der Unabhängigkeitserklärung.« Er schüttelte den Kopf. »Da *schafft* man Nachfrage, aus dem Nichts, Nachfrage, die nicht da war, ehe du den Mund aufmachtest.«

Er glaubte ans Verkaufen und lebte dafür. Um Gladys zu beweisen, was er konnte, kaufte er eines Tages sechs Kartons Thin-Mint Girl Scout Cookies und tat, was eigentlich nur Pfadfinderinnen machen: Er ging damit in der Nachbarschaft hausieren, in Hemdsärmeln, den Hut zurückgeschoben, und hatte nach drei Stunden alle sechs Kartons Pfefferminzwaffeln zum doppelten Preis losgeschlagen. Das Geld schenkte er meiner Mutter. Weiß Gott, wie und womit er die Käufer beschwatzt hatte.

So kam er auf die Haushaltswaren zurück, wie man zu einer unglücklichen Liebe zurückkehrt. Nur, damit meine Mutter endlich zufrieden war. Sie liebte ein geregeltes Leben und zahlte Rechnungen gern pünktlich. Nach ein paar Wochen hatte sie die Tiefkühltruhe mit Hamburgern gefüllt und unsere Couch nebst Stereoanlage aus der Pfandleihe ausgelöst. Glücklich war sie in dieser Zeit, froh, daß sie nicht mehr bei United Dairy jobben mußte, froh, daß mein Vater heimnahe Reviere bearbeitete, daß regelmäßig Geld hereinkam. Dies bestärkte Roman in der Vermutung, daß es das Geld war, das sie glücklich machte, nicht nur die Stetigkeit, mit der es floß. Außerdem glaubte er, mehr Geld bedeute mehr Glück. Das war eben seine Art zu rechnen: Wenn er Kopfschmerzen hatte, nahm er vier Aspirin statt zwei, um die Regenerierungsphase auf die Hälfte zu verkürzen. Haushaltswaren boten Stabilität, daher mußte es einen Weg geben, noch *mehr* Stabilität aus ihnen herauszuquetschen, wenn man nur – so sagte er – den Mumm hatte, ein bißchen was zu riskieren und alte Konzepte über Bord zu werfen.

Roman begann seine nächste Serie, wiederholte die Übung zwanzig mal, wobei er grunzend und stoßweise sprach. »Härter drücken, darauf kommt's an«, stieß er hervor. Ich saß wieder als Trainer neben ihm und las aus ›Lebenslang auf der Siegertreppe‹ vor, das vor zwei Tagen im Buchklubpaket meiner Mutter angekommen war und das er bereits mit Eselsohren und Unterstreichungen versehen hatte. Das Buch bestand aus eingängigen gereimten Binsenweisheiten über Verkaufen, Gewinnen und Geldmachen (»Soll der Rubel richtig rollen, geh gleich morgens in die vollen«). Gladys saß irgendwo oben und arbeitete, inspiriert von Billy Grahams neuem Buch ›Engel: Gottes Geheimagenten‹, ihrem Klubbuch des Monats, an einem Gedicht.

»Aber du hast doch gesagt, der Bedarf wär' konstant«, wandte ich ein. »Entweder du hast Backofenreiniger, oder du hast keinen.«

Er grunzte und ließ die Stange auf ihre Haltestützen fallen. »Lies noch mal den letzten Satz«, bat er.

»›Du kannst laufen, fluchen, schwitzen – ohne Werbung bleibst du drauf sitzen.‹« Ich schaute ihn an.

»Kapiert? Werbung, Trommeln, das bringt's, Gabe. Schau dir deinen Onkel Dutch an. Persönlich könnte er keiner Schmeißfliege Scheiße verkaufen, aber sein Umsatz, beneidenswert.«

Onkel Dutch war sechs Jahre älter als Roman. Er besaß ein Ford- und Plymouth-Autohaus am Stadtrand von Kernersville, fünf Morgen Verkaufsfläche für Neuwagen und eine Abteilung für Gebrauchtwagen mit Garantie. Werbespots für sein Autohaus liefen spätabends im ›Twilight Theater‹, der Fernsehsendung, die er sponserte. Gladys war die einzige, die seinen neuen Spots noch mit Spannung entgegensah. Im Mittelpunkt stand stets er selbst in wechselnden Rollen: Als Truthahn verkleidet sprang er aus einem Flugzeug, oder er verspeiste im Smoking oben auf einer seiner Reklametafeln am Straßenrand ein Candlelight-Dinner. Im neuesten Spot hatte man einen seiner Plymouth Furys in ein gläsernes Aquarium versenkt, und am Steuer saß Dutch mit Taucherausrüstung und winkte in die Kamera. Dabei gab es einen durchgehenden Gag, nämlich daß Dutch nie lächelte, sondern stets todernst dreinschaute, als habe man ihm, als hilflosem Opfer, alles gegen seinen Willen angetan. Tatsächlich *war* Dutch so ernst, wie er wirkte; wahrnehmbaren Humor besaß er nicht. Die Kapriolen in den Filmchen hatte sich seine Werbeagentur ausgedacht, und er machte nur mit, weil es den Umsatz förderte und die Kasse klingeln ließ. Er war so reich, wie Roman es gern gewesen wäre. In drei Countys prangte überall Dutchs ernstes Gesicht auf den Reklametafeln, sein schwarzes Haar und die silbrigen Koteletten, die weißen Jacketts und braunen Schlipse. In meiner Kindheit pflegte er einmal im Jahr zu Weihnachten zu Besuch zu kommen, aber mit dreiundvierzig heiratete er Miß North Carolina, und fortan verbrachten die beiden das Christfest in Las Vegas. Drei Jahre später ließ sich Miß North Carolina von ihm scheiden, und danach arbeitete Roman ein Jahr für ihn als Autoverkäufer. Schließlich kündigte er, weil er es angeblich mit seinem Gewissen nicht mehr vereinbaren konnte, jemandem einen Plymouth aufzuschwatzen. Der wahre Grund, so wußte ich, war: Er arbeitete ungern für seinen Bruder.

Roman setzte sich auf der Trainingsbank auf und wischte sich mit dem Hemd übers Gesicht. »Als kleiner Vertreter kannst du natürlich nicht ins Fernsehen. Auch Radio, Presse, Großwerbung, Plakate in U-Bahn, Bus und Taxi, das fällt alles weg.« Er zählte sie an den Fingern ab. »Womit also trommelst du?«

Ich zuckte die Achseln und wünschte das Ende der Lektion herbei. Er hielt wohl tatsächlich diese Kellersitzungen für den wertvollsten Teil meiner Erziehung, glaubte, die Schule damit zu ersetzen und mich, mit sechzehn, zu befähigen, das große Geld zu machen.

»Mit mir selbst«, verkündete er. »Ich, ich bin die Trommel. Wenn ich Muskeltrainer vertreibe, mache ich Bodybuilding, für den Bibel-Verkauf schaue ich fromm und predigermäßig drein, bei Lexika und Globen wie ein bebrillter Erfinder. Und bei Haushaltsprodukten, wie setze ich da an?«

Ich reichte ihm ein Handtuch. »Weiß nicht. Sauber aussehen?«

Er schüttelte den Kopf. »Das sowieso. Wer nicht sauber aussieht, dem öffnet sich keine Tür.«

»Einen freundlichen Eindruck machen?«

Er lachte, zündete sich eine seiner Pall Malls an und schnippte das Streichholz in den Kellergully. »Nun komm schon, da fällt dir doch wohl noch was Besseres ein, Junge.«

Ich hatte das Ganze allmählich satt. »Hast du vor, mich später über diesen Stoff zu prüfen?« fragte ich.

Er deutete auf mich. »Das ganze Leben wird dich darin prüfen.«

»Mir fällt nichts ein«, sagte ich. Das war eine Lüge. Ich sah ihn vor mir, meinen Vater, in der Sommerhitze von North Carolina, wie er über endlose Rasenflächen trottete und dabei Sprinklern, Kindern und mißtrauischen Hunden aus dem Wege ging. Wie er über Gehsteige und Einfahrten trabte, sein Gang diktiert vom Musterkoffer, der muskulöse Körper bekleidet mit Hahnentritt-Jacketts, Arrow-Hemden, schmalen Schlipsen und zweifarbigen Schuhen, als sei er einem Bildband über die fünfziger Jahre entstiegen. Wie die Frauen hinter den Fliegengittertüren, deren Kinder im Vorgarten spielten, ihm seine Gurkenschäler und Topfhalter abkauften, dafür den Gang zur Haushaltswarenabteilung des Supermarkts aufschoben und auf seinen allmonatlichen Besuch warteten, weil sie dachten, ein Mann seines Alters sollte seinen Familienunterhalt nicht so verdienen müssen, mit durchgetretenen Schuhen und Klinkenputzen bei Fremden.

»Sohn, aber *mir* fällt etwas ein.« Er stand auf und deutete auf mich. »Weiß Gott, ja. Was sagte das Buch noch über Gewinnerstrategien? Warte mal hier.« Er verschwand nach oben und war nach zehn Minuten noch immer nicht zurück. Zum Zeitvertreib legte ich mich auf die gepolsterte Bank, preßte meine Handflächen an die Gewichtstange, holte Atem und drückte. Die Stange rührte sich nicht, ich konnte sie nicht mal einseitig heben, sie auf ihrer Unterlage zum Schaukeln bringen. Ich verlagerte mein Gewicht, rutschte weiter nach oben und versuchte es erneut, keuchend und grunzend. Vor lauter Anstrengung schmerzten mir die Augen, und ich hatte das Gefühl, die Halsadern platzten.

Ich ließ die Stange los und lag da, sie betrachtend, zurückdenkend an den Tag, da Roman mich als Lebensretter engagiert hatte, und erkannte, daß ich ihm keinen Deut würde helfen können, wenn er beim Gewichtheben wirklich mal in die Klemme geriet. Seine Luftröhre könnte zerquetscht werden, sein Genick brechen, und kein noch so starker Adrenalinstoß würde mir helfen, so wie er den Leuten half, die ihre Wunderstorys in den ›Reader's-Digest‹-Heften zum Besten gaben, welche auf Gladys' Nachttisch standen. Unweigerlich gerieten in diesen Geschichten Säuglinge unter Autoräder und Großväter unter die Traktoren auf ihrer Farm, und eine Phalanx jämmerlicher Schwächlinge – junge Hausfrauen, hühnerbrüstige Schüler, die aus dem Footballteam geflogen waren, frischoperierte alte Damen (Ironie, wie sie ›Reader's-Digest‹-Lesern schmeckte) – fand plötzlich den Mumm, Chryslers von Bürgersteigen und Ackerschlepper aus Straßengräben zu zerren. Meine Mutter liebte diese Geschichten, wohl im Glauben, daß ihr gesamtes Erwachsenenleben sich aus diesen geheimen Kraftreserven speiste, nur daß sie in kleinen Dosen über Jahre davon zehrte, nicht in einer einzigen mirakulösen Aufwallung. Immerhin war es für sie Wunder genug, daß sie mit Roman zusammengeblieben und daß ihr einziger Sohn auf dem Weg zu künstlerischer Größe war.

Eine halbe Stunde später kam Roman die Treppe herunter.

Seine dunkle Wollhose hatte er gegen eine weiße Sporthose – in seine Ringerschuhe gestopft – und ein frisches weißes Trägershirt getauscht. Sein dickes struppiges Schwarzhaar war verschwunden. Er hatte sich den Schädel glattrasiert. Schneeweiß schimmerte seine Kopfhaut im Kellerlicht.

»Meister Proper höchstpersönlich, Gabe! Kannst du mir einen einzigen nennen, der ihm nicht seine letzte Scheuerbürste abkaufen würde? Einen einzigen?«

Ich konnte ihn nur anstarren. Offenbar hatte er für die Kopfschur seinen Naßrasierer benutzt; überall am Hinterkopf quollen Blutströpfchen aus Schnitten und Kratzern. Oben und an den Seiten war Toilettenpapier auf die Wunden geklebt, jedes mit einem Blutpünktchen genau in der Mitte, wie Fischaugen. Hinter den Ohren ragten Haarinseln hervor, an die er nicht herangekommen war. Am rechten Ohr trug er einen von Gladys' Klipps, keinen Ring, sondern ein Goldgehänge mit Perlen am Ende.

»Gut, man muß noch ein bißchen daran arbeiten«, sagte er. »Aber die Grundidee ist ein Knüller.«

»Roman ... verdammt«, sagte ich. »Wie aus dem Abnormitätenkabinett.«

Er suchte väterlich-tadelnd dreinzuschauen, während ich mich vor Lachen fast am Boden wälzte. Seine dicken schwarzen Augenbrauen, schwer genug, daß er sie normalerweise mit einem Tupfer Haaröl glattkämmte, wirkten unter dem kahlen Schädel wie angeklebte Maskenstücke.

»Ist Speedy Alka-Seltzer denn eine Mißgeburt, Gabe? Das Michelin-Männchen? Der Marlboro-Mann? Wir sprechen uns wieder, wenn du zweiundzwanzig Jahre in diesem Geschäft abgerissen hast wie ich.«

»Michelin-Reifen werden nicht an der Haustür verkauft.«

Er verschränkte die Arme, die dick wie Feuerwehrschläuche geworden waren, und einen Augenblick lang sah er wirklich wie Meister Proper aus. Fragend legte er den Kopf auf die Seite. Das Ohrgehänge baumelte.

»Was willst du damit sagen, Gabe? Glaubst du, Michelin ist

über Nacht aus dem Boden geschossen? Riesenfabrik, paar hunderttausend Beschäftigte, einfach so? Oder haben sie nicht vielleicht klein angefangen, mit einer guten Idee und ein bißchen Grütze im Kopf?«

Zitate waren das, aus seinen Motivationsbüchern und aus den Tab-Taylor-Lehrgängen, die immer wieder im War Memorial Auditorium stattfanden. Tab Taylor verkaufte Bücher, Broschüren und Audiokassetten, die dazu gedacht waren, daß man sie sich im Schlaf anhörte. Unterschwellige Gehirnwäsche, Propaganda für das Tab-Taylor-System, das Tab selbst benutzt hatte, um »den Motivationsmarkt aufzurollen«, wie er sich ausdrückte. Manchmal, nachts, wenn ich Lust auf einen Mitternachtssnack hatte, fand ich Roman auf der Couch, schnarchend, die großen schwarzen Kopfhörer nach vorn auf die Nase gerutscht. Ich verkniff es mir, ihn darauf hinzuweisen, daß Tab Taylor, hätte er Millionen in Immobilien gemacht, es nicht nötig gehabt hätte, seinen Bullshit in den Bankettsälen irgendwelcher Hotels zu verhökern.

Gladys kam die Treppe herunter, um uns zu sagen, daß der Nachtisch fertig sei. Auf halbem Wege blieb sie stehen und stierte Roman an, die Miene erstarrt zwischen Sprechen und Lächeln. Sie blickte mich an, als sei Romans Aufzug eine von mir inszenierte, komplizierte Maskerade, für die ich ihr eine Erklärung schuldete.

»Was geht hier vor?« fragte sie.

»Gladys, jetzt, dieses einzige Mal, wirst du mir bitte zuhören«, bat Roman.

»Was zum Teufel *soll* das?« fragte sie, die weißen Handknöchel ums Geländer gekrampft. »Nein, sag's mir nicht. Hundertfünfzig die Woche ist dir nicht gut genug. Rechnungen zahlen ist nicht gut genug. Nichts ist je gut genug für dich, nicht wahr, Roman?« Ihre Wangen röteten sich, als sei sie geohrfeigt worden.

Hilfesuchend drehte sich Roman zu mir um. Das Blut aus den Schnitten war zu dunklen braunen Strichen geronnen, als sei er leckgeschlagen. Er wandte sich wieder an Gladys.

»Einen Augenblick, stell dir einen Augenblick vor«, sagte er, »du stehst im Bad, du putzt das Klo wie bescheuert, du schrubbst die Dusche, und dann steht *Meister Proper persönlich* an deiner Türschwelle. Würde das nicht ...«

»Verdammt, ich würde die Bullen rufen, so wahr ich hier stehe. Roman, ich schwöre zu Gott, diesmal reitest du uns nicht wieder in die Scheiße. Das werd' ich persönlich verhindern.«

Ich weiß nicht, was sie von ihm erwartete, vielleicht daß er nach oben ging, sein Haar aus dem Abfalleimer fischte und es wieder anklebte. Gossensprache aus Gladys' Mund, das schockte mich genauso, wie mich der erste Anblick Romans geschockt hatte. Wahrscheinlich hatte sie bei ihren Streitereien immer so gesprochen, aber jetzt fiel es mir zum ersten Mal auf; vor kurzem erst hatte ich in der Schule versucht, mir selbst einen vulgären Umgangston anzueignen, ebenso wie ich mir das Rauchen und Biertrinken anzugewöhnen suchte. Ich strengte mich damals an, mir so viele schlechte Angewohnheiten wie möglich zuzulegen, und siehe da, Mutter beherrschte selbst schon ein paar davon. Eine volle Minute muß ich sie angestarrt haben, während der ich versuchte, mir ihre geheime Seite zu erklären, ihre unflätige Ausdrucksweise, diesen Jargon wie im Umkleideraum meiner Turnhalle, und die schwarze Spitzenunterwäsche, zusammengefaltet und verborgen am Boden des Wäschekorbes. Ich war derart überwältigt, daß ich am liebsten gefragt hätte: »Wer bist du?«

Gerade drohte sich ein erneuter Wutausbruch über Roman zu entladen, da löste sich eines der angeklebten Klopapierstückchen von seinem Kopf und schwebte sanft schaukelnd auf die Gewichtsbank herab. Gladys preßte die Lippen zusammen. Ein weiteres Stückchen fiel, dann noch eines, ein kleines weißes Schneegestöber. Gladys legte die Hände auf den Mund und beugte sich lachend vornüber.

»Jedenfalls stimmen die *Accessoires*«, rief sie, das letzte Wort fast schreiend. Mein Vater blickte mich an und schüttelte den Kopf. Ich wußte auch nicht genau, was sie meinte, lachte aber einfach mit. Roman straffte die Schultern und verschränkte die Arme, wobei der Ohrklunker im Licht der rosa Birne blitzte.

»Schön«, knurrte er. »Lacht nur. Ihr werdet schon sehen.«

»Bitte trag morgen wenigstens deinen Hut«, bat Gladys. »Erzähl allen, du seist operiert worden. Du sagst ja immer, die Sympathiemasche sei bares Geld.«

Am nächsten Morgen wartete Roman mit dem Ankleiden, bis Gladys zum Bauernmarkt einkaufen gefahren war. Im Meister-Proper-Kostüm kam er in die Küche und warf mir den Autoschlüssel zu. Aus einer Büroklammer hatte er einen Ohrring gebastelt.

»Du bist heute Chauffeur. Ich schreib' eine Entschuldigung für die Schule. Ich will, daß du deinen alten Herrn in Aktion siehst. Heute scheffeln wir fünfhundert, mindestens.«

Seit ich dreizehn geworden war und mit den Füßen die Pedale erreichte, ließ mich Roman gelegentlich, während er von Haus zu Haus zog, im Auto hinterherfahren, im Schleichtempo, mit fünf Meilen die Stunde. Dies ersparte es ihm, immer wieder zum Wagen zurückzulaufen. Sobald er einen Häuserblock abgegrast hatte, konnte ich ihn postwendend zum nächsten chauffieren. Manchmal stellte er sich nur in die offene Tür des Chevy (oder Lincoln, in guten Jahren) und hielt sich am Türrahmen fest, die Mustertasche neben sich auf dem Dach. Ich liebte das Jagdfieber dieser Tage, das Empfinden, die Hatz nach Geld sei wirklich eine Jagd, und das Geld könne entkommen, wenn man es ließe. Stets türmten sich im Laderaum alte Muster aus ehemaligen Vertretungen; auf dem Armaturenbrett standen Plastikbecher mit Kaffee und Reiseaschenbecher voller Kippen. Ich hatte den Auftrag, weit genug zurückzubleiben, daß es immer noch so aussah, als sei er zu Fuß. Ich durfte Reifen und Radkappen nicht am Bordstein entlangschrammen und die Klimaanlage im Sommer nur zehn Minuten pro Stunde laufen lassen. Nicht länger, sonst litt die Gewinnmarge, so Roman. Er bezahlte mich. Das tat er stets, auch beim kleinsten Job. Als ich noch kleiner war, nahm er mich in seinem Revier mit von Tür zu Tür, besonders wenn es regnete. Die Sympathiemasche, wie gesagt, war bares Geld. All das endete, als ich fast so groß war wie er und mir den Pferdeschwanz wachsen ließ, denn, so sagte er, »niemand hat Mitgefühl mit 'nem nassen Hippie«.

Für jenen Tag in seinem Meister-Proper-Outfit hatte er große Pläne. Ein eiliges Frühstück, dann saß ich hinter dem Steuer und ließ den Wagen langsam durch Vororte rollen, die Whispering Pines hießen und Rolling Hills. Während ich so im Schneckentempo dahinkroch, kam ich zu der Erkenntnis, daß man die Siedlungen nach dem benannt hatte, was man hatte wegwalzen müssen, um sie bauen zu können. Neben mir schritt Roman, in der Hand die Mappe mit den Bestellformularen, im Koffer Muster in dreifacher Auflage, damit er gleich an Ort und Stelle verkaufen konnte.

Ich fuhr schleichend hinterdrein, den gebotenen Abstand wahrend, und schaute zu, wie er auf das erste Haus zuging. Ein vielversprechender Kandidat: Spielzeug in der Zufahrt, Wäsche auf der Leine, kleiner roter Briefkasten mit Fähnchen. Roman liebte Erkennungszeichen, Frühsymptome, Klarheit. (»Nette Leute in netten Wohnvierteln«, sagte er einmal kopfschüttelnd, »wie kinderleicht es manchmal ist.«) Er klingelte, setzte Tasche und Mappe auf die Stufe und stellte sich in Pose. Fäuste geballt, Arme in die Seite gestemmt, Brust herausgestreckt. Ich stellte mir vor, daß er versuchte, eine seiner eingeölten schwarzen Augenbrauen anzuheben. Wieder klingelte er, und ich sah, daß die Gardine im Erkerfenster sich für einen Sekundenbruchteil bewegte. Niemand kam an die Tür. An den nächsten Häusern viermal ebenfalls komplette Funkstille und zwei Schnell-Schließer, Romans Wort für Leute, die zwar aufmachten, es aber sofort bereuten und ihn kein Wort herausbringen ließen. Immer rascher, im Laufschritt eilte er von Haus zu Haus, die eigenen Regeln mißachtend (»Nie hetzen«, »Nie quer über den Rasen«). Er arbeitete sich nur noch halb durch Häuserreihen, gab es auf, nahm die nächste Zeile in Angriff. Nach einer Stunde war das Eis noch immer nicht gebrochen, und er hatte nicht einmal einen einzigen Schraubverschluß-Öffner, seinen billigsten Artikel, abgesetzt. Immer mehr Gas mußte ich geben, um mit ihm Schritt zu halten, seine Panik sprang auf mich über, verbotswidrig ließ ich die Klimaanlage laufen, bis ich Gänsehaut auf den Armen bekam. Ich war mir nicht sicher, wovor er Angst hatte, wovor ich Angst hatte; an schlechten Tagen hatte er durchaus schon völlige Pleiten erlebt, das glich sich mit den guten Tagen aus und machte nichts, sagte er. Diesmal aber, glaube ich, ging es um mehr als um Geld; er wollte Gladys beweisen, daß seine Idee funktionierte, daß er sich nicht damit zufriedengeben mußte, nur gerade das Geld für die laufenden Rechnungen hereinzubringen. Gut genug war eben nicht gut genug. Ich grub eine Kippe aus dem Aschenbecher und zündete sie an. Am Ende der Hickory Lane kam er zum Wagen und ließ sich schwer auf den Vordersitz fallen. Ich hörte, wie sein T-Shirt am Vinyl klebte. Er klappte das Handschuhfach auf und zog seine Flasche mit Crown Royal heraus, seine »Mundspülung«, die er in einem roten Samtbeutel dort aufbewahrte. Er bot mir einen Schluck an, und ich akzeptierte.

»Kennst du das, wenn ein geprügelter Hund sich unter der Veranda verkriecht?« fragte er.

Ich schüttelte den Kopf und reichte ihm die Flasche zurück. Haustiere hatten wir nie gehabt, nicht einmal einen Hamster oder einen Goldfisch.

»Wenn der Hund sich erschreckt oder Prügel bezieht, versteckt er sich, und du kriegst ihn nicht mehr ins Freie. Du mußt warten, bis er freiwillig herauskommt. Verstehst du, was ich sagen will?«

Ich schüttelte wieder den Kopf. »Nein.«

Er runzelte die Stirn. »Paß auf. Das ist wichtig.« Er deutete mit der Flasche auf die Häuserzeile. »Sie haben Angst, sich auf mein Verkaufsgespräch einzulassen. Sie *würden gerne*, aber sie haben Angst. Da kommt etwas Neues auf sie zu. Das Neue ist es, was ihnen Angst einflößt.«

Ich verspürte den Impuls zu sagen, die Angst rühre vielleicht daher, daß er so verrückt aussähe. Wie ein durchgeknallter Krimineller, ein Ausbrecher, noch in weißer Gefängniskluft, den Kopf geschoren, weil er am nächsten Morgen auf den elektrischen Stuhl sollte. Statt dessen nickte ich und trank noch einen Schluck.

»Wir müssen sie rauslocken, sie zu uns bringen«, sagte er.

Wir fanden einen Stadtteil, den wir noch nicht beackert hatten (Quail Run), und begannen am oberen Ende des Elderberry Drive, der sanft bergab verlief, mit rechts und links abgehenden Stichsträßchen. Ich fuhr so gleichmäßig wie möglich, ohne Geruckel an Gas oder Bremse, während Roman – Arme in die Hüften gestemmt, lächelnd, Augenbrauen hochgezogen – freihändig auf der Motorhaube des weißen Chevy stand. Er winkte und machte ausladende Grußgesten wie der Anführer einer Parade. Ich drehte das Radio auf Höchstlautstärke, lehnte mich auf den Hupenring, ließ die Scheinwerfer blitzen. Ich stellte die Warnblinker an und die Scheibenwischer. Langsam, wie Eichhörnchen aus dem Bau, lugten die Menschen aus den Häusern, traten kopfschüttelnd auf die Veranden und deuteten mit den Fingern. Manche liefen schon auf dem Gehsteig mit, eine kleine Schleppe von Leuten bildete sich in unserem Kielwasser, die uns folgten wie einem Suchscheinwerfer, ahnungslos, was sie finden mochten. Unten am Ende der Straße stellte ich den Motor ab und ließ den Wagen lautlos ausrollen. Zehn, zwölf Schaulustige, Hausfrauen und Rentner, ein paar Kinder auf Fahrrädern, waren uns nachgekommen und umringten nun unseren Wagen. Mit sonorer Meister-Proper-Stimme hob Roman zu seinem Verkaufsgespräch an. Er fragte sie: Was tun Sie gegen den Tiefenschmutz? Er reichte allen eine neue Dollarnote und sagte, sie könnten sie behalten oder ihren Wert in fünf Minuten verdreifachen. Die Leute standen, blickten einander an und blickten auf das Geld hinab, das da vom Himmel gefallen war. Ein paar gingen weg, aber nicht viele. Roman verkaufte Topflappen und Gemüsebürsten, nahm Bestellungen an für Bratenspritzen, elektrische Rührquirle, Büchsenöffner für

Linkshänder, hitzebeständige Untersetzer mit Namensaufdruck. Ein Kind bat um sein Autogramm. Noch zwei Viertel grasten wir auf diese Weise ab, jedesmal mit noch größerem Zulauf.

»Kaum zu glauben, was?« sagte er im Auto. »Fahr nach Starmount Forest. Da sitzt das Geld.«

»Quer durch die Stadt bin ich noch nie gefahren«, murmelte ich, mein eigentliches Problem jedoch war die Flasche Crown Royal, die wir fast vollständig geleert hatten. Mir brummte der Kopf, und die Lenkung des Chevy schien ein Eigenleben zu haben.

»Nächstes Jahr machst du den Führerschein, bitte.«

Ich nickte. Ich hätte ihn schon haben können, hatte um Fahrschulen aber einen weiten Bogen gemacht.

»Aber du kannst's jetzt schon perfekt. Fahr zu«, sagte er. Er zündete sich eine Zigarre an und vervollständigte die Eintragungen auf den rosa Formularen in seiner Mappe. Ein Fünfuhrschatten überzog seine Kopfhaut, die Schnitte jetzt nur noch dünne Striche Schorf.

Starmount Forest erwies sich als schwieriges Pflaster. Hier lebten meiner Vorstellung nach rundum kultivierte Menschen, die zu ihrer Zerstreuung ins Ballett oder ein Symphoniekonzert gingen und auf ein billiges Spektakel – kahlköpfiger Marktschreier auf lautem Auto – nicht hereinfielen. Als wir durch den Abschnitt fuhren, der durch den Golfplatz ging, winkte mich ein älterer Wachmann auf einem Golfwägelchen mit rotierendem Blinklicht an den Straßenrand und ersuchte mich, die Huperei zu unterlassen. Meinen Vater auf der Motorhaube würdigte er keines Blickes.

»Er hätte mich wegen Trunkenheit am Steuer schnappen können«, sagte ich.

Roman schüttelte den Kopf. »Erstens ist er nur 'n Möchtegernpolizist. Kann dich höchstens aufschreiben, wenn du deinen Teeshot mit 'nem Hook schlägst. Und zweitens, Alkohol am Steuer, das ist der Freizeitspaß aller Reichen.« Er hielt eine Zeitlang inne. »Erzähl deiner Mutter nicht, daß ich dich habe trinken lassen.«

Es wäre zwar noch ein paar Stunden hell, aber die Abendessenszeit rückte heran, die Zeit, da man nirgendwo klingeln sollte. »Störst du sie beim Essen«, sagte Roman einmal, »kannst du ihnen nicht mal die Unsterblichkeit verkaufen.« Wir leerten die erste Flasche Crown Royal und brachen die zweite an. Roman hatte Grund zum Feiern. Direkt aus dem Musterkoffer hatte er zweihundert Dollar Umsatz gemacht und Bestellungen für weitere vierhundert angenommen. Das war ein guter Monatslohn, verdient in knapp fünfeinhalb Stunden. Als ich aus Starmount Forest hinausfuhr, deutete Roman nach rechts auf einen Fahrweg.

»Da rein, Junge.«

Der Weg, eine halbe Meile lang, führte zu einer viktorianischen Villa, mit Aussicht auf das achtzehnte Tee. Hier wohnte Dr. Ballister, ein Pädiater, der sich vor zehn Jahren aus dem Berufsleben zurückgezogen hatte. Eine Zeitlang war er auch mein Arzt gewesen. Stets trug er einen silbernen Mützenschild, wie die Doktoren in den Kinderbüchern. Er wusch seine Zungenspatel in der Spüle, um sie wiederzuverwenden, rauchte im Sprechzimmer Camel und ließ die Asche auf den Fußboden fallen. Die Praxis im Erdgeschoß war düster und bedrohlich gewesen, voller Orientteppiche, kastanienbrauner Sofas und Lampenschirme mit Troddeln. Soweit ich es beurteilen konnte, haßte er Kinder, und das war meiner Meinung nach auch der Grund, weshalb er Kinderarzt geworden war. Inzwischen war er berüchtigt dafür, den ganzen Samstag auf einer Bank im Stadtzentrum zu sitzen und Schweinebraten-Sandwiches zu essen. Er stank vor Geld, sein Haus vor Dreck. Das reichte Roman.

»Er ist eine Goldgrube, Gabe«, sagte er. »Der verschlampteste Alte, den ich je gesehen habe. Was meinst du, dem könnte eine ordentliche Batterie Haushaltsprodukte sicher nicht schaden, oder?«

»Aber, Roman, der kauft doch nichts.«

Er schüttelte den Kopf. »Ganz der Sohn deiner Mutter. Fahr weiter.«

Ich wollte ihn überreden, umzukehren, heimzufahren und Gladys zu zeigen, daß das Meister-Proper-Kostüm seinen Zweck erfüllt hatte, ihr die Scheck- und Dollarbündel unter die Nase zu halten, bis sie (wie sie's über die Jahre im Schlaf zu tun gelernt hatte) zum x-ten Mal wiederholte: Du kannst alles verkaufen. Ich wollte, daß er mit dem Geld Rechnungen beglich, den Rest unserer Möbel auslöste und uns zum Essen einlud, damit wir Trinksprüche zum Champagner ausbringen konnten. Es hätte genug sein können, doch nichts war je genug.

Er gestattete jedem von uns beiden einen letzten Zug Crown Royal und steckte die Flasche zurück ins Etui und dann ins Handschuhfach.

»Immer noch einmal zuschlagen, ein letztes Mal, ganz gleich, wie müde du bist.«

»Oder betrunken«, sagte ich.

»Oder auch das. Jedenfalls unterscheiden sich darin die guten Vertreter von den hervorragenden.«

Mir ging durch den Kopf, daß Gladys jetzt schon wissen mußte, daß ich die Schule geschwänzt und daß Roman mich dazu angestiftet hatte. Sie haßte es, wenn er das tat, und redete hinterher manchmal tagelang nicht mit ihm. Das Schwänzen selbst war es nicht; ich konnte ihr jederzeit sagen, ich hätte keine Lust auf die Schule und wollte lieber irgendwo an einem Bachufer liegen, in den Himmel schauen und sinnieren, und sie rief prompt in der Schule an, um mich zu entschuldigen. Sie hielt diese Tage der Kontemplation für eine notwendige Ergänzung der Erziehung, und ich nutzte das aus, so oft ich mich traute.

Roman kletterte aus dem Fenster auf die Motorhaube und stellte sich in Pose. Nach ein paar Metern winkte er ab und hieß mich halten. Er kletterte zurück.

»Dr. Ballister hat nichts übrig für Shows, Gabe«, sagte er.

»Nicht viel«, bestätigte ich.

Roman nickte. »Die Masche ist die falsche für ihn.« Er ließ sich sein Jackett vom Rücksitz reichen und zog es über sein

T-Shirt. Dann setzte er sich neben mich. »Immer strategisch denken, Gabe«, sagte er. »Sich in den Kunden einfühlen.«

Im Vorgarten des großen Hauses wuchs Bambus, dazwischen verstreut standen alte Esso- und Mobil-Tankstellenschilder und ein riesiges Standbild von Bob's Big Boy, dem Fast-Food-Maskottchen, dessen schwarzer Gipsschopf zum großen Teil abgesplittert war. Vorsichtig lenkte ich den Wagen vor das Haus. Auf den Verandastufen saß Dr. Ballister und musterte uns. Die Bretter der Veranda bogen sich unter dem Gewicht alter verrosteter Waschmaschinen und eines Cola-Automaten; in der Hängematte ruhte eine verschmierte Tüte, die ich als diejenige identifizierte, in der er samstags seine Schweinebraten-Sandwiches in die Stadt zu tragen pflegte. Der Doktor trug einen grauen Wollmantel, Blue jeans und einen grauen Hut mit Feder im Band. Im Schoß hielt er eine Armbrust.

»Meine Herren, egal ob Sie Seife oder Jesus verkaufen, ziehn Sie Leine.«

Roman stieg aus und zerrte den Musterkoffer durch das Fenster. »Harte Nuß«, flüsterte er mir zu.

»Dr. Ballister, sicher erinnern Sie sich, wir kennen uns doch«, rief Roman. »Roman Strickland, und dies hier ist mein Sohn, dem Sie die Mandeln rausgenommen haben. Ich bin gekommen, um Sie zu bitten, sich eine hochwichtige Frage zu stellen: ›Kriege ich für meinen Reinigungsdollar den höchsten Gegenwert?‹«

»Ich hab' Sie gewarnt. Jetzt ruf' ich die Polizei.« Er zielte und schoß seinen Pfeil auf die Big-Boy-Statue, eine Gipslocke splitterte ab. Dann stand er auf und ging ins Haus.

»Will er uns angst machen?« fragte mich Roman.

»Nein, Dad, es ist nur sein Hobby. Aber gerade das macht mir angst. Laß uns heimfahren.«

Roman blickte mich an, die Haarstoppeln wie ein dunkler Heiligenschein. »Meine Lehren scheinen bei dir nicht viel gefruchtet zu haben.«

Er trat auf die Veranda, öffnete seinen Musterkoffer und begann, den Cola-Automaten mit Rostentferner zu besprühen.

Roman hielt die Demonstration für aussagekräftiger als alle Wortwerbung; insofern war er der selbstloseste Vertreter, den ich je gesehen habe, nahm sein Ich völlig zurück, ordnete jede Bewegung und jedes Wort dem Produkt unter. Immer wenn ein Fernsehspot Mode wurde, wenn alle Welt den Slogan nachplapperte und ihn sich aufs Auto und aufs T-Shirt klebte, schüttelte er den Kopf und nannte es schlechte Verkaufe. »Hier preist sich die Werbung selber an«, pflegte er zu sagen, »nicht das Produkt.« Gerade hatte er begonnen, mit dem ausziehbaren Teleskop-Staubmop die Veranda von Spinnweben zu befreien, da trat Dr. Ballister mit frisch geladener Armbrust aus der Tür heraus.

»Sie sind ja immer noch hier«, knurrte er. »Und jetzt verunstalten Sie auch noch mein Haus.« Er schüttelte den Kopf und feuerte auf Big Boys linkes Knie. »Nun, die Entscheidung steht Ihnen frei. Auch wenn Sie eine schlechte Entscheidung treffen. Womit wir übrigens direkt beim Thema Existentialismus wären.«

»Dr. Ballister, was würden Sie dazu sagen, wenn Sie mit einem *einzigen* Produkt das gesamte Haus säubern könnten, von oben bis unten? Der Frühjahrsputz steht ja vor der Tür.«

Das sagte er immer, egal zu welcher Jahreszeit. Ich merkte, daß Dr. Ballister nicht hinhörte, daß er wahrscheinlich seit langem überhaupt nichts mehr wahrnahm außer seinen eigenen verworrenen Gedanken. Roman überreichte ihm einen Sparschäler als Werbegeschenk, den der Arzt in der Manteltasche verschwinden ließ.

»Beweismaterial«, bemerkte er. »Gut.« Ich dachte zurück an meine Mandelentfernung durch Dr. Ballisters Hand, an das graue Zimmer im Moses Cone Hospital, das ich mit einem rothaarigen Jungen teilte, der sich mit einer M-80 das Trommelfell gesprengt hatte. Dr. Ballister verbot mir Speiseeis, weil er es für heilungshindernd hielt. Angesichts dieser Erinnerungen war ich sicher, daß er tatsächlich die Polizei auf uns gehetzt hatte. Es war kein Bluff gewesen.

Ich tippte auf die Hupe. »Dad, laß uns fahren. Mama wartet,

das Essen wartet. Komm.« Als ich ein zweites Mal hupte, sah ich im Rückspiegel schon einen schwarzweißen Streifenwagen in die Einfahrt einbiegen.

Später erfuhr ich, daß Dr. Ballister mindestens einmal wöchentlich die Polizei auf sein Anwesen rief, meist weil er glaubte, jemand wolle seine Esso-Schilder klauen, oder weil er beim Durchblättern alter Papiere eine unbezahlte Rechnung gefunden hatte und den längst verstorbenen Schuldner verhaften lassen wollte. So muß dem Polizisten ein Stein vom Herzen gefallen sein, als er echte Übeltäter vorfand, echte Eindringlinge. Den Revolver zurechtrückend, stieg der Gesetzeshüter aus, gerade als mein Vater Dr. Ballisters Fensterbretter mit Ameisengift einsprühte. Es hätte alles gutgehen können, glaube ich, wenn da nicht unsere Aufmachung gewesen wäre, Romans geschorener Kopf und mein mit einem Haargummi zurückgebundener Pferdeschwanz.

»Seid ihr Hare Krishnas oder so was?« fragte der Polizist. Auf seinem Brustschildchen stand Ofc. Mitchell.

»Ich will, daß Sie die beiden einbuchten«, sagte Dr. Ballister.

»Überlassen Sie mir den Fall, Leo«, grinste der Ordnungshüter. Er trug einen blonden Stoppelschnitt und einen roten Schnurrbart und wirkte nur ein paar Jahre älter als ich.

»Keine Sektierer, nur freie Gewerbetreibende«, gurrte Roman. Betrunken, wie ich selbst war, sah ich doch, wie weit er ebenfalls schon hinüber war und welches diebisches Vergnügen es ihm bereitete, in dieses aussichtslose Verkaufsgespräch verwickelt zu sein.

Ich startete den Wagen. »Ab nach Hause, Dad«, mahnte ich.

Officer Mitchell griff durchs Fenster und stellte mir den Motor ab.

»Du fährst? Darf ich mal deinen Führerschein sehen?«

»Hab' keinen«, gab ich zu.

»Ich war zu betrunken zum Fahren«, sagte Roman, »deshalb habe ich ihn im Interesse der öffentlichen Sicherheit ans Steuer gelassen.«

»Aber er kann nicht fahren.«

»Doch, kann er gut. Wird sogar dafür bezahlt.«

Dr. Ballister schwenkte den Sparschäler. »Ist die Wohnung eines Mannes nun eine geschützte Sphäre oder nicht? Das Gesetz möge antworten.«

»Es antwortet folgendermaßen«, sagte Officer Mitchell. »Ich fahre euch beide in meinem Wagen zum Revier, dort machen wir ein paar Tests, und diesen Dinosaurier hier lasse ich abschleppen.«

Ehe ich ihn hindern konnte, griff Roman in die Tasche seiner weißen Sporthose und zog das Bündel Scheine heraus, das sich über Tag angesammelt hatte. »Wieviel verlangen Sie, junger Mann? Wie können wir den Ärger wiedergutmachen, den wir verursacht haben?«

Bis zum heutigen Tag glaube ich nicht, daß er es als Bestechung verstand. Für ihn hatte alles seinen Preis, alles konnte zur Transaktion werden. Geld glich aus, Geld beglich. Officer Mitchell sah das anders, und nach einer viertelstündigen Fahrt im Streifenwagen fand ich mich auf einem Wartestuhl zwischen der Revier-Kaffeemaschine und dem Trinkwasserspender. Ich las den Sportteil vom Vortag, den man mir gegeben hatte, heuchelte Interesse, trank Kaffee aus einem Pappbecher. Roman wartete in der Zelle; mit wippendem Kopf wanderte er auf und ab. Das Dollarbündel hatte Officer Mitchell als Corpus delicti beschlagnahmt, und jetzt hatten wir kein Geld mehr für die Kaution.

Als Gladys eintraf, ging sie direkt zur Zelle und betrachtete Roman durch das Fensterchen. Mehrere Minuten starrte sie hinein, und ich wußte, daß sie versuchte, sich auszumalen, wie wir uns das eingebrockt hatten, wie ein Tag, der mit einem Frühstück aus Müsli und Eiskaffee begonnen hatte, so enden konnte. Sie kam herüber und ergriff meine Hand, ihr Antlitz hart und zerfurcht, ihr zurückgekämmtes Haar so lang wie meines. Sie zerrte mich nach vorn, zu Officer Mitchell, der gerade seinen Bericht tippte.

»Den hier nehme ich mit«, sagte sie. »Den anderen können Sie eine Weile behalten.«

Wir gingen hinüber zur Zelle. Roman hörte auf, hin und her zu tigern, und preßte sein Gesicht ans Plexiglas, das weiß zerkratzt und durchlöchert war wie ein Emmentaler. »Meine Idee hat funktioniert. Bis auf fünfhundertachtzig war ich schon, Gladys«, sagte er. »Frag Gabe.«

»Es stimmt«, sagte ich und versuchte beim Einatmen zu sprechen, damit sie meine Fahne nicht roch. »Hatten 'ne Menge eingenommen.«

»Na wunderbar«, sagte sie. »Nur daß es jetzt sicherlich weg ist. Ich habe kein Geld für eine Kaution, also werde ich mich an Dutch wenden müssen.«

»Tu das nicht«, bat Roman. »Ruf ihn nicht an, Gladys, hörst du? Ich meine es bitterernst.« Er steckte seinen Zeigefinger durch eines der Löcher und fuchtelte Gladys vor dem Gesicht herum. Ich suchte mir seinen Zorn vorzustellen, seine schwellenden dicken Muskeln, sah aber nur den kleinen zappelnden Finger, wie einen Wurm, der in einem Zeichentrickfilm aus einem Apfel spitzt.

»Ab nach Hause, Gabe«, sagte sie.

»Er hat wirklich einen sehr guten Tag gehabt«, sagte ich. Gladys verdrehte die Augen.

»Nicht Dutch, Gladys«, brüllte Roman hinter uns her. »Daß du dich unterstehst. Gib mir dein Wort, daß du ihn nicht anrufst.«

Da wußte ich, wie schwer es ihn treffen würde, wenn sie Dutch anrief; zum ersten Mal seit Menschengedenken bat Roman um einen kostenlosen Gefallen. Ihr Wort, dachte ich, war für ihn doch nicht mit Geld aufzuwiegen.

ZWEITES KAPITEL

Gladys jobbte nun wieder abends bei United Dairy, erst in der Milchabfüllung, dann im Tiefkühllager, wo die Halbgallonenpackungen Speiseeis zum Versand bereitstanden. Das summende Kühlaggregat sorgte für konstante –42 Grad Celsius, und jeden Abend winkte Gladys mir zum Abschied zu, in eine olivfarbene wollene Polarhose und pelzgefütterte Stiefel gezwängt, die sie bei Sgt. Ready's erworben hatte, einem Laden für Armeekleidung. Dazu trug sie eine farblich passende Polarjacke, darunter einen Wollpullover und eines meiner Thermo-Unterhemden; und darunter, schätzte ich, den schwarzen Spitzenkram, den Bodensatz des Wäschekorbs. Auch eine wollene Skimaske sowie Pelzmütze und -handschuhe mußte sie tragen. Jeden Abend witzelte sie beim Verlassen des Hauses, bisher habe sie noch kein Mitarbeiter als Frau erkannt. Bei der Arbeit, die sie mir beschrieb, konnte ich sie mir nur sehr schwer vorstellen: Paletten mit Eiscreme aufeinandertürmen, Gabelstapler fahren, Lieferwagen beladen. Aber sie liebte die Arbeit und hätte sich dort ganz wohl gefühlt, hätte sie freiwillig dort arbeiten können, nicht notgedrungen, nicht weil Roman »den letzten Job auf Erden« verloren hatte, wie er es nannte.

Es tat mir weh mit anzusehen, wie ihr das zu schaffen machte. Nach Mitternacht, nach Schichtende, fuhr sie heim, erschöpft, schweißgebadet in ihren Polarklamotten, in denen sie in jenen Augustnächten in ihrem nichtklimatisierten Dodge Valiant halb zugrunde ging. (Dutch hatte ihr einen Gebrauchtwagen aus seinem Lagerbestand geschenkt.) Wenn sie zu Hause ankam, war ihre Kleidung durchweicht von dem Rauhreif, der sich darauf bildete und dann schmolz, ihre Wangen wund von der Skimaske, die Haut an den Händen aufgequollen und faltig vom Schwitzen in den Handschuhen. Sie verdiente gerade genug, um die laufenden Kosten zu decken; für das, was sie »Luxus« nannte – Filmpremieren, leinengebundene Bücher –, blieb nichts übrig. Spätnachts spielten wir beide Boggle, guckten Filme im Fernsehen, brieten Halbfertiggerichte im Wok auf. Manchmal kam Alison herüber, ein Mädchen, mit dem ich eine halbherzige Tändelei unterhielt, und sie und Gladys lasen sich gegenseitig ihre Gedichte vor, während ich in Denkerpose zuhörte. Tagsüber verschlief ich die Schulstunden. Ich hielt es für normal, daß beide Eltern offenbar kaum Interesse daran hatten, daß ich regelmäßig zur Schule ging – Gladys, weil sie glaubte, Mathe, Werken und Sport brächten die Phantasie zum Vertrocknen und ein Tag voller Tagträume (»Visionen«) sei wertvoller; Roman, weil er der Ansicht war, daß die Schule an sich ein Krampf sei und nie zum großen Geld führen würde. »Schau mich doch an«, pflegte er zu sagen. Das tat ich manchmal, verfiel ein, zwei Monate in Panik und sammelte in dieser Zeit ausreichend gute Noten, um vorzurücken.

Roman residierte – fürs erste – in Zimmer 19 der Billigpension Journey's End. Schon vor drei Jahren hatte er kurzzeitig dort gewohnt, als er eigentlich auf eine Zweiwochentour durch Tennessee gehen und Kartons aus Wellpappe an örtliche Versandfirmen hatte verkaufen sollen; am Tag vor der Abreise hatte er sich mit seinem Boß über die beste Marketingmethode für Leerkartons in die Haare bekommen und war entlassen worden. Statt nach Tennessee abzufahren, hatte er sich in Journey's End einquartiert und zwei Wochen lang versucht, genug Geld zusammenzuschnorren, um Gladys weiszumachen, er sei in Tennessee gewesen und habe einen guten Schnitt gemacht. Am Wochenende fuhr er die vier Stunden bis zur Bundesstaatsgrenze und warf auf der anderen Seite einen Stoß Ansichtskarten ein, alle gleich, mit der Karikatur einer Hinterwäldlerfamilie, die mit langen Unterhosen und Stiefeln in einem Bett lag und Maiskolbenpfeifen rauchte. Darunter das Kartenmotto in gewollt krakeliger Schrift und strotzend vor Fehlern: *Gemütlichkeit im trauten Heim*.

Mit den dreihundert Dollar, die sie oben auf dem Kühlschrank in einem selbstgetöpferten Krug aufbewahrte, hatte Gladys Roman aus dem Knast ausgelöst. Zwei Tage später, nachdem Roman die Koffer gepackt und das Haus verlassen hatte, rief sie Dutch an. Ich weiß das nur, weil ich zufällig ihre Hälfte des Telefongesprächs mitbekam, die vor allem aus dem Satz bestand: »Weiß nicht, so weit habe ich noch nicht vorausgedacht.« Dutch düste anschließend nach Japan zu einer Konferenz von japanischen Autoherstellern und Plymouth-Managern, eine Ehre, die ihm als »Vierteljahressieger« aller Plymouth-Händler von North Carolina zuteil geworden war. Auf einer Postkarte (einer schmucklosen, weißen, daheim gekauft und mitgenommen) schrieb er Gladys, er werde nach seiner Rückkehr »die Situation überdenken«. Unten auf die Karte schrieb er: »Leider gibt es hier wenig zu essen außer Reis und Fisch.«

So saß ich also an jenen Sommerabenden allein zu Haus, während Gladys Gabelstapler fuhr und Roman in seiner Pension Baseballspiele guckte. Sechs Tage war er schon weg, und kein Lebenszeichen von ihm; schließlich rief ich ihn an (Gladys hatte der Polizei in die Hand versprechen müssen, daß ich mich nicht mehr ans Steuer setzte).

»Ich arbeite an was Riesigem, Gabe«, sagte er. Im Hintergrund hörte ich den Sportreporter kommentieren, Spielzug um Spielzug. »Das wird bei deiner Mutter rasch wieder gut Wetter machen.« Ich wußte, das konnte bei ihm nur heißen: Er heckte wieder einen Plan aus, ans große Geld zu kommen, für einen Arbeits- und Chancenlosen ein einigermaßen kühnes Unterfangen; da er sich nun auch den Bereich Haushaltswaren verbaut hatte, war es, als sei er durch den Fußboden gesunken, in die Erde. Er war am absoluten Nullpunkt. Ich wußte auch, daß es allerhöchste Zeit für das »gut Wetter« war; Gladys schien sich an den Gedanken zu gewöhnen, ohne ihn zu leben.

»Gut Wetter herrschte wohl am ehesten, wenn du einen regulären Job hättest«, sagte ich. »Verkäufer in einem Laden oder so. Wenn du alle paar Wochen ein Gehalt heimbrächtest.« Ich hörte ihn seufzen. Gut möglich, daß er sich umgehend bei der

Schulbehörde beschwerte, wo ich denn diese Art Gerede aufgeschnappt hätte.

»Hast recht, Gabe. Vielleicht würde Shakey's Pizza mich nehmen, ein hübsches Papierhütchen, Halstüchlein. Genau das, was ich mir immer erträumt habe.«

»Roman, du weißt, was ich meine. Und mir ist's ernst, du solltest dringend was unternehmen.«

Schweigen am anderen Ende, ich sah ihn förmlich vor mir, wie er sich am Kopf kratzte. Ich fragte mich, wieviel Haar wohl in einer Woche nachgewachsen war.

»Ich weiß nicht, Junge. Ein festes Angestelltendasein? Wo käme ich denn da hin?«

»Es wäre einen Versuch wert.«

»Ja, aber wo käme ich da hin?« Ich hatte vergessen, daß es für Roman rhetorische Fragen nicht gab; es war schlechte Verkaufstechnik, weil es dem Kunden die Chance einräumte, einen zu ignorieren, das aufzubauen, was Roman die kleine Backsteinmauer nannte.

Ich zuckte die Achseln und ließ den Blick durch unser leeres Haus schweifen, über die Wände, behangen mit Makramee-Eulen und kleinen Teppichen, die Gladys geknüpft, Gedichten von Walt Whitman und Carl Sandburg, die sie aus Büchern ausgeschnitten und gerahmt hatte. Auf dem Kaminsims stand Romans Bowlingtrophäe, gewonnen in dem Jahr, in dem er für Foutch Enterprises gearbeitet hatte, eine richtige Firma mit Bürohaus und Parkplatz, nicht nur mit einer Briefkastenadresse. Mit einem Dutzend Kollegen hatte Roman als Vertreter unter einem kollegialen, teamorientierten Chef gearbeitet. Eine Zeitlang hatte er mit dem Gedanken geliebäugelt, selbst ins Team einzusteigen, hatte in die Rentenkasse eingezahlt, sich einer Gruppe angeschlossen, die beim Lunch Bridge spielte, und sich zahnärztlich versichert. Er leitete das Bowlingteam, das immer dienstagabends spielte, das sich »Die Fäßchenleerer« nannte und kunstseidene Hemden trug, auf denen ein schäumender Bierkrug mit dem Namen des Trägers abgebildet war, auf der Brusttasche ein winziges x für jedes persönlich geleerte Fäßchen. Während seiner Highschooljahre in Medina, Ohio, war Roman Kegeljunge gewesen, bis die Bowlingbahn-Automatisierungswelle auch diesen Teil der Welt erreicht hatte, und daher konnte er gut genug kegeln, um Kapitän der Fäßchenleerer und Pokalgewinner zu werden. Doch er haßte all das aus tiefstem Herzen. Das hatte er mir am Abend vor dem Einreichen seiner Kündigung gestanden, fast einen Monat, bevor er es Gladys erzählte.

»Sie führen *Buch*, Gabe. Diese Erbsenzähler bringen es fertig, eine Dose Bud zu leeren und dann ihre kleinen Büchlein zu zücken und die Zentiliter einzutragen.« Er beobachtete mich, ob ich auch wirklich begriff. »Jedesmal, auch wenn sie besoffen sind. Nur damit sie wieder ein x auf ihre Scheißhemden malen können.«

Seine Miene war angespannt, als er mir das erzählte, die Augen trübe und blutunterlaufen, und obwohl ich damals erst zwölf war, wußte ich, daß dies nicht nicht nur mit Bowling und Buchführung zu tun hatte. Er hatte sich in diesen Männern selbst erkannt und war erschrocken.

Ich starrte die staubige Trophäe an, ein Marmor- und Plastiksockel, darauf ein Spieler beim Werfen der Kugel, erstarrt mitten in der Bewegung, sein Goldschuh hinter ihm in der Luft, der Goldarm hoch erhoben. Über Schuhsohle und Rücken lief eine Naht, hier hatte sich das Plastik zwischen die Hälften der Spritzgußform gezwängt. Einen Augenblick lang stellte ich mir vor, die Naht aufzuziehen wie einen Reißverschluß, den kleinen Mann darin zu befreien, damit er endlich die Kugel loslassen, den Wurf vollenden, sein Bier trinken, es in seinem Büchlein notieren und am Montagmorgen wieder zur Arbeit antreten konnte.

»Wo du hinkämest, Dad«, sagte ich, »das weiß ich auch nicht. Vielleicht zurück nach Hause.«

»Falsche Antwort, Junge. Ich käme auf die schiefe Bahn, würde geradewegs drauf runterrutschen, vierundzwanzig Jahre bis zur Pensionierung. Wumms, das wär's dann gewesen.«

»Wie du meinst. Na, ich laß dich jetzt mal das Spiel zu Ende sehen.«

»Meine neue Idee ist ein Knüller, Gabe. Mach dir keine Sorgen.«

Kurz bevor wir aufhängten, hörte ich im Fernsehen ein blechernes Röhren der Massen, hörte den Ansager aufgeregt etwas rufen; irgendwer, irgendwo, hatte den großen Coup gelandet.

Was mich an diesen Abenden am meisten bedrückte, war die Langeweile. Irgendwo mitmachen, darum drehte sich das ganze Highschool-Freundschafts-Karussell; wo man mitmachte, war eigentlich egal, man konnte auch etwas erfinden, Hauptsache Anschluß, alles drehte sich um Cliquen, und wenn man Cliquen haßte, dann gehörte man eben zur Clique der Cliquenhasser. Nicht mal dafür hatte ich eine Qualifikation; ich war kein Ausgestoßener, eher eine Art sozialer Libertin. Bei einigen Randgruppen schnupperte ich mal rein: bei den Jungs, die kleine Sprengladungen hochgehen ließen, den Jungs, die Düsenjäger und Maschinengewehre in ihre Schulbücher zeichneten, denen, die persönliche Allüren und Frisuren von Rockbands kopierten, älteren Jungs, die ihre Autos aufmotzten und am Samstagabend durch die Stadt kreuzten, solchen, die Messer an der Hüfte trugen und Selbstmord für cool hielten, den Jesus-Kids, den Satan-Kids, den Kids, deren Väter Geld hatten. Um die seriöseren Gruppen bemühte ich mich erst gar nicht: die Sportler, die Intellektuellen, die Elitären. Sie sagten mir alle nicht zu, was mir aber ziemlich egal war. Ich war gern allein und verspürte nie das Bedürfnis, mich von meinen Eltern abzunabeln. Eher zufällig landete ich bei einer künstlerisch orientierten, lockeren Gruppierung, mit der ich mich ab und an traf: Jungs, die ihre T-Shirts mit der Spritzpistole dekorierten oder im Kunstunterricht Kleine Hobbits aus Ton modellierten; Mädchen, die weinerliche Songs schrieben und Spiralhefte mit Gedichten mit sich herumtrugen. Ich fand hauptsächlich deshalb zu ihnen, weil es Gladys im frohen Glauben wiegte, ich sei auf dem Weg zu künstlerischem Ruhm. Sie verfielen auf mich, weil sie bei Gladys Bier trinken, ihre Haschzigaretten rauchen und bei Emerson, Lake & Palmer die Stereoanlage voll aufdrehen durften. Manchmal lud Gladys zu einer kleinen Vernissage ein, das heißt, die Jungen präsentierten ihre neuesten T-Shirts, Gemälde von Sonnenuntergängen an Meeresstränden oder Friedenstäubchen, manchmal auch Totenschädel mit tropfenden Augen; die Mädchen lasen ihre leidgetränkte Poesie, flüsternd, das Gesicht hinter langem Haar verborgen, oder unter dramatischen Ausbrüchen, als würden Messer in ihr Herz gestoßen. Wenn Gladys sie um Interpretationshilfe bat, wie sie »denn auf so was gekommen seien«, pflegten die Jungen die Achseln zu zucken und zu sagen, es sähe einfach cool aus, und die Mädchen pflegten zu sagen, niemand könne nachempfinden, welchen Schmerz sie im Herzen trügen. Mir schien, als sei dies ihr Hobby: Herzschmerz. Und dann war ich dran mit Lesen.

»Gabe, trag mal was von dir vor«, pflegte Gladys zu sagen. »Du bist wieder so still.«

»Ich arbeite an was«, sagte ich immer. »Eine Idee, was Großes.« Aus irgendeinem Grund stellte sie das zufrieden; ihr Glaube an mich war bedingungslos. Einmal, nach zwei, drei Bier, stand ich auf, räusperte mich und machte den Mund auf, überzeugt, die Worte würden schon herausfinden. Heraus fand nur die erste Zeile: »Das Leben ist von vorne bis hinten beschissen.« Dies war das Hauptthema von Alisons und Joanies Werk, nur trugen sie es dramatischer und lyrisch gekonnter vor.

Ich schüttelte den Kopf. »Das ist noch nicht ganz vortragsreif«, murmelte ich.

Gladys lächelte und sagte, Kunst lasse sich nicht zwingen. »Kommt schon noch«, sagte sie.

»Bestimmt«, meinte Alison. »Atme frei, laß es raus.« Derlei sagte sie mir fortwährend. Wir hatten so eine Art Halbbeziehung, die an- und ausging wie eine Glühbirne (meistens war sie aus) und die Alison als »geistig« bezeichnete, was zu bedeuten schien, daß ich sie unter ihrem geflochtenen Gürtel nicht anfassen durfte.

An meinen einsamen Abenden spazierte ich durch die Nachbarschaft, pfiff Hunde an, jagte Opossums von Mülleimern herunter, warf Steinchen nach den Fledermäusen, die die Straßenlaternen umkreisten. Manchmal stieg ich in einen der orangegelben Duke-Power-Busse, um eine kleine Rundfahrt durch Greensboro zu machen und die Zeitungen zu lesen, die auf den Sitzen liegengeblieben waren. An anderen Abenden schlenderte ich hinüber zu Alisons Haus, setzte mich mit ihr auf die Veranda und täuschte Höllenqualen wegen einer eingebildeten Schreibblockade vor, wissend, daß dies zu Küssen und Fummeln führen würde. Zu Hause grub ich zerfledderte ›Playboys‹ aus Romans Sammlung aus, schaute mir die Frauen an, las, was sie anmachte und was nicht, und überschlug, in welche Kategorie meine eigenen Reize wohl fallen würden. Listete Miß Januar 1972 Männer mit Pferdeschwanz als erotisch auf, sah ich sie im Geiste als meine Highschool-Freundin, nahm sie mit zu Lagerfeuerfeten, Pep Rallyes und hinter die Turnhalle, um Bier zu trinken und zu bumsen. Meist bemühte ich mich an diesen Abenden nach Kräften, meine Erektion, die ich unweigerlich bekam, nicht anzutasten, weil jedes Model auf mindestens ein, zwei Bildern Dessous trug, ähnlich denen, die Gladys auf dem Boden des Korbes verbarg, und immer wenn ich meiner Psyche gestattete, diese Verbindung herzustellen, dachte ich, da lauert eine schreckliche seelische Krankheit in dir, und vielleicht wirst du tatsächlich mal ein berühmter Künstler, ein Heroinsüchtiger, besessen von seiner Mutter, der sich mit siebenundzwanzig umbringt. Beim Lesen goß ich mir ein Glas von Romans Bourbon ein, zündete eine seiner wohlgehüteten Zigarren an und wünschte mir manchmal, normale Eltern zu haben, Eltern, die mir ›Playboy‹, Bourbon und Zigarren verboten, so daß ich das Vergnügen hätte, sie mir heimlich verschaffen zu müssen. Fast nichts war mir verboten. Gladys war bereit, geduldig mein künstlerisches Temperament zu ertragen, und Roman wollte, daß ich zum Mann reifte. Ich fühlte mich festgefahren zwischen ihren Wünschen, in einem Niemandsland, wo – da war ich sicher – meine eigenen Wünsche, wie immer sie aussehen mochten, begraben lagen.

Als ihm das Geld ausging, brachte Roman den Chevy nach Hause und parkte ihn unter einer Abdeckplane. Er werde eine Weile per pedes seiner Arbeit nachgehen, kündigte er an. Und er war dem gewachsen, das wußte ich. Dank jahrelangem Klinkenputzen, ewiger Staubsauger- und Mustertaschenschlepperei, konnte er laufen wie ein Weltmeister. Rein spaßeshalber ging er Jahr für Jahr beim March-of-Dimes-Marathon mit, die ganzen zwanzig Meilen in seinem Anzug und seinen weiß-braunen Budapestern mit Flügelkappe, und verkaufte Limonade aus einem Kühlwägelchen.

Er kam ins Haus, um mir den Schlüssel zu geben. Gladys war in der Volkshochschule oder im Kunstraum zu irgendeinem Kursus: Makramee, Töpfern, Ballett für Anfänger, Yoga. Roman kam ins Wohnzimmer und ließ den Blick über den Fernseher schweifen, über seinen Lehnstuhl, über die Dinge, die Gladys an die Wand gehängt hatte. »Trautes Heim, kaum verändert«, stellte er fest.

Ich zuckte die Achseln. »Du warst nur drei Wochen weg, was erwartest du?« Mit seinem Bürstenschnitt sah er aus wie ein Feldwebel der Marineinfanterie.

Er nickte. »Laß einmal in der Woche den Motor laufen, wegen der Schmierung. Ein-, zweimal mit Politur behandeln. Nach undichten Stellen schauen. Noch Fragen?«

»Zählt das jetzt als Scheidung, als Trennung auf Probe oder als Ehekrach? Wir mußten neulich in der Schule ein Formular über unsere häuslichen Verhältnisse ausfüllen, und ich wußte nicht, was ich eintragen sollte.«

»In der Schule? Wozu denn das?«

»Für Englisch, zum Thema ›Was es heißt, Mensch zu sein‹. Die Formulare sollten als Diskussionsgrundlage dienen.«

Sein Kiefer verkrampfte sich. »Wie heißt dein Klassenlehrer?«

»Mr Reeves«, sagte ich. Roman notierte den Namen innen auf ein Streichholzbriefchen und steckte es in die Jackentasche, wo es, wie ich wußte, aus den Augen und damit aus dem Sinn wäre, bis die chemische Reinigung es fand.

»Wenn es da eine Rubrik gibt ›Stinksaure Mutter‹, kannst du sie ja ankreuzen.«

»Warum kommst du nicht hierher zurück? Drüben auf der anderen Seite der Stadt kriegst du ja doch nichts geregelt.«

»Frag deine Mutter, Gabe.«

Ich schüttelte den Kopf. »Sie sperrt dich nicht aus. Mann, verdammt, sie muß jeden Abend bei United Dairy jobben.« Noch während ich sprach, sah ich, daß das nicht stimmte – Roman und Gladys hatten miteinander geredet, Entschlüsse gefaßt, Abmachungen getroffen, ohne daß ich es wußte. Sie hatte ihn hinausgeworfen und wollte nicht, daß er zurückkam. Er starrte mich an, gab mir Zeit zum Begreifen.

»Das kapier' ich nicht«, sagte ich.

»Hör zu, Junge, zwischen Mann und Frau liegen Welten.«

»Hab' ich gemerkt.«

»Ja, auch im Zorn unterscheiden sie sich sehr deutlich. Das ist der Hauptgrund für das alles hier. Wenn du einen Berg beseitigen willst, dann kannst du ihn entweder mit Dynamit in die Luft sprengen. Oder du kannst ein paar tausend Jahre warten, bis Wind und Regen ihn abtragen. Das ist der Unterschied.«

»Danke, Meister«, sagte ich. Ich hatte im Fernsehen ›Kung Fu‹ gesehen.

Roman kniff die Augen zusammen. »Was soll dieser ›Meister‹-Mist? Wie alt bist du eigentlich?«

»Sechzehn.«

Er kratzte sich am Kopf. »Dachte, du wärst fünfzehn.«

»War ich. Dann ist eine Weile vergangen, und ich bin sechzehn geworden.«

Er zuckte die Schultern. »Wenn du den Wagen mal ausführen willst, geht das von mir aus klar. Wenn du ihn schrottest, kriegst du so lange Lohnabzug, bis alles bezahlt ist. Kapito?« Immer wenn er versuchte, hip zu sein, sich der Jugendsprache zu befleißigen, dann wußte ich, daß er sich irgendeiner Entfremdung zwischen uns bewußt geworden war, einer Distanz, die er so leicht überbrücken zu können glaubte, wie er einen Geschäftsabschluß tätigte: mit den rechten, sorgfältig gesetzten Worten.

Ich nickte. »Klaro«, sagte ich.

Ich fing an, jeden Abend mit dem Auto Gladys zu besuchen und in ihrer Pause mit ihr zu plaudern. Auf diese Weise hatte ich etwas zu tun. Es tat mir leid, daß sie da so allein arbeitete; wenn ich beide ständig daran erinnerte, daß meine Wenigkeit auf der Welt war, würden sie vielleicht eher wieder zusammenkommen, dachte ich. Manchmal glaubte ich, das einzige zu sein, was sie noch gemeinsam hatten. Gladys freute sich, daß ich kam, fragte aber nie, ob ich den Wagen benutzt hatte, so daß ich meine vorbereitete Notlüge, ich sei mit dem Bus gekommen, nicht einzusetzen brauchte. Wir trafen uns im Aufenthaltsraum für die Angestellten, wo eine Tiefkühltruhe voller Köstlichkeiten wie Brauner Bär, Schlemmerbecher und Eiscreme-Sandwiches stand, aus der man sich nach Belieben bedienen konnte. Allabendlich angelte Gladys irgend etwas für mich heraus, während sie Kaffee trank, Eis aß und Marlboros rauchte, eine Angewohnheit, die sie von ihrem Vorarbeiter übernommen hatte, einem hochgewachsenen Hispano, den alle Schneeball nannten, wegen des gefrorenen Schweiß- und Kondenswasserklumpens, der ewig an seinem Spitzbart hing. Ehe ich den ersten Bissen von meinem Braunen Bären nahm, toastete ich Gladys damit zu und sagte: »Der einzige Kaiser ist der Eiskaiser.« Vor kurzem hatte ich das Wallace-Stevens-Gedicht in der Schule gelernt, und obwohl ich keinen Schimmer hatte, was es bedeutete, gefiel mir sein Sound, und es machte Gladys glücklich, wenn ich Lyrik rezitierte.

Ehe sie sich zu mir setzte, hatte sie ein paar Minuten im Aufwärmraum verbracht, einer Holzkabine mit einer gelblichen Heizlampe, ähnlich der, die in Schnellimbissen die Pommes frites warm hält. Ich sah zu, wie sie unter der Lampe die vereiste Kluft, Handschuhe und Maske abpellte und die Wärme in Hände und Gesicht einsickern ließ. Dann setzte sie sich zu mir, trank, rauchte und kaute, wobei ihr feuchtes Haar nach Zigaretten und harter Arbeit roch. Sie zeigte mir den Sprung, den das Glas ihrer Armbanduhr bekommen hatte, als sie zu rasch aus dem Kühlhaus in das geheizte Zimmer gegangen war. Ich hätte mich erboten, ihre Arbeit zu machen – jede Arbeit –, aber sie wollte nichts davon hören. Roman war direkt nach der Highschool in den Beruf eingestiegen und war erst nach ihrer Heirat noch einmal aufs Junior College gegangen, wo sie ihn für einen Kurs mit dem Thema ›Die Großen Bücher‹ angemeldet hatte. Jeden Abend, erzählte sie mir, habe er in seinem Lehnstuhl gesessen, Crown Royal getrunken, Seiten umgeblättert und immer wieder gefragt: »Und was ist *hieran* so großartig?« Noch vor Semesterende brach er ab.

Gladys hielt mir ihre Schachtel hin, und ich nahm eine Zigarette. »Du hast dich mit deinem Vater getroffen«, sagte sie. Sie gab mir Feuer und sich selbst auch.

»Du ja auch«, gab ich zurück, abwechselnd ziehend und an meinem Braunen Bären knabbernd.

Sie schüttelte ihre nasse Mähne. »Hab' nur zweimal mit ihm telefoniert. Wie geht's ihm?«

»Nun, sein Haar wächst nach.«

Da lächelte sie und schüttelte wieder den Kopf. Ich nahm das Lächeln als Zeichen, daß sie bereit war, ihm zu vergeben; daß sie den Umstand, daß er in sechs Monaten fünf Jobs verloren hatte, und den Umstand, daß sie für einen Dummenjungenstreich Kaution plus Geldstrafe plus Gerichtskosten für ihn zusammenkratzen hatte müssen, unter »Roman ist eben Roman« abbuchte.

»Er möchte wieder heim«, sagte ich.

Sie drückte die Zigarette aus und fächelte mit der Hand. Allmählich wurde es ihr warm in ihrer Polarhose. Sie preßte die Lippen zusammen. »Dazu müßte er ein paar Bedingungen erfüllen.«

»Zum Beispiel?«

»Eine feste Anstellung zum Beispiel. Hat er sich eine besorgt? Was macht er denn den ganzen Tag in seinem Motel? Schwimmen im Pool?«

Ich dachte an die Hintergrundgeräusche am Telefon, Baseball aus dem Fernseher, Musik aus ›Der Preis ist heiß‹ und ›Ein Käfig voller Helden‹, das Knistern von Chipstüten, das Zischen von Bierdosenverschlüssen.

»Er sucht Arbeit«, log ich. »Es ist im Augenblick nicht leicht. Harte Zeiten.« Ich wußte, daß sie mir meine Einschätzung der Wirtschaftslage wohl kaum abnehmen würde, wie ich dasaß, mit Eisklecksen auf meinem Doobie-Brothers-T-Shirt.

Sie verdrehte die Augen. »Kann mir schon denken, welche Art Arbeit«, sagte sie. »Das hat er mal in 'nem Motel gemacht, als wir zusammen in Carolina Beach waren.« Jahre zuvor, erzählte sie, kurz vor Ende ihres Urlaubs, sei ihnen das Geld ausgegangen, und sie hätten auf dem Zimmer im Bee Hive Motel Wurstbrote essen müssen statt gebackener Shrimps im Restaurant. Da hatte Roman die letzten achtzehn Dollar genommen und sie an der Rezeption in Quarters eingetauscht, war über den niedrigen Zaun am Pool geklettert und hatte sämtliche Softdrinkautomaten restlos geleert und die Dosen in große Kühltaschen gepackt. Am nächsten Tag kletterte das Thermometer auf über 30 Grad Celsius, und rund um den Pool hämmerten durstige Schwimmer mit der Faust an die leeren Automaten. Roman saß auf einer Liege und verkaufte seine Drinks mit fünfzig Prozent Aufschlag. In zwei Stunden machte er genug Gewinn, daß sie abends in Calabash dinieren und sich an Shrimps und fritiertem Maisbrot gütlich tun konnten.

Ich lachte. »Das ist großartig.«

Sie schüttelte den Kopf. »Es ist eben nicht großartig, Gabe, das ist es ja gerade. Überhaupt frage ich mich, warum immer alles großartig sein muß, immer eine Riesenkiste?«

Ich ließ die Zigarette auf den Betonfußboden fallen und trat sie aus. »Wetten, damals hast du dich nicht beklagt, als ihr euch den Bauch mit Shrimps vollgeschlagen habt.«

Sie musterte prüfend mein Gesicht. »Warum ergreifst du jetzt Partei?«

»Warum *schaffst* du Parteien?«

Sie warf ihre Zigarette neben meine und trat darauf. »Er hat dich fast in den Knast gebracht, Gabe. Ich habe das satt. Wirklich. Du solltest es eigentlich auch satt haben.«

»Tut mir leid, habe ich aber nicht.«

»Er muß erst einiges mit Dutch klären. Dann können wir dieses lächerliche Spiel vielleicht beenden.«

»Was muß er klären?«

»Er muß auf ihn hören, muß endlich mal ein bißchen Vernunft annehmen.«

»So lautet die Bedingung?«

»Ja.«

»Dutch hat 'ne Menge Vernunft«, sagte ich. »Er hat sie wie andere Leute Durchfall.«

Gladys schoß die Röte in die Wangen, als sei sie geradewegs aus der Kühlkammer gekommen. »Du plapperst deinem Vater nach. Benimm dich doch bitte nicht wie eine dumme Bauchrednerpuppe, Gabe.«

»Wer ist eine Bauchrednerpuppe?« Ich blickte auf und sah Schneeball in den Pausenraum treten und in der Truhe nach einem Eiscreme-Sandwich wühlen. Er trat auf uns zu und nahm eine von Gladys' Zigaretten.

»Mein Sohn, manchmal«, sagte Gladys.

»Aha, das ist also dein Sprößling«, sagte er. »Habe von dir gehört.« Abwechselnd biß er ab und zog an seiner Zigarette, offenbar war das die Art, wie man in diesem Hause sein Eis aß.

»Gabriel heißt er«, stellte Gladys mich vor. Daß sie mich beim vollen Namen nannte, verriet mir, wie sauer sie auf mich war.

Er lächelte. »Und da kam der Engel Gabriel vom Himmel herab«, tremolierte er in brüchigem Bariton. Eiskristalle glitzerten in Bart und Augenbrauen, so daß nicht zu entscheiden war, ob ihre natürliche Farbe Grau oder Schwarz oder irgendein Zwischenton war.

»Erzähl doch mal, Gabriel, wie verdienst du denn deine Brötchen?«

Ich blickte Gladys an. Wenn Erwachsene mich nach meinen Plänen oder Berufsaussichten fragten, pflegte sie einzuspringen und mich als werdenden Künstler auszuweisen, begabt, aber undiszipliniert, der seine Form noch nicht gefunden habe. Dann peinigten mich Gewissensbisse, wußte ich doch, daß ich keinerlei Talent hatte, daß in meinem Geist keine Inspiration loderte, keine künstlerische Erleuchtung aufflammte, sondern eher eine kleine Taschenlampe brannte, zuverlässig, praktisch für einfache Arbeiten, ohne hohe Wattzahl. Diesmal aber war Gladys zu wütend und schwieg.

»Ich bin Schüler auf der Page Highschool«, sagte ich.

»Da verdient man heute ziemlich klotzig Geld, hab' ich gehört«, sagte Schneeball. Er lachte einen jener brüllenden, heiseren Raucherlacher, was ihn mir sofort sympathisch machte, auch wenn er über mich spöttelte. Gladys hatte von ihm erzählt, wie er dauernd Fotos seiner drei Kinder herumzeigte und von Picknicks und Campingfahrten schwärmte, die sie zusammen machten. Kam mir immer seltsam vor, dieses traute Familienleben, wie bei den Hinterwäldlern auf Romans Postkarten.

»Und ich werde auch Künstler«, sagte ich, als Versöhnungsgeste gegenüber Gladys.

»Künstler?« fragte er ohne verächtlichen Unterton, nur tief erstaunt, als ob ich angekündigt hätte, Baum oder Fisch werden zu wollen. »Okay, Rembrandt, deine Mutter und ich müssen wieder zurück an die Arbeit.«

Gladys stand auf, schlüpfte in ihren Parka und streifte die Fäustlinge über. Dann lehnte sie sich herüber und küßte mich auf die Wange.

»Sag ihm, er fehlt mir«, flüsterte sie mit einer Stimme, die bei diesen leisen Worten fast brach.

Ich ging Roman in seiner Billigbleibe besuchen und hoffte, ihn auf die Bedingung vorbereiten, den Schlag abfedern zu können. Ich wußte, was es für ihn bedeuten würde, stillsitzen und Vernunftpredigten von Dutch anhören zu müssen, besonders solche, die in seine Ehe eingriffen. Gladys hinter sich, würde Dutch einen Eimer gesunden Menschenverstand absondern, ihn über Romans Haupt ausschütten und erwarten, daß er es hinnahm, ohne zu mucksen. Diese Vernunftpredigten kannte ich vom ersten Samstag im April, dem Tag, an dem Dutch immer herüberkam, um für Roman die Steuer zu machen. Jahr für Jahr tat er es, freiwillig, obwohl ich rückschauend glaube, daß auch Bitten von Gladys dahintersteckten und der Wunsch, ihr gefällig zu sein. Punkt zehn stand er auf der Matte, im weißen Anzug, die Fordhändlermedaille und die Stars and Stripes als Anstecker säuberlich am Revers. Roman pflegte samstags um zehn draußen auf der Veranda auf dem Sofa mit dem extra strapazierfähigen Bezug zu sitzen, in der Hand ein Longdrinkglas mit einer Bloody Mary, aus dem eine schlaffe Selleriestange hervorlugte. An solchen Vormittagen trug er ein rot-weißes Ban-Lon-Hemd mit offenem, hochgeklapptem Kragen, burgunderfarbene Badehose, lederne Hauspantoffeln, Sonnenbrille. Er sah aus wie ein Hollywoodmogul alten Stils, und manchmal bedauerte ich es, daß wir keinen Swimmingpool hatten, an dem er lümmeln konnte. Statt dessen saß er auf der Veranda und schaute mir beim Rasenmähen und Kantentrimmen zu, wofür er mir einen Dollar die Stunde zahlte (weniger als für andere Jobs, weil die Priddy-Jungs aus der Nachbarschaft auch nur einen Dollar nahmen, und Roman ging immer nach dem niedrigsten Angebot, da kannte er weder Freunde noch Verwandte). Den ganzen Vormittag beobachtete er mich, als sei der Rasen ein Pool und ich ein Starlet auf einem Gummifloß. Gelegentlich blätterte er den Sportteil durch, oder Gladys setzte sich auf einen Drink zu ihm, und sie steckten die Köpfe zusammen, redeten und lachten laut, was mich von der Arbeit ablenkte, weil ich überlegte, worüber sie sich wohl unterhielten, welche Scherze sie rissen, wie die übliche verärgerte Grundstimmung solcher Zuneigung hatte weichen können.

Also: Am ersten Aprilsamstag kam Dutch und bestand darauf, daß sie ins Haus gingen, wo der Rasenmäher sie nicht ablenkte, und bat Roman dann, das Trinken zu lassen, bis sie die Bücher durchhätten. Ein Vorschlag, der mir einleuchtend erschien, aber Roman pflegte im nachhinein davon zu erzählen wie von einem vielsagenden Symptom einer schrecklichen Krankheit, an der Dutch litt.

Sie saßen am Küchentisch, tranken den Kaffee, den Gladys bereitet hatte, und es dauerte keine Viertelstunde, da lief alles aus dem Ruder – meist dann, wenn sie anfingen, Romans Quittungen durchzugehen. Jahr für Jahr, so Dutch, standen Roman x-tausend steuerliche Absetzmöglichkeiten zu, »Gratis-Lunchpakete von Onkel Sugar«, wie er sich ausdrückte. Er erwartete, daß wir darüber lachten, aber nur Gladys gluckste ein bißchen. Steuerrechtlich arbeitete Roman für seine Auftragsfirmen als freier Subunternehmer oder Scheinselbständiger, und jede Motelrechnung, jede Schale Chili con Carne, jeder geflickte Reifen, jeder Ölwechsel, jede Anzugreinigung und jedes Nachformen des Hutes, jede Straßenkarte und jede Schachtel Kleenex – alles, was er unterwegs zahlte – war absetzbar. Das Problem war der Nachweis. Jedes Jahr drängte Dutch, daß Roman sich ordentlich um die Quittungen kümmerte. Im Vorjahr hatte er Roman eigens einen Ringhefter gekauft, mit Plastiktaschen für die einzelnen Ausgabenrubriken, und hatte alle zwei Monate angerufen, um Roman zu kontrollieren. Als er dann das nächste Mal kam, brachte Roman den Ringhefter, und er enthielt drei Quittungen für Zigaretten, einen zerbrochenen Zahnstocher, eine Postkarte von der Tweetsie Railroad, eine Handvoll Hustenbonbons und eine X-Ray-Sonnenbrille.

»Da soll mich doch«, sagte Dutch.

»Roman, du hast es versprochen«, sagte Gladys.

»He, die ist für dich, Gabe«, sagte Roman und reichte mir die Brille. »Die hab' ich in Myrtle Beach besorgt und dann ganz vergessen.«

»Danke, Dad.« Ich setzte die Brille auf und beobachtete die beiden durch die Gläser. Dutch blätterte die leeren Seiten des

Hefters durch, brandrot im Gesicht; mit und ohne X-Ray war seine Laune mit Händen zu greifen.

»Roman, so eine Schlampigkeit ist mir noch nie untergekommen. Tut mir leid, Gladys, aber soll ich dazu einfach ja und amen sagen? Wie stellt ihr euch das eigentlich vor?« Gladys lief rot an.

Roman knabberte an seiner verfärbten Selleriestange. »Reingefallen, Dutchy Boy. Ich habe nämlich alles aufgehoben. Hab' nur nicht deine kleine Aktenablage benutzt. Kannst mich ja anzeigen.«

»Keine Sorge, das macht schon Vater Staat.«

»Jetzt haltet euch fest.« Roman verschwand im Korridor, während Dutch Gladys und mich anschaute und langsam den Kopf schüttelte. Roman brachte einen riesigen Bierkrug zurück, vom Lakeland Amusement Park, der vollgestopft war mit Quittungen, die meisten selbstgeschrieben, auf Streichholzbriefchen, Servietten, Fetzen von Straßenkarten gekritzelt. Dutch schwieg, bis sie fast schon am Boden des Krugs einen Beleg über 12,48 Dollar für »Benzin, Dörrfleisch, zwei Kokosriegel, anständigen Haarschnitt« fanden. Dutch hielt ihn wie eine schmutzige Windel und ließ ihn langsam zu Boden flattern. Ich stand da und fragte mich, wo Friseure und Tankwarte in Personalunion zu finden seien. Stumm sammelte Dutch seine Schreibgeräte und den Taschenrechner ein und sagte beim Gehen, Gladys verdiene was Besseres, ich möge mich mit dem Mäher vor den Trittsteinen in acht nehmen, und er wünsche Roman viel Spaß im Knast.

In der Billigpension standen die Dinge schlimmer, als ich erwartet hatte. Sofort fielen mir die drei leeren Crown-Royal-Flaschen auf, die in Reih und Glied auf dem Fernseher standen. An Lebensmittelspuren waren nur Plastiktütchen zu sehen, Reste von Chipstüten aus dem Automaten. Roman hatte weder Schlips noch Jackett an, die er normalerweise, wenn auch häufig zerknittert, immer trug – abgesehen von Samstagen, wo die Filmmogul-Aufmachung angesagt war. Sein Hemd war an einer Seite aus der Hose gerutscht, und unter der Brusttasche hatte es Brandflecken, drei braune Löcher, die wie ein kleines überraschtes Gesicht dreinschauten, Mund und zwei aufgerissene Augen, als habe Roman sie absichtlich so arrangiert.

»Willst du den ganzen Tag da rumstehen?« fragte er. Das kleine Gesicht hatte mich so fasziniert, daß mir der dunkelrote Crown-Royal-Beutel gar nicht aufgefallen war, der ihm wie ein Schal von der Schulter hing.

»Wollte nur mal sehen, wie's dir geht«, sagte ich.

»Laß uns hier raus, komm, eine kleine Spritztour. Will auch den Wagen begutachten, ob du ihn gut behandelt hast.«

Es war deutlich zu merken, daß der Zustand des Zimmers und sein eigener Zustand ihm peinlich waren. Rasch stopfte er das Hemd in die Hose und feuchtete an der Spüle sein schütteres Haar an. Er schnappte sich seine Zigaretten, kratzte sich das unrasierte Kinn, blickte mich an und zuckte die Achseln. Der Crown-Royal-Beutel war ihm trotz zweimaligen Blicks in den Spiegel offenbar gar nicht aufgefallen. Oder er hatte ihn bewußt umgehängt, aus irgendeinem besonderen Grund. Ich hatte Angst zu fragen, Angst, seine Begründung zu hören, weil sie wieder einmal keinem verständlich sein würde außer ihm, wie damals die Erklärung dafür, daß er sich den Kopf geschoren oder dem verrückten Dr. Ballister Hausputzmittel zu verkaufen gesucht hatte. Er angelte sich eine Flasche und eine Mappe mit Papieren, und wir verließen das Motel.

Er ließ mich fahren – gottlob brauchte ich ihn nicht darum zu bitten –, und hinaus ging's auf die Interstate 40 Richtung Winston-Salem. Ein festes Ziel hatten wir nicht; lange fuhren wir schweigend, das Radio schnurrte, die Klimaanlage malte Kondenswölkchen auf die Frontscheibe. Roman rauchte und blickte hinaus auf die Kuhweiden und Tabakfelder, die Motels und Tankstellen an den Auf- und Ausfahrten. Daß ich keinen Führerschein hatte, machte mir längst keine angst mehr, es schien eine kleine persönliche Macke, die mich nur dann beim Fahren störte, wenn ich an sie dachte, etwa wie die Neigung des Chevy, nach rechts zu ziehen. Immer wenn ich zu Roman hinüberblickte, starrte er aus dem Fenster, nicht traurig oder zerstreut, sondern augenscheinlich interessiert. Von mir nahm er keine Notiz, und mein Blick blieb schließlich an dem kleinen Gesicht aus Brandlöchern hängen und an dem dunkelroten Beutel mit der Kordel; ich suchte ihn mit seinen gesammelten Mißgeschicken und Fehltritten zu verstehen. Wir waren schon ziemlich weit gefahren, und ich fragte mich besorgt, ob es auf diese Weise vielleicht weiterging bis Asheville und Knoxville und Nashville und dann nach Arkansas, ohne Pause, nur mit Tankstopps. Dann wurde mir klar, daß das keine Entfernungen waren für einen Mann wie ihn, der schon bis Tennessee gefahren war, nur um getürkte Postkarten einzuwerfen, der manchmal siebentausend Meilen die Woche runtergerissen hatte. Bei dem Gedanken wurde ich etwas ruhiger.

»Du hast dir Löcher ins Hemd gebrannt«, sagte ich. Ich suchte nach einem Einstieg ins Thema »Dutch und Vernunft annehmen«.

Roman blickte auf sein Hemd hinab. »Ich hab' noch ein anderes«, murmelte er. Und wandte endlich den Blick zu mir. »Was gibt's denn bei dir Neues?«

Ich zog die Schultern hoch. »In der Schule – alles okay.« Ich versuchte nachzurechnen, wie viele Tage ich in den letzten beiden Wochen gefehlt hatte.

»In welcher Klasse bist du jetzt?«

»In der Elf. Nächstes Jahr bin ich fertig«, sagte ich, wohl wissend, daß »fertig« grundsätzlich zunächst einmal alles mögliche heißen konnte.

»Gott, kaum zu glauben. Ich weiß noch, wie ich dich zur Einschulung gefahren habe. Hast dir die Augen ausgeheult, als ging's nach Sing-Sing oder so. Weißt du noch, was ich gemacht habe?«

»Mir gesagt, Not sei der Seele Brot?«

Roman wandte sich um und blickte mich eine geschlagene halbe Minute an. »Wo hast du denn das her? Nein, ich habe deine Lehrerin beiseite genommen, du weißt schon, die mit Lidstrich und Turmfrisur...«

»Mrs Kenny.«

»Genau. Mrs Kenny beiseite genommen und ihr gesagt, sie soll ein Auge auf dich haben, und hab' ihr zwanzig Mäuse in die Hand gedrückt.«

»Was?« Vor Schreck kam ich fast von der Spur ab. Es schockte mich, beinahe als hätte er ihr die Hand in die Bluse gesteckt.

»Und was hat sie gemacht?« fragte ich.

»Na, was? Sie hat's genommen. Hat auch gewirkt. Als ich dich abholte, stand sie mit dir am Bordstein, die Arme um dich gelegt, als wärest du ihr verlorener Sohn.«

Plötzlich hatte ich das bodenlose Gefühl, jeder, der mir von Kindesbeinen Nettigkeit oder Interesse entgegengebracht hatte, sei von meinem Vater bestochen worden. Mir verschlug es die Sprache.

»Wie geht's deiner Mutter?« fragte Roman. Er bot mir eine seiner Pall Malls an, und ich nahm sie. Ich drückte auf den elektrischen Anzünder und wartete auf den Klick, während ich mir eine Antwort zurechtlegte.

»Sie kommt ganz gut klar, aber sie haßt ihren Job bei Dairy.« Daß es weniger der Job selbst war, sondern der Grund, warum sie ihn hatte antreten müssen, verschwieg ich.

Er schüttelte den Kopf. »Wie hoch ist der Mindestlohn? Soviel Hüttenkäse, wie man essen kann?«

Ich nahm einen Zug und blies den Rauch aus dem Fenster. Vorhin irgendwo, auf mir fremdem Territorium, war ich von der I 40 abgekommen und auf der alten Straße nach Boone gelandet. Schilder kündigten die Touristenattraktionen an: Blowing Rock, Tweetsie Railroad, Unto These Hills mit seinen Indianerspielen, The Land of Oz. Letzteres war ein Themenpark, der nach dem Film ›Der Zauberer von Oz‹ ausgestaltet war und in dem man durch eine Bauernhauskulisse wandern konnte, die schwankte und zitterte, während das Röhren eines Wirbelsturms und das Bellen des Hundes Toto über Lautsprecher eingespielt wurden; wenn man auf der anderen Seite hinausging, lag das Haus schief und geborsten hinter einem, und aus dem Fundament ragten die bestrumpften Füße der Bösen Hexe. Gelb bepinselte Backsteinpfade führten durch den Wald; man begegneten kostümierten Akteuren; aus Baumlautsprechern ertönte ›Somewhere Over the Rainbow‹. Gipserne Munchkins und bemooste Riesenpilze säumten den Weg. Das Hauptgebäude war ein Souvenirladen und Museum, wo Dorothys rosarote Schuhchen neben Margaret Hamiltons Fahrrad ausgestellt waren und von wo ich unerklärlicherweise stets mit den gleichen Trophäen, einem Kriegsbeil aus Gummi und einem Indianerkopfschmuck aus Pappe, herauskam.

Romans Revier für Moran-Rasensprenganlagen hatte einst dieses gesamte Gebiet im westlichen North Carolina umfaßt, und manchmal, wenn wir ihn begleiteten, nahm Gladys mich mit ins Land of Oz. Die anderen touristischen Ziele waren nicht so nach ihrem Geschmack. Die Tweetsie, sagte sie, sei zu gewalttätig mit ihren fingierten Indianerüberfällen, und die Klettertour auf Blowing Rock zu gefährlich. Rückblickend meine ich: Schon damals hatte sie Pläne für mich als Künstler und hoffte, das Zauberland Oz werde mich inspirieren. Doch das einzige, was mich fesselte, war der Billigkram im Souvenirladen – die Malbücher, die Maiskolbenpfeifen, die Gummispeere. Gladys muß die Schäbigkeit dieses Rummels bemerkt, aber darüber hinweggesehen haben. Angezogen hat sie wahrscheinlich nur der ›Rainbow‹-Song, Judy Garlands magische Stimme, die durch die Kiefernwipfel schwebte, über die Parkplätze und Würstchenbuden. Dieser Gefühlskern, dies beinahe zufällig zwischen all den Glitter geratene Juwel hat den Jahrmarktskitsch für sie erträglich gemacht. Und sie wohl auch immer wieder aufs neue dazu gebracht, schlechte Gedichte zu schreiben und sich nicht scheiden zu lassen. Im Vorbeifahren deutete Roman mit der Zigarette auf den abblätternden Wegweiser zum Zauberland Oz (»Lassen Sie sich entführen ins Reich der Magie!«) und bedeutete mir abzubiegen.

Der Parkplatz lag da wie immer, unverändert, das Häuschen mit der Eintrittskasse und dem Andenkenladen aber rottete vor sich hin, das Dach schon fast eingestürzt. Wir gingen an abpellender Alu-Wandverkleidung, nackten Holzlatten und geborstenen Fensterrahmen vorbei. Alte Klimaanlagen und ein rostiger Kühlschrank lagen verstreut zwischen Kartons mit altersbleichen Oz-Aufklebern. Immer noch führten die Waldpfade durch das Gelände, und als wir sie abwanderten, fanden wir hie und da, unkrautüberwuchert, Haufen beiseite geräumter gelber Backsteine. Das Betonfundament des Bauernhauses war geschwärzt von Lagerfeuern, übersät mit Bierdosen und Fast-Food-Resten. Verschwunden die meisten Gebäude, ihre Spuren schon fast verwischt von der Natur. Am Wege übriggeblieben ein paar Gipspilze, grün übermoost. Wir hielten irgendwo an, setzten uns auf zwei Baumstümpfe und ließen die Flasche Crown Royal hin- und hergehen. Immer noch hing der dunkelrote Beutel über Romans Schulter, und immer noch nahm er keine Notiz davon.

»Warum wolltest du hierher?« fragte ich.

»War früher oft hier«, antwortete er. »Hinter Knoxville, zum Ausruhen, Pinkelpause, Rauchpause, was zu essen. Und deine Mutter hat dich hierhin mitgenommen, weißt du noch?«

Ich nickte und dachte einen Augenblick nach. »Mom will, daß du nach Hause zurückkommst.«

Roman blickte mich an, die Augen verquollen und dunkel. »So, so.« Seine Brauen hoben sich. »Das war ja leicht. Ich hatte schon vor, dich zu instruieren, damit du sie bearbeitest. Dann ist das hier wohl nicht mehr nötig.« Er hielt die braune Mappe mit den Papieren hoch.

»Was ist das?«

»Spielt jetzt keine Rolle mehr. Fahren wir heim.«

»Einen Augenblick noch«, sagte ich, im Geiste den Feigen Löwen vor mir, wie er ängstlich den Trampelpfad hinunterlief, auf der Suche nach den verschwundenen Gefährten.

»Wieso, Gabe, was gibt's denn noch?«

»Sie möchte, daß du eine Voraussetzung erfüllst. Eine Kleinigkeit, nichts Schweres. Kostet dich keine halbe Stunde.« Ich merkte: ein Verkaufsgespräch. Überzeugungsarbeit, die ich da leistete.

»Mich am Riemen reißen? Job finden? Das weiß ich schon alles. Nichts Neues.«

Schon das war viel verlangt, wie sollte das in einer halben Stunde zu schaffen sein; und einen Herzschlag lang war ich wieder sauer auf Gladys, weil sie ja noch mehr verlangte, weil sie, dachte ich, ihm abverlangte, sein Versagen vor sich auszubreiten, ihm voll ins Auge zu sehen.

Ich kickte ein Kieselsteinchen hoch. »Sie will, daß du mit Dutch sprichst. Und mehr noch: daß du auf ihn hörst.«

Er nahm einen Schluck aus der Flasche. »Dann wird wohl nichts draus, fürchte ich.«

»Dad, du mußt das in Ordnung bringen. Es ist schon zwei Wochen her.«

»*Wir* müssen es. Nicht Dutch. Er soll sich da raushalten, verdammt noch mal.«

»Du mußt ja nicht alles tun, was er sagt, du brauchst auch kein Wort mit ihm zu reden. Nicht wie damals bei der Steuer. Nur ein bißchen zuhören. So wie ich dir immer zuhöre. Was ist daran so schwer?«

Roman erhob sich und ging ein paar Schritte auf dem gelben Backsteinpfad auf und ab. »Ich tu's unter einer Bedingung. Wenn du mir sagen kannst, was Dutch mit meiner Ehe zu tun hat.«

Er stand da in der Stille des Waldes, um uns die leise bröselnden Gipspilze, und wartete auf meine Antwort: Rhetorische Fragen gab's nicht. Und natürlich hatte ich keine Antwort. Was wußte ich vom Gefühlsleben in ihrer Ehe, überhaupt in irgendeiner Ehe? Ich zuckte die Achseln.

»Das habe ich mir gedacht«, sagte Roman.

»Warum gehst du nicht zum Schein darauf ein? Sitzt nur da und denkst an die Baseballtabelle, oder sagst innerlich das Alphabet rückwärts auf, blickst Dutch alle paar Minuten an und nickst?«

»Hier geht es ums Prinzip, Gabe, das scheinst du zu vergessen.«

Prinzip, ausgerechnet er als Prinzipienreiter, er, der sich einmal den Arm in Gips hatte legen lassen, um Unfallversicherungen an den Mann bringen zu können.

»Ich vergesse gar nichts. Ich weiß nur, daß das hier eine Scheißsituation ist.«

»Einverstanden.«

»Ich weiß gar nicht, worum ihr euch eigentlich streitet. Ihr zankt euch und wollt irgendwie doch ein und dasselbe.«

»Das ist kompliziert, Junge.«

Ich fühlte mich wie ein Football-Trainer in der Highschool, der sein Team zusammenstaucht und auf die Kernfrage zu sprechen kommt. »Liebst du Mom?« fragte ich.

»Liebe«, seufzte er und setzte sich neben mich. »Liebe, Liebe.« Langsam schüttelte er den Kopf, als hätte er eine tiefe Wahrheit ausgesprochen.

»Ich liebe eine gute Flasche Whiskey«, fing er an und trank einen Schluck. »Ich liebe eine neue Polsterung in einem Wagen. Ich liebe Frauenstimmen, die im Foyer eines Hotels widerhallen.« Er blickte mich an, wie um zu sehen, ob das Eindruck machte. Ich erwiderte seinen Blick als Zeichen der Bestätigung.

»Also, Junge. Stell dir eine dieser großen, noblen Hotelhallen vor, Palmen, Polstersofas, die Frauen in einer Gruppe zusammen, morgens nach dem Frühstück, wie sie Pläne schmieden, Sonnenhüte auf dem Kopf.« Er lächelte, wie bei einer Erinnerung.

»Ich liebe es, wenn ein Kunde nach einem Abschluß glücklich ist, nicht weil er etwas *hat*, sondern weil er es *gekauft* hat. Ich liebe es, aus dem Autofenster zu blicken, irgendwo, in wildfremden Gegenden, und Kühe oder Golfer – ein und dasselbe – auf 'ner Wiese stehen zu sehen. Ich liebe Jukeboxen, die deine Münze wieder ausspucken, aber trotzdem für dich spielen. Ich liebe es, wenn du um 'ne Ecke biegst und ein Haufen Lausebengel spritzt auseinander, weil sie Unsinn im Schilde führen. Ich liebe kräftig gebaute blonde Texanerinnen. Richtig was dran, aus der Nähe, große Hände, große Füße. Kräftiger Lippenstift. Und weißt du, warum?«

Ich schüttelte den Kopf.

»Weil sie meinesgleichen nicht mal guten Tag sagen.«

Ich fühlte mich verwirrt, befangen, weil er mehr sagte als je zuvor, und suchte mich in ihn als Menschen hineinzuversetzen, nicht als meinen Vater. Ich wollte Schritt halten, mitkommen. »Und warum sollten sie?« fragte ich zögernd.

Er deutete auf mich. »Genau. Du hast es erfaßt.«

»Aha, und was hat das mit Mom zu tun?«

»Sie gehört auch zu ihnen«, sagte er, als er meinen Gesichtsausdruck bemerkte. »An führender Stelle gewissermaßen.«

»Na, das ist doch was«, sagte ich.

»Eben«, erwiderte er und ignorierte meinen Sarkasmus. »Nach zwanzig Jahren ist das mehr, als man glauben möchte.«

Inzwischen war es Spätnachmittag, die Schatten waren länger geworden, und wir pilgerten zum Auto, um die Rückfahrt nach Greensboro anzutreten, pilgerten auf dem Waldweg, den ich so oft gegangen war, als Junge, der die Lügen des Erlebnisparks hatte für wahr nehmen, sich den Kostümen und Riesenpilzen und Gipsfiguren hatte hingeben wollen und es nicht gekonnt hatte. Wir waren schon halb beim Wagen, da fiel mir ein, daß ich nicht gefragt hatte, an welchem Platz auf seiner Liste ich stand. Irgendwo eingequetscht, wahrscheinlich … zwischen Fleischkonserven und neuen Schuhen.

Schweigend fuhren wir, beide benommen vom Whiskey, im Abendlicht, das hart und schräg über die Straße fiel. Roman hielt den Kopf zum Fenster gedreht, Ausschau haltend wohl nach Golfern oder Kühen. Mir fiel auf, daß der dunkelrote Beutel jetzt weg war, verloren irgendwo im Zauberland Oz. Als ob unser Gesprächsfaden nie gerissen wäre, sagte Roman unvermittelt: »Deine Mutter und ich werden uns etwas überlegen. Mach dir keine Sorgen.«

»Ich mache mir keine Sorgen«, log ich.

»Gut. Ich hab' da ein paar Ideen. Bessere, als mit Dutch zu reden.«

»Was für Ideen?«

Wieder hielt er die Mappe hoch, die er den ganzen Nachmittag bei sich getragen hatte. »Hier«, sagte er. »Unsere Geheimwaffe.« Zum wiederholten Mal weigerte er sich, auf den Inhalt einzugehen. Ich würde es schon noch beizeiten erfahren, sagte er. Ich suchte mir auszumalen, was für Papiere das waren, erwog alles von mehrfachen Entwürfen eines glühenden, seelenentblößenden Liebesbriefs bis zu Pfandbriefen, Aktien und Schuldscheinen, mit denen er sich erpresserisch ihre Zuneigung wieder erschleichen wollte. Zwischen diesen beiden Polen schien alles möglich.

DRITTES KAPITEL

Zwei Tage später schneite Roman ins Haus und fand mich vor dem Fernseher, vor ›Einschalten und Abräumen‹, hektisch immer wieder die Wählscheibe drehend, um Shirley Beachum anzurufen, die Filmquiztante, weil ich die Lösung der Tagesfrage kannte, weil ich wußte, daß Chuck Connors gemeint war, und weil der Jackpot bei 150 Dollar stand. Roman wußte genau, daß er mich am Freitagnachmittag nicht in der Schule zu suchen brauchte. Gladys war fort, zur Probe mit ihrem Madrigalchor. Grußlos fing Roman an zu reden.

»Dutch ist wieder da«, sagte er. »Deine Mutter hat es mir telefonisch ausgerichtet, das heißt also, sie möchte, daß dieses Treffen bald zustandekommt.«

»Was hat sie gesagt?«

»Sie hat auf den Anrufbeantworter gesprochen. Ich war nicht da.«

Ich suchte mir vorzustellen, wo er hingegangen sein mochte. Seit zwei Wochen war er ohne Auto, seit fünf Wochen ohne Arbeit. Inzwischen mußte sein »Chancenfeld«, wie er es nannte, ihm verdorrt vorkommen wie die Wüste Gobi.

»Wo warst du denn?« fragte ich, ungehalten, daß er eine Gelegenheit verpatzt hatte, mit ihr zu reden.

»Nein, ich meine, ich war nicht präsent.« Er setzte eine imaginäre Flasche an die Lippen.

»Ruf sie zurück.«

»Werde ich«, sagte er, »aber ich muß es mir erst im Kopf zurechtlegen. Wären wir meinem Plan gefolgt, brauchten wir diese ganze Scheiße hier nicht. Aber jetzt ist es zu spät.« Auf und ab tigernd, hielt er inne und blickte auf den Bildschirm, wo Spencer Tracy sich von Dr. Jekyll in Mr Hyde verwandelte.

»Wem geht's heute wohl schlechter, ihm oder mir?« murmelte er.

Ich merkte, daß der Gedanke, mit ihr zu sprechen, ihn nervös machte. Das gefiel mir an ihm, daß er es auch in einer bösen Klemme nicht fertigbrachte, ihr mit der Profitour zu kommen, daß er nicht versuchte, sich ihr zu verkaufen wie anderen Leuten Glühbirnen oder Omelettpfannen.

»Ich rede mit ihr, wenn sie heimkommt«, sagte ich.

Er nickte. Schweigend schauten wir ein paar Minuten Spencer Tracy zu, der, in schlechter Maske, grimassierend junge unschuldige Frauen durch Londons Straßen jagte. Ich wartete auf Shirley Beachums nächsten Auftritt, weil der Jackpot seit der letzten Werbepause auf 175 Dollar geklettert war. Dann klingelte das Telefon, und Gladys war dran, sie rief aus dem Community College an.

»Du bist zu Hause«, sagte sie ohne Überraschung in der Stimme.

»Ich arbeite gerade an ein paar Ideen. Manche sind wirklich neuartig und inspirierend.« Diese Phrasen drosch ich Gladys zuliebe, ich hatte sie auf den Seminarscheinen gesehen, die sie aus dem College heimbrachte. Bei halbwegs objektiver Betrachtungsweise: Es war beängstigend, wie leicht mir Lügen – ganze Lügengebäude – einfielen und von den Lippen flossen. Meist log ich jedoch automatisch, ohne Nachdenken. Solange es sie glücklich machte.

»Ich hätte dich nicht unterbrechen sollen, aber du mußt für mich ein Wort mit deinem Vater wechseln.«

Ich warf einen Blick zu ihm hinüber. »Es geht wohl um das Treffen mit Dutch, das du in die Wege leiten willst.«

»Ich denke, *Treffen* ist nicht das richtige Wort. *Familienrat* wäre besser.«

»Bin ich dabei?«

»Natürlich bist du dabei. Ich weiß, die Idee gefällt dir nicht, aber Dutch wird uns helfen, Gabe; er wird uns unsere Situation klären helfen. Siehst du das nicht ein?«

Ich sagte, ich sähe es ein. Gladys setzte das Meeting für den nächsten Morgen, bei uns zu Hause, fest. Roman stand im Durchgang zur Küche und hörte schweigend zu, wie wir das Gespräch beendeten.

Ich legte auf. »Zehn Uhr, morgen früh. Sie will eine freundliche Atmosphäre. Es gibt Kaffee und Donuts.«

»Alles klar. Ich sorge für die Bloody Marys.«

Ich hatte vergessen, daß morgen Samstag war und Roman seine Filmmogul-Rolle auf der Verandaliege würde spielen wollen.

»Dad, das ist keine gute Idee, und das weißt du auch.«

»Mein Haus«, sagte er.

»Ja«, seufzte ich, »und wenn du wieder darin wohnen willst, dann sei bitte brav morgen. Du brauchst nur *zuzuhören.*« Eine Predigt, wie Eltern sie ungezogenen Kindern halten.

Er legte die Hand hinters Ohr. »Was hast du gesagt? Ich hab's nicht verstanden.«

Ich fand es gar nicht komisch.

Als ich mich aus dem Bett schwang, hatte Gladys schon Kaffee gekocht und war zu Krispy Kreme geflitzt, Donuts kaufen. Ich fand sie in der Küche, wie sie an den Nägeln kaute. Sie trug das Parfüm und das Augen-Make-up, das sie nur die seltenen Male auflegte, die sie mit Roman auf ein Vertreterbankett ging. Sie stand auf und umarmte mich. Sie trug ein weißes Spitzenkleid, das ich noch nie gesehen hatte. Auf meinem Weg in die Küche hatte ich auf ihrem Bett einen Wust von Garderobe gesehen – Kleider, Hosen, Kartons mit Schuhen, schwarze Spitzenunterwäsche, verstreut, teils auf den Boden gefallen. Bis ich Gladys leibhaftig vor mir sah und sie mich umarmte, war die Einberufung des Familienrats für mich eigentlich nichts gewesen, dessentwegen man hätte nervös werden müssen. Ich hatte sie mir – in Romans Jargon – als »sicheren Deal« vorgestellt; hatte mir ausgemalt, daß man herumsitzen, palavern, lachen würde über die angestellten Dummheiten und daß Roman dann seinen Koffer holen und vor dem Lunch schon ausgepackt haben würde. Gladys hatte kleine weiße Bläschen um die Augen, vom

Tiefkühljob, sagte sie, von Eiskristallen, die auf der Haut festgefroren waren.

»Sieht das schlimm aus?«

»Du siehst prima aus«, erwiderte ich. Daß dieses Treffen ihr so an die Nieren ging, konnte ich kaum glauben, hatte sie doch selbst so hartnäckig darauf bestanden. Erst nach und nach wurde mir bewußt – als ich sie da sitzen sah, zitternd fast vor – ja – Lampenfieber, wie sie ihren Kaffee hinunterstürzte, Zigaretten rauchte und sie in ihrem halbgegessenen Donut ausdrückte –, erst da wurde mir bewußt, wie schwer es für sie gewesen sein muß, mit Roman ganz einfach nur *zurechtzukommen*. Ich dachte an die Liste, die er für mich im Zauberland Oz aufgezählt, die Welt, die er sich zusammengezimmert hatte, eingegrenzt von seinen willkürlichen Vorlieben, seinen Zu- und Abneigungen. Innerhalb dieser Grenzen führte Gladys ihr Leben, ein Leben, das ich zum ersten Mal als ständiges Ringen wahrnahm, als pausenlosen Kampf, ihre Position zu behaupten, oben, »an führender Stelle«, wie Roman gesagt hatte, und nicht herabgestoßen zu werden, entthront von irgendeinem neuen Automodell oder einer neuen Whiskeymarke.

Oder einer Frau, dachte ich; gar nicht so unvernünftig also, ihre Spitzen-BHs und Dessous. Ich erinnere mich an diesen Augenblick in der Küche als ersten echten Einblick in ihre – oder überhaupt irgendeine – Zweierkiste, als hätte ich einen Archäologenspaten in die Oberfläche ihrer Ehe gestoßen und einen kleinen Fingerknochen oder eine Keramikscherbe ausgegraben.

Ich setzte mich zu Gladys und nahm einen Bissen von dem Donut, als es klingelte.

»Es wird alles gut werden«, sagte ich mit vollem Mund.

Dutch kam herein, beladen mit Souvenirs aus Japan. Für Gladys brachte er einen langen seidenen Kimono mit, eingeschlagen in japanisches Zeitungspapier, mit Bindfaden umwickelt. Gladys zog den Kimono über ihr neues Kleid und wirbelte im

Kreis herum, um ihn uns vorzuführen, sanft wogende grün-schwarz-goldene Faltenwürfe, wie fließendes Wasser.

»Wie wunderschön«, rief sie. »Danke, Dutch.«

»Ja, wirklich ... steht dir toll«, sagte Dutch errötend. Er errötete öfter als jeder andere Mann, den ich je gesehen habe. Gladys lächelte und wirbelte noch einmal herum.

Die Innenseite des Kimonos war verziert mit Hunderten winziger rosa Gebilde, die wie Blütenknospen aussahen, verbunden durch grüne Ranken. Gladys inspizierte die schimmernde Seide, während Dutch uns die Verkaufstaktik des japanischen Händlers schilderte: wie er geschwärmt hatte von den Seidenraupen, die, in Handarbeit auf den Bergen gesammelt, mit Tigermilch und Fischöl gefüttert, die feinste Seide der Welt hervorgebracht hätten; wie die Spinntechniken, vor fünfhundert Jahren von Mönchen erfunden, durch dreizehn Kriege hindurch überliefert worden seien. Dutchs Stimmhöhe stieg eine Oktave, während er das nacherzählte; er wirkte, als sei er den Tränen nahe, gerührt vom Schicksal dieses, speziell dieses Kimonos. Seinem Erguß lauschend, fragte ich mich, wie er je ein einziges Auto an den Mann brachte. Gladys ließ die Seide durch ihre Finger gleiten, prüfte den feinen Stich der Nähte, und dann zuckte ihr Kopf hoch, ein schneller Blick zu Dutch und wieder zurück zum Tuch zwischen ihren Fingern. Ich folgte ihrem Blick, und nach einer Minute sah ich, was sie sah: Die Blütenknospen auf dem Kimono waren in Wirklichkeit feine kleine Zeichnungen von Männern und Frauen in verschiedenen erotischen Stellungen. Zwischen Gladys' Fingern schlang eine winzige Prinzessin ihre Schenkel um die Schultern eines winzigen Prinzen. Etwas verkniffen ließ Gladys die Augen kurz zu mir herüberschweifen, aber ich hielt den Blick stur auf Dutch gerichtet und lauschte seiner Story. Er merkte, daß wir beide ihn anstarrten, und sah Gladys' Gesichtsausdruck.

»Es stimmt«, sagte er. »Wirklich, die Glasbläser bauen den Seidenraupen diese kleinen Häuschen, richtige Wohnungen. Kaum zu glauben, ich weiß.«

Er wußte gar nicht, was er ihr geschenkt hatte, und als wir

beide, die es wußten, ihn anstarrten, tat er mir leid. Hin und wieder stieg diese Reaktion auf Dutch in mir auf und überflügelte meine diffuse Abneigung gegen ihn. Manchmal schien er allzu sehr mit seiner Rolle aus den Werbespots verwachsen, ahnungslos, blind, verloren in der Welt und kaum fassend, wie er so viel Geld hatte anhäufen können und sein Disneyland-Haus und warum selbst all das nicht reichte, Miß North Carolina abzuschirmen von der magischen Anziehung der Stadt Las Vegas. Auch damals war dieses Mitleid in mir aufgestiegen, als er zum Steuertermin zur Tür hereinkam wie in jedem April, im weißen Anzug mit den sauber aufgereihten Ansteckern am Revers und einem Lächeln, als hätte ihn jemand mit vorgehaltener Pistole aufgefordert, sich natürlich zu geben. Er trug sein Haar immer gerade so, wie es ihm die Leute von der Maske beim letzten Filmtermin frisiert hatten, und zwischen den Filmterminen wuchs ihm seitlich über dem Ohr eine abstehende Schmachtlocke, und manchmal, wenn er sich unbeobachtet fühlte, sah ich, wie er verstohlen die Schmachtlocke zu glätten suchte. Immer vergebens.

Auch mir hatte er ein Präsent aus Japan mitgebracht, eine Handpuppe mit einem Federmechanismus in den Armen und Boxhandschuhen an den Händen. Auf der Schachtel stand: »Box Gespenst«. Und folgende übersetzte Gebrauchsanweisung:

1) Arme bewegen für Haue.
2) Ganz gefährlich Spielzeug.

»Ist total witzig, das Ding«, sagte Dutch und steckte die Hand in die Puppe. Er boxte mir damit auf die Nase und gab sie mir dann, damit ich ihn zurückboxte.

»Danke, Dutch«, sagte ich.

Und schon öffnete Roman mit seinem eigenen Schlüssel die Tür und trat ein. Er trug seinen besten Seersucker, denjenigen, den Gladys ihm ausgesucht hatte, und war absolut nüchtern. Das Hemd, das er anhatte, war das mit den Brandlöchern, aber das fiel niemandem auf außer mir, und offenbar war es gereinigt und gebügelt. Rasch zog Gladys den Kimono aus und legte ihn zusammen.

»Na, Dutch, wie stehen die Aktien?« fragte Roman und schüttelte seinem Bruder die Hand. »Gladys, verdammt, wie gut, dich zu sehen.«

Sie trat zu ihm und gab ihm einen Wangenkuß, was mich merkwürdig berührte; genau so hatte sie Dutch begrüßt.

»Dein Haar ist nachgewachsen«, sagte sie, um etwas zu sagen. »Manchmal wächst es nicht wieder nach, habe ich gehört.«

Er zuckte die Achseln. »Mit dem Haarwuchs hab' ich kein Problem.«

»Alle Stricklands haben eine dichte Mähne«, bemerkte Dutch.

»Ja, aber schaut euch nur unseren jungen Rebellen da drüben an, sieht aus wie dieser Spaßguerillero, Abbie Hoffman.« Er wies auf mich, und alle drehten sich zu mir um. Ich zuckte die Schultern und lachte, wobei ich mich fragte, wann das Thema Haarwuchs endlich abgehakt sein würde. Schön immerhin, daß es Punkte gab, bei denen Roman und Dutch einer Meinung sein konnten.

»Wie steht's mit der Dichtkunst?« fragte Roman Gladys. »Sonderst du hin und wieder 'n paar gute Verse ab? Könnte ja eigentlich drauf wetten.«

»Ja, ich habe was geschrieben. Wenn ich Zeit hatte, neben der Arbeit und allem ...« Sie ließ den Satz in der Luft hängen, aber ich konnte sehen, daß sie von Romans Frage nach ihrer Lyrik ebenso gerührt wie überrascht war. Er hatte sonst nie danach gefragt, höchstens in der Form, was Gedichte denn heutzutage auf dem Schwarzmarkt brächten.

»Na«, sagte er, »vielleicht könntest du mir mal eins vorlesen.«

»Liebend gern, Roman«, sagte sie und lächelte.

Dutch nickte. »Wenn du mal Verse hast über Ford-Modelle oder leichte Mehrzweckkombis, her damit, ich könnte sie eventuell in Zeitungsannoncen verwenden oder so.«

»Wieso redet plötzlich jeder von meinen Gedichten?« wollte Gladys wissen.

»Ich glaube einfach, daß es 'ne gute Sache ist«, sagte Roman und blickte mich an, als gebe es zwischen uns ein Geheimnis, über das ich Stillschweigen bewahren sollte. »Ich versteh' ja nicht allzuviel davon«, fügte er hinzu.

»Also«, sagte Gladys, »kommen wir zur Sache, wir sind schließlich hier zusammengekommen, um etwas zu besprechen.«

Wir setzten uns, und sie schenkte allen Kaffee ein. Dutch warf sich Eiswürfel in die Tasse. Roman und ich schoben Donuts auf unsere Pappteller, aber Dutch paßte und sagte, so viel Fett sei ungesund. Aus seiner Jackentasche zog er einen Zettel mit der Aufschrift »Haushaltsplan«.

Gladys ergriff das Wort. »Wir alle wissen, daß wir, wie in den besten Familien, ein paar Probleme haben und daß wir darüber reden und die Atmosphäre reinigen müssen. Das Hauptproblem *scheint* das Geld zu sein, aber ...«

»Du hast den Nagel auf den Kopf getroffen«, sagte Roman. »Nicht genug Knete.« Bei diesen Worten kaute er auf seinem Donut, als knete er ein Stück Teig im Mund, und ich mußte lachen. Alle schauten mich an.

»Letztendlich geht es um Pflichtgefühl«, sagte Dutch. »Oder einen Mangel daran.«

Schweigen. Über den Tisch hinweg schaute ich Roman an, der seelenruhig dasaß und Kaffee trank.

»Wir haben alle ein bißchen pflichtvergessen gehandelt«, sagte Gladys. Mir lag auf der Zunge »Ich nicht«, aber dann dachte ich an die geschwänzten Schultage und hielt den Mund.

»Wir sind uns also einig, daß das Problem das Geld ist«, sagte Roman und wischte sich mit der Serviette über den Mund. »Dutch, wenn du dein Scheckbuch zücken und mir einen kleinen Kredit 'rüberschieben könntest, fünftausend sagen wir mal – nur geliehen, ich zahle jeden Heller mit Zins zurück –, dann hätte ich ein paar Sachen in der Hinterhand, mit denen ich wieder auf die Füße käme.«

Das also war der Grund, warum er in das Treffen eingewilligt, einen Tag nicht getrunken, einen netten Anzug angezogen und sich gekämmt hatte – nicht *ihr* zuliebe, nicht unserer Familie zuliebe, sondern um Dutch anzupumpen wie ein Schnorrer. Ich ballte die Fäuste und preßte sie gegen die Tischplatte. *Roman, du Scheißkerl,* dachte ich.

»Gute Idee, Roman«, sagte Dutch. »Ich bin's ja gewohnt, das gute Geld dem schlechten hinterherzuwerfen. Ein Esel, wie er im Buche steht.«

»Da will ich dir nicht widersprechen«, sagte Roman.

»Schluß damit«, unterbrach Gladys. »Jetzt hört jeder mal zu und hält den Mund. Roman, das Problem ist nicht das fehlende Geld. Das Problem ist unsere Art zu leben. Sie ist nicht *normal.*«

»Wir haben ein Haus, einen Wagen, wir zahlen unsere Rechnungen. Was ist daran unnormal?«

Sie schüttelte den Kopf. »Jeden Monat kommen irgendwelche Männer hier rein und schleppen das halbe Mobiliar hinaus, und zwei Wochen später bringen sie es wieder zurück. Im letzten Jahr wurde dreimal das Telefon abgeschaltet, als ich gerade mitten im Gespräch war. Wir haben keinerlei Krankenversicherung.« Ihre Wangen glühten, das Gesicht war feucht geworden.

»Also Versicherung auch noch, das ruft ja die Krankheit förmlich ins Haus.« Romans Stimme wurde laut. »Von mir aus.«

»Ich habe einen Plan, der die meisten unserer Schwierigkeiten behebt«, meinte Dutch.

»Wie gesagt«, erwiderte Roman, »fünftausend, und meine Probleme sind geritzt. Das ist Plan genug.«

»Dad, verdammt, würdest du ihn bitte ausreden lassen?« sagte ich. Roman blickte mich an, als hätte ich ihm gerade Kaffee ins Gesicht geschüttet. Meine Knie zitterten.

»Es ist hart für den Jungen«, sagte Gladys.

»Es ist hart für alle«, sagte ich. »Sprecht nicht über mich, als wär' ich gar nicht da.«

»Mein Plan ist ganz einfach«, sagte Dutch ruhig. »Roman, du kommst wieder zurück und arbeitest bei mir. Diesmal bei den Neuwagen, Spitzenmodelle, und zusätzlich zum Gehalt kriegst du Provision und Sozialleistungen. Vorübergehend wirst du deine Finanzen in meine Hände legen, Giro-, Sparkonten et cetera, und ich weise dich eine Zeitlang in den vernünftigen Umgang mit Geld ein. Gladys zahle ich Haushaltsgeld und dir eine Aufwandsentschädigung für deinen Wagen, wobei genug übrigbleiben wird, daß du deine bezaubernde Frau einmal die Woche zum Essen und deinen Sohn hin und wieder ins Kino ausführen kannst. Wenn du willst, kannst du über die Firma auch einen neuen Wagen finanzieren. Zu äußerst günstigen Raten.«

Dies alles klang einen Augenblick lang sehr verlockend; Gehalt plus Provision, da mußte Roman bald in Geld schwimmen. Wir könnten uns neue Möbel anschaffen, Roman einen neuen fahrbaren Untersatz, und er könnte den Chevy, wie ich hoffte, an mich weitergeben.

Gladys lächelte Roman an. »Und du hast geglaubt, wir wollten uns hier gegen dich verschwören.«

Roman nickte und starrte auf seinen leeren Teller. »Na denn, Boß«, sagte er zu Dutch. »Ich hätte schon eine Idee für deine nächste Werbekampagne. Wir besorgen uns einen Stuntman als Fahrer, vielleicht Evel Knievel persönlich. Kannst du mir folgen?«

»Klar«, sagte Dutch, unsicher um sich blickend.

»Evel setzt den Helm auf und schnallt sich in einem deiner Plymouths an. Trommelwirbel. Er tritt das Gaspedal durch, läßt mit einem Schlag die Kupplung los und fährt dir mitten ins Arschloch.«

»Mein Gott, Roman«, stöhnte Gladys. Sie sah aus, als würde sie ihn gleich ohrfeigen.

»Dad, hör zu«, sagte ich. »Du hast versprochen, daß du das läßt.«

Er deutete auf mich. »Du halt dich da raus.«

»Dann habe ich mich wohl umsonst bemüht«, sagte Dutch, erneut errötend. Er faltete seine Papiere zusammen und steckte sie weg.

»Halt, warte, Dutch«, bat Gladys. »Roman, bitte. Jetzt tu endlich mal, was von dir erwartet wird. Streck die Hand aus, gib sie Dutch und danke ihm, und dann kannst du hier wieder einziehen, und wir können wieder anfangen, als Familie zu leben.« Ich wußte, so hatte sie es sich zurechtgelegt. Und ich wußte, es war voll in die Hose gegangen.

»Hier geht es nur um uns beide, Gladys«, sagte Roman. »Dutch hat hier nichts zu suchen.«

»Ich habe ihn eingeladen.«

»Dann sag ihm, er soll wieder gehen. Tschüs, Dutch.«

»Nein, ich glaube, ich bitte lieber dich zu gehen.«

»Auch gut«, sagte er. Ehe ich mir etwas einfallen lassen konnte, irgendein rettendes Wort, war Roman schon aus der Tür. Ich wartete auf das Aufröhren des Chevy, das Quietschen der Reifen, wie schon so oft gehört, bis mir einfiel, daß er ja zu Fuß da war, daß er die vier Meilen von seiner Pension hierhergelaufen war.

»Gladys, Gabriel, tut mir leid«, sagte Dutch.

»Nicht deine Schuld«, sagte Gladys, und im stillen stimmte ich ihr zu, es war nicht seine Schuld. Ebenso deutlich, wie Gladys das von ihr dargelegte Ergebnis erwartet und es sich ausgemalt hatte – schien es –, hatte Roman das Gegenteil gesehen und alles getan, damit es eintrat. Es war, als lebte er gern von uns getrennt, in seiner Billigbleibe mit seinen Billig-Pommesfrites, aber ich wußte, es stimmte nicht. Ich verstand das nicht, verstand *die beiden* nicht.

»Wovon lebt Roman eigentlich da in seiner Absteige?« fragte Gladys. »Wie kommt er an Geld?«

»Er hat kein Geld«, sagte ich. »Er läßt anschreiben, höchstwahrscheinlich.« Ich wußte nicht sicher, ob er tatsächlich pleite war, aber einmal ausgesprochen, schien es so.

»So kann er nicht weitermachen«, sagte Gladys. Sie kaute am Daumennagel.

Dutch schenkte sich noch einen Eiskaffee ein, den dritten, seit wir uns gesetzt hatten. »Gladys, ich würde dir gern den gleichen Deal anbieten wie Roman, aber ich glaube nicht, daß meine Kunden auf eine hübsche Frau als Autoverkäuferin abfahren würden.«

»Dann mach ich's«, sagte ich. Die Worte rutschten heraus, unbedacht wie ein Nieser.

Dutch blickte mich an und zog die Augenbrauen hoch. Er sah Gladys an. »Du müßtest dir die Haare schneiden lassen, müßtest ein bißchen ordentlicher aussehen.«

»Nein«, sagte Gladys. »Ich will nicht, daß du dort arbeitest.« Ein Seitenblick auf Dutch. »Beziehungsweise daß du überhaupt arbeitest.«

»Er könnte an den Wochenenden kommen«, sagte Dutch. »Wäre vielleicht gut für ihn.«

Mit müden Augen blickte sie mich an. »Würdest du das wollen?«

Ich wollte es – nachdem ich eine Minute darüber hatte nachdenken können – eigentlich nicht, hoffte aber nun, wenn ich genug Geld verdiente, könnte sie vielleicht ihren Tiefkühljob aufgeben. Ich dachte an jene Fernsehschnulzen, wo zerstrittene Eltern wieder zusammenfanden, weil das Kind in Not geriet, unters Auto kam oder tapfer gegen Krebs kämpfte. Für Dutch arbeiten schien Desaster genug. »Ja, gerne«, sagte ich.

Sie nickte. »Wir versuchen's einen Monat. Danach sehen wir weiter.«

Dutch schüttelte mir die Hand und formte dann die Finger zu einer imaginären Schere. »Schnipp-schnapp«, sagte er und lächelte.

Gladys schnitt mir die Haare, ich zog Hemd, Krawatte und Kordsamthose an und sah im Spiegel wie der Präsentator einer Spielshow aus. Mittlerweile fuhr ich den Chevy, wo ich ging und stand, und niemanden interessierte es, daß ich noch keinen Führerschein hatte. Beim Arbeitsantritt am ersten Freitag klärte mich Dutch über »die realen Umstände« auf.

»An die Verkaufsfront lasse ich dich noch nicht, dafür bist du noch zu unerfahren. Aber hier gibt's genug ehrliche Arbeit, und ich zahl' dir ehrlichen Lohn.«

Will sagen: Er drückte mir die Scheißjobs auf, die kein anderer machen wollte, zum gerade noch erlaubten Mindestlohn. Meist hieß das, ich saß in einer kleinen Bretterbude unter einer nackten Birne und ging Zahlenkolonnen auf Fernschreiben durch, Motor- und Fahrgestellnummern von Gebrauchtwagen, die en gros bei uns hereinkamen. Ich mußte die Nummern prüfen und manchmal sogar die Zulassungsstellen in fernen Städten anrufen, um sicherzustellen, daß die Wagen nicht gestohlen oder aus Teilen zusammengesetzt waren. Keine schweißtreibende, aber eine zermürbend langweilige Arbeit. An anderen Tagen werkelte ich nach Geschäftsschluß im Teilelager, putzte zurückgegangene Teile – Auspufftöpfe, Krümmer, Scheinwerfer, Fensterheber –, verpackte sie neu und ordnete sie auf den Regalen ein. Diese Freitage und Samstage verbrachte ich meist ziemlich einsiedlerisch. Nur selten ließen mich die Verkäufer (aufdringlich parfümierte ältere Typen mit toupiertem Haar und eingeklipsten goldenen Füllern in der Hemdtasche) nach vorn und mit den Kunden sprechen, meist mit hoffnungslosen Fällen – geldlosen Teens, die auf Probefahrten scharf waren, sehr alten Leuten, armen Leuten in schmutziger Kleidung – oder mit den raren Kunden, die im Regen auf dem Freigelände die Autos besichtigten. Ich war der schlechteste Verkäufer, den man sich denken kann, und meine Kundenansprache beschränkte sich meist auf den einfallsreichen Satz: »Sie suchen einen Wagen?« Roman hätte mich dafür mit Kopfstübern bedacht und wahrscheinlich die Schulbehörde verklagt.

Eines Samstags kam ich spät heim, meine guten Klamotten staubbedeckt von der Arbeit im Lager, und fand Gladys im Schlafzimmer, wie sie einen Koffer packte.

»Setz dich doch mal kurz«, bat sie.

Ich setzte mich auf die Bettkante. »Du verreist?«

»Ich habe mit deinem Vater gesprochen, er muß ins Haus zurückziehen. Geld hat er nicht mehr, und die Leute im Motel wollen ihn vor die Tür setzen.«

In den zwei Wochen seit dem Familienrat hatte ich nur ein einziges Mal mit ihm gesprochen, und er hatte mir lediglich mitgeteilt, er schmiede Pläne und brauche meine Hilfe. Daß ich für Dutch arbeitete, hatte ich verschwiegen.

»Und hier mit ihm zusammen, das kannst du nicht mehr«, sagte ich.

Sie legte mir die Hand auf die Wange. »Du verstehst so viel«, sagte sie, als müsse ich stolz sein auf mein Erfassen des Offensichtlichen.

»Und wohin soll's gehen?«

Sie atmete tief durch und wandte den Blick ab. »Ich ziehe zunächst mal zu Dutch.« In der Hand hielt sie ein Bündel Unterwäsche und drückte es rasch zuunterst in den Koffer.

Ich glitt vom Bett und stand auf. »Wie soll ich das verstehen?«

»Bitte zieh jetzt keine vorschnellen Schlüsse, Gabe. Er hat ein großes Haus, das fast leer steht.«

»Was habt ihr euch ausgekocht, du und Dutch?«

»Ausgekocht gar nichts, Gabe.«

»Er hat dich ziemlich gern«, sagte ich. »Er hat dir den Kimono gekauft, hat dir ein Auto geschenkt. Ewig spricht er darüber, wie hübsch du bist, wie reizend du bist.«

»Und stimmt das etwa nicht?«

»Du weißt, was ich meine.«

»Außerdem«, sagte sie, während sie ihre Jeans faltete, »brauche ich bei ihm keine Miete zu zahlen.«

»Nicht in Form von Geld, meinst du.«

Sie hielt inne und wandte sich zu mir, Röte im Gesicht. »Das ist eine geschmacklose Bemerkung. Dutch war und ist mir ein guter Freund.«

»Jetzt weiß ich, warum.«

»Er ist uns *allen* ein guter Freund. Hat er dir nicht deinen Verkäuferjob beschafft?«

»Du hast immer gesagt, Verkäufer sollte ich niemals werden.« Jetzt schrie ich schon fast.

»Herrgott noch mal, Gabe, du gehst doch nicht an Türen hausieren. Und ein bißchen Verantwortung ist wohl nicht so schrecklich!«

Von der wahren Natur meiner Arbeit, von dem schmutzigen Kabuff, in das ich jeden Samstag abgeschoben wurde, von der Zahlenpusselei, bis die Augen tränten, hatte ich Gladys nichts erzählt. Ich ließ sie in dem Glauben, daß ich am Wochenende mit den Leuten schicke Probefahrten unternahm und deren Angebote an Dutch zur Begutachtung weitergab. Und in puncto Verantwortung verschwieg ich ihr ferner, daß bei uns im Keller ein Dutzend Auspuffrohre, Vergaser, Kugelgelenke und Ölwannen versteckt lag, zurückgegangene Teile, die nicht in die aktuellen Bestandslisten paßten. Statt in Backlists danach zu suchen, warf ich sie einfach in den Kofferraum des Chevy und zeichnete die Liste ab.

»Hör mal«, sagte sie, »wenn dich das so nervt, warum kommst du nicht auch und wohnst bei uns im Haus? Dutch hat es angeboten, und Platz ist zur Genüge.«

»Danke, ich glaub', ich bleibe lieber hier.«

Sie dachte einen Augenblick nach, dann nickte sie. »Ist wohl auch besser so. Dein Vater braucht eine Stütze, um sich wieder einzugewöhnen.«

»Ich glaube, daran gewöhnt er sich nicht.«

Sie ließ den Koffer zuschnappen und wandte sich zu mir um. »Vorläufig sagst du deinem Vater nicht, wo ich bin. Sag ihm, ich wohne bei einem Freund. Stimmt ja auch.«

»Er wird's rauskriegen.«

»Wird er nicht, wenn du dichthältst.«

Eine Viertelstunde später beobachtete ich durch die Gardine, wie sie in ihrem Valiant abfuhr, Richtung »Dutchland«, wie Dutch sein Haus immer nannte. Ich suchte mir die beiden dort vorzustellen, wie sie im Pool schwammen, im Boot über den See paddelten. Ich dachte an Gladys' Spitzenunterwäsche, die mir immer als etwas Geheimnisvolles erschienen war, als unerfüllte Verheißung, und ich hoffte, daß sie sich nicht ausgerechnet jetzt, bei Dutch, erfüllte.

Romans Eingewöhnung bestand darin, daß er mich erst einmal um zwanzig Mäuse anpumpte, den Chevy nahm und mit einer riesigen Tüte fetten Essens von Bif Burger und einer Flasche Crown Royal zurückkam.

»Also führen wir beide eine Weile eine Junggesellenwirtschaft«, sagte er.

»Ja, sieht so aus«, sagte ich. Ich setzte meine Worte mit äußerster Sorgfalt, aus Sorge, Gladys' Geheimnis unbedacht zu verraten.

»Trifft sich ja ganz gut«, sagte er. »Du und ich, wir müssen ein paar Jobs aufreißen, von Frauen ganz zu schweigen.« Er versetzte mir einen Rippenstoß, woraufhin ein paar Tropfen Whiskey auf mein Hemd spritzten. Es war einer seiner Witze von den Vertreterabenden, und ich wußte keine Antwort darauf. Wir standen mitten in der Küche, zogen Burger aus dem riesigen Beutel und ließen die Flasche hin- und hergehen.

»Warum hast du dir die Haare schneiden lassen?«

»Wegen der Arbeit«, sagte ich, ohne nachzudenken. Sofort verfluchte ich mich – er sollte ja nichts erfahren über meinen Job bei Dutch, überhaupt nichts über Dutch. Der Crown Royal löste mir wohl die Zunge, deshalb gab ich ihn Roman zurück und schenkte mir ein Glas Cola ein. »Also«, fragte ich, »an welche Art Projekte hast du denn so gedacht?«

»Arbeit?« hakte er nach. »Du bist mir doch nicht mit einem Job untreu geworden?«

Mein Gesicht glühte, und ich wandte mich ab. »Nein, ich hab's mir nur mal so überlegt. Dachte, schneid dir die Matte ab, für Vorstellungsgespräche oder so.«

»Stimmt, Aussehen ist das A und O. An deinen Klamotten müssen wir noch arbeiten, aber vergiß das zunächst mal. Bis auf weiteres arbeitest du für mich.«

Was er mir zahlen wollte oder konnte, danach erkundigte ich mich gar nicht erst, wohl wissend, daß er im Motel noch 300 Dollar Schulden hatte. Gladys hatte versprochen, mir wöchentlich fünfzig Dollar zu schicken, damit wir Lebensmittel kaufen konnten. Die laufenden Strom-, Wasserrechnungen und dergleichen mehr wollte sie bezahlen, aber ich vermutete, daß Dutch diesen Bereich ihres Lebens in die Hand genommen hatte.

Statt dessen fragte ich Roman, woran wir beide denn arbeiten wollten.

Er zog mich ins Wohnzimmer, klappte seine Aktentasche auf und zog dieselbe Mappe heraus, die er schon im Zauberland Oz mit sich herumgetragen hatte.

»Damit bekommen wir deine Mutter zurück in dieses Haus, zu uns, garantiert.« Er reichte mir die Mappe, ich setzte mich und legte sie auf die Knie. Drinnen fand sich ein kleines fotokopiertes Plakat. Es zeigte ein Shakespeare-Bild, umflattert von dicken Dollarnoten. Darunter in altmodischer, fast kalligraphischer Schrift:

Wettbewerb für Barden!
Großes Lyrikpreisausschreiben!
500 Dollar
Bar auf die Hand!!!

Schick heut den Vers, und zaudre nicht!!!
Sonst schlägt ein and'rer dein Gedicht!!!
Und, ach, kein Geld ist mehr in Sicht!!!

Ganz unten eine Postfachnummer und der Einsendeschluß, 31. August. Auch eine Teilnahmegebühr von fünf Dollar wurde erwähnt.

»Was, zum Teufel, soll das denn?« fragte ich.

»Na, was denkst du wohl, Junge?«

»Nein, ich meine, was hat das mit Gladys zu tun?«

»Entschuldige, Gabe, hab's vergessen, man muß dir immer alles bis ins letzte Detail erklären. Also ...«

Sein Plan war, für das Preisausschreiben im ganzen Staat zu werben, die Teilnahmegebühr einzustreichen – seiner Schätzung nach mindestens dreitausend Dollar –, sämtliche Einsendungen in den Müll zu werfen und Gladys zur Siegerin auszurufen.

»Sie wird nie merken, daß wir dahinterstecken«, sagte er. »Wer kommt schon auf die Idee?«

»Was ist, wenn sie nicht teilnimmt?«

»Diese Art Wettbewerbe läßt sie sich prinzipiell nicht entgehen. Die einzigen, die sie gewinnt, sind diejenigen, wo sie alles selbst bezahlen muß. Die billige Abzockermasche.«

»Ja, so wie bei dem hier.«

Roman zuckte die Achseln. »Es dient einem guten Zweck.« Er rieb sich das Kinn mit einer Papierserviette. »Um ganz sicherzugehen, wirst du es ihr unterbreiten und wirst ihr den Wettbewerb schmackhaft machen.«

»Was, wenn ihr Gedicht nicht das beste ist?«

Er blickte mich an. »Hast du gar nichts von dem begriffen, was ich dir beigebracht habe in den letzten siebzehn Jahren?«

»Sechzehn«, sagte ich. »Trotzdem, ich versteh' nicht, wie sie das heimlocken soll.«

»Nachdem sie gewinnt, wird sie als allererstes dich anrufen. Vielleicht ruft sie auch mich an, dann gratuliere ich ihr, und sie ist ganz außer sich. Und ich sage: ›Wunderbar, Schätzchen, wie wär's, wenn ich dich zum Essen ausführe und wir feiern?‹ Wir gehen aus und freuen uns wie die Schneekönige, weil sie auf dem Siegertreppchen steht und ich das Geld aus dem Wettbewerb im Ärmel habe. Genug, um das beste Dinner in Greensboro zu spendieren und das Geld für ein paar Projekte zur Seite zu legen, die ich im Visier habe. Sie ist glücklich, ich bin glücklich. So wie in alten Zeiten.«

»Da bin ich nicht so sicher.«

Er rieb sich das Kinn. »Ich will sie zurück, Junge. Wir beide wollen es. Und sie will es auch, tief drinnen.«

Ich hielt noch einmal das Blatt hoch und überflog es. Irgendwie – dachte ich auf einmal – wird das klappen. Roman kriegt es hin, daß es klappt. »Was muß ich tun?« fragte ich.

»Erst einmal brauchen wir ein paar tausend Abzüge von dem Ding hier. Hast du Geld?«

»Ja«, sagte ich.

»Gut, sehr gut. Natürlich kriegst du, sobald wir über die Teilnahmegebühren den Siegerpreis drinhaben, alles mit Zinsen zurück. Zweitens: Weißt du, wo deine Mutter wohnt?«

Ich schluckte und biß mir von innen auf die Backe. »Sie wohnt ... bei einem Freund.«

»Okay. Deine erste Aufgabe ist, ihr einen der Werbezettel zu bringen, so ganz nebenbei, als hätt'st du's zufällig an einem Laternenpfahl angeschlagen gesehen.«

Unterdessen war der Rest der Burger in der Tüte kalt geworden und zäh. Roman trank vom Crown Royal und gab mir die Flasche, und ich genehmigte mir einen ordentlichen Zug, nach der Zitterpartie mit der Frage nach Gladys' Aufenthaltsort. Eine Minute saßen wir schweigend und betrachteten das kleine Plakat, das Roman entworfen hatte, den Shakespeare, der uns verhalten anlächelte, als stecke er mit uns unter einer Decke. Mir ging auf, daß das Bild aus meinem alten Kartenspiel mit Dichterporträts stammte, das mit anderen vergessenen Kartenspielen in meinem Wandschrank ruhte.

»Es wird klappen, Gabe«, sagte Roman. »Ich fühle es.«

Ich reichte ihm die Flasche zurück. »Ich auch.«

VIERTES KAPITEL

Am nächsten Morgen starteten wir durch mit drei Packen gedruckter Ankündigungen, einer Rolle Klebefilm und zwei Tackern, erstanden im Fleet Plummer Heimwerkerbedarf. Bis Mittag hatten wir ganz Greensboro, Winston-Salem und High Point durch, überall Werbezettel an Laternenpfähle getackert, an Briefkästen und Telefonzellen geklebt, in die Schaufenster von Feinkostläden, Cafés und Kneipen gehängt. Altenheime und Rentnervororte bedachten wir besonders gut, weil, so Roman, alte Damen mit blaugraugefärbten Haaren ununterbrochen Gedichte schrieben und mit ihrem Geld nichts anzufangen wüßten. Ich schlug vor, die Ankündigung auch in die Buchläden, Bibliotheken und ans Schwarze Brett im Kunstraum zu hängen. Roman war ganz aufgekratzt, lachte. Nachmittags hatte ich Blasen an den Fingern, und die Hälfte der Blätter hatten wir untergebracht. Erst spät am Tag wurde mir klar, daß Samstag war und ich nicht zu meinem Job bei Dutch erschienen war.

Bis zur Dunkelheit hatten wir auch die umliegenden Orte abgegrast – Kernersville, Statesville, Asheboro und Clemmons. Von meinem gepumpten Geld spendierte Roman mir ein riesiges Spaghetti-Essen bei Cellar Anton's, bestellte Wein, zündete uns Zigarren an. Während wir saßen und aßen, schlenderte eine Frau mit wallender Blondmähne und üppigen Brüsten im Raum umher und spielte ›Somewhere My Love‹ auf ihrem perlmuttbesetzten Akkordeon. Sie trug ein kurzes Röckchen und eine bauschige Bauernbluse. Roman beäugte sie eine Weile und steckte ihr dann, als sie vorbeikam, fünf Dollar Trinkgeld zu. Sie lächelte und zwinkerte uns beiden zu, und Roman zwinkerte zurück und ließ seinen Goldzahn blitzen.

»Freu dich, Gabe«, sagte er. »Die Sache rollt, und das ist erst der Anfang. Morgen beackere ich die Berge und die Küste.« Sofort stiegen Bilder in mir auf, eine wörtliche Umsetzung des Gesagten, Berge und Strände von North Carolina wie aus dem Reiseprospekt, umgeackert, jeder Quadratzentimeter, besät mit Handzetteln und Shakespeares Papierlächeln.

»Aber wir trennen uns«, fuhr er fort, »damit du deine Mutter bearbeiten kannst.«

Die Frau mit dem Akkordeon schlenderte zurück und spielte ›Sunrise, Sunset‹. Roman steckte ihr weitere fünf Dollar zu und bat um ›Lady of Spain‹. Irgendwo auf seiner Liste von Vorlieben mußte stehen »sinnliche Weiber mit Akkordeon, die Trinkgeld nehmen und flirten«. Als ob seine Liste sämtliche Eventualitäten umfassen könnte, die ihm so begegnen mochten. Wie ich so dasaß, satt, den Kopf erhitzt vom Wein, mußte ich eingestehen: Es gab Schlimmeres.

Am nächsten Tag mietete sich Roman von meinem verbleibenden Geld einen Wagen für seine Tour ans Meer und in die Berge, während ich mit dem Chevy hinausfuhr zu Dutchs Villa. Seit dem letzten Weihnachtsfest, an dem Dutch noch mit Miß North Carolina zusammengelebt hatte, war ich nicht mehr dort gewesen. Mehr als zwei Jahre war das jetzt her.

Kennengelernt hatte er Miß North Carolina bei einer karitativen Fernsehsendung, an der sie beide mitgewirkt hatten. Dutch war neunundzwanzig Stunden auf den Beinen gewesen, im Smoking mit einer elektrisch erleuchteten Frackschleife (eine Idee seines Werbeteams), und hatte rund um die Uhr Autos verkauft, wobei ein Teil des Gewinns an Organisationen floß, die das Problem der Schwangerschaften bei Minderjährigen bekämpften, Miß North Carolinas Herzensanliegen in jenem Jahr. Um vier Uhr früh (Gladys hatte darauf bestanden, daß wir die gesamte Mammutsendung ansahen, in Schichten, um Dutch »seelische Unterstützung« zu leisten) war Dutch völlig übermüdet und nuschelte vor dem Livepublikum unablässig ins Mikro, er tue all dies, »um die Teen-Schwangerschaften zu fördern«. Später erzählte er uns, in jeder Werbepause habe der Sendeleiter ihm ins Ohr gebrüllt: »den *Kampf* GEGEN, den

Kampf GEGEN«. Miß North Carolina lobte Dutch als großherzigen Menschen, anders als die meisten Reichen, als Helden und echtes Rollenmodell, und eine Zeitlang glaubte sie es wohl sogar selbst.

In der Mitte ihrer Regentschaft heirateten sie, was sie geheimhalten mußte, weil sie sonst ihre Krone hätte abgeben müssen, und die, sagte sie, werde man ihr nur über ihre Leiche entwinden können. Ein Friedensrichter vollzog die Zeremonie an einem Freitagabend in Dutchs altem Domizil, einer Dreizimmerwohnung nicht weit von seiner Firma, wo er genügsam, ja fast spartanisch, lebte. Nur fünf Gäste waren zur Hochzeit geladen, und trotzdem mußte Dutch drei Gartenstühle von Roman borgen, damit jeder einen Sitzplatz fand. Nach der Hochzeit waltete Miß North Carolina weiter ihres Amtes, sprach vor unteren Highschool-Klassen, zerschnitt Bänder bei Einweihungen von Einkaufszentren, machte dreißigsekündige gemeinnützige Ansagen im Fernsehen. Ihr wahrer Name war Sandy Goforth (»Siegen mit Sandy« lautete ihr Mutmacher im Fernsehen für schwangere Mädchen), aber keiner, Dutch ausgenommen, nannte sie so, außer in ihrem Beisein; sonst wurde sie stets Miß North Carolina tituliert (Roman nannte sie manchmal »Dutchs feuchten Traum«). Sie war hübsch, auf eine puppenhafte Weise, die Roman, glaube ich, letztendlich gefiel. Ich schien der einzige in der Familie zu sein, der sie wirklich gern hatte, und zwar nur deshalb, weil sie während unserer Besuche in ihrem neuen Domizil (Dutchland) beim Sonnen neben dem Pool das gehäkelte weiße Oberteil ihres Bikinis löste, wenn sie sich auf den Bauch drehte. Mir schien das ein ebenso guter Grund wie jeder andere, Zuneigung zu entwickeln.

Ich fuhr durch das offene Sicherheitstor an der Vorderseite des Anwesens, wo kupfergrüne Löwen auf zwei Backsteinsäulen thronten. Die Zufahrt wand sich durch Grüppchen von Eichenbäumen, die so gepflanzt waren, daß sie die Straße beschirmen sollten, aber es waren noch Schößlinge, keine drei Meter hoch; mir dünkte, es würde noch hundert Jahre dauern, bis die Äste ein Dach über der Straße bildeten. Das Haus selbst war dreistöckig, ein Backsteinklotz mit weißem Verandavorbau und Säulen mit Kapitellen. Ein Rasenmäher stand herum, Buchsbäume, in Hunde- und Lehnsesselformen geschnitten, ein Springbrunnen mit Putten, aus deren Mündern und kleinen Marmorpenissen Wasserstrahlen schossen. Da war ein Teich, besetzt mit Regenbogenforellen, die früher oder später auf der Dinnertafel landeten, und am Landeplatz vertäut lagen drei pastellfarbene Paddelboote sowie ein zweisitziges, dieselgetriebenes U-Boot, das Dutch aus einem Katalog für Meeresforscher bestellt und Miß North Carolina zum einundzwanzigsten Geburtstag geschenkt hatte.

Rückschauend begreife ich weniger denn je das Potpourri ästhetischer Einflüsse, das dieses kuriose Haus prägte. Das Dach etwa war mit importiertem italienischem Schiefer gedeckt, doch seine Säulen bestanden aus Formkunststoff und waren mit Silikonkleber befestigt. Mir schien das Gebäude immer den Kampf zu repräsentieren, der darin ausgetragen wurde, zwischen Dutchs zwanghafter Knauserigkeit und Sandys unbekümmerter Verschwendungssucht. Immerhin hatten die Werbeleute das Haus zum Aushängeschild des Dutch-Images gemacht, das sie der autokaufenden Öffentlichkeit präsentierten – exzentrisch, Umsatz-um-jeden-Preis –, und Dutch machte alles mit, was den Absatz förderte. Allweihnachtlich ließ er das Haus mit zweihundertfünfzigtausend Lichtern erleuchten und stand im Santa-Claus-Kostüm am Tor, wo er Zuckerwerk und »Ford-Nr.1«-Buttons verschenkte.

Ich schellte am Eingang (immer noch spielte die Türglocke das Mißwahl-Lied ›Miss North Carolina, You're Everything‹). Es überraschte mich, daß Gladys die Tür öffnete, als glaubte ich immer noch nicht recht, daß sie hier wohnte. Sie trug einen Frottee-Bademantel und ein weißes Handtuch um den Hals, auf dem Weg zum Pool, wie sie mir erklärte. Dutch war fort; er drehte einen neuen Werbespot und Kurzeinblendungen fürs ›Twilight Theater‹. Seit den Tagen von Miß North Carolina lebten keine Domestiken mehr im Haus, nur abends kam noch eine Frau, die für Dutch kochte, und einmal wöchentlich erschien ein Reinigungsservice.

»Ich bin etwas überrascht, dich hier zu sehen«, eröffnete mir Gladys, während ich ihr durch die geräumige Diele folgte. »Deine Besuche in der Eisfirma fehlen mir.«

»Hab' nicht gedacht, daß du da noch arbeitest.«

»Ich weiß, Gabe, du glaubst, daß Dutch mich *aushält,* aber er tut wirklich nichts anderes, als mir den dritten Stock zur Verfügung zu stellen.«

Ich nickte. »Bin nur gekommen, um zu sehen, wie's dir geht.« In der Tasche meiner Jeans wartete gefaltet das kleine Shakespeare-Plakat.

»Dutch sagt, du hättest gestern gefehlt. Er war besorgt.«

»Wahrscheinlich schmeißt er mich raus«, sagte ich, in der Hoffnung, daß es sich bewahrheitete. Wir standen in der Küche, über uns Reihen kupferner Kochgeschirre an Haken.

»Er wirft dich nicht raus, Gabe. Er sagte, vielleicht bräuchtest du in der Firma noch einen Job, der etwas mehr Pflichtgefühl erfordere.«

»Dutch muß der Sprecher der nationalen Pflichtliga sein.«

Gladys warf ihr Handtuch auf den Fleischhackklotz. »Woher nur diese Feindseligkeit? Dutch will dir doch nur *helfen.* Er will, daß du einen besseren Job kriegst, einen, der mehr Spaß macht.«

Mir lag auf der Zunge, nichts könne mehr Spaß machen, als mit dem Tacker in der Hand durch drei Countys zu fahren und mit meinem Vater Crown Royal zu trinken. Ich verbiß es mir und nickte.

»Übrigens«, leitete ich über, »ich dachte, dies hier würde dich interessieren, falls du's noch nicht gesehen hast.« Ich zog den Handzettel aus der Tasche und entfaltete ihn. Sie lachte ein bißchen, während sie ihn las, und eine Schrecksekunde lang durchschoß mich der Gedanke: Roman hat sich durch seine Formulierung verraten, niemand sonst schreibt so, sie merkt es, sie merkt es.

»Das ist ein ziemlich hoher Preis für einen Dichterwettbewerb«, sagte sie.

»Ja, ziemlich«, sagte ich. »Und du gewinnst ihn garantiert.« Sie blickte mich an. »Ich meine, mit hoher Wahrscheinlichkeit. Du hast ja wirklich Talent.«

Sie reichte den Handzettel zurück. »Danke, daß du an mich gedacht hast, aber es interessiert mich nicht sonderlich.«

Mein Magen krampfte sich zusammen. »Wie darf ich denn das verstehen? Du nimmst doch sonst immer an solchen Dingen teil.«

»Ja, und ich verliere immer. Ich bin nicht gerade mit Hochbegabung gesegnet.«

Natürlich, das war immer wahr gewesen, was sie betraf wie auch mich, aber wir hatten es nie zuvor ausgesprochen. Eine Art stillschweigendes Versteckspiel, das es ihr erlaubte, uns nach ihrem Bilde zu formen, eine Lüge, die wir lebten, als wäre sie ein Geheimcode zwischen uns.

»Diesmal bin ich wirklich zuversichtlich, Gladys«, sagte ich. »Ich reiche deine Gedichte für dich ein.«

»Ich bin nicht *faul*, Gabe, ich habe nur einfach keine Zeit, abends der Job, dann helfe ich Dutch ein bißchen bei der Hausarbeit, und er gibt mir Nachhilfe in Investment. Weißt du eigentlich, daß ich in gut zwanzig Jahren schon pensionsreif bin? Weißt du, wie schnell zwanzig Jahre vergehen? Nein, kannst du nicht wissen.«

»Dann gewinn die fünfhundert und investiere sie anschließend. Bitte, Gladys.«

»Gabe, Schluß damit, aus, Ende. Ich geh' jetzt schwimmen, dann arbeiten. Kommst du mit?«

Ich folgte ihr zum Pool, wo ich zum letzten Mal vor zwei Jahren im Liegestuhl gesessen hatte, Miß North Carolina im Auge, ihren gebräunten Rücken, befächelt von braunem Haar, den weißen Halbmond ihrer Brust, der sich seitlich herauswölbte auf ihr Badetuch, während ich meine Erektion hinter einem ›Mad‹-Heft versteckte. Wenn die anderen im Haus waren und Drinks mixten und ich vermutete, daß Sandy schlief, pflegte ich jäh zu bellen wie ein Hund, in der Hoffnung, sie möge aufschrecken und ihre Halbnacktheit vergessen. Statt dessen wandte sie nur langsam den Kopf.

»Koooomischer junger Mann«, sagte sie in ihrem schleppenden Südstaaten-Dialekt.

Nun setzte ich mich auf das Redwood-Holzdeck neben die geschlängelte blaßblaue Wasserrutsche, durch die ständig ein Rinnsal ins Becken hinabfloß. Am anderen Ende des Decks balancierten wetterfeste kugelförmige Stereo-Lautsprecher auf den Nasen eines Seehundpärchens aus Alabaster. Wie immer lief eine Aufnahme des Mantovani-Orchesters, und die Streicherklänge legten sich wie ein leichter Schleier über den Pool. Auf dem Zaun reihten sich dekorative Öllampen, die abends mit ihrem Zitronelladuft die Stechmücken fernhielten. Eine Spielzeugeisenbahn, deren Güterwagen Getränkegläser transportieren konnten, fuhr in Ufernähe rund um den Pool. Ich sah zu, wie Gladys ihre Runden drehte, geschmeidig in ihrem Einteiler, die Arme gebräunt und fest, und das Wasser durchschnitt ohne viel Wellenschlag. Jedesmal wenn sie eine Verschnaufpause machte, fing ich wieder an, sie wegen des Wettbewerbs zu bearbeiten, und jedesmal wieder lehnte sie ab. Ich dachte an Roman, wie er North Carolina im Mietwagen durchkreuzte und ganze Landstriche mit falschen Geldverheißungen pflasterte, während ich hier saß und an meinem simplen Auftrag versagte. Meine Hände begannen zu zittern.

Ein letzter Trumpf blieb mir noch. Ich wartete, bis Gladys aus dem Pool glitt und sich am Beckenrand die Beine trocknete.

»*Ich* nehme an dem Wettbewerb teil, wenn du willst«, sagte ich.

Sie blickte mich an und zog die Augenbrauen hoch. »Hast du etwa Gedichte geschrieben, Gabe?«

»Mmmh, ich hab' was in Arbeit. Etwas Großes.«

»Kannst du's mir zeigen oder erzählen?«

»Noch nicht.« Ich blickte auf das Rinnsal in der Rutsche. Keiner sagte ein Wort.

»Gabe, hast du in diesen ganzen Jahren eigentlich mal richtig was in Arbeit gehabt? Verfolgst du irgendwelche künstlerischen oder kreativen Interessen? *Irgendwelche?*«

Sie musterte mich, und ich wartete darauf, daß sich in meinem Kopf ein kompliziertes Märchen bildete, eine Lüge, rund, komplett und perfekt. Es kam keine.

»Nein«, sagte ich.

»Hab' ich mir gedacht«, antwortete sie leise, ohne Zorn, und wie liebend gern hätte ich Zorn statt der stillen Resignation herausgehört. Ich stand auf und ging und ließ das Flugblatt am Beckenrand liegen. Als ich zurückblickte, schlüpfte Gladys in ihren Bademantel, und das Blatt war in die Mitte von Dutchs Pool geflogen und sog sich voll Wasser, klappte langsam zusammen und versank.

In der nächsten Woche rauschte eine Brieflawine in unser Postfach, allein am ersten Tag zwanzig oder mehr.

»Könnte ich glatt zum Beruf machen«, sagte Roman. Er zog den Papierkorb des Postamtes zu unserem Fach herüber und durchforstete die Zuschriften, eine nach der anderen, zog die Fünfdollarnoten heraus und warf die Gedichte weg.

»Nichts von deiner Mutter«, sagte er. »Sie arbeitet sicher an was Gutem.«

»So wird's sein«, sagte ich. Von meinem Besuch hatte ich ihm nur erzählt, daß ich ihr den Handzettel gegeben und mich vergewissert hatte, daß sie von der Fünfhundert-Dollar-Prämie wußte. Ich konnte Roman davon überzeugen, daß wir zumindest die Gedichte aufheben und bis zum Ende des Wettbewerbs zu Hause aufbewahren mußten. *Jetzt endlich* denkst du mal wirklich mit, lobte er; als hätte er sechzehn Jahre darauf gewartet, daß diese meine Gehirnfunktion endlich erwachte.

Abends, wenn Roman eingenickt war und schnarchend im Bett lag, kippte ich den Karton Gedichte auf den Wohnzimmerboden und las sie. Meine Hoffnung war, ein paar zu finden, gut genug (aber nicht *zu* gut), um sie Gladys zu zeigen und überzeugend als meine auszugeben. Aber keines war geeignet; die

Thematik zu verräterisch, die Machart zu ausgereift, nichts *paßte*, sie würde es sofort durchschauen. Es war hoffnungslos.

In jener Woche besuchte ich Gladys jeden Abend bei ihrem Tiefkühljob, saß im Aufenthaltsraum, aß Eiscreme-Sandwiches, rauchte Zigaretten, geschnorrt von Schneeball, während er mir Fotos seiner Kinder zeigte. Gladys hatte das Rauchen aufgegeben, weil sie, wie sie sagte, jetzt jeden Tag schwamm und sich freute, ihre neuen Muskeln zu spüren. Außerdem duldete Dutch es nicht im Haus. Jeden Abend dachte ich mir eine neue Masche aus, das Dichterpreisausschreiben unauffällig zur Sprache zu bringen, und jeden Morgen fuhren Roman und ich zur Post und brachten einen Papiersack Einsendungen heim.

»Ich versteh' das nicht, Gabe«, wunderte sich Roman gegen Ende der Woche. »Du *hast* mit ihr gesprochen?«

Ich sagte ihm, sie arbeite an etwas und plane, es kurz vor Einsendeschluß einzureichen. Die Lüge verschaffte mir ein bißchen Luft, und Roman war's hochzufrieden zu warten, hatten wir doch noch einen Monat bis zur Deadline, und er hatte schon fast neunhundert Dollar Teilnahmegebühren kassiert. Mit Kaffee und Zigaretten hielt ich mich wach bis spätnachts, wild entschlossen, mein eigenes Gedicht zu schreiben, wohl wissend, daß es gut genug sein mußte, um wie ein ernsthafter Gehversuch auszusehen. Wenn ich Gladys etwas zeigen konnte, das auch nur entfernt nach Talent aussah, würde sich für sie ein langgehegter Wunsch erfüllen, und was ich am Beckenrand von Resignation und Verantwortung gehört hatte, würde verfliegen in den wenigen Minuten, die sie brauchte, um mein Werk zu lesen. An mir lag es, ihre leeren, törichten, verblichenen Illusionen wieder zum Leben zu erwecken.

Mit einem Kugelschreiber und einem Block Dokumentenpapier setzte ich mich an den Küchentisch und stürzte mich in die Arbeit. Nach einem halben Dutzend Anläufen war meine Spitzenleistung:

Zeit

Die Zeit ist nicht dein Freund.
Sie holt dich ein als Feind.
Am Ende deines Lebens
War alles doch vergebens
Und nichts so, wie es scheint.

Die Zeit, sie rast dahin,
Die Welt ist ohne Sinn.
Bist du einmal gereift,
Wird alles abgestreift,
Und es bleibt kein Gewinn.

Gabriel Strickland

Ich las es zehn Minuten lang (doppelt so lange, wie ich gebraucht hatte, es zu schreiben), zerknüllte es und warf es weg. Dann fiel mir ein, daß Roman manchmal den Müll durchforstete, auf der Suche nach eventuell übersehenen Umschlägen mit Geld, und es hätte mir gerade noch gefehlt, daß er mich dabei ertappte, Lyrik zu verbrechen. Ich fischte das Gedicht zusammen mit den anderen Versuchen aus dem Abfalleimer, verbrannte alles im Ausguß im Bad und spülte die Asche durchs Klo. Aus meiner Lektüre der Einsendungen wußte ich: Mein Gedicht war das schlechteste, das ich je geschrieben hatte. Es hatte den Rhythmus eines mißglückten Limericks oder einer Geburtstags-Gag-Karte. Lyrik zu schreiben, die nach Glückwunschkarte klang, das kam, mit Gladys' Worten, unter Dichtern gemeinem Mord gleich. Aber ich konnte nicht anders; bei jedem neuen Anlauf kam genau der gleiche Rhythmus heraus, nur mit anderen Worten. Irgendwann gegen drei Uhr früh gelangte ich zu der Überzeugung, es müsse sich um so etwas wie einen angeborenen Hirnschaden handeln.

Aber es *muß* doch, dachte ich, irgendeine Kunstform geben, die dir liegt, die dir ein Werk ermöglicht, das du Gladys zeigen kannst; eine Kunstform, die dir gestattet, ein bißchen Talent vorzuschwindeln. Aus dem Schrank nahm ich Gladys' Acrylfarben und Malblock, wohl wissend, daß dies noch aussichtsloser war als die Lyrikmasche. Ich versuchte mich an einer Berglandschaft, weil ich auf dem Kulturkanal im Fernsehen einmal einen Mann gesehen hatte, der eine solche in sechs, sieben Minuten auf die Leinwand zauberte. Der Versuch endete, wie die Gedichte, als Aschehäufchen und wanderte samt meinen sonstigen kreativen Ergüssen durch die Kanalisation in die Kläranlage.

In der zweiten Woche war ich immer noch weit davon entfernt, Gladys zur Teilnahme überredet zu haben, ja, ich hatte es aufgegeben; denn bei zu starkem Drängen würde sie Verdacht schöpfen, wenn sie's nicht schon getan hatte. In jener Woche probierte ich Kalligraphie, Kurzgeschichten und Kohlezeichnungen, wieder alles fürs Klo. Eines Abends kletterte ich in den Keller, wo Gladys Teile ihres Kunsthandwerkszeugs aufbewahrte – für Kerzenziehen, Makramee, Perlenstickerei – und wo Romans Mr-America-Trainer vor sich hin rostete, ein Relikt wie aus einem vergangenen Jahrhundert. Unter der Treppe lagerten die verwaisten Autoteile, die ich aus Dutchs Firma abgestaubt hatte. Einen Verwendungszweck dafür hatte ich noch nicht gefunden; sie waren gutes Geld wert und zu schade zum Wegwerfen.

Als ich so dastand und den blinkenden Chrom anstarrte, die gepreßten und geschmiedeten Stahlteile, und darüber nachsann, ob ich den Kram auf dem Flohmarkt verkaufen oder in einem Anfall von Ehrlichkeit heimlich wieder in die Firma zurückschaffen sollte, da hatte ich auf einmal die Antwort gefunden. Ohne daß ich es damals hätte artikulieren können, hatte ich erkannt, daß mein großer Stolperstein die Form war, mein Festhalten am Gegenständlichen. Meine Rettung lag in der Abstraktion.

Ich hatte solche Plastiken gesehen, in der Stadt, am Wachovia-Building, Skulpturen aus zerquetschten Karossen, aus Stacheldraht, verschweißt mit Teilen aus Landmaschinen. Diese Kunst am Bau war kurze Zeit zuvor sogar in den Schlagzeilen eines lokalen Fernsehsenders aufgetaucht, weil die Stadt dafür neunzigtausend Dollar ausgegeben hatte, und Demonstranten waren über den Platz marschiert mit Transparenten DAS SOLL KUNST SEIN? und DIESES GELD BRAUCHEN WIR FÜR DIE SCHULSPEISUNG. Einer der Befragten lief in einem Kostüm mit aufgenähten Hot Dogs herum und forderte, die Stadt möge *ihm* neunzigtausend für *seine* Kunst geben. Eine beteiligte Künstlerin erläuterte ihr Werk in Worten, mit denen ich nicht viel anzufangen wußte, und Gladys lauschte ihr aufmerksam, die Stirn angestrengt in Falten gelegt. Roman sagte immer wieder dazwischen: »Was für'n Haufen Bockmist«, lächelte aber und schüttelte den Kopf, weil die Frau es geschafft hatte, ihren Teil der neunzigtausend von den Stadtvätern abzugreifen. Am nächsten Tag hatte Gladys darauf bestanden, mit mir die Skulpturen zu besichtigen. Ihre Lieblingsplastik bestand aus einem in Plexiglas eingegossenen Rattenskelett, das in den Zähnen ein Foto von napalmverbrannten vietnamesischen Kindern hielt. Sie bezeichnete die Demonstranten als Philister, was immer das heißen mochte.

Ich wußte, die Autoteile würden zusammengeschweißt werden müssen, aber ich hatte weder einen Schweißbrenner noch das nötige Know-how, deshalb fing ich erst mal mit einer Rolle starkem Klebeband an. Ich fand ein paar Rohrabzweiger aus einem 73er Fury, montierte sie kopfüber auf ein Sperrholzbrett, das ich im Keller gefunden hatte, und zog Kabelbaum- und Sitzgurtstreifen durch das Rohrgeäst. Daran klebte ich einen Vergaser, einen Rückspiegel, einen Hupenring, Federungsteile und zwei Dutzend Ventilstößel. Resultat: ein wunderlicher metallener Oktopus, der schwankte und rasselte, wenn ich ihn drehte. In einem ›National-Geographic‹-Heft von Gladys fand ich Bilder von Yachten vor Martha's Vineyard und Bilder von westafrikanischen Eingeborenen vom Stamme der Mandinka. Ich riß sie heraus und klebte sie auf die Enden der Ventilstößel. Irgendwann machte ich Schluß, nicht weil ich das Gefühl hatte, die Plastik sei vollendet, sondern weil das ganze Ding so kopflastig geworden war, daß es umzukippen drohte.

Ich trat zurück und nahm es in Augenschein. Na, es sah wenigstens nach *irgendwas* aus, nach einem bewußt zusammengesetzten Werk. Ich versuchte mir einen Namen dafür einfallen zu lassen und dachte daran, daß die Namen der städtischen Kunstwerke ebenso willkürlich wirkten wir die Werke selbst; manche hatten komplizierte Titel wie ›Fokussierung der Materialbeziehung zwischen humangeneriertem Abfall und dem Raum-Zeit-Kontinuum‹, andere hießen kurz und bündig ›3 Nr. 3‹ oder ›Ohne Titel X‹. Dabei fiel mir ein, daß daneben jeweils ein Erklärungstäfelchen stand, auf dem der Künstler die Aussage und die dem Werk zugrundeliegende Theorie oder Idee erläuterte. Neben einem Barhocker mit einem aufgeleimten Stück Plastikrohr zum Beispiel prangerte ein langer und wütender Essay die männliche Sicht auf die Frau an. Ich wußte, daß ein Haufen Schrott, mit Klebeband zusammengehalten, ohne ein solches Täfelchen nicht viel bedeutete, also mußte ich etwas schreiben, was Hand und Fuß hatte und wenn nicht meisterlich war, so doch einigermaßen nach dem klang, was Roman »Bockmist« nannte. Damit war ich wieder genauso weit wie vorher: Ich mußte etwas Gutes schreiben und konnte nicht. Ich war versucht, das ganze Ding auseinanderzureißen, nach oben zu gehen, den schnarchenden Roman zu wecken und ihm zu erklären, daß ich's nicht brachte, daß Gladys nicht teilnehmen würde und ich keinen Weg sah, sie davon zu überzeugen. In dieser Nacht schlief ich nicht gut.

Früh am nächsten Morgen fuhr Roman zu einem »Geschäftsmeeting« mit jemandem, den er hartnäckig »Mr Vic Comstock« nannte, als sei »Mr« der Vorname des Mannes.

»Wer ist Mr Vic Comstock?«

»Ein Teilhaber, Gabe. Du wirst ihn bald kennenlernen.«

Ich fragte mich, was es teilzuhaben gab bei meinem abgebrannten, arbeitslosen Vater, was für ein Meeting das sein mochte und woher dieser Mr Vic Comstock kam. Ich kannte die Namen der meisten Freunde meines Vaters, fahrende Verkäufer wie er, die gelegentlich im Hooray Harry's zusammensaßen, um über miese Provisionen oder das flaue Sommergeschäft zu klagen, aber von einem Mr Vic Comstock hatte ich noch nie gehört.

Zum Geschäftsmeeting zog Roman denselben Seersuckeranzug an, den er zur Konferenz mit Gladys und Dutch getragen hatte, außerdem ein neues Hemd statt des brandlöcherigen sowie einen neuen auffällig gemusterten Seidenschlips (angeschafft wohl mit dem Geld aus den Briefumschlägen der Dichter). Er wirkte nervös und richtete sich das Haar und den Windsorknoten mehrmals neu. Dann nahm er das restliche Bargeld der Barden und fuhr in seinem Mietwagen ab.

Ich fuhr mit dem Chevy in die Stadt und streifte zwischen den Skulpturen umher, um sie eingehend zu studieren. Sie waren so, wie ich sie in Erinnerung hatte, bis auf die eine, die aus Kunststoffblöcken gebaut war, von denen man annahm, daß die Leute sie mitgehen lassen würden. Ein Werk war betitelt ›Wachsabdrücke von fünf Hausfrauenknien‹, ein anderes ›Verschiedene Kunststoffe, getrennt durch Fettschichten, mit Löchern, so groß wie mein Kopf und meine Taille‹. Gut eine Stunde schlenderte ich herum, machte mir Notizen, kupferte hochgestochene Ausdrücke ab, ließ mir auch hin und wieder eigene einfallen, solche, die mir hineinzupassen schienen. Danach verbrachte ich einige Zeit in der Bibliothek, blätterte in Büchern über Kunstkritik und zog auch daraus diese und jene Wendung heraus. Zu Hause setzte ich mich vor Gladys' Schreibmaschine und kochte eine eigene (plagiierte) Erklärung meiner Skulptur aus, meine eigene »Vision und Ästhetik«:

Das Auto kennen wir eigentlich nur durch die Brille unseres amerikanisierten Auto-Ikonen-Images, geliefert von Madison Avenue. Wenn die Katze die Maus killt, abstrahiert sie die Maus, und ebenso abstrahiert und verzerrt Madison Avenue unsere wahre Auto-Er-

Fahrung durch falsche Bilder, die wir dankbar rezipieren. Mein Werk versucht, die Realität des *tatsächlichen* Autos (so real wie die Yachten und die Westafrikaner) statt des Bildes des *illusorischen* Autos zu abstrahieren und die Abstraktion für den Betrachter real zu machen, realer in ihrer Abstraktheit als die – erst im Bild abstrahierte – unabstrahierte Ikone.

Ich klebte die Karte auf das Holzpodest meiner Plastik und las sie drei-, viermal durch, hochzufrieden mit dem, was ich da geschrieben hatte, auch wenn es mir völlig unverständlich war. Ich las es laut, verband die Worte zu einer kleinen Melodie. Ich war stolz auf meine Skulptur, nicht als Kunstwerk, sondern als gekonnten Verkauf, als ausgemachten Müll und Betrug. Als Kunst erkannt wird, was den Leuten als Kunst eingeredet wird, dachte ich mir, ebenso wie ihnen eingeredet wird, für die Dusche ein wasserfestes Radio mit Saugnäpfen zu kaufen. Eine blitzartige Einsicht, schien es mir, ins Wesen der Kunst, in ihren eigentlichen Kern. Bist doch ein Könner, dachte ich.

»Gabe, ich bin schockiert und gerührt«, sagte Gladys. »Kaum zu glauben, daß das von *dir* ist.« Sie las das Kärtchen noch einmal und umschritt langsam ›AutoCratic‹, wie ich mein Werk betitelt hatte. Mit der Skulptur im Kofferraum war ich nach Dutchland gefahren und hatte Gladys in der Küche angetroffen, irgendein vegetarisches Pfannenfertiggericht löffelnd, vor sich Prospekte diverser Investmentfirmen und das Vorlesungsverzeichnis der Volkshochschule. Unten im Sportstudio hörte ich Dutch trainieren. Ich dachte an Roman beim Bankdrücken und den Preacher Curls in seinen langen Hosen, Zigarette im Mundwinkel. Immer wieder warf ich nervöse Blicke in den Flur, ob Dutch vielleicht auftauchte, die Skulptur sah und anfing, Fragen nach den Autoteilen zu stellen.

»Wie du den Raum einsetzt, dein Gespür für Texturen und Schatten ... Das ist ja fast schon ein Meisterwerk«, staunte Gladys kopfschüttelnd, während sie es erneut umschritt.

»Danke«, sagte ich schamlos.

»Es hat viel Naives an sich, das Klebeband, die herausgerissenen Fotos. Aber das verweist ja um so deutlicher auf den tieferen Sinn. Es geht doch um Technologie und Wahrnehmung, nicht wahr?«

»Klar«, sagte ich. »Ist ja wohl kaum zu übersehen.«

»Eine sehr subtile Ironie für einen Jungen deines Alters.« Sie lächelte mich an.

Ich zuckte die Achseln. »Subtile Ironie ist meine große Stärke.«

Plötzlich trat Dutch in die Küche, seinen Eiskaffee in der Hand, das Gesicht rot und verschwitzt. Er schüttelte mir die Hand, sagte: »schön, dich zu sehen«, und schien vorerst keine Notiz zu nehmen von dem Gewirr aus Autoteilen, entwendet aus seinem eigenen Lager. Er trug weiße Sneaker ohne Socken, großkarierte Shorts und ein gelbes T-Shirt. Zum ersten Mal fiel mir auf, wie muskulös er war, nicht dick und teigig wie Roman in seinen Meister-Proper-Tagen, sondern rank und kantig, die Muskeln hart und sehnig. Jeden Morgen, so sollte ich noch erfahren, schwamm er fünfzig Runden im Pool, und am Wochenende strampelte er auf dem Fahrradtrainer und machte Yoga. Er glaubte an konsequentes Fitneßtraining, körperlich, geistig und finanziell.

»Dutch«, sagte Gladys, »diese Skulptur hat Gabe gemacht.« Sie strahlte, ihre Augen leuchteten.

Mir stockte der Atem, während Dutch mein Werk inspizierte, sich niederbeugte, um die Karte zu lesen, und mit den Fingerspitzen die Vergaser und Rohrstücke berührte.

»Teile vom Schrottplatz?«

»Richtig«, erwiderte ich, verblüfft, daß er die Ersatzteile aus seiner eigenen Firma nicht wiedererkannte.

»Gute Leistung, wirklich«, kommentierte er. »Es ist sehr befriedigend, mit den Händen zu arbeiten.« Ich traute meinen Ohren nicht, daß er sich nicht über das Werk mokierte, wie es Roman hundertprozentig getan hätte.

»Ich würde es dir gern schenken«, sagte ich zu Gladys. »Und

ich möchte, daß du weiter Gedichte schreibst, daß du an dem Wettbewerb teilnimmst.« In meine kleine Rede ließ ich alle Überzeugungskraft einfließen, ganz wie ich es auf der Herfahrt geübt hatte. »Ich habe diese Plastik nur für dich gemacht.«

Das stimmte sogar, wenn auch in etwas anderem Sinne. Sollten in diesem Augenblick irgendwelche Schamgefühle in mir geschlummert haben, so ließ ich sie zumindest nicht hochkommen. Gladys nickte mit tränennassen Augen. Sie versprach, noch am selben Nachmittag etwas zu schreiben und es sofort einzusenden. Ich gab ihr noch einmal ein Exemplar unseres Flugzettels, das ich eingesteckt hatte, und sie umarmte mich. Der Tatsache zum Trotz, daß ich gerade meine Mutter über den Tisch gezogen hatte, fühlte ich mich so wohl wie seit Wochen nicht mehr. Sie bat mich, zum Abendessen zu bleiben, und ich willigte ein. Den Fraß von Bif Burger hatte ich nämlich satt.

Alle Speisen auf Dutchs Tafel waren frisch und wohlschmekkend, perfekt zubereitet, soweit ich das mit meinen abgestumpften Geschmacksnerven überhaupt beurteilen konnte. Wir saßen zusammengedrängt an einem Ende des schweren geschnitzten Eßtischs, während Dutchs Köchin uns das Dinner servierte. Mrs Loggins war eine korpulente Erscheinung und wirkte mit ihrer sauber gestärkten Schürze, als sei sie direkt der Schulkantine entsprungen. Schweigend stellte sie am anderen Tischende ihr köstliches Sommeressen ab – Caesar-Salat, gedünsteten Spargel, gebratene Maiskolben, neue Kartoffeln, Hefegebäck – und ging. Dutch (und auch Gladys, wie ich jetzt entdeckte) aß kein Fleisch; ich vermißte es nicht. Ich nahm mir von allem dreimal nach und trank das eine Glas Weißwein, das Dutch mir gestattete, während Gladys mich ausfragte, was ich mir bei meiner Skulptur gedacht hätte. Unbekümmert log ich drauflos, ermutigt von dem Erfolg, den ich bis dahin gehabt hatte. Sie lachte, als ich ihr erzählte, wie ich bis spät in die Nacht daran gebosselt und mich mit Kaffee und Zigaretten wachgehalten hatte. »Ein echter Künstler«, sagte sie. Mir fiel auf, daß sie noch kein einziges Mal nach Roman gefragt hatte; vermutlich war Roman unter Dutchs Dach immer noch eine Art Tabuthema.

Dutch hörte eine Weile schweigend zu, ehe er sich äußerte.

»Weißt du«, sagte er, »ich muß gestehen, als ich Gabes Plastik zum ersten Mal sah, dachte ich, sie stelle einen Kraken dar, der versucht, ein Auto zu reparieren.«

Ich errötete, weil mir einfiel, daß ich einen Moment lang genau das gleiche gedacht hatte. Gladys lachte laut, wohl im Glauben, es handle sich um einen neuen Beweis für Dutchs ausgelassenen Humor. Und nun errötete auch Dutch und lachte verhalten, als er sah, daß er einen Witz gelandet hatte.

»Entweder das«, sagte er, »oder eine von diesen sechsarmigen indischen Göttinnen beim rituellen Tanz für den Großen Mechaniker im Himmel.«

Gladys lachte, bis sie rot anlief, und auch ich lachte, nicht über den lahmen Scherz, sondern darüber, daß Dutch überhaupt einen Witz gemacht hatte, daß Wein und Fröhlichkeit mal ein Fünkchen Persönlichkeit nach außen hatten durchschlagen lassen.

Dies war die erste von mehreren Überraschungen, die er an diesem Abend für mich parat hatte. Nach dem Dessert (Wassermelonenscheiben und getoastete Früchtekuchen) durchwanderten wir das prachtvolle Haus und besichtigten die wenigen Hinterlassenschaften, die noch an Miß North Carolina erinnerten, die blauen Unzertrennlichen aus Glas in einer Vitrine, die Gobelins und Perserteppiche. Im Fitneßraum hüllten zwei zierliche dreiarmige Stehlampen den Billardtisch und Dutchs Heimtrainer in ein grelles Licht. Wir fanden uns schließlich im Ballsaal mit der Gewölbedecke, dem hellgelben Holzfußboden, dem bernsteinfarbenen Kronleuchter und der Einbau-Stereoanlage wieder. Dutch schaltete das Spulentonbandgerät ein, und die Klänge von Tommy Dorsey und seiner Band erfüllten den Raum, massive Bläsersätze, pulsierende Rhythmen. Abwechselnd tanzten wir mit Gladys, wobei ich ihr mit meinen Chuck Taylors auf die Zehen trampelte, meine Finger auf die dünne Baumwolle ihres Sommerrocks gepreßt, meine Handfläche auf der scharfen Kurve balancierend, mit der ihre Taille in ihre Hüfte überging. Ich bemerkte – und suchte es gleich zu vergessen –, daß sie keinen BH unter ihrer hellen Baumwollbluse trug. Ihre Bewegungen waren geschmeidig, ihr Körper kräftig. Auf ihrem Gesicht lag ein Leuchten, die Augen schimmerten feucht vom Wein und der Anstrengung. Sie konnte nicht mehr aufhören zu lächeln.

Dutch tanzte steif und mechanisch, aber technisch gut, mit raffinierten Swingfiguren und Foxtrottschwüngen, die er sich von irgendeinem Tanzlehrer oder über einen Fernlehrgang hatte beibringen lassen. In Tuchfühlung schwebte er mit ihr übers Parkett, wobei seine Schuhe auf dem Holz klickten, ihre quietschten. Ich sah, daß er leise mitzählte, Takt hielt, achtgab, nicht in die elastische Lockerheit zu verfallen, die gutes Tanzen für mich ausmacht. Ihre gemeinsamen Bewegungen waren so straff choreographiert, daß ich sicher war, sie hatten schon öfter zusammen getanzt, allein in dem großen Haus.

Gegen Mitternacht hatten wir uns schließlich müdegeschwoft, der gelbe Boden zeigte unsere durcheinanderlaufenden Schleifspuren. Dutch führte uns zurück nach draußen, und wir setzten uns in die Adirondack-Stühle am Pool. Wie Messer glänzten die Gleise der Modelleisenbahn im Mondlicht. Der Zug stand still, und ich stellte mir vor, daß Lokführer und Bremser heimgegangen waren und sich in ihren Spielzeughäuschen ausruhten. Das blaue, von innen beleuchtete Wasser des Pools schwappte leise an den Beckenrand und warf wellige Lichtreflexe auf unsere Gesichter.

»Na, Gabe«, begann Gladys, »willst du bei der Bildhauerei bleiben?«

»Ich habe ein paar Ideen«, sagte ich.

»Du solltest dabeibleiben, nicht aufgeben«, bekräftigte Dutch. »›Nichts verpufft so schnell wie Erfolg‹, das hat Ray Kroc gesagt, der Gründer von McDonald's.«

»Big Macs zusammenpappen ist nicht ganz dasselbe wie

Kunst machen«, sagte ich. Ich bemühte mich um einen Tonfall, der meine fragile, leicht verletzbare Künstlerseele verraten sollte. Dabei hätte ich mein Kunstwerk auf der Stelle gegen einen Big Mac und einen Schoko-Shake getauscht.

Gladys legte mir die Hand auf den Arm. »Dutch möchte nur, daß deine Ideen Gestalt annehmen. Und nicht immer nur Ideen bleiben.«

»Ich habe deine Mutter gesehen, wie sie ihre Gedichte macht, ihre Gemälde«, sagte Dutch. »Mach dir einen Zeitplan. Benenn Techniken, die du erlernen willst, und Fristen, bis zu denen du es geschafft haben willst. So bin ich zum Beispiel das Gitarrespiel angegangen. Man muß nur ...«

»Du spielst Gitarre?« unterbrach ich. Meine Luftgitarrenorgien fielen mir ein, meine Herumtanzereien auf dem Bett in Unterwäsche.

»Ja«, sagte er.

»Geh, hol deine Gitarre, Dutch«, bat Gladys. »Spiel uns was vor.«

Gladys und ich warteten im Schummerlicht des Pools, während Dutch im hellerleuchteten Haus verschwand. Über uns am lavendelfarbenen Himmel vollführten die Fledermäuse ihre halsbrecherischen Flugmanöver, um uns die typischen sommerlichen Geräusche: das Zirpen der Grillen und bisweilen das Zischen eines Insekts, das in der Fanglampe verglühte. Immer noch wartete ich darauf, daß Gladys nach Roman fragte, aber sie saß nur da, genoß die Nacht und lächelte mich an, in den Augen den Widerschein des Wassers. »Es wird dir gefallen«, sagte sie.

Dutch erschien, setzte sich und zog aus einem Gitarrenkoffer eine verschrammte Martin, das Griffbrett glattgespielt, das Schlagbrett von Kratzern gezeichnet. Sie hatte einen dicken ledernen Umhängegurt und am Halsfuß einen Aufkleber mit einem grinsenden Gesicht. Rückschauend kann ich nicht mehr sagen, mit welcher Musik ich rechnete, während er die Saiten stimmte – wahrscheinlich irgendeinem verschnarchten Mittelwellen-Song von den Carpenters oder America, oder vielleicht dem Jingle, der am Ende seiner Werbespots im ›Twilight Theater‹ erklang (»Kauf den Ford am besten Ort – bei Dutch Strickland, und zwar sofort!«).

Statt dessen legte er einen gekonnten bluesigen Lauf hin, vertikal übers Griffbrett, Single Notes mit dem Plektrum gespielt, mit Saitenziehen, dann wieder zurück die Bluesskala hinunter, in Akkorde übergehend, dazwischen Single Notes, die aus der Martin sangen, ein Teppich aus Tönen, der hinausschwebte in die Luft über dem Pool, hinauf in die Nacht. Dreimal spielte er durch die Skala, mit eingeworfenen Stützakkorden, gezogene Töne haltend, bis die Saite zu reißen drohte; dann begann er zu singen. Seine Stimme war schüchtern, flüsternd, und zugleich tief melodisch, ein sonorer gedeckter Bariton, ideal für Blues, eine Stimme mit Kratzspuren, vom Leben aufgerauht. Wenn ich die Augen schloß, war es unmöglich, diese Stimme mit dem Dutch zu verbinden, den ich kannte, dem humorlosen Mann aus dem Fernsehen, der als Fisch verkleidet Wasserski fuhr, der am Steuer eines mit Götterspeise gefüllten Wagens saß und eine geschmacklose Prunkvilla bewohnte. Er beendete den Song. Der letzte Ton klang noch nach, als er die Gitarre abstellte.

»›Believe I'll Make a Change‹ von Pinewood Tom«, sagte Dutch. »Er hat's ein bißchen besser hingekriegt als ich.«

Gladys klatschte und pfiff.

»Großer Gott, Dutch«, sagte ich. Etwas anderes fiel mir nicht ein.

»Da siehst du, was ich sagen wollte«, knüpfte er an. »Das Gitarrespiel unterscheidet sich im Prinzip nicht vom Einstellen des Zündzeitpunkts an einem Fairlane. Du lernst, die Finger dahin zu setzen, wo sie hinsollen, und führst miteinander verzahnte Bewegungen in einer bestimmten Reihenfolge aus.«

»Du ... du bist ... du bist wirklich verdammt gut, Dutch«, stammelte ich. Das Wort »talentiert« brachte ich nicht über die Lippen. Mit einer Handbewegung wischte Dutch mein Lob beiseite.

»Na ja, mittelprächtig«, sagte er. Nicht so sehr aus Bescheidenheit, mehr aufgrund realistischer Selbsteinschätzung.

Ich schüttelte den Kopf. »Nein, du müßtest auftreten. Irgendwo in einem Club in der Stadt. Du brauchst einen Künstlernamen, ›Blind Dutch Strickland‹ oder so etwas in der Art.«

Zum ersten Mal seit ich denken konnte, lachte Dutch laut heraus, schallend und aus vollem Halse, als habe er es jahrelang zurückgehalten. Auch Gladys und ich lachten – mehr aus Überraschung denn aus irgendeinem anderen Grund, und für den Rest der Nacht hatte Dutch seinen Spitznamen weg, »Blind Dutch«, was ihn jedesmal losprusten ließ. Nicht den Namen selbst fand er so komisch, sondern die Idee, daß ihm überhaupt irgend jemand einen Spitznamen verpaßt hatte. Diejenigen, die man ihm zu Schulzeiten angehängt hatte, waren wohl nicht von der Art, daß er sie gern mehr als einmal gehört hätte. Das gesamte Jahr über – bei allem, was kam – hatten Dutch und ich nun diese kleine gemeinsame Fluchtburg: Er spielte mir Songs vor, und ich nannte ihn bei seinem Spitznamen. Das war eine Weise, auf die wir miteinander klarkamen.

Um zwei Uhr in der Frühe gähnten wir, schlugen mit der Klatsche nach Insekten, leerten die letzten Drinks. Plötzlich lehnte Dutch sich vor.

»Hör zu, Gabe, ich würde dir gern die Skulptur abkaufen.«

Ich blickte zu Gladys hinüber. »Wieso? Ich hab' sie doch Gladys geschenkt.«

»Ja, aber ich will sie dir bezahlen«, beharrte er. »Ich sagte, Kunst ist Arbeit, nicht? Für seine Arbeit wird man bezahlt. Ein eiserner Grundsatz.« Er zog die Börse und reichte mir vierzig Dollar.

Erneut blickte ich Gladys an, und sie lächelte. »Jetzt bist du wohl ein professioneller Künstler.«

»Wenn schon«, sagte Dutch, »dann solltest du es ernst nehmen.« Ich konnte nur nicken und ihm die Hand schütteln, das Geld in der anderen Hand eingeknüllt.

»Weißt du was«, sagte er. »Such dir einen Kunstkurs aus, drüben an dem Institut, das Gladys besucht, und ich übernehm die Kosten. Du kannst die Probe aufs Exempel machen, ob es dir wirklich ernst ist damit.«

Ein Blick auf Gladys. »Ich habe das Programmheft«, sagte sie. »Das ist eine gute Chance für dich.«

Immer noch mißtrauisch gegen Dutch, fragte ich mich, ob sein Motiv wohl war, mich in die Pfanne zu hauen, mich durch eine gründliche Blamage in der Kunstschule von meiner Talentlosigkeit zu überzeugen (als ob es dafür der Überzeugungsarbeit bedurfte), damit ich mir die Sache aus dem Kopf schlug und mich endlich einfand in echte Arbeit, ins ernsthafte Leben. Doch das spielte eigentlich auch gar keine Rolle: Gladys glücklich zu machen war der rascheste Weg, sie ihr einstiges Unglück vergessen zu lassen und sie wieder zu uns nach Haus zu locken, das wußte ich.

»Also gut«, sagte ich.

Ich stand auf, um aufzubrechen, und Gladys ging in die Küche und packte mir ein kleines Kuchenpaket zum Mitnehmen zurecht. Dutch und ich beobachteten einen Japankäfer, der in den Pool gefallen war und nun mit den Beinchen kleine Dellen ins Wasser strampelte. Dutch tippte mir auf die Schulter.

»Du hast heute abend eine gute Tat vollbracht, Junge«, sagte er. »Du hast deine Mutter glücklicher gemacht, als ich sie seit Beginn dieser Sache hier gesehen habe.«

Das gleiche hätte ich ihm sagen können. Ich dachte zurück an die Zeiten, da ich Gladys zuschaute, wie sie im Keller unter der pinkfarbenen Birne Wäsche glattschüttelte, und ich mich fragte, wer sie war. Heute abend schien sie es beantwortet zu haben: Schau her, diese Frau, gebräunt, fit, tanzend, lachend, das bin ich. Sie war, wie Dutch gesagt hatte, glücklich wie lange nicht ... länger als meine Erinnerung zurückreichte. Verschwunden ihre nervöse Gereiztheit, verschwunden die Erwartung, jede Sekunde könne alles unwiederbringlich in Scherben fallen. In einem Haus zu leben, in dem nicht ständig die Möbelpacker ein und aus gingen, hatte wahrscheinlich geholfen. Vielleicht – dachte ich – waren Ferien von Roman, ein kleiner Urlaub, alles, was sie gebraucht hatte.

»Noch was«, sagte Dutch. »Wenn du mich noch einmal beklaust, zieh' ich dir das Fell über die Ohren.«

Ich starrte ihn eine Sekunde an und nickte. »Okay.«

Ich nahm mein Kuchenpaket, kletterte in den Chevy und ließ ihn in die laue Augustnacht rollen, die lange Zufahrt hinunter, durchs krüppelige Baumspalier. Als ich mich umschaute und winkte, standen die beiden zusammen in dem gelben Licht, das aus dem Portal schräg über den Rasen fiel. Sie winkten zurück, als wären sie meine Eltern, die mich zum College-Ball verabschiedeten, in ein neues Leben. Noch viele Sekunden blieben sie im Rückspiegel sichtbar, bis Gladys sich schließlich an Dutch lehnte, der hinter ihr stand.

FÜNFTES KAPITEL

»Wir sind im Geschäft!« jubelte Roman, als er hereinstürzte, einen lavendelfarbenen Briefbogen schwenkend. Ich erkannte das Papier, das Gladys für ihre Gedichte aufsparte; Einkaufslisten oder Zettel für die Kühlschranktür durften darauf nicht geschrieben werden. Endlich – ihr Beitrag war da. Roman warf ihn auf den Tisch und zog aus der Jacke ein bereits vorbereitetes Kuvert, mit einem Glückwunschschreiben und einem Bankscheck über fünfhundert Dollar.

»Willst du's denn nicht lesen, ihr Gedicht?« fragte ich.

Er starrte mich an. »Laß mich raten. Vielleicht ist es nicht gut genug, und sie verliert den Wettbewerb. Ist's das, was du denkst?«

»Nein. Es steht ja fest, daß sie gewinnt. Aber du könntest zumindest mal lesen, was sie schreibt.«

Er dachte nach. »Ich hab' ihre Gedichte nie so recht verstanden, Gabe. Aber hier, bitte, lies einfach.«

»Später vielleicht.« Ich nahm das Kuvert mit dem Gedicht und stopfte es in meine Gesäßtasche.

Roman zückte den Füller. »Jetzt brauche ich nur noch ihre Anschrift.«

»Ihre Anschrift?«

»Ja, klar, Junge. Der Ort, wo sie wohnt. Muß auf ihrer Einsendung stehen. Habe vergessen nachzuschauen.«

Ich zog das Kuvert hervor und öffnete es, als sei es eine Bombe, die ich entschärfen mußte. Während ich mir von innen auf die Wange biß, schaute ich auf die Rücksendeadresse, halb in der Erwartung, da werde »Dutchland« stehen, mit einem Bild von Gladys, wie sie im Pool schwamm und Dutch neben ihr Gitarre spielte. Aufatmend sah ich nur eine Postfachnummer. Ich nannte sie Roman.

»Gib ihr zwei Tage, und wenn du dann noch nichts von ihr gehört hast, rufst du an und fragst ganz nebenbei nach dem Wettbewerb.« Er lächelte sein breites Goldzahnlächeln. »Ich liebe es, wenn Sachen glattgehen.« Ein neuer Punkt für seine Liste.

Später, nach einer Stippvisite auf dem Postamt, wo wir den Scheck abschickten, bugsierte Roman uns zu Belk's, wo ich einen neuen Anzug, ein neues Arrow-Hemd und eine Krawatte erstand, die Roman persönlich für mich aussuchte, breit, mit aufgedruckten Fuchsjägern. Ich freute mich, daß er so viel Mühe und Geld in die Vorbereitung eines Dinners mit Gladys steckte, eines Dinners, das noch völlig in den Sternen stand, aber dann sagte er, wir hätten andere Pläne, ein Geschäftsessen Freitag abend mit Mr Vic Comstock.

»Er hat mich eigens gebeten, auch dich einzuladen, Gabe. Er sagt, er würde gern auch Roman Stricklands Sohn begrüßen.« Roman verkündete dies, als müsse ich beeindruckt sein von der Großmut eines Mannes, den ich nie gesehen hatte.

Ich nickte und willigte widerstandslos ein, während der Verkäufer in der Herrenabteilung den Sitz meiner Hose im Schritt kontrollierte. Mit seitlich ausgestreckten Armen besah ich mich in dem dreiteiligen Spiegel und studierte das Bild meiner selbst und das Romans, die er zurückwarf.

Am nächsten Morgen rief Gladys an, genau wie Roman es prophezeit hatte, und verkündete mir ihren Sieg. Ihre Stimme bebte, als sie es mir erzählte, und ich hörte, daß sie den Tränen nahe war. Dieses glückhafte Zusammentreffen, meine Skulptur, ihr preisgekröntes Gedicht, sei ein »Fingerzeig«, sagte sie, eine Art Omen. Ich tat mein Bestes, überrascht und begeistert zu klingen, und nach ein paar Minuten *war* ich begeistert, heilfroh, daß alles wie geplant geklappt hatte nach all den Lügen und der endlosen Herumfahrerei mit dem Shakespeare-Bild und dem Beinahe-ertappt-Werden durch Gladys. Ich sprach schon eine Weile, da nahm Roman am Nebenanschluß ab. Ein paar Sekunden lang hörte ich ihn atmen, schweigend, ihrer Stimme lauschend. Schließlich ergriff er das Wort.

»Glückwunsch, Gladys.«

»Oh, Roman. Danke … Ich freue mich so. Gabe hat mich inspiriert, weißt du.«

Ich merkte, wie er für einen kurzen Moment darüber nachdachte.

»Du kannst echt stolz auf dich sein«, sagte er dann. »Sicher ein klasse Gedicht, du als erfolgreiche Siegerin. Nach dem, was Gabe sagt, eine ganz heiße Sache.«

Sie lachte. »Also, ich weiß nicht.«

Zum Lachen hatte er sie gebracht, nun ließ er die Verkaufe anlaufen. »Hör mal, da wir gerade so in Feierlaune sind: Darf ich dich zum Dinner einladen? Unser Lieblingstisch im Cellar Anton's, Lasagne, Wein. Was sagst du?«

»Ich glaube nicht, daß das eine gute Idee ist, Roman, aber danke für das Angebot.«

»Habe ich erwähnt, daß ich zahle?«

Sie lachte. »Das ist lieb, Roman, aber … nein.«

»Ein Nein wird nicht akzeptiert«, sagte er. »Ich hol' dich im Auto ab. Es wird wieder sein wie bei unseren ersten Treffen. Wer weiß, vielleicht grab' ich dich sogar ein bißchen an.«

Ich erbleichte, weil ich merkte, er drängt zu sehr, drückt aufs Tempo, will's erzwingen.

»Wir sind über die Kennenlernphase hinaus, Roman, und mir ist bei dem ganzen Gedanken nicht wohl. Tut mir leid.«

»Gladys …«

»Roman, bitte.«

Ich wußte, ich mußte rasch einschreiten, sonst war alles verloren.

»Ich habe eine Idee«, sagte ich. »Warum kommst du nicht zum Abendessen zu uns. Ich organisier' deine Lieblingsspeisen, Tacos, gefüllten Sellerie, Hausmacher-Eiscreme. Dann kannst du uns dein Siegergedicht vorlesen.« Stille, ein paar Herzschläge lang, und ich dachte schon, vielleicht hat sie aufgelegt.

»Klingt nicht schlecht«, sagte sie schließlich.

»He, das klingt supergut«, legte Roman nach. »Die beste Idee von allen heute.«

Halt's Maul, *halt das Maul*, dachte ich.

»Und ich stelle mich sogar selbst hin und mache Guacamole«, versprach ich.

»Hm ... denk aber dran, daß ich kein Fleisch mehr esse.«

»Ich tue Bohnen in die Tacos.«

»Wie, du ißt kein Fleisch mehr?« fragte Roman. »Was kann man denn essen außer Fleisch?«

Sie ging nicht darauf ein. »Also, das klingt ganz gut«, sagte sie. »Wird nett sein, euch wiederzusehen.«

»Ich kann's kaum erwarten«, sagte Roman. Ich hörte, daß dies der Wahrheit entsprach.

»Roman, bitte, könntest du mal für eine Minute auflegen, ich muß mit Gabe sprechen.«

»Wie wär's mit morgen abend, Donnerstag?« fragte er.

»Morgen ist gut.«

»Na prima, abgemacht«, sagte er. Wieder ein kurzes Schweigen, und ich malte mir aus, wie er überlegte, was er noch sagen konnte. Dann, klick, legte er auf.

»Gladys?«

»Gabe, hör zu. Ich brauche morgen abend deine Unterstützung. Was immer auch gesagt wird, was immer passiert, bitte versprich mir, daß du mir zur Seite stehst. Du mußt deinen Teil beitragen.«

Sicher braucht sie, dachte ich, genau das, was du ihr gerade gegeben hast: ein bißchen Hilfestellung, damit Roman sie vor lauter Beflissenheit nicht überrollt. »Klar, Gladys«, sagte ich. »Ganz, wie du willst.« Ganz allmählich trugen meine Vermittlungsversuche Früchte.

Als ich auflegte und in die Küche zurückging, wollte Roman wissen, was sie noch gesagt hatte. Sie wolle nur sichergehen, daß alles klappt; sie sei nervös, sagte ich.

»Wer ist das nicht«, bemerkte er, meinen Blick meidend.

»Dad, du mußt dich am Riemen reißen, wenn sie hier ist. Verlier am besten kein Wort über Geld.«

Er strich sich mit den Fingern durchs Haar. »Worüber soll ich denn dann sprechen?«

»Frag sie nach ihren Gedichten.« Ich nahm den lavendelblauen Umschlag aus der Hosentasche. »Hast du ihre Einsendung gelesen? Du mußt irgend etwas dazu sagen können, nachdem sie es uns rezitiert hat.«

»Kann ich nicht, Gabe, kann ich nicht. Zu Lyrik hatte ich noch nie einen Zugang. Es sind nicht nur die Worte an sich, die ich nicht verstehe. Ich begreife nicht, warum Leute Gedichte *schreiben,* warum sie sie lesen, warum sie Lyrikbände kaufen, sie in der Schule durchnehmen. Ich weiß nicht, was Gedichte *sollen.*«

Ich schüttelte den Kopf und zog Gladys' Poem aus dem Kuvert. Da stand:

Was bleibt

Wachend, nachts, such' ich zu hören,
Wie Milch verdirbt in der Kühle,
Den Laut, den Fernsein hinterläßt –
Den Briefschlitz, wenn er quietscht, das Flattern
Der Post, wenn sie zu Boden fällt.

Statt dessen leises Reifenrollen,
Der Bäume Fäule, der Verschleiß
Der Welt, in langer Eisesnacht.

»Dad, das handelt von dir!«

»Zeig mal.« Er nahm das Blatt und las es durch, die Miene gesammelt, konzentriert.

»Eben, das ist's ja«, sagte er. »Du sagst, es handelt von mir, ich lese es, und nicht ein einziges Mal taucht der Name ›Roman Strickland‹ auf, auch nicht ›mein Mann‹, nichts annähernd Ähnliches. Statt dessen was? ›Milch verdirbt‹, ›Briefschlitz‹, ›der Bäume Fäule‹. Also mach mir bitte nicht weis, daß das von mir handelt.«

»Wahrscheinlich hast du recht«, sagte ich, staunend, wie er so blind sein konnte gegen sie, blind gegen sich selbst.

Den nächsten Tag verbrachten wir mit den Vorbereitungen für Gladys' Besuch, putzten und saugten, wienerten die Böden, bügelten unsere Klamotten, versprühten Gletscherfrisch Azur in allen Räumen. Hausarbeit war Roman fremd; sie war stets durch Gladys (und, bei Hochkonjunktur, durch eine Putzfrau) erledigt worden, die Gartenarbeit durch mich. Ich gab ihm einen Putzwedel und schickte ihn ins Wohnzimmer, wo er Tische und Sessel damit ausklopfte, *Wap! Wap!*, als könne er den Staub durch Schläge vertreiben. Ein Bote brachte eine Vase voll gelber Rosen, die Roman geordert hatte; sie kam auf die Kommode im Schlafzimmer. Immer wieder schneite Roman in die Küche, wo ich die Bohnen kochte, Salat und Tomaten schnitt, im Eisfach die Eiscreme ansetzte.

»Sollten nicht doch Steaks auf den Tisch, oder so?« fragte er. Ständig wippte er auf den Zehenspitzen.

»Du hast doch gehört, sie ißt nur noch fleischlos.«

»Ja, aber *Bohnentacos*? Gefüllter Sellerie? Willkommen im Waldorf Astoria, kann ich da nur sagen.«

Ich zuckte die Achseln und löffelte Sauerrahm aus dem Plastikbecher in den Kochtopf. »Das mag sie nun mal.«

»Hmmm, ja, aber...« Ich wartete darauf, daß er sagte: »Es ist nicht gut genug.« Für ihn konnte ja wirklich nichts gut genug sein. Aber er fuhr sich nur durchs Haar und ging fort, immer noch auf den Zehen wippend. Ich hörte ihn im kleinen Zimmer den Fernsehapparat mit seinem Flederwisch peitschen.

Bei Gladys' Anblick fielen ihm schier die Augen aus dem Kopf. Sie trug ein weißes Trägerkleid mit Rüschen und Spitzenbesatz, das noch weißer wirkte durch ihre gebräunten Muskeln, ihr glänzendes schwarzes Haar. Sie hatte kein Make-up aufgelegt, und ich bemerkte, daß die Eisverätzungen um ihre Augen geheilt waren; Wimpern und Augenbrauen waren heller geworden durch das Chlor in Dutchs Pool, durch Tage in der Sonne. Silberne Ohrringe rahmten ihr Gesicht, auf der einen Seite eine Mondsichel, auf der anderen ein Silberstern.

»Hallo, Roman«, lächelte sie. Wir standen zusammen an der

Tür. »Siehst gut aus, dein Haar ist nachgewachsen. Gabe – so habe ich dich noch nie gesehen.«

Ich trug den Anzug und den Fuchsjagdschlips, den ich am Tag zuvor für mein Meeting mit Mr Vic Comstock erstanden hatte. Auch Roman trug einen neuen Anzug von Belk's, und erst jetzt fiel mir auf, daß wir uns glichen wie ein Ei dem anderen; nur daß Romans Anzug einen Hauch von Nadelstreifen zeigte und seine Krawatte ein gedecktes Blau.

»Heiliger Strohsack, Gladys«, sagte Roman. »Hinreißend siehst du aus.«

Sie lächelte. »Danke.«

»Na, komm rein. Also – hm – setz dich doch. Einen Martini?«

»Nur Eiswasser bitte.«

»Wasser? Na hör mal. Vielleicht Champagner? Ich wollte ihn für später aufsparen, aber wer weiß, vielleicht werden wir bis dahin von einem Bus überfahren, was?«

Einen Augenblick suchte ich mir auszumalen, wie das vor sich gehen sollte, dann sah ich, wie Gladys die Lippen verzog. »Dad, ich glaube, sie will nur Wasser«, sagte ich. Telepathisch suchte ich Roman zu warnen: *Nur nicht drängen. Halt an dich.* Während er in die Küche ging, um ihr das Wasser und sich einen Martini zu holen, nahm sie mich im Flur beiseite.

»Jetzt siehst du wie Roman junior aus«, sagte sie. »So hätte er dich damals gerne genannt, hätte ich nicht ein Machtwort gesprochen.«

»Wir wollten uns nur ein bißchen feinmachen.«

»Ich weiß, Schatz. Süß von euch.« Sie drückte meinen Arm. »Ich freu' mich, daß du heute abend hier bist.«

Roman kam aus der Küche. »Klopf, klopf«, sagte er, als er ihr das Glas reichte.

Sie warf mir einen Blick zu, ich zuckte die Achseln. »Wer ist da?« fragte sie.

»Gladys.«

»Gladys wer?«

Er grinste. »Gefällt gar sehr!« Er nippte an seinem Drink,

lief rot an. Ein Scherz aus alten Zeiten. Ich dachte an seine Kellerlektionen: Du mußt sie unbedingt zum Lachen bringen.

Gladys lachte denn auch – ein Höflichkeitslachen, dachte ich. So wie sie lachte, wenn ... na, wenn Vertreter an die Tür kamen, mit ihren Kalauern und Sprüchen von der Stange.

»Ein kleiner Eisbrecher«, sagte Roman.

»Sehr einfallsreich«, sagte sie.

»Apropos, auf dich, auf deinen großen Gewinn«, sagte er, sein Glas hebend. Auch Gladys hob ihres, das Eis klirrte, und da ich keines hatte, hob ich meine Hand und sagte »Klink, klink«. Roman blickte mich unwirsch an. Das letzte, was er wollte, war, daß ich mich kindisch verhielt, als ob das der Grund gewesen wäre, daß Gladys aus unserem Leben verschwunden war. Ich war an jenem Abend wohl genauso nervös wie er und glaubte wie er, daß unser fingiertes Lyrik-Spielchen, ein sauberes Haus, eine Vase gelbe Rosen und Bohnentacos mit hausgemachter Eiscreme irgendwie ausreichten, um alles Ungute in unserem Leben zu bereinigen, Flurschäden zu tilgen, die weiter zurückreichten als meine Geburt. Ich klammerte mich an die Hoffnung, daß ein Klopf-Klopf-Scherz sie erweichen, ein Fuchsjägerschlips sie für uns einnehmen konnte, daß wir, wenn wir uns ihr gekonnt verkauften, vielleicht erreichten, daß wir wieder zusammenfanden. An diesem Abend war ich ganz meines Vaters Sproß, Roman junior.

»Kommt, laßt uns essen«, sagte ich.

Roman machte eine weitausladende Geste. »Bei Gott, ja. Wohin das Auge blickt, Bohnentacos!«

Gladys setzte sich und vertilgte ordentliche Portionen ihrer Leibgerichte, allerdings fiel mir auf, daß sie immer wieder ihre Serviette knüllte, mit den Fingern ans Glas tippte, den Blick durch den Raum schweifen und ihn dann auf mir ruhen ließ. Ich dachte zurück, wie rastlos sie gewesen war, als wir das letzte Mal in diesem Haus zusammen waren, an dem Samstag, da Dutch vorbeikam in seinem weißen Anzug mit den Anstecknadeln, in der Tasche seine Offerten, stete Arbeit und stetes Einkommen, Renten- und Unfallvorsorge, ein Leben, das abgesichert war gegen alle Wechselfälle und Launen des Schicksals. Kurz, Dutch hatte Roman eine Spielart seines eigenen Lebens angeboten, mit allem Drum und Dran, der Stabilität, die Gladys ersehnte, der Gleichförmigkeit, die Roman haßte.

»Das war köstlich, alles«, sagte Gladys. »Ich bin glücklich, daß wir drei mal wieder so zusammensitzen.«

»Wir gehören ja auch zusammen«, sagte Roman. »Wir hätten es nicht vermasseln sollen.«

»Stimmt«, bestätigte Gladys, »hätten wir nicht. Haben wir aber leider.«

Stille legte sich über die Tafel. »Wer möchte Eis und Kaffee?« fragte ich.

»Ich, sehr gern.« Gladys lächelte.

Ich schenkte Kaffee in unsere guten Tassen. Es folgte das vertraute Geräusch, als Roman seine drei Zuckerwürfel und Gladys ihren Schuß Sahne einrührte, die uralte familiäre Frühstücksmusik aus unserem Haus. Als ich zum Gefrierfach ging und den kleinen Silbereimer herausnahm, merkte ich, daß die Eiscreme nichts geworden war, ich hatte nicht genug Steinsalz oder Eis hineingetan oder zuviel Sahne; oder ich hatte die Zeit falsch berechnet. Jedenfalls stand ich mit Suppe da.

»Tut mir leid«, sagte ich.

»Schon gut«, sagte Gladys. »Ich darf eigentlich auch gar nichts mehr essen.«

»Ich sollte ebenfalls ein bißchen vorsichtiger sein«, meinte Roman. Er tätschelte seinen Bauch.

Ich tunkte den Finger in die Eiscremesuppe, kostete, stellte sie dann in den Ausguß.

Roman räusperte sich. »Also, Gladys, was meinst du – du schaffst deine Sachen heute abend hierher zurück, und wir machen da weiter, wo wir aufgehört haben.« Er lächelte. »Ich hab' dir deinen Platz freigehalten.«

Daß sie in einem simplen Punkt – auf ihr Gewicht zu achten – einer Meinung waren, reichte Roman, um sich einzureden, man sei wieder auf gutem Fuß, alles habe sich eingerenkt, die Probleme seien durch Aussitzen verschwunden.

Sie schüttelte den Kopf. »Roman, da übersiehst du wohl einiges.«

Er blickte sich um, als habe er irgend etwas im Zimmer übersehen. »Was meinst du damit?«

Sie blickte erst mich an, dann Roman. »Ich komme nicht mehr zurück.«

»Was willst du damit sagen?« fragte er erneut.

Gladys biß sich auf die Unterlippe. »Zum ersten Mal in meinem Leben fühle ich mich als ganzer Mensch. Ich bin in Form wie nie zuvor, ab Herbst habe ich wieder Kurse belegt, und nach Jahren der Ablehnung gewinne ich jetzt auch noch den Lyrikpreis. Als ob alles, was ich je sein wollte, jetzt zusammenkäme. Und das mache ich mir nicht wieder kaputt. DAS meine ich. Ich weiß, du begreifst es nicht.«

Ich dachte an meine Abfahrt nachts aus Dutchland, wie sich Gladys im gelben Licht des Hauses zurückgelehnt hatte an Dutch, sich gleichsam selbst umarmend. Ich wußte, daß ich eigentlich tief geschockt sein sollte – daß sie nicht zurückkehrte, daß sie uns verließ. Aber wie sie da am Tisch saß mit ihrer braunen Haut und ihren straffen Muskeln, ihr Lächeln gerahmt von Mond und Stern, schien sie mir als Kulmination ihrer selbst, ans Licht gekommen durch einen Prozeß, von dem in den Kunstbüchern, in denen ich geschmökert, Bildhauer erzählt hatten: daß im Granitblock die fertige Werkform ruhe, eine Form, die es zu entdecken und freizulegen gelte. So sah ich Gladys an jenem Abend – sie hatte die wahre Form ihres Lebens gefunden und hatte uns wegmeißeln müssen, um daranzukommen.

Roman wirkte schwer getroffen. Er schwieg.

Gladys errötete und hielt die Augen vor sich auf ihr Set geheftet. Aus den Kaffeetassen stiegen Dampfschwaden, wie Rauchsignale aus drei kleinen Feuern.

»Ich habe mit einem Anwalt gesprochen«, sagte sie leise. »Er wird eine Trennung auf Probe arrangieren. So hat er's genannt.«

»Der Dichterpreis«, sagte Roman. »Der gottverdammte Dichterpreis ist also Teil deines neuen Ich, hab' ich recht? Des neuen Ich, das beschließt, zwanzig Jahre Ehe auf den Müll zu schmeißen.«

»Dad«, mahnte ich.

»Roman, ich laß mich da nicht mehr unter Druck setzen, und, ja, der Lyrikpreis ist wirklich zur rechten Zeit gekommen.« Sie zuckte die Achseln. »Wie eine Beglaubigung all dessen, was ich anstrebe.«

Roman blickte mich an, als müsse er gleich lachen. »Ein Hund«, sagte er. »Selbst irgendein blöder Köter achtet darauf, nicht direkt neben seinen Freßnapf zu scheißen, verstehst du, was ich meine, Gabe?«

»Was soll das heißen, Roman?« fragte Gladys.

»Nichts«, sagte ich. »Es heißt gar nichts.«

»Es heißt, daß ich jetzt hier sitze wie die Katze, die den verdammten Kanarienvogel gefressen hat. Oder besser noch, Kanarienvogel mit Bohnentacos«, sagte Roman. Von einer Sekunde auf die andere war er bereit, alles über Bord zu werfen, Gladys fallenzulassen und ihrer Zuneigung für ihn jeglichen Grund zu entziehen, so daß nur noch der Haß auf seine ganze Person zurückblieb, ebenso wie auf die Jahre an seiner Seite. Eine Situation, die ich nur zu gut kannte: Wenn er merkte, der Kunde blockt, keine Chance auf einen Abschluß, dann warf er ihm schon mal die erstbeste Beleidigung oder Kränkung an den Kopf, die ihm in den Sinn kam. Es war nichts als Stolz, glaube ich, dumm wie die meisten Akte des Stolzes.

Ich schüttelte den Kopf. »Sei besser ruhig jetzt«, bat ich.

Doch Gladys war schon in Rage. »Nein, Roman, wenn du was zu sagen hast, dann raus damit, und wir können dieses Spielchen beenden, das du da inszenierst.«

Er nickte, verbissen. »Würde ich liebend gern.«

»Roman, nicht«, warnte ich.

»Was nicht?« fragte Gladys.

»Ich möchte eine Frage stellen.« Er blickte zur Decke hoch. »›Wachend, nachts, such' ich zu hören, wie Milch verdirbt in der Kühle.‹ Jetzt sag mal, handelt das von mir?«

Es dauerte eine volle Minute, bis sie begriff. Ein-, zweimal suchte sie eine Frage zu formen, die Lippen öffneten und schlossen sich, mit großen Augen blickte sie zwischen mir und Roman hin und her. Dann, wie eine verlorene Erinnerung, fiel der Groschen.

»Du Schwein«, flüsterte sie.

Er konnte ihr nicht ins Auge sehen, beschämt, wie immer, vom Ausmaß der Gemeinheit, derer er fähig war.

Gladys wandte sich zu mir. »Du hast davon gewußt. Du warst eingeweiht. Deshalb hast du so gedrängt, daß ich teilnehme. Deshalb hast du mir die Plastik geschenkt.«

Ich schüttelte den Kopf, die Eingeweide verkrampft vor Tacos und Elend. »Nein, so war's nicht ganz«, log ich. »Die Plastik zu basteln hat mir Riesenspaß gemacht.«

Sie schloß die Augen. »Ich gehe. Das halt' ich nicht aus.«

»Nein, du bleibst«, sagte Roman. Er stieß sich vom Tisch ab. »Du und Gabe, ihr trinkt euer Eis. Ich gehe.« Er schritt in den Korridor und wandte sich zum Schlafzimmer, Brieftasche und Jacke holen, und hielt inne. Da standen die gelben Rosen, immer noch blühend; das von ihm frisch bezogene Bett. Er schlug einen Bogen darum und verließ das Haus wortlos durch die Vordertür. Das vertraute Reifenquietschen, als er abfuhr.

Stumm saßen wir ein paar Minuten. Gladys weinte. »Tut mir leid«, murmelte ich schließlich. »Wir wollten dich nur zurück.«

»So also wolltet ihr es bewerkstelligen, indem ihr mich reinlegt, mich anlügt.«

Ich überstreckte meine Fingergelenke, bis sie knackten. »Ich hätte nie gedacht, daß du dahinterkommst.«

»Ich hätte es gemerkt, auch wenn's nicht aufgeflogen wäre, Gabe. Ist dir das denn nicht klar?«

Ich nickte, meine Serviette wringend.

»Du mußt etwas lernen, was dein Vater nie gelernt hat, Gabe. Nämlich wenn du jemanden liebst, daß es das *Beste*, das einzig Mögliche ist, daß du ehrlich zu ihm bist. Das zählt mehr als alles andere.«

»Wir dachten, der Preis freut dich so sehr, daß du zurückkommst und wieder bei uns wohnst.«

Sie schüttelte den Kopf. »Ein dummer Plan, Gabe. Ohne jede Erfolgsaussicht.«

Ich zuckte die Achseln. »Wenn der einzige Plan, den du hast, dumm ist, hältst du dich trotzdem dran.«

Hier erlaubte sie sich ein kurzes Lachen. »Keine Pläne mehr, okay?«

Ich willigte ein, und sie schüttelte mir die Hand. »Trotzdem, es war ein gutes Gedicht«, sagte sie.

»Das beste von allen«, sagte ich und hatte doch nur drei, vier gelesen.

»Meine Arbeit liegt mir immer noch am Herzen, auch wenn sie nicht viel taugt.«

»Und mir tut alles so leid«, stöhnte ich.

Sie nickte. »Das Angebot gilt nach wie vor, daß du kommen und bei Dutch wohnen kannst. Er hat dich wirklich gern, Gabe.«

Fast hätte ich gesagt: »Ich hab' mich auch gern«, aber das war ein alter Roman-Witz, und ich verzichtete darauf. Statt dessen erwiderte ich, ich würde es mir überlegen.

Später, draußen im Dunkeln auf den Stufen der Veranda. Wir saßen und tranken Kaffee und schauten zu, wie Autos vorbeifuhren, wie die Nachbarsfamilien hinter ihren erleuchteten Fenstervierecken hin- und hergingen.

»Glaubst du, Roman macht Dummheiten?« fragte sie.

»Fährt wahrscheinlich die halbe Nacht herum, kommt dann heim und trinkt, bis er einschläft.« Binnen eines einzigen Monats war die Rolle des Sachverständigen für Romans Gewohnheiten und Stimmungen auf mich übergegangen, als habe Gladys nur eine flüchtige Bekanntschaft mit ihm verbunden. Einen Augenblick schwiegen wir.

»Im Schlafzimmer steht ein Dutzend gelber Rosen«, erklärte ich ihr.

»O nein.« Sie blinzelte ein paar Tränen weg. »Der Teufel soll ihn holen.« Irgendwo bellte ein Hund. Weitere Hunde in der Nachbarschaft fielen ein.

»Dann hast du heute abend also die A-Bombe platzen lassen«, sagte ich.

Sie lächelte verhalten. »Die A. Nicht die H.«

»Dutch?«

Sie nickte.

»Wußt' ich's doch«, sagte ich. »Ich wußte, da ist was im Gange.«

»Himmel, Gabe, du bist doch nicht blind. Und kein kleines Kind mehr. Es geht erst seit kurzem, nicht etwa schon, seit ich bei euch ausgezogen bin.«

Ich schaute einem vorbeikommenden Fahrradfahrer nach, der kleine rote Lichter an Kopf und Beinen trug.

»Was ich wissen möchte, ist: Wann hat's bei uns angefangen schiefzulaufen?« fragte ich.

»Schon vor deiner Geburt, schätze ich. Und *du* warst nie das Problem. Die Art von Ehe, die dein Vater und ich haben – hatten –, wird schnell zu einem Wettkampf. Wie Pingpong, wo du zwei Punkte Vorsprung haben mußt, um zu gewinnen, aber das Spiel sich hinzieht bis einundzwanzig-zwanzig, siebenundzwanzig-sechsundzwanzig. Dein Vater und ich stehen, na, sagen wir bei zehntausendvierundachtzig zu zehntausenddreiundachtzig. Ewig geht es um Geld oder um die Art, wie er mich angeblich liebt. Ich habe das satt, ich habe das Spiel einfach satt.«

Ich hielt dies für einen guten Moment, irgend etwas Tröstendes zu sagen, ihr die Hand zu tätscheln, den Arm um die Schulter zu legen. Aber sie sagte all das ohne jede Spur von Trauer oder Selbstmitleid, nur resigniert und ein wenig zornig, als habe ihr Auto den Geist aufgegeben und sie müsse sich nach einem neuen umsehen. Ein neuer Wagen, ein neues Leben. So einfach war das.

»Du solltest wirklich bei der Bildhauerei bleiben«, sagte sie. »Du hast ein gutes Auge.«

Ich nickte. »Klar. Und du solltest bei der Dichtkunst bleiben. Du hast ein gutes Sprachgefühl.«

»Tatsächlich hat mich diese blöde Geschichte wieder zum Schreiben animiert.«

»Und du *hast* ja gewonnen. Fünfhundert Mäuse.«

Sie lächelte müde. »Stimmt«, sagte sie und schob ihren Arm in meinen. »Trotz allem, wir werden schon klarkommen. Vielleicht ist es im Augenblick ein bißchen viel auf einmal, aber mit der Zeit wird es normal erscheinen. Ein neues Normal, an das du noch nicht gewöhnt bist. Wirst schon sehen.«

»Klar«, sagte ich, wobei ich nicht an ihre tröstenden Worte für mich, sondern an ihre Pingpong-Ehe mit Roman dachte. Sie war ausgestiegen, hatte den Schläger auf den Tisch gelegt. Dies war ihr Bild, ihre Art, es sich zu erklären. Aber ich hatte wirklich Pingpong gespielt, stundenlang, in den Kellern von Leuten, die ich aus der Highschool kannte, und meine endlosen Matches an regnerischen Nachmittagen hatten mich gelehrt: Es gibt *immer* ein neues Spiel.

SECHSTES KAPITEL

Während der Fahrt zu Vic Comstocks Haus ließ mich Roman immer wieder den kräftigen Händedruck üben. »Guten Tag, Sir«, wünschte ich mir x-mal selbst.

»Sprich mit fester Stimme«, mahnte Roman.

»Wer zum Teufel ist eigentlich dieser Kerl?« fragte ich. »Du benimmst dich, als stünde uns ein Blind Date bevor.« Ich trug meine neue Kluft, Fuchsjägerschlips und Tassel Loafers, die ich auf Romans Geheiß in der Küche mit einer Gemüsebürste und Romans Kiwi-Schuhcreme hatte wienern müssen.

»Der ›Kerl‹ ist zufällig der Mann, der all unseren Geldsorgen ein Ende bereiten wird.«

»Er gibt dir einen Job?« fragte ich. Das war zu schön, um wahr zu sein.

»Ich hab' doch gesagt, Gabe, wir sind Geschäftspartner. Betrachte dich als Junior-Teilhaber.«

»Teilhaber woran?«

Er lächelte, als er in die Zufahrt einbog. »Abwarten.«

Wir schritten über den in einer Kurve angelegten Plattenweg, und Roman holte zweimal tief Luft, ehe er an die Tür des langgestreckten rustikalen Backstein-Bungalows klopfte. Mr Vic Comstock öffnete. Ein Kompagnon für Roman, wie er im Buche stand. Ich hätte ihn bei einer polizeilichen Gegenüberstellung sofort herausgepickt. Er trug einen lachsrosa Anzug, zweireihig, mit beigem Hemd und passender lachsrosa Schalkrawatte. Am Handgelenk ein Goldarmband mit seinen Initialen, am Hals ein Tierkreiszeichen-Medaillon am Goldkettchen. Seine weißen Schuhe waren wie von einem Designer als Gegenstück zu seiner dicken weißen Haartolle entworfen. Seine Sonnenbräune wirkte, als sei sie aus der Tube gekommen (die Gesichtsfalten hoben sich etwas heller aus der Umgebung ab). Unter dem dünnen weißen Schnurrbart blitzte ein ebenmäßiges prothetisches Lächeln.

»Mein Freund, wie nett, dich wiederzusehen«, grinste er und schüttelte Romans Hand mit seinen beiden Händen, wobei die Ringe an den kleinen Fingern glitzerten. Er sprach mit einem schleppenden Südstaatenakzent, so wie Miß North Carolina, freilich in tieferer Tonlage und leiser. Das Haus war wie für eine Party geschmückt, Kreppapierschlangen ringelten sich über Schüsseln mit Snacks und Tischen mit Alkoholika. Im Wohnzimmer flimmerte tonlos ein Fernseher, ein weiterer in der Küche, wo Vic uns Platz nehmen hieß. Er goß uns beiden einen Bourbon ein.

»Dieser junge Mann ist Gabriel«, sagte er wie als Antwort auf eine Rätselfrage. »Legst du dich ordentlich ins Zeug bei den jungen Damen?«

Ich zuckte die Achseln, als er mir auf die Schulter klopfte, umwölkt von seinem Eau de Cologne. »Nicht so besonders«, erwiderte ich. Ein Rundblick durch die Küche, alles knallorange und aus Formica.

»Stell dir vor, wir wären noch mal so jung wie er, Roman«, seufzte er, die Tatsache ignorierend, daß zwanzig Jahre Altersunterschied zwischen den beiden liegen mußten. »Bei den Frauen, wie sie heute sind. Keine große Vorrede, keine lästigen Wäscheteile.«

Roman lachte und warf mir einen scharfen Blick zu, und ich lachte auch, wie ein dressierter Zirkushund.

»Roman, hast du unseren Freund hier in unsere Pläne eingeweiht?«

Roman schüttelte den Kopf, während er an seinem Drink nippte. »Noch nicht.«

»Ausgezeichnet. Sag mal, Gabriel, wofür, glaubst du, läßt der amerikanische Normalbürger am bereitwilligsten sein hartverdientes Geld springen, als Eintritt, nur zum Gucken? Nicht zum Kaufen, nur zum Besichtigen? Was reizt ihn da am ehesten?«

Wieder zuckte ich die Achseln. Vage stieg eine Erinnerung

an Romans Kellerlektionen während unserer Gewichthebestunden in mir auf. »Ich weiß nicht, Mr Vic Comstock ...«

Ehe ich mich versah, war mir sein voller Name herausgerutscht, derjenige, der mir vertraut war. Roman zuckte zusammen.

»Vic genügt«, sagte Vic, seine ebenmäßige Zahnreihe zeigend. »Also, deine Antwort?«

»Für was Neuartiges, Überraschendes?«

»Gut, das ist gut. Aber etwas konkreter.«

Roman nickte mir zu, und ich wußte, er war bereits mit demselben Fragenkatalog konfrontiert worden. Ich versuchte mich in ihn hineinzuversetzen. Was würde er antworten?

»Sex«, sagte ich.

»Vorzüglich!« Vic ließ das Eis im Glas rasseln. »Schau nur die Spielshows an mit den vollbusigen Quasselstrippen, mit ihren funkelnden Apparaturen, den Autos, Booten, Motorrädern. Was, wenn man dieses Ambiente mit Gewalt verbände? Oder Skandal? Mit Tod vielleicht?«

»Dann hast du einen hundertprozentig sicheren Verkaufsschlager«, sagte Roman.

»Antworte nicht für ihn«, sagte Vic, die Hand hebend. Roman verstummte.

»Also ich würd' dafür bezahlen«, sagte ich. »Sex, Tod und Gewalt – ich mein', da zückt doch jeder die Brieftasche.«

Mit knochiger Hand tätschelte Vic meinen Arm. »Erste Klasse, Gabe«, sagte er. »Und die Moral bei diesem Tauschgeschäft ist natürlich relativ. ›Einen richtigen und einen falschen Standpunkt gibt es nicht‹, hat Rod McKuen einmal gesagt.« Vic Comstocks Stirn lag in Falten, als hätte er lange und ernsthaft über diese Frage nachgedacht.

»Worum geht's hier eigentlich?« fragte ich. Roman blickte Vic an und wartete, daß er antwortete.

Vic beachtete mich jedoch nicht weiter und wandte sich wieder an Roman. »Wenn du jetzt unterschreiben willst, sind wir im Geschäft.« Er zog Papiere aus der Jacke und strich sie auf dem Tisch glatt.

»Dad?«

Roman zwinkerte mir zu, unterschrieb unten auf der Seite und reichte Vic einen Umschlag, den ich als denjenigen erkannte, in dem er das Geld aus dem Dichterwettbewerb aufbewahrte.

»Roman, was machst du da?« fragte ich. Ich versuchte, ihn unterm Tisch vors Schienbein zu treten. Draußen klappten Autotüren. Die ersten Partygäste kamen.

Vic Comstock ließ das dicke Geldkuvert in der Tasche verschwinden. Er stand auf, strahlte uns an und hob sein Bourbon-Glas. »Willkommen, Freunde, im Raumschiff Enterprise.«

Irgendwann gegen Mitternacht sah ich mein Spiegelbild in den goldverzierten, glasierten Fliesen, die Vics Korridore säumten: ein Flaneur mit zerzaustem Haar und besäuselt im verknitterten Anzug und Fuchsjägerschlips, und ich fragte mich, ob Vic mal als Entertainment-Chef auf einem perversen Kreuzfahrtschiff auf Höllenkurs gearbeitet hatte. In der Küche das Surren von vier Mixern, die Daiquiris und Margaritas ausspuckten; im Wohnzimmer das Klicken von pornographischen Viewmasters, mit denen ein paar Männer sich vergnügten; draußen in der Einfahrt das Gejohle eines Lebende-Kegel-Clubs (Bierfäßchen, hineingerollt in eine Gruppe Geschäftsleute und Showgirls); das Ganze übertönt von Vic Comstocks Gesang: »Sei geschickt, Jack, flink wie die Ratte, schlüpf durch unter der Limbo-Latte.« Er sang in einem zittrigen Alt, wodurch er, trotz seiner Neigung zu Rock'n'Roll und trendigen Party-Songs, klang wie ein Mitglied der Lawrence Welk Family mit ihren Schnulzen. Vorher hatte er schon ›Jumping Jack Flash‹ zum Besten gegeben, und ich hatte beim Anblick meines offenen Mundes im Spiegel beschlossen, daß er aus irgendeinem Grunde eine Schwäche für Songs mit »Jack« hatte. (Als ich ihn eine Stunde später, selbst beinahe besinnungslos vom Alkohol, ›Hit the Road, Jack‹ schmettern hörte, sah ich meine These bestätigt.) Im Wohnzimmer fand ich Roman mit einem

Whiskeyglas auf dem Kopf, wie er Limbo tanzte und dabei unter einer zweieinhalb Meter langen Kette aus Würstchen durchtauchte, gehalten von zwei Damen mittleren Alters in Silberlamé. Er sah aus wie ein Spieler in einer grotesken Gameshow.

»Gabe, mein ein und alles, mein eingeborener Sohn«, sagte er. Als er sich aufrichtete und mir die Hand hinstreckte, fiel ihm das Glas vom Kopf und schlitterte über den Boden. Er schwitzte, das Gesicht rot und gedunsen. So stockbetrunken hatte ich ihn noch nie gesehen. Er sei in Feierlaune, sagte er mir, und werde bald erklären, warum er Vic unser ganzes Geld gegeben habe. Mir gefiel sein Anblick nicht, mochte sich auch draußen in Vics Korridorkacheln ein ganz ähnlicher Anblick gespiegelt haben. Roman trank oft, war aber zu keiner Zeit seines Lebens ein Säufer gewesen. In Sachen Alkohol hielt ich ihn für das Äquivalent der Beneidenswerten, die sich mit Sahnekeksen und Butterbroten vollstopfen können und kein Pfund zunehmen. Nie strauchelte oder stürzte Roman, wenn er trank, nie erbrach er sich oder war verkatert oder sagte Dinge, die er später bereute. Selten hatte ich sein Haar ungekämmt gesehen, wenn er trank, oder das Hemd aus der Hose gerutscht, die Schuhe verschrammt, den Schlips fleckig. Immer duftete er nach seinem Tiger-Rose-Haarwasser oder nach seinem Old Spice. Gepflegtes Äußeres – Kellerlektion Nummer eins – ist das A und O. Jetzt roch er nach Taco-Chips und sah aus, als sei er gerade zusammengeschlagen worden.

Mindestens fünfzehn männliche Partygäste hatten wir in jener Nacht, und wohl doppelt so viele Frauen. Sie sahen alle aus, als seien sie aus dem gleichen Katalog bestellt worden: die Männer in Anzügen, entweder zu dunkel oder zu hell, mit Taschentüchern, Alligatorgürteln, protzigen goldenen Armbanduhren, Siegelringen, Kniestrümpfen statt Socken. Nach ein paar Drinks lockerten sie sich den Schlips. Der Duft von Haarwasser schwebte durch den Raum und betörte Frauen eines Typs, die dies mit dem Duft von Geld verwechselten. Es waren, dachte ich mir, »billige« Frauen, obschon sie an diesem Abend edel und teuer auf mich wirkten. Sie trugen enge, rückenfreie pastellfarbene Kleider, vorn tief ausgeschnitten über schwerem Busen, die Haut sommersprossig, wo das Make-up aufhörte. Ihre Gesichter leuchteten, orangefarbener Lippenstift, blauer Lidschatten. Üppiges platinblondes Haar, steif und leicht wie Schaumgebäck, umwallte ihr Gesicht. Modeschmuck blitzte an den Händen, am Hals Medaillons mit Kunstdiamanten und enganliegende Halsketten. Lachen barst aus ihren Mündern, die Lippen glänzten vom Trinken. Mir erschienen diese Frauen an diesem Abend eßbar, wie Konfekt, der hinterher Karies und Bauchschmerzen verursacht. Unvorstellbar, wo Vic Comstock diese Frauen aufgetrieben hatte, und gleich so viele davon. Dergleichen hatte ich nie im Leben gesehen.

Roman kam aus der Küche zurück mit zwei Gläsern eines Drinks namens »Tal des Todesschattens«, der wie ein Mix aus Ananassaft und Farbverdünner roch. Er reichte mir einen, und gemeinsam schauten wir zu, wie Vic zu den Klängen von ›Tumbling Dice‹ Foxtrott tanzte, im Mund einen baumelnden Zigarillo.

»Und du, amüsierst du dich gut?« fragte Roman.

Achselzuckend sagte ich: »Ja, glaub' schon.« Roman nickte und zog mir den Schlips gerade.

»Hör zu«, sagte er. »Ich will nicht, daß du wegen dieser Sache mit deiner Mutter versauerst. Du weißt, wie's zugeht auf der Welt. Uralte Geschichte.«

»Und was planst du jetzt?« fragte ich. Es war das erste Mal an diesem Tag, daß er überhaupt ein Wort zum Abend vorher sagte. Ich dachte, seit Stunden müsse er sich Pläne zurechtgelegt haben, wie er sie zurückgewinnen wollte, wie er klotzig verdienen, ihr hundert gelbe Rosen schicken, vor ihrem Fenster ein Streichquartett auffahren und ihr ein Ständchen bringen würde – sie umwerben nach allen Regeln des Geldes und der Liebe.

Er sah mich an, sein Blick glasig und träge. »Was ich plane?«

»Ja, du weißt schon. Der nächste Schritt, damit sie zurückkommt. Was machen wir jetzt?«

Er ließ den Blick in eine Zimmerecke schweifen und schüttelte den Kopf, wandte sich dann mir wieder zu. »Warst du gestern abend dabei, oder hast du nur deine Pappversion geschickt? Hast du nicht zugehört?«

Mein Gesicht brannte. »Doch, ich habe genau zugehört, und ich hab's ja auch vorher schon vierhundertmal gehört. Jetzt plötzlich soll's tatsächlich endgültig sein, Schluß, aus, finito.« Während ich sprach, durchflutete mich die erste der vielen Brechreizwellen, die mich an diesem Abend noch überkommen sollten.

Er legte mir die Hand auf die Schulter. »Sagen wir, du bist draußen auf Tour, zwölf Packungen Schabenkiller im Musterkoffer, und da sagt dir 'ne Frau ...«

Ich schüttelte seine Hand ab. »Ich brauch' jetzt keine von deinen Scheißlektionen. Sag mir lieber, wie du Gladys zurückkriegen willst. Wenn's dir nicht schon egal ist.«

Er hob die Hände. »He, he, jetzt mal mit der Ruhe, Junge.«

Ich versuchte mich zu beruhigen und schaute Vic Comstock zu, wie er in seinem Wohnzimmer eine Art Blindekuhspiel dirigierte, bei dem man mit verbundenen Augen im Kreis gedreht wurde und dann einen Waschbärenschwanz – einen, wie ihn sich Jungen an den Fahrradlenker binden – an ein lebensgroßes Poster von George McGovern pinnen mußte. Jedesmal wenn ein Spieler den Schwanz an McGoverns Hosenstall pinnte, schrie alles vor Lachen, die Frauen beugten sich vornüber und verschütteten ihre Drinks auf den flauschigen Veloursteppich. Ich dachte an Gladys, an das, was sie an diesem Abend tat, daß sie vielleicht am Pool saß, die kleine Eisenbahn Kreise ziehen sah und Dutch zuhörte, der, technisch gekonnt, ›Can't Hold Back the Tears‹ oder ›Just to Be with You‹ spielte, während sie gechlorte Luft atmete, erleichtert, daß sie's uns gesagt, daß sie's hinter sich gebracht hatte. Ob ihr wohl irgendwann einmal der Gedanke durch den Kopf schoß, daß sie das Falsche getan hatte, daß ein Leben ohne uns, gleich ob gut oder böse, für sie gar nicht denkbar sein konnte? Ich blickte Roman an.

»Schabenkiller«, fuhr er ungerührt fort. »Ich klopfe an, bezirze sie mit der besten Verkaufe, und sie grinst nur'n bißchen, kratzt sich am Kopf und sagt: ›Nein, lieber nicht. Danke.‹ Was mache ich?«

Roman wartete auf eine Antwort, und ich dachte wieder an Gladys während unserer Kellerlektionen beim Gewichtheben und Romans Storys aus dem harten Leben. Ich wünschte, sie wäre jetzt da und würde die Augen verdrehen und lächeln.

»Du ziehst Leine«, sagte ich. »Sie hat kein Interesse.«

»Puh-hu«, sagte er. »Regel Nummer eins: ›Nein, lieber nicht‹ heißt ja. So sicher, wie ich hier kaum noch gradestehe. Achselzucken heißt ja. ›Vielleicht nächstes Mal‹ heißt ja. ›Ich weiß nicht‹ heißt ja.«

Um uns spitzten diverse alte Verkaufshasen die Ohren, nippten an ihren Drinks und nickten. »Genau«, murmelten manche. »Der Mann weiß Bescheid.«

»›Demnächst‹ heißt ja«, fuhr er fort, mit ausladenden Gesten. »Das kleinste Zögern heißt ja. ›Komm'se morgen wieder...‹« Inzwischen redete er so laut, daß er die Musik übertönte. »Was heißt das?«

»Ja«, rief sein Zuhörerkreis im Chor.

»›Muß ich mir noch überlegen‹ heißt ja«, brüllte Roman. »›Muß ich erst meinen Mann fragen‹ heißt ja. 'n halbes gottverdammtes *Lächeln* heißt ja.« Er wischte sich mit dem Ärmel über den Mund.

»Aber 'ne Tür, Junge«, sagte er und lehnte sich zu mir herüber, »'ne Tür vor der Nase zu, das heißt nein. Schlichtweg nein. Sonst gar nichts.«

»Amen«, grölten die Vertreter, die Augen gerötet vom Trinken.

»Niemand hat dir letzte Nacht die Tür vor der Nase zugeschlagen.«

»Du kennst deine Mutter nicht so, wie ich sie kenne.«

»Du gibst auf? Einfach so?«

»Wer sich hinstellt und an 'ne zugeschlagene Tür hämmert, den nenne ich bescheuert. Und ich bin nicht bescheuert, Junge. Merk dir das.«

Ich schaute ihm nach, wie er in die Küche spazierte, den Arm um Vics Schulter geschlungen, und seinen Drink hinunterstürzte. Er hatte recht, ich kannte Gladys nicht so wie er; ich kannte sie in vieler Hinsicht besser als er, kannte den Teil von ihr, der Roman am meisten liebte und am meisten mißtraute, den Teil von ihr, den sie leugnete, weil er die Dinge komplizierte. Aus seiner Sicht waren die Dinge simpel: Sie liebte ihn wegen des Geldes, das er ranschaffte, und je mehr er ranschaffte, desto mehr liebte sie. Hausieren mit Haushaltswaren, den letzten Job am Ende der Erde, hatte er verbockt, und folgerichtig hatte sie sich von ihm getrennt, so wie die Stadtwerke dir den Strom abschalten, wenn du die Rechnung nicht bezahlst, ihre Liebe nur eine Dienstleistung für ihn, die man für selbstverständlich hält, bis sie plötzlich fehlt.

Freilich, bei unserem Essen gestern abend *hatte* ich gesehen, was Roman »das kleinste Zögern« nannte. Wie ihr Blick auf ihn geheftet war, wenn er sprach, wenn er gestikulierte, die Bohnentacos verfluchte. Wie sie mich ansah, dieses versteckte Lächeln und Augenverdrehen, das mir so fehlte. Ich fühlte mich gedrängt, das Wort zu brechen, das sie mir vor vierundzwanzig Stunden abgenommen hatte: ihm nicht – noch nicht – zu erzählen, daß sie mit Dutch zusammenlebte, Bett, Ballsaal und Badefreuden mit ihm teilte. Ich hoffte, dies würde ihn endlich so in Rage bringen, daß er seinen falschen Kleinmut fahren ließ und ihr mit all der verrückten Entschlossenheit nachstellte, mit der er auf der Motorhaube des Chevy gestanden hatte. Gab es tausend Wege, zehn Dollar zu verdienen – wie seine Bücher verhießen –, so mußte es mindestens ebenso viele Wege geben, eine Ehe zu retten.

Aber dann dachte ich: Erzählst ihm besser doch nichts von Dutch. Ich *hatte* es Gladys versprochen, und es hätte ihn in seinem Bild, das er von ihr hatte, nur bestärkt: Dutch hatte mehr Geld, also kriegte er einen größeren Anteil ihrer Liebe. So beschloß ich, vorerst den Mund zu halten und zumindest den Versuch zu machen, mich zu amüsieren.

Ich lief die Treppe hinunter, dorthin, wo die Geräusche eines

Billardspiels zu hören waren. Die Kellerbar war durchwabert vom Licht zweier Lava-Lampen an den Enden der kunstlederbezogenen Theke und dem Blinken einer Verkehrsampel in der Ecke. Auf der Bar standen Aschenbecher in der Form von winzigen Kloschüsseln, mit dem Aufdruck A(R)SCHENBECHER. In jedem Raum des Hauses hatte ich bislang mindestens einen Fernseher entdeckt, meist große Fernsehtruhen, teils auch Einbaugeräte in den Wänden. Zwei Männer in Nadelstreifen standen an der Bar, bauten kleine Reihen von Bourbon-Gläsern auf und leerten sie in rascher Folge. Niemand auf dieser Fete nahm Drogen – keine süßduftenden Haschwolken, keine Koksspiegel, keine LSD-Tabletten. Um so kräftiger trank man; Manhattans, Old Fashioneds, Martinis, Rusty Nails. Die Damen kippten Champagnercocktails und Pink Ladys. Sie alle waren von Romans Schlag – Kinder der Mr-America-Welt, Anhänger des alten Lebens, die nicht etwa einer versunkenen Epoche nachhingen, sondern deren Nostalgie auf die eigene Vergangenheit gerichtet war, die sie nachschleppten wie einen verbeulten Schiffskoffer. Sie glaubten an Geld, an die Macht des fetten Bündels Scheine in der Westentasche, an die Macht des neuen Cadillacs mit Ledersitzen und V-8-Motor. Verzweifelt klammerten sie sich an die Wunschvorstellung, daß sie in der heutigen Welt nicht wertlos geworden waren, daß in einem Land, in dem der Haustür-Vertreter ebenso rapide ausstarb wie der Milchmann und der Eiskeller, immer noch ein Winkelchen für sie blieb, die Verheißung des großen Coups, der großen Absahne.

In dieser Nacht merkte ich, was Roman gemerkt haben muß: Vic Comstock *war* diese Verheißung. Mit seinen Tierkreiszeichen-Medaillons, Rollkragenshirts und Rolling-Stones-Platten wirkte er gegen die anderen regelrecht modern, ein Heiland des Weltraumzeitalters, der ihre Gier aufs schnelle Geld zu verbinden wußte mit einem wachen Gespür dafür, wie die Welt geworden war, einem Gespür, das allen, und besonders Roman, abging. Angesichts all dessen müssen sie Vic Comstock als eine Art Mittler zwischen sich und dem Ende des zwanzigsten Jahrhunderts betrachtet haben. Sie durften in ihrer gewohnten Kluft auf die Party. Mein Vater hatte natürlich gleich als einer der ersten angebissen.

Hinter der Bar stand ein wuchtiger, rot bezogener Pool-Tisch, beleuchtet von einer Hängelampe, die für Seagram's Seven warb. Der Tisch stammte aus irgendeiner Kneipe (wahrscheinlich einem der Vic Comstockschen Pleiteunternehmen) und hatte noch einen Münzeinwurf mit Gleitschieber. Eine mollige Frau in kurzem weißem Kleid, mit High-Heel-Sandalen und orangem Lidschatten umkreiste den Tisch, die Kugelkonstellation beäugend, auf dem Rand ein Martiniglas. Zwischen ihren grell geschminkten Lippen baumelte lässig eine Virginia Slim. Sie sah aus, als sei sie samt Tisch aus irgendeiner vergessenen Bar hierherverpflanzt worden. Jedesmal wenn sie sich bückte und stieß, ging's daneben, wobei die Kugeln manchmal über die Bande sprangen und über den Veloursteppich rollten.

»Oje«, sagte sie dann jedesmal. Ich ging zum Tisch und stand dort linkisch mit meinem zerknitterten Anzug und dem bedruckten breiten Schlips wie eine Miniaturausgabe der älteren Männer auf der Fete. Ich trank meinen »Tal des Todesschattens«, schnalzte bei jedem Fehlstoß mit der Zunge, spielte den Balljungen für sie und sammelte Kugeln vom Boden auf. Keiner von uns sagte ein Wort. Mir gefiel es, wie berechenbar sie danebenschoß und wie aufrichtig es sie überraschte, wenn sie mal einlochte.

Irgendwann hatte sie alle Kugeln glücklich versenkt, und der Tisch war leer. Ich zündete eine Zigarette an und applaudierte höflich.

»Krocket, na, das'n anderes Spiel«, meinte sie und sah mich endlich einmal an. Verblüffend blau waren ihre Augen und weckten, gerahmt von orangefarbenem Lidschatten, die Assoziation an zwei Tropenfische, die in einem Aquarium hin- und herschossen. In ihrem weißen Kleidchen und ihren Sandalen suchte ich sie mir an einem trägen Sommersonntag Krocket spielend auf einem privaten Rasen vorzustellen. Aber sie war eine jener Frauen, die man sich nicht bei Tageslicht vorstellen kann.

»Ich mag Darts«, sagte ich. »Spaß für die ganze Familie, aber mit 'nem bißchen Todeskitzel.«

Sie nickte. »Das ist gut, du bist 'n Lustiger. Gefällt mir«, sagte sie. Sie heiße Kami Sue Hightower, und ich solle sie bitte Kami Sue nennen, unter Freunden heiße sie freilich Kamikaze, weil sie früher immer Kamikazes getrunken hätte, das tue sie allerdings jetzt nicht mehr, und der Spitzname habe ihr sowieso nie gefallen. Als ich mich ihr als Gabriel vorstellte, sagte sie, das klinge, als müßten mir Mönche nachlaufen und meinen Namen singen. Ich sagte, ich würde versuchen, mir eine solche Gefolgschaft zuzulegen, und zu meiner Freude sah ich sie wieder lachen, wobei kleine Fältchen um ihre Augen spielten.

Während ich dastand und mir krampfhaft was Komisches einfallen zu lassen suchte, beobachtete ich Kami Sue. Sie muß mindestens so alt wie Gladys gewesen sein, aber sie übte eine Anziehung auf mich aus, die ganz anders war als die von Gladys' Freundinnen. Trotz ihrer fülligen Taille, des leicht runzligen Dekolletés, der billigen Partyklamotten und -schminke und der platinblonden Mähne verströmte sie sexuelle Verheißung wie Radarwellen. Sie war die Art Frau, die Halbwüchsige dazu bringt, sich in nicht jugendfreie Filme zu schmuggeln oder spätnachts mit einem Fernglas in erleuchtete Nachbarfenster zu starren. Irgendwas an der Art, wie sie sich kleidete; die verrauchte Stimme; ihr teuer – nicht billig – duftendes Parfüm: All das zusammengenommen wirkte nicht geschmacklos oder aufgesetzt, sondern *antiquiert*, eine irregeleitete Treue zu längst überlebten Stilen, einem veralteten Frauenbild, vernachlässigt und vergessen überall außer in diesem Haus von meinem Vater und seinesgleichen. Plötzlich fühlte ich Dankbarkeit, daß sie hier bei uns war, daß es einen Ort gab, wo das, was sie verkörperte, noch zählte.

»Und womit verdienen Sie so Ihre Brötchen?« fragte ich. *O Mann*. Vielleicht hatte Roman doch recht, ein Dale-Carnegie-Kurs konnte mir nicht schaden.

Sie lachte und verrieb den Lippenstift im Mundwinkel.

»Ich arbeite für den Champagner-Begleitservice«, sagte sie. »Wie die meisten anderen Mädels hier auch. Eigentlich dürfen wir nicht darüber sprechen.«

»Ich werde schweigen wie ein Grab«, versprach ich. Typisch Vic Comstock: Er wollte wie ein Mann erscheinen, auf dessen Party es von solchen Frauen wimmelte, aber nicht wie einer, der dafür bezahlen mußte.

»Und wirklich nur Begleitservice, nichts sonst. Einmal war ich auf'm Gouverneursball in Raleigh. Ich manage auch meine eigenen Finanzen – Geldmarkt, bißchen Spekulation zum Spaß, paar Aktien, Obligationen.«

»Wie beeindruckend«, sagte ich ehrlichen Herzens.

»Neben den Zinsen, die ich jetzt schon kassiere, plane ich, mich mit fünfundfünfzig mit 'ner Investmentsumme von hundertachtzigtausend zur Ruhe zu setzen. Sollte reichen für'n Häuschen und 'n paar Urlaube im Jahr. Im Sears-Katalog war ich übrigens mal Model für Unterwäsche. Und was machst du so?«

Darauf hatte ich derzeit keine rechte Antwort, dafür fiel mir siedendheiß ein, daß morgen der erste September und am Dienstag der erste Schultag war. Das ganze Land rüstete sich zur Zweihundertjahrfeier, die nächstes Jahr anstand, und ich drückte mich schändlich vor meinem Beitrag zum amerikanischen Traum, von meiner Schulbildung ganz zu schweigen. In knapp zwei Jahren wurde ich, in den Augen des Gesetzes, erwachsen, und ich hatte noch keine Pläne, außer mitzumischen bei dem, was Roman mit Vic Comstock ausgekocht hatte, keine Ahnung, was aus mir werden sollte. Plötzlich fühlte ich mich wie Aschenputtel auf dem Ball, darauf harrend, daß es zwölf schlug und mein wahres Ich zum Vorschein kam. Ich dachte daran, daß nur Gladys' Machtwort verhindert hatte, daß ich jetzt als Roman junior durchs Leben ging. Nun war Gladys fort, hatte all ihren Einfluß mitgenommen, und da stand ich in meinem Nadelstreifenanzug und Fuchsjägerschlips. Und irgendwo schmiedete ein Juwelier bereits den Ring für den kleinen Finger, der eines Tages mir gehören würde.

»Ich bin Geschäftspartner von Mr Comstock und Mr Strickland«, sagte ich.

»Der Junior in der Chefetage.«

»So was ähnliches.«

»Du bist auch ein Strickland«, sagte sie.

Ich erzählte ihr, Roman sei mein älterer Bruder, und sie schien zu betrunken, um den Unterschied zwischen den Jahren auf meinem und seinem Gesicht richtig einschätzen zu können. Sie nickte nur und fragte, um welche Art Geschäft es sich denn handle.

»Warten Sie noch ein bißchen ab, dann werden Sie's sehen«, sagte ich, bemüht, wie einer jener Männer zu wirken, die ganz auf die Erotik der Macht abgefahren sind. In Wahrheit konnte ich ihr nicht mehr sagen, denn mehr hatte Roman mir auch noch nicht verraten. Ich wußte nur: Es hatte mit der scheinwerferbeleuchteten Wiese hinter Vic Comstocks Haus zu tun. Durch die Erkerfenster im Wohnzimmer hatte ich ein tennisplatzgroßes Rasenareal gesehen, auf dem drei große, geduckte, käferartige Gebilde ruhten, mit weißen Planen verhüllt. Ihre Form verriet, daß es sich um Autos handeln mußte; vielleicht, dachte ich, wollte Roman sich in eine Art zweiter Dutch verwandeln und in Vic Comstocks Hinterhof selbst einen Autohandel aufmachen.

»Riskieren wir mal ein Auge«, sagte Kami Sue. Sie nahm meine Hand in die ihre, die warm war und gespickt mit Ringen, die Fingernägel lackiert, die Handfläche gepudert mit Talkum vom Billard-Queue. Ich folgte ihr durch den hinteren Kellerteil, vorbei an Heizkessel und Heißwasseranlage, über verstaubtes Spielzeug, bis zur Treppe, die in den Garten führte.

Knöcheltiefes Gras verströmte hier noch den Sommergeruch nach Wildzwiebeln; einzelne gelbe Ahornblätter, Vorboten des Herbstes, waren schon gefallen. Kami Sue führte mich, Tau netzte unsere Schuhe, ihr Parfümduft kitzelte mich in der Nase. Ich begann einen Ständer zu kriegen, der ihr wie eine Hundenase folgte. Schräg hingegossen fiel das gelbe Licht aus Vic Comstocks Fenstern in den Garten, das ganze Haus ein

Bienenstock aus Musik und Lachen und Gesprächsgesumm. Wir kamen zur ersten Plane, die einen amerikanischen Straßenkreuzer verhüllte, Lincoln oder Cadillac, mit Heckflossen, die unter der Abdeckung emporstachen. Kami Sue lüpfte eine Ecke, und wir erblickten einen platten, bröseligen Reifen und einen verbeulten Kotflügel, rostbepudert. Wenn das Romans Geschäftsidee ist, wenn er diese Wracks restaurieren will, dann hat er endgültig den Verstand verloren, dachte ich.

Wir zwängten uns unter die Plane und tasteten im Dunkeln nach dem Türgriff. Hätte jemand aus dem Haus jetzt einen Blick nach draußen geworfen, hätte er ein Halloween-Gespenst gesehen, das sich am Autodiebstahl versucht. Endlich fand Kami Sue den Griff und zog die Hintertür auf. Wir schlüpften hinein und schlossen sie hinter uns. Die Deckenbeleuchtung im Innern funktionierte nicht, und wir saßen im spärlichen Schummerlicht, das vom Haus durch die Plane drang, wie unter dem Schirm einer riesigen Bettlampe. Das Interieur war so staubig, daß wir fast erstickten, das Dach verbeult und eingedrückt, die Dachbespannung durchhängend, die Lederpolster spröde und rissig. Ich lehnte mich nach vorn und sah, daß die vordere Sitzbank mit Splittern der Windschutzscheibe übersät war.

»Netter Schlitten«, sagte Kami Sue. Sie hielt sich die Nase zu.

»Von einer alten Dame jeden Sonntag beim Karambolagerennen gefahren«, erwiderte ich. Darüber lachte Kami Sue, und ich kam mir wieder geistreich und witzig vor.

Als ihr Lachanfall abgeebbt war, seufzte sie, und da saßen wir in der fahlgrauen Düsternis und hörten nur unseren Atem.

»Weißte, damals auf der Highschool und auf der Handelsschule, in jener längst versunkenen Ebene, da war es das größte für Mädchen, beim ersten Mal auf dem Rücksitz eines großen, teuren Wagens flachgelegt zu werden«, sprudelte es auf einmal aus ihr heraus. »Als ob der Sex um so besser würde, je mehr Geld der Kerl für den Wagen hat springen lassen. Nur mir war das nie beschieden, hab' mir auch nichts draus gemacht, und mein erstes Mal war in einem kirchlichen Gemeindehaus, fünfzehn Minuten nach meiner Trauung in Carrington, South Carolina. Ein kleines Tischradio spielte ›Ragg Mopp‹. Werd' ich nie vergessen.«

Bitte, dachte ich, jetzt muß was passieren – der Wagen fährt los; der Kegel einer Polizeilampe irrlichtert über die Plane; ein rettendes Donnerwetter vom Himmel –, damit wir wegkommen von dem Pfad, den wir da eingeschlagen haben, einem Pfad, gesäumt vom Aufblühen ihres Parfüms in der Enge des Wagens, ihrem Knie, das gegen meines drängt, der Erektion, die mir das Kleingeld in meiner Tasche zum Klingeln brachte, dem ganzen Geschwätz von Sex. Mein Stoßgebet blieb unerhört, und so sagte ich ihr, ihre Story sei ja interessant, in South Carolina sei ich nie gewesen außer in Myrtle Beach, und ›Ragg Mopp‹ sei mir unbekannt, ich hörte aber gerne Led Zeppelin und Foghat, und die ganze Zeit guckte ich in den sommersprossigen Abgrund ihres Ausschnitts und auf das Schimmern ihrer Strümpfe, die sanfte Rundung ihres Bauchs unter dem Kleid. Langsam kriegte ich links einen Wadenkrampf.

»Und du?« fragte sie. »Wie war's bei dir, beim ersten Mal?« Sie sagte das mit leiser Nostalgie in der Stimme, als vermute sie, ich müsse, wie sie, tief im Gedächtnis kramen, um diese spezielle Erinnerung hervorzuholen. Es muß der Anzug gewesen sein, das Lucky-Tiger-Haarwasser, das ich auf Romans Geheiß an diesem Abend trug, das ihr derart die Sinne vernebelte, entweder das oder ihre Betrunkenheit. Wie konnte ich ihr sagen, daß mein erstes Mal vorerst nur in der Möglichkeitsform existierte? Ich atmete tief durch und ließ meine Hand auf ihren Oberschenkel gleiten, der prall in seinem Nylonstrumpf saß.

»Ich glaub', es war auf einem Rücksitz«, sagte ich wie nach mühsamer Erinnerungsarbeit. »Alter Wagen mit Heckflossen, Lederpolster.«

Ich beugte mich vor, um sie zu küssen, schwummrig vor Trunkenheit und Skepsis, wobei ich mir beinahe mein Gesicht an der Zigarette versengte, die sie gerade zu den Lippen geführt hatte. Sie nahm die Zigarette weg und legte mir eine Hand um den Nacken. Sie ließ sich von mir küssen und küßte zurück, leise stöhnend, und meine Hand hob sich und kam an der Unterkurve ihrer Brust zum Stehen und zeichnete mit den Fingern die komplizierte Polsterung aus Drahtgeflecht und Trägern und Haken nach. Es war der *muskulöseste* Kuß meines Lebens (bis heute), ihre Hand zerrte an meinem Nacken, Mund und Zunge drängten sich gegen meine, bewegten sich dick in meinem Mund. Dann nahm sie mein Gesicht in die Hände und küßte meine Wange, ihr Atem an meinem Ohr.

»Was für'n süßer Kuß«, hauchte sie. »Du bist süß.«

Zwar hätte ich mir bessere Komplimente als »süß« denken können, aber auch viel schlimmere, und ich hoffte, es kam von Herzen und nicht aus dem ›Handbuch für Mitarbeiterinnen des Champagner-Begleitservice‹, Seite 43. Mir fiel keine bessere Antwort ein, als meine Hand tief in ihren sommersprossigen Ausschnitt zu versenken. Ihr Fleisch dort war weicher, als ich mir irgendein Fleisch vorstellen konnte, und leicht glitten meine Finger in den Stoff ihres BHs und fuhren den erhöhten Rand ihrer Brustwarze nach. Erneut küßte sie mich und rutschte auf dem Sitz näher, dicken Staub aufwirbelnd, wobei sie wieder kleine, zirpende Stöhnlaute von sich gab. Neben meinem Gesicht kam ihre andere Hand hoch, ohne die Zigarette, und einen Herzschlag lang sorgte ich mich, was aus der Kippe geworden war, die strohtrockene Polsterung ging ja hoch wie Zunder, und die Feuerwehr würde unsere Skelette finden, meine Knochenhand immer noch tief in ihrem verkohlten Ausschnitt. Dann ließ Kami Sue die Hand sinken und legte sie über die Ausbeulung in meiner Nadelstreifenhose, und alle Katastrophenszenarien waren wie weggeblasen. Ich lehnte mich zurück, Fetzen der Dachbespannung kitzelten mein Haar, und Fusseln rieselten auf mein Gesicht herab. Ich bemerkte, daß sich der orange Lidschatten fadendünn in den Falten ihrer Augenlider abgelagert hatte. Wieder begann sie, während sie mich durch die Nadelstreifen packte und rubbelte, mit schwerer Zunge zu flüstern, wie süß ich sei.

»Ihr seid beide so süße, gutaussehende Männer«, sagte sie. »Du und dein Bruder.«

Ich hielt inne, abgelenkt von meiner Lust. *Mein Bruder*? Ich war doch Einzelkind, das war in meinem Bild der Familienhierarchie tief verwurzelt. Da kam mir die Lüge, die ich vorhin vom Stapel gelassen hatte, blitzartig wieder in den Sinn: *Roman*. Bei dieser Erkenntnis erschien mir die Enge des Wagens – die Schimmerbeleuchtung, ihr geheimnisvolles Parfüm, ihr weicher Busen – schlagartig in einem anderen Licht, befremdlich, wie von einem anderen Stern. Ich dachte: Hier, diese Frau, aus der Welt Vic Comstocks, vom Champagner-Begleitservice, Billardspielerin, Geldanlegerin, ›Ragg-Mopp‹-Hörerin. Die Welt des Sex, die Welt des Kommerz, die Welt meines Vaters, alles hier mit mir im Wagen. Das war zu viel. Ich fühlte meine Erektion *fliehen*, wie auf einem schnellen Pferd. Ich schluckte, holte Luft und machte Anstalten, Kami Sue wegzuschieben.

»Was ist?« fragte sie.

»Nichts. Nur, also ... ich weiß nicht.«

Sie tätschelte die leeren Falten meiner Hose. »Ach, Kleiner, das ist okay. Wahrscheinlich ist's der Staub hier drin.«

Mein Gesicht brannte. Ich wußte nicht, was ich sagen sollte. Fest stand, wenn meine plötzliche Impotenz am Staub lag, dann war es die merkwürdigste Allergie der Medizingeschichte. Vielleicht hatte ich ja irgendeine Macke, eine Krankheit, seelisch oder physisch, egal, jedenfalls würde ich nie Kinder zeugen, nie eine Frau befriedigen. Nie würde ich dieser oder irgendeiner anderen Welt angehören, die in der Zukunft lag; intakt war nur meine Vergangenheit, und die war im kurzen Zeitraum von drei Wochen in die Brüche gegangen. Ich fühlte mich den Tränen nahe.

»Bleiben wir einfach sitzen und quatschen ein bißchen«, sagte sie.

»Tschuldigung«, murmelte ich, quetschte mich zur Tür hinaus und kämpfte mich durch die Plane ins Freie.

Drinnen im Haus schlängelte sich gerade zu den Rhythmen

einer Conga eine Polonaise durch den verspiegelten Korridor, durch die Gäste- und Schlafzimmer. In der Küche fand ich Roman und Vic, die Kognac tranken und einen Terminplaner studierten, der auf der Küchenanrichte ausgebreitet lag.

»Dad, ich muß dir was sagen«, begann ich. »Es ist wegen Dutch.« Ich merkte, ich redete mit schwerer Zunge; in meinen Lenden fühlte ich eine klamme Feuchtigkeit und Pein.

»Dutch? Hat er Wind von unserem Projekt bekommen und überschlägt sich, uns einen Kredit aufzudrängen?«

Vic Comstock lachte auf, schrieb dann *Fayetteville*, den Namen einer Garnisonsstadt in North Carolina, auf die 22.-Oktober-Seite und malte daneben drei Dollarzeichen.

»Der Kopf, Roman«, sagte er. »Der Kopf und die Titten werden uns allein in Fayetteville reich machen. Die ganzen G.I.s.«

»Dad, du wirst es nicht gern hören, aber ich muß es dir sagen.«

»Ich will's nicht hören, und es betrifft Dutch. Was für eine verkaufsfördernde Einleitung, Gabe.«

»Dad ...«

»Also, das muß warten, was immer es ist. Wir müssen dich jetzt erst mal in den Kreis der Eingeweihten aufnehmen, Juniorpartner.«

Ich dachte daran, daß Kami Sue mich Junior in der Chefetage, Gladys mich Roman junior genannt hatte. Ich war für alle nur die jüngere Ausgabe meines Vaters.

Ehe ich irgendwas erwidern konnte, gingen Roman und Vic durchs Wohnzimmer und durchs Haus, sammelten Gäste ein, drehten die Musik ab, machten Scheuchlaute wie Viehtreiber und drängten die ganze Horde in den Garten, wo unter ihren Planen die Autos schlummerten. Vic Comstock startete ein Stromaggregat, und flammend helle Flutlichtbatterien erleuchteten die Sommernacht. Er stellte sich neben den ersten Wagen, wo ich keine zehn Minuten zuvor eine Frau befummelt hatte, so alt wie mein Vater. Direkt vor mir, in der ersten Reihe des Kreises, baute sich Roman auf, lächelnd, die Arme über der Brust verschränkt. Vic Comstock ergriff ein Megaphon.

»Seit der Zeit der Gladiatoren gab es für den Todeskitzel immer ein zahlendes Publikum. Denken Sie an die Fernsehkost, die uns heute vorgesetzt wird, die Suppen-, Seifen- und Sodaopern, durchsetzt mit reichlich Blutvergießen, die Krimis, Mörderfilme und Greuelbilder aus Vietnam. Das verkauft sich. Ich will mit meinem Kommentar hier keine Sozialkritik verbinden, nur die einfache Beobachtung, daß sich im Kommerz die menschliche Seele spiegelt. Wir löhnen für den Schlüssellochblick auf die Tragödie. Wofür wir Geld ausgeben, läßt tief blicken.« Seine Worte hallten über das Gras.

»Komm zur Sache, verdammt«, raunte Roman.

Vic schirmte seine Augen gegen das Flutlicht ab.

»Am nebligen Abend des 29. Juni 1967 stieß auf der Straße nach New Orleans ein 1966er Buick Electra 225 frontal mit einem Jeep zusammen, worauf der Fahrer, Clubbesitzer Ron Harrison, und ein gewisser Sam Brody sofort ums Leben kamen. Der berühmteste Fahrgast in diesem Wagen, Hollywood-Superstar Jayne Mansfield, wurde enthauptet.«

Roman stieß mich mit dem Ellbogen an und grinste. »Das wird dich vom Hocker hauen.«

»Und hier steht er«, rief Vic. Er packte einen Zipfel der Abdeckplane und riß sie herunter, so daß sie sich, hell angestrahlt, im Wind bauschte wie der Umhang eines Stierkämpfers. Halb erwartete ich, Kami Sue auf dem Rücksitz zu sehen, sich umschauend, wo der Juniorchef geblieben war. Erregtes Murmeln im Zuschauerkreis.

Mit dem Ende des Megaphons klopfte Vic auf den Kofferraumdeckel. »Miß Mansfields schöner Kopf schlug erst hier auf, dann hier« – er pochte auf den Kotflügel – »und kullerte noch fünfzig Meter über die Straße; ihr üppiger Leib blieb eingeklemmt, hier, auf dem Beifahrersitz, neben den Resten ihres geliebten Chihuahua-Hündchens. Ihre Blutflecke sind noch sichtbar, ihre Erinnerung ist noch greifbar.«

Den letzten Satz flüsterte er, die Menge, die näher rückte, fest im Griff, die Frauen auf Zehenspitzen, über die Schultern der Männer spähend, um besser zu sehen. Roman knuffte mich wieder und deutete mit einem Kopfrucken auf sie. »Geld«, sagte er.

Ich blickte ihn an. »Dieses Wrack willst du verhökern, und irgend jemand soll es kaufen wegen der Wie-heißt-sie-noch? Hast du da unser ganzes Geld hineingesteckt?«

»Halt noch 'ne Minute den Mund, dann bist du um eine Erkenntnis reicher«, sagte er. Ich verschwieg ihm, daß ich an diesem Abend schon um viele Erkenntnisse reicher geworden und daß *er* es jetzt war, dem noch eine entscheidende Erkenntnis bevorstand: bezüglich seiner Frau und seines Bruders.

»Bitte, das ist noch längst nicht alles«, rief Vic durchs Megaphon. Wie kleine Elektroschocks zuckten seine Worte über die Wiese, in die Bäume. Durchs taufeuchte Gras folgten wir ihm zum nächsten abgedeckten Wagen, nur halb so groß wie der erste. Dabei entfernten wir uns von den Flutlichtern, und unsere Schatten wurden zusehends länger; in kleinen Gruppen tuschelten die Leute über Jayne Mansfield und die Filme, die sie gedreht hatte, ihre Medienkriege mit Jane Russell und Marilyn Monroe, ihren Unfalltod. Manche hielten inne, um den Wagen zu berühren, vorsichtig, als sei er ein Sarg und die Tote liege darin aufgebahrt. Ich hatte nie von Jayne Mansfield gehört, nie auch nur einen Film von ihr gesehen. In meinen Augen war der Wagen jetzt durch einen ganz anderen Umstand berühmt, nämlich als der Ort, wo ich meine erste und womöglich letzte Chance auf sexuelle Intimität verbockt, wo ich erkannt hatte, daß meine Welt mir unter den Fingern zerbröselte.

Weiter hinten in Vic Comstocks Garten blieben wir stehen und gruppierten uns erneut im Kreis. Vic hob das Megaphon.

»Am 30. September 1955 beschließt ein junger Mann auf der Fahrt durch Bakersfield, Kalifornien, den Rennmotor in seinem silbernen Porsche 550 Spyder mal so richtig hochzujagen, ein junger Mann, erfüllt vom doppelten Rausch der Jugend und des Ruhms, trunken nicht vom Alkohol, sondern von sich selbst. Er treibt den kleinen Wagen auf ein Tempo um die zweihundert Stundenkilometer und prallt dann frontal auf Mr Donald Turnipseeds 1950er Ford Tudor. Mr Turnipseed passiert nichts, aber« – Vic riß die Plane weg – »der junge Mann, der nicht wußte, was er tat, James Dean, bricht sich das Genick und stirbt in Sekundenschnelle.« Wieder erschrockenes Luftholen und Gemurmel, und drei der Champagner-Begleiterinnen stimmten ›Dead Man's Curve‹ an, bis sie von ihrer Umgebung zum Schweigen gebracht wurden. Vor uns stand der zerquetschte Porsche, von einem Ring seines eigenen schuppigen Rostes umgeben, die schwarzen Rennummern verblassend und abblätternd.

Insgesamt drei Autos warteten im künstlichen Mondschein der Flutlichter, einschließlich Bonnie und Clydes hellbraunem 1934er Ford V-8 (»einhundertundsieben Einschußlöcher, jedes so groß wie Ihr kleiner Finger«).

Gegen Ende des Rundgangs sahen die Partygäste selbst wie Unfallopfer aus. Manche waren in jenen alkoholgetränkten Trübsinn verfallen, der an Verzweiflung grenzt. Andere musterten die Wracks mit staunenden Kinderaugen und offenem Mund, als seien die Unfälle gerade erst passiert und blutige Leichen lägen noch herum. Pressefotos der Stars, wie sie an ihren glamourösen Autos lehnten, bleich im Blitzlicht, gingen von Hand zu Hand. Viele der Männer schüttelten den Kopf und machten »ts, ts«, als hätten sie James Deans Tod heute nach zwanzig Jahren immer noch nicht verdaut. Manche der Frauen weinten; keiner, weder Mann noch Frau, konnte sich losreißen von den Wagen und zurückkehren in das große, moderne Haus mit seinen Lava-Lampen und Fernsehern. Ich wußte wenig von den tragischen Gestalten und Berühmtheiten – Monroe und Dean waren für mich nur Namen, die manchmal im Filmquiz im Fernsehen auftauchten –, doch für all diese Leute aus der Generation meines Vaters war es, als würden sie hier Zaungäste zerschellter Verheißungen, Reminiszenz an ihr eigenes Leben, als sie fröhlich durch die Fünfziger und frühen Sechziger gerauscht und dann in einer sich wandelnden Welt aus irgendeiner Todeskurve geflogen waren.

Jedenfalls hielt es sie bis zum Morgengrauen im Garten, und Roman hatte mal wieder den richtigen Riecher gehabt: Die Leute würden zahlen, um das zu empfinden, was sie mal empfunden hatten, für die Emotionen aus der Zeit vor zwanzig Jahren.

Sein Plan (»Marketing-Strategie« nannte er es) war, daß er und Vic die Autos auf einem Transportanhänger durch den ganzen Süden karren wollten – auf Kirmesplätze und Handwerksmessen, zur Eröffnung von Einkaufszentren, zu Traktor-Rennen, Autoausstellungen, Tausch- und Flohmärkten. Überallhin, sagte er, wo Leute rumgingen mit Geld in der Tasche. Abwechselnd wollten sie eine Version der von Vic in dieser Nacht geprobten Marktschreierei präsentieren, und für vier Dollar Eintritt durften die Leute die Autos berühren und sich mal hinters Steuer setzen. Nach Abzug der Kosten – Kilometergeld, Hotel, Mahlzeiten – rechneten sie pro Tag mit einer Einnahme von bis zu zweitausend Dollar; pro Woche wollten sie vier Veranstaltungsorte abgrasen. Das erzählte mir Roman, während wir bei Tagesanbruch auf dem taunassen Rasen zusammenstanden, unseren Rausch den ersten verschwommenen Anzeichen eines Katers weichen fühlten und zusahen, wie die letzten Partygäste gingen. Kami Sue winkte mir bei der Abfahrt zu, und mein Gesicht glühte; einen Augenblick hatte ich die Vision, das Auto werde nicht auf Rummelplätzen und Flohmärkten, sondern in einem Museum für sexuelle Dysfunktionen ausgestellt, mit mir als Wachspuppe auf dem Rücksitz. Kami Sue sah älter aus, als hätte das Tageslicht Jahre zurückgebracht, die Nostalgie und Trunkenheit ausgelöscht hatten. Ich winkte zum Abschied.

»Eine Freundin?« fragte Roman.

»Ja, mehr oder weniger.«

Er nickte und sah sich um. »Ein paar Unfallwagen, und jede Fete ist gesprengt.«

Ich lächelte. »Sie hatten alle eine Gänsehaut.«

»Ja, aber sie konnten gar nicht genug davon kriegen, hast du das gemerkt?«

Ich sagte ihm, ich hätt's gemerkt.

»Mit dem Geld aus dem Lyrikwettbewerb habt ihr also die Autos bezahlt?«

Er lachte. »Einen Reifen und den linken Kotflügel vielleicht. Vic hat fünfundsiebzig Prozent aufgebracht, ich fünfundzwanzig. Er hat die Autosammler aufgetan, ich habe das Marketing beigesteuert, die Planung der Route, die Recherche.«

Er hielt kurz inne, um sich eine Zigarette anzuzünden. Sein Schlips saß locker, der Hut schräg auf dem Hinterkopf.

»Und es waren nicht nur die drei Riesen aus dem Wettbewerb, Junge.«

»So?«

Er blickte mir nicht in die Augen, ähnlich wie er manchmal auch Gladys nicht in die Augen blickte. »Ich habe eine zweite Hypothek auf das Haus aufgenommen, eine alte Versicherungspolice zu Geld gemacht und 'ne Menge Kellerkram beim Schrotthändler losgeschlagen. Immerhin, alles aus eigener Kraft, fremden Beistand hatte ich nicht nötig.«

»Großer Gott, Roman. Das kann dir das Genick brechen.«

»Kann, wird aber nicht. Dies ist *die* Chance, Gabe. *Meine* Chance. Alles echt diesmal, kein Bockmist, keine Bosse, keine Provision. Nur Geld, bombensicher.«

»Aber, Dad ...«

»Und du. Du bist mit dabei, wie ich schon sagte. Wir brauchen jemanden zum Fahren, zum Aufbauen, all das. Vic ist ein guter Mann, aber kein sportlicher Jüngling mehr.«

»Übermorgen«, ich blickte in die aufgehende Sonne, »übermorgen fängt die Schule an.«

»Schule«, sagte er gedehnt, als ob er nicht nur mein Schülerdasein, sondern überhaupt die Tatsache vergessen hatte, daß es landesweit solche Bildungseinrichtungen wie höhere Schulen gab.

»Ja. Ich muß hin. Eigentlich.«

Er zuckte die Achseln. »Wir schreiben dir eine Entschuldigung. Wäre ja nicht die erste.«

»Und wie lange soll ich fehlen?«

»Weiß nicht. Ein Jahr ... vielleicht?«

Ich ließ mir das durch den Kopf gehen, ein Jahr ohne Gleichaltrige, ohne eine Lebensentwicklung, wie sie gemeinhin als normal galt, ein Jahr in Gesellschaft mittelalter Männer, die die kaputte Vergangenheit anderer mittelalter Männer durch die Gegend schleppten und gegen Eintritt besichtigen ließen. Dies war *seine* Chance, die Chance auf ein Leben erstmals ohne Gladys, und in diesem Augenblick erkannte ich, daß ihre Ehe endgültig zerrüttet war, eine in die Brüche gegangene Partnerschaft, mit der auch meine eigene Vergangenheit in Scherben lag, meine ersten bescheidenen Ansätze eigenständiger Lebensführung, die mir nur deshalb nicht als merkwürdig aufgefallen waren, weil ich mittendrin steckte. Was mir nur noch nicht einleuchten wollte, war, daß diese Veränderung über *Roman* zustande kam, meinen Vater, den Mann, der jetzt im Frühherbst 1975 immer noch das Haarwasser, die Hosenträger und Diamant-Krawattennadeln trug, wie sie im zweiten Weltkrieg modern gewesen waren, zu seiner Jugendzeit, den Mann, dessen Seele geradezu tätowiert schien mit der Vergangenheit, ein Kind der Mr-America-Welt. Diese Welt wollte er jetzt nehmen und für vier Dollar pro Kopf begaffen lassen, unter der Regie von Mr Vic Comstock, dem Mann mit den Kunststoffmöbeln und dem Rock'n'Roll, der Erdbeerwein trank und ein Goldkettchen mit einem Waage-Medaillon um den Hals trug. Ich fragte mich damals, was aus Vics Vergangenheit geworden war; wie ein Mann, älter als mein Vater, dazu kommen konnte, so zu leben; und erkannte, daß er sie verkauft hatte, verhökert, und auch meinen Vater dazu überredet und ihm weisgemacht hatte, daß damit der große Reibach zu machen sei. Doch nicht nur die Vergangenheit von James Dean oder Jayne Mansfield kam hier auf den Verkaufstisch, sondern auch unsere eigene – seine, meine, Gladys' – samt der zweiten Hypothek und der Versicherungspolice: eine Ehe, eine Geschichte, eine Familie. Dies ging mir durch den Kopf, während mich mein Kater zu martern begann und meine Schläfen pochten. Übermächtig stieg der Drang in mir auf: Du mußt Roman aufhalten. Mit ihm fahren, ja, egal, ob er mich dabei haben will oder nicht, egal, ob ich's selbst will oder nicht, alles, nur damit er das eine läßt: den Ausverkauf seiner selbst.

»Dad«, sagte ich und wartete, bis er mich anblickte. »Es ist wegen Gladys – Mom. Sie wohnt nicht bei einem Freund.«

»Wo denn dann?«

Ich holte Luft und blickte nach draußen auf die Phalanx der Schrottwagen. »Sie lebt mit Dutch zusammen.«

SIEBTES KAPITEL

Mit dem Chevy die Einfahrt zu Dutchland hinauf, die langgezogene Kurve, durch den ausgemergelten Baumtunnel, am Forellenteich vorbei. Aus dem Autofenster sah ich Dutch am Landeplatz stehen und die Tretboote losbinden – alle vier, bunt wie Ostereier – und sie mit einem Bootshaken in die Mitte des Teiches stoßen. Er keuchte und brummte dabei; meine Ankunft schien er gar nicht zu bemerken oder nicht bemerken zu wollen. Ich hatte damals den Kopf voll, und mir fiel nicht auf, wie seltsam sein Tun war: Um die Boote zurückzuholen, gab es nun keinen anderen Weg mehr, als hinauszuschwimmen und sie an Land zu ziehen wie Ertrunkene.

Am Haus stand Gladys mit gekreuzten Armen an den Türrahmen gelehnt, wie ich sie in Erinnerung hatte von meinem Blick in den Rückspiegel seinerzeit nachts. Nur war sie diesmal sichtlich aufgeregt, rieb sich die Arme, biß sich auf die Lippen.

»Gabe, du kommst genau zur rechten Zeit. Hast du ihn gesehen, eben, auf dem Weg?«

»Dutch? Ja, er hat die Tretboote losgemacht.« Ich dachte eine Sekunde darüber nach. »Was hat er denn?«

Sie verdrehte die Augen, die Geste, die ich bei all meinen jüngsten Reibereien mit Roman so vermißt hatte. »Solltest du je bezweifeln, daß dein Vater und Dutch Brüder sind, dann bring sie in Rage. Sie könnten Zwillinge sein.«

»Was war?«

»Na, wir haben einen Besucher.«

Einen Augenblick sank mir das Herz. War Roman mir zuvorgekommen? Unmöglich, ich hatte ihn in Unterwäsche und Hut in Vic Comstocks knalloranger Küche zurückgelassen. Zwölf Stunden waren verstrichen, seit an diesem letzten Augustsonntag die Sonne aufgegangen, die Partygäste verscheucht und mir die Wahrheit über Dutch und Gladys entrissen, ja, sie geradezu aus mir herausgebrannt hatte. Nachdem es ausgesprochen war, stand Roman da und starrte über die Baumwipfel in den Himmel hinauf, wo die Sonne saß wie ein verschlagener Golfball.

»Da brauch' ich ein bißchen Erklärungshilfe, Junge«, sagte er und zog mich an einer Faustvoll Jackenärmel in den hinteren Teil des Comstockschen Gartens, wo das tauglitzernde Wrack des Porsche ruhte. Niemand war in der Nähe. Er riß mich herum, so daß wir uns direkt in die Augen sahen, nahm seinen Hut ab und ließ ihn fallen.

»Los«, sagte er. »Erzähl.«

»Ich hab's schon erzählt.« Er wollte, daß ich es *aussprach*.

»Du meinst, deine Mutter und Dutch ... Du meinst, sie hat da nicht nur 'n Zimmer gemietet oder wohnt da, um ihr 'nen Gefallen zu tun, oder wegen eines Tapetenwechsels oder so. Du meinst, sie ...« Er blickte in die Bäume hinter uns. »Du meinst *alles*.«

Ich schluckte und wandte den Blick ab, sah eine rote Ameise über sein Hutband krabbeln. »Alles«, sagte ich.

Er tigerte in einem kleinen Kreis herum, die Hände in der Tasche. »Und wie lange, wie lange genau weißt du das schon, Gabe?«

Ich blickte wieder weg, einen Kloß in der Kehle. Auf James Deans ruinierter Motorhaube stand »Little Bastard« in Druckbuchstaben. Es klang wie eine Anklage. Plötzlich sehnte ich mich zurück nach der Zeit, da Lügen in mir sich so mühelos gebildet hatten wie Gedanken, aber irgendwie hatten die Ereignisse der letzten drei Wochen das weggewischt.

»Daß sie bei ihm wohnt, wußte ich von Anfang an. Aber das andere, ehe das ... ehe das angefangen hat, hat's noch eine Zeit gedauert.« Beim Sprechen schwoll mir die Zunge im Mund.

Er nickte und biß sich auf die Unterlippe. »Dutch«, sagte er langsam. »Da soll mich.« Er schüttelte den Kopf mit einer Mischung aus Staunen und Resignation, wie ein hochkarätiger Krimineller, der die Raffinesse des Fangnetzes bewundert, das sich über ihm zusammengezogen hat und ihn nun für hundert Jahre in den Knast bringt.

»Ich wollt's dir nicht sagen, weil ich dachte, sie kommt nie zurück, wenn du deshalb ausrastest«, sagte ich. »Und du wärst ausgerastet.«

Er nickte stumm, immer noch in langsamen, kleinen Kreisen tigernd. Den ganzen restlichen Tag blieb er stumm. Was mir angst machte an seiner Reaktion, war, daß er keinen Tropfen trank, nicht mal die paar Gläschen gegen den Kater, die er sonst nach Saufgelagen in mehr oder weniger großer Menge brauchte. Halb angezogen, in Shorts, T-Shirt und Hut, saß er am Küchentisch und tippte unseren Reiseplan für die erste Woche, wobei er auf seinen Lippen herumkaute, bis sie blau waren. Gegen Ende des Tages sagte er, ich solle zu Gladys fahren und sie wissen lassen, daß ich mit ihm fortgehen und ein komplettes Schuljahr blaumachen würde. Wie sie auf letzteres reagieren würde, war mir unklar, deshalb legte ich mir eine kleine klischeehafte Rede zurecht, welch große Chance es für einen Künstler sei, zu reisen, Leute kennenzulernen, unkonventionell zu leben. Ob sie mir das noch abkaufte – keine Ahnung.

Als ich ging, blickte Roman von Vics elektrischer Schreibmaschine auf. »Noch eins, Junge. Sag deiner Mutter, daß ich Bescheid weiß.«

»Bescheid worüber?«

»Nur *Bescheid*. Gießen wir doch mal etwas Öl ins Feuer.«

»Warum sagst du es ihr nicht selbst?«

»Du kannst dich hier nicht aus der Affäre ziehen, Gabe. Ob dir's gefällt oder nicht.«

Gegen Mittag hatte Roman eine Entschuldigung an die Schule getippt und abgeschickt: Wegen einer langwierigen Familienkrankheit sei ich auf unbestimmte Zeit unabkömmlich. Bei Lichte betrachtet eine Diagnose, die von der Wahrheit gar nicht so weit entfernt war.

Der Besucher in Dutchland entpuppte sich als niemand anders als Sandy Goforth, ehemalige Miß North Carolina 1970. Gladys führte mich durchs Haus in die Küche, und wir setzten uns in die Eßecke und redeten. Meine Besuche in den Arbeitspausen bei United Dairy fielen mir ein, aber statt Kaffee, Zigaretten und Eiscreme teilten wir jetzt Kräutertee und kleine Cracker aus Seetang. *Die neue Gladys*, dachte ich. Durchs Erkerfenster der Eßnische war Sandy Goforth zu sehen, wie sie sich sonnte auf einer Liege am Pool, Träger von den Schultern gestreift, wie geradewegs meiner Erinnerung entsprungen. Neben der Liege stand die Basttasche mit der gestickten Aufschrift MISS NORTH CAROLINA 1970, die sie trug, seit ich sie kannte. Später zeigte eine genauere Prüfung, daß die Tasche jetzt aussah wie vom Hund zerkaut, die Stickerei geschrumpft auf MISS NO ROLI 7. Die anderen Buchstaben waren längst aufgedröselt.

»Gestern abend um zehn schneite sie herein, türenknallend«, erzählte Gladys. Sie hielt sich mit der Hand teilweise den Mund zu. »Du hättest Dutch sehen sollen, als sei Mrs Usher plötzlich oben auf der Treppe erschienen. Sie tanzt herein, zieht ihre Verfolgte-Unschuld-Masche ab, weint und sagt, Las Vegas sei ihr nicht *bekommen*, und Dutch guckt mich an wie ein Fisch mit japsenden Kiemen, starrt mich an, als sei ich der Rausschmeißer und müsse sie vor die Tür setzen.«

Sie lachte wieder. Dies war bereits eine der Storys geworden, die sie über Dutch erzählen würde, mit ein paar gut hinzuerfundenen Einzelheiten, so, wie sie einst Storys über Roman erzählt hatte. Wie er damals Girl Scout Cookies verkaufte; wie er bei einem Überlandtrip Karosserieteile des Familienautos verhökerte, um auf dem Heimweg tanken zu können. Die kannte ich in- und auswendig, und nun würde ich neue lernen müssen. Sammle genug davon, dann hast du Ehekitt für ein, zwei Jahrzehnte.

»Und, was will sie?« fragte ich.

»Zuerst dachte ich: Geld, aber Dutch hat schon bei der Heirat eine entsprechende Klausel eingebaut, und bei der Scheidung mußte sie eine Verzichtserklärung unterschreiben. Daran hat er sie gleich fünf Minuten nach der Begrüßung erinnert.«

»Was denn dann?«

»Sie will hier ein Weilchen wohnen, um ›ihre Mitte zu finden‹, wie sie sagt. Hat zwei akademische Grade und findet keinen Job.« Sie errötete und blickte zur Seite. »Na, ich hab' gut reden.«

»Und der Schock hat Dutch den Verstand geraubt.«

»Wie bitte?«

»Er versucht die Tretboote umzubringen. Sie zu ersäufen, glaube ich.«

Gladys lachte. »Er sieht wohl die Boote als Verkörperung seiner Verflossenen. Glaubst du, er hat sie für sich selbst gekauft?«

Ich dachte darüber nach und konnte mir Dutch weder als Käufer noch als Benutzer dieser Ostereier vorstellen. Welchen Nutzwert hatten sie? Als Verkehrsmittel keinen, als Sportgerät auch kaum. In diesem Augenblick – als ich mir ausmalte, wie der stocksteife Dutch in seinem weißen Anzug auf dem Boot umhertrieb – kam mir der Gedanke, daß dies vielleicht das Hauptmanko war, das Gladys an ihm sah und zu beheben versuchte: seine mangelnde Genußfähigkeit. Vielleicht war nicht mehr dran als das: daß sie ihm beibrachte, daß Tanzen nicht vor sich gehen mußte wie von Ingenieuren choreographiert, daß Songs auf der Bluesgitarre auch etwas sein konnten, was dich auf Flügeln durch die Nacht trägt, und nicht nur ein Üben von Griffwechseln und Fingertechnik. Vielleicht hatte sie tatsächlich in den Werbespots zu später Stunde etwas gesehen, was Roman und mir verborgen blieb, den Dutch hinter dem Dutch. So schien's mir damals.

Ich blickte aus dem Fenster auf Sandy Goforth, die in der Sonne schlief, den Mund offen, ein Transistorradio neben dem Ohr. Ihr Haar war länger, als ich es in Erinnerung hatte, und sie war so sonnengebräunt, daß sie bronziert wirkte, wie ein Paar Babyschuhe.

»Wie geht es Roman?« fragte Gladys. »Es kommt mir vor, als seien zwei Jahre vergangen seit Donnerstag abend.«

Er sitzt in der Unterwäsche in Vic Comstocks Küche, kaut

auf den Lippen und plant, Geld aus dem Tod anderer Leute zu schlagen. Das hätte ich gerne gesagt. Doch statt dessen sagte ich nur: »Es geht ihm gut.«

»Wirklich? Ich hab' nämlich ein bißchen Angst um ihn. Ständig. Ich will nur wissen, ob mit ihm alles in Ordnung ist.«

»Er arbeitet an einem großen Plan, der ihn reich machen soll.«

»Sensationell, mal was ganz Neues«, sagte sie mit mehr Sarkasmus, als mir lieb war; offenbar lernte auch sie von Dutch.

»Er schwört, diesmal klappt's«, erklärte ich, und sie lächelte das gleiche mitleidige Lächeln, das ich von Hausfrauen kannte, wenn ich Roman beim Hausieren begleitete. *Und diesmal tut er's nicht um deinetwillen,* hätte ich beinahe gesagt, schwieg aber.

Vorder- und Hintertür gingen, und gleichzeitig kamen Dutch und Sandy Goforth ins Haus, als hätten drei Jahre Ehe sie auf dieselbe Wellenlänge getunt. Als erster kam Dutch in die Küche, ein Hosenbein naß bis über die Knöchel. Fern im Gewirr der Korridore hörten wir Sandy Goforth ›Love Will Keep Us Together‹ pfeifen. Sie hatte echtes Kunstpfeifertalent, beherrschte Triller, Glissandi und Oktavwechsel, hatte beim Talentwettbewerb bei den Mißwahlen den ›Maple Leaf Rag‹ gepfiffen und während ihrer Amtszeit mit dem örtlichen Symphonieorchester beim Kurkonzert ›Peter und der Wolf‹ pfeifen dürfen.

Gladys zog eine Grimasse und schüttelte den Kopf. »Wie hast du das drei Jahre ausgehalten? Als wohnte man mit 'nem riesigen Kanarienvogel zusammen.«

»Und hör nur, *was* sie pfeift, das kommt noch hinzu«, sagte Dutch puterrot. »Sie tut ihr möglichstes, um mich zu reizen.«

Wenn sie das vorhatte, war es ihr meisterlich gelungen. So auf der Palme hatte ich Dutch noch nie erlebt.

»Noch heute schmeiße ich sie raus«, sagte er. Seine Reverssticker saßen schief. »Ich bin dazu gesetzlich befugt.«

Gladys schüttelte den Kopf und stand auf, um neuen Kräutertee zu holen. »Du kannst sie nicht rauswerfen, Dutch. Sie hat kein Geld, kein Dach über dem Kopf.« Jedermann sprach in einem meilenweit hörbaren Flüsterton.

Ich hob die Hand wie im Schulunterricht. »Ich dachte, du hast gesagt, sie sei nicht auf Geld aus.«

»*Sicher*«, sagte Dutch. »Sie ist nur zum *Pfeifen* hergekommen.«

»Ich weiß, ich weiß«, warf Gladys ein, als habe sie das an dem einzigen Tag seit Sandys Ankunft schon fünfundzwanzigmal durchgekaut, »trotzdem, es geht doch nicht, daß wir ...«

Genau da kam Sandy pfeifend in die Küche spaziert, wo wir drei saßen und sie anstarrten, als hätten wir ein Mordkomplott geschmiedet. Sie verstummte, den Mund gespitzt, die Augen hin- und herwandernd unter dem Schirm der *Elon-College-Fighting-Christians*-Baseballmütze. Auf ihrem Weg zum Titel der Landesmiß war sie mal Miß Elon College gewesen. Sie trug denselben weißen Frottee-Bademantel, den Gladys bei meinem ersten Besuch getragen hatte. Ihr Pferdeschwanz, ungefähr so lang wie mein abgelegter (so nannte ich ihn, als hätte ich ihn irgendwo im Kleiderschrank deponiert), ragte hinten aus der Mütze, und ihre Zehennägel waren pinkfarben lackiert. Nie zuvor hatte ich eine derart unverkrampft erotische Frau gesehen, ohne das dicke Make-up und die gesprayten Haare der Mädchen in meinem Alter und ohne den bemühten, verblühten Glamour der Frauen vom Champagner-Begleitservice. Ich betrachtete es als im Bereich des Möglichen liegend, daß meine pubertäre Geilheit reiner, unverfälschter Liebe gewichen war.

»Hi«, sagte ich.

Sie nickte und lächelte, die blaßgrünen Augen gerahmt von leichten Krähenfüßchen, auf der Nase hauchzarte Sommersprossen. Ich hatte diese Einzelheiten ihrer Physiognomie vergessen oder nie bemerkt, weil ich nur ihre weiße, wohlgerundete Brust im Auge gehabt hatte, die sich hinauswölbte auf die Liege.

»Guten Tag«, sagte sie förmlich, dann zeichnete sich ein Schimmer von Wiedererkennen auf ihrer Miene ab. »Du! Das Roman-Strickland-Püppchen, ausgewachsen in Lebensgröße!«

Ich errötete, als sie durch den Raum auf mich zueilte und mich umarmte. Sie roch nach Chlor und Zigaretten.

»Hätte nie gedacht, daß ich dich wiedersehe«, sagte ich, weil es die Wahrheit war. In jenen ersten zehn Minuten unseres Zusammenseins fühlte ich mich permanent überrascht.

»Das ist einfach Wunschdenken, mit dem dich dein Onkel angesteckt hat, Süßer«, lächelte sie und zwinkerte Dutch zu.

»Las Vegas hat gerade angerufen«, sagte dieser. »Sie wollen dich unbedingt zurück. Es tut ihnen leid.«

»Jetzt essen wir erst mal alle zusammen zu Abend«, sagte Gladys, geübt in der Rolle der Friedensstifterin. »Dann besprechen wir ..., wie wir uns einrichten.« Kurz zuvor hatte Gladys Dutchs Köchin – Mrs Loggins – entlassen und verbrachte die Nachmittage hinter dem Herd, wodurch Dutchs Haus endlich zum Heim wurde.

»Heute sorge *ich* fürs Abendessen«, sagte Sandy. »Keiner braucht einen Finger zu rühren.«

Dutch schnaubte. »Auch du nicht. Der Chinese liefert immer noch ins Haus, Sandy. Ruf einfach an und bestell ›das gleiche wie immer‹. Sie kennen den Weg.«

»Dutch ...«, mahnte Gladys.

Sandy zwinkerte mir zu. »Deinem Onkelchen muß irgendeine Laus über die Leber gelaufen sein.«

»Sieht ganz so aus«, sagte ich.

»Gabe, du hältst dich da raus«, sagte Gladys. Aber ich sah schon, das ging nicht mehr. Es war wie ein Spiel, das sich nach eingefahrenen Regeln entwickelte, und ich wollte mitmischen.

Sandy mixte sich eine Cola mit Rum und ließ ein paar Cocktail-Erdnüsse in das Glas fallen, wobei sie sich in der Küche bewegte, als sei sie nie aus diesem Haus ausgezogen. Sie sagte mir, sie wolle sich ein bißchen in ihrer alten Bleibe umsehen, und ob ich sie begleiten wolle. Dutch und Gladys schienen erleichtert über die Chance, unter vier Augen reden zu können. Sandy nahm meinen Ellbogen, und wir marschierten durch den Flur hinüber zum Ballsaal. Ihre Hand war warm, ihre Finger lang, und ich fühlte, daß sich meine alten Pool-Erektionen wieder rührten. Als wir gingen, hörte ich Dutch murmeln: »Pfoten weg vom Familiensilber« und Gladys »Pssst« sagen. Ob er Sandy meinte oder mich, war mir unklar.

Als wir näher ins Gespräch kamen, merkte ich, daß die zwölf Jahre Show- und Miß-Zirkus bei Sandy so etwas wie ein posttraumatisches Streßsyndrom hinterlassen hatten, wie bei einem aus Vietnam heimgekehrten Soldaten. Sie hatte die Angewohnheit, in abgemilderten Umschreibungen zu sprechen, denn derbe Worte vertrugen sich nicht mit den Regeln der »Damenhaftigkeit«, wie sie der Kodex für die Miß North Carolina festschrieb. Im Zorn entschlüpften ihrem hübschen Mund oft Wendungen wie »Scheibenhonig!« und »Lecko mio«. Es war ihre irritierendste, am wenigsten drollige Gewohnheit, und später bemühte ich mich nach Kräften, ihr das auszutreiben. Sie hatte selbst schon einiges dazu getan, hatte sich das Rauchen angewöhnt, trank Bier aus der Flasche und legte zum Einkaufen im Tante-Emma-Laden kein Make-up mehr auf. Auf Haarspray verzichtete sie vollkommen und trug nun die meiste Zeit abgeschnittene Jeans und Sweatshirts zu ihrer Basecap der Fighting Christians.

Während wir durch das pompöse Haus schlenderten, das Dutch für sie gebaut hatte, erzählte sie mir über ihr Leben in Las Vegas und ihre Arbeit als »Marketing-Model« auf Messen, Tagungen und Ausstellungen. Ihr Job war es, in Edelklamotten vom Bikini bis zum Ballkleid herumzustehen als absatzfördernder Teil der Messepräsentation. In einer einzigen denkwürdigen Woche hatte sie geholfen, Jagdmesser, Dessous, die im Dunkeln leuchteten, Bienenzüchterbedarf, elektrische Zahnbürsten und Huey-Helikopter an den Mann zu bringen.

»Genug ist genug«, seufzte sie. »Zur H-Ö- damit, du weißt schon.«

Wir betraten den Ballsaal, wo ihr gleich auffiel, daß die Messinglöwen fehlten, die einst in jeder Raumecke gesessen hatten. Während unseres gesamten Rundgangs durchs Haus kommentierte Sandy solche Veränderungen; daß sich Gladys' Early-American-Möbel und Makrameearbeiten eingenistet hatten statt ihrer eigenen kunstvollen Gobelins und Jadeplastiken, als ob der Rauswurf dieser Objekte ihr eigenes Verschwinden erst endgültig besiegelt habe. Während ihrer Jahre im Miß-Rummel hatte sie diverse Stipendien gewonnen und damit zwei Abschlüsse in Finanzwirtschaft und Innenarchitektur erworben. Ihr Plan war gewesen, als Designerin von Hotelzimmern, Bars und Lounges in Las Vegas das große Geld zu machen, es anzulegen und sich mit fünfundvierzig zur Ruhe zu setzen. Ich dachte an Kami Sue Hightower und ihr eisern gehortetes Hostessengeld. Jeder, so schien es, suchte den frühen Ausstieg aus dem Alltag. Irgendwann in ihrer Karriere, so Sandy, sei sie falsch abgebogen, auf einen geldlosen Pfad, der sie schnurstracks zu Bienenzüchterbedarf und elektrischen Zahnbürsten geführt habe.

Im Eheschlafzimmer zeigte sie sich erstmals bedrückt über das Fehlen eines Requisits aus ihrem früheren Leben: des Wasserbetts mit Teakrahmen, das sie entworfen und von einem örtlichen Möbelschreiner hatte bauen lassen. Nun stand da ein Himmelbett, Queensize, mit blauer Steppdecke, genau das Bett, das die Möbelpacker ein dutzendmal aus unserem Haus heraus- und wieder hineingetragen hatten. Nun hatte es durch Adoption offenbar endlich eine dauerhafte Heimstatt gefunden.

»Was ist denn das für'n beschissenes Teil?« entfuhr es Sandy. Schon wollte ich ihr gratulieren, daß sie endlich Tacheles redete, da drehte ich mich um und sah in einer Zimmerecke meine Skulptur ›AutoCratic‹, als habe sie sich dort heimtückisch versteckt, um mich anzuspringen.

»Sie gefällt dir nicht?« fragte ich.

»Doch, sie ist großartig, wenn du 'n Nagetier bist und 'n Bau suchst. Hat deine Mutter das verbrochen?«

»Nein, glaube nicht.« Ich blickte auf die Auspuffkrümmer, die Kabelbäume, das Klebeband, die Vergaserteile. Sie hatte recht, es war bestenfalls ein Haufen flüchtig interessanter Schrott; mein Täfelchen machte es zu prätentiösem Schrott, und ich betete, sie möge es nicht lesen. Beim Anblick meiner

Skulptur dachte ich an den Blechhaufen, der mal James Deans Porsche gewesen war und jetzt in Vic Comstocks Garten vor sich hin rostete, an die Rede, die Vic gehalten, an das Lied, das die Damen vom Champagner-Service gesungen hatten, bis man sie zum Schweigen brachte. Vics Tränendrüsendrückerei schien mir plötzlich kunstvoller als mein hochgestochenes Geschreibsel auf dem Täfelchen und das Geschreibsel auf allen anderen Täfelchen in der Stadt unten. Ich dachte an die nostalgischen Betrunkenen, wie sie bis zum Morgengrauen ihren Erinnerungen nachgehangen hatten, den zerschellten Verheißungen, die Vic Comstock einem Haufen rostigem Metall abgerungen hatte. Das war nicht nur Bockmist, dachte ich. Und wenn, dann war's die Art Bockmist, die wir manchmal brauchen, um uns davon zu überzeugen, daß wir noch unter den Lebenden sind.

»Deine Mama hat Geschmack«, sagte Sandy. »Vielleicht hatte sie als Bildhauerin mal 'n Aussetzer.«

»Ha«, sagte ich.

»Sonst hat sie doch eher eine Neigung zum *Konventionellen,* nicht wahr?«

Da mußte ich wirklich lachen. »Du kennst wohl meinen Papa nicht.«

»Doch, den kenne ich. Eben deshalb glaube ich ja, daß diese Dutch-Kiste gut für sie sein könnte. Konventionell.«

Seit dem Abend, da Dutch für mich Gitarre gespielt hatte, hatte ich denselben Gedanken gewälzt: daß Dutch womöglich gut für Gladys war, wie Medizin; daß sie ohne Roman besser und schmerzfreier lebte. Doch etwas an dieser Logik machte mir angst – wie jemand mit Rheuma im Arm, der eines Tages beschließt, ihn abhacken zu lassen.

»Ich erzähl' dir mal meine Lieblingsstory von Dutch«, sagte sie. Sie setzte sich aufs Bett und bedeutete mir, mit der Hand aufs Laken klopfend, mich zu ihr zu setzen.

»Als ich den Ballsaal fertig ausgestaltet hatte, einfach klasse mit meinen Löwen und alledem, *informiert* mich Dutch, daß er nicht die Absicht hat zu tanzen, daß er es für Zeitverschwendung und sportlich wertlos hält. Gut: Ich engagiere diesen netten, hübschen Tanzlehrer, einen älteren Mann, und er kommt jeden Dienstag, und es macht mir einen Heidenspaß. Darauf kehrt Dutch den Macho raus, der auf seine Besitzansprüche pocht, und *informiert* mich, daß er den Tanzlehrer gefeuert hat und daß *er* ab jetzt mein Partner ist. Er läßt sich diesen Lehrgang kommen, Tanzschritte zum Ausschneiden aus Pappe, aber statt daß er die auf den Boden klebt, läßt er sie *aufmalen*, wie Spuren von Hasenpfoten in 'nem riesigen Kreis, numeriert von eins bis zweihundertdreiundfünfzig. Ein Foxtrott. Hat mein Parkett ruiniert.« Stirnrunzeln.

»Und dann?«

»Dann ... dann geh' ich eines Tages mit Farbentferner ran und radiere die Hälfte der Fußspuren weg, wahllos, und numeriere den Rest teilweise um. Da hatte er schon zwei Wochen Training hinter sich, und abends treten wir an, haben einen netten Henry Mancini aufgelegt, und Dutch verrenkt sich das Kreuz, als er den Nummern zu folgen versucht, latscht mir vor die Beine, sagt: ›Also zum ...‹, ›Was ist denn passiert mit den ...‹ Ich hab' mich gebogen vor Lachen.«

Auch jetzt lachte sie wieder.

»Mit Dutch und mir, das war von Anfang an zum Scheitern verurteilt«, sagte sie. »Aber deine Mutter, das ist 'ne andere Geschichte.«

Mit dem Abendessen kam es dann genau wie von Dutch prophezeit. Sandy rief das House of Wong an und bestellte Moo-Goo-Gai-Pfanne für vier Personen sowie noch eine Extraportion »scharfes Zeug« und Glückskekse. (»Wehe, sie verheißen nichts Gutes«, drohte sie, ehe sie auflegte.)

»Wißt ihr«, verkündete Dutch und guckte in die Luft, »Sandy hat früher die besten Restaurants in North Carolina angerufen.«

»Und keins wollte Corn Dogs liefern«, sagte sie. »Der arme Dutch hat sich fast zu Tode geschmollt, weil er seine geliebten Würstchen im Teigmantel nicht bekam.«

»Also Kinder«, mahnte Gladys und meinte jedermann außer mir.

Das Essen wurde geliefert, und auf Sandys Betreiben rückten wir die Sitzgruppe auseinander, rollten den Läufer in der Mitte zusammen, zündeten im Kamin ein Gasfeuer an (draußen herrschten immer noch siedende 30 Grad Celsius), breiteten ein paar Decken aus und machten ein Picknick, bei dem wir die kleinen weißen Packungen mit den Drahtgriffen herumreichten.

»Morgen ist Labor Day«, sagte Sandy. »Was habt ihr denn so vor?«

»Arbeiten«, sagte Dutch. »Du weißt, an dem Tag mache ich immer gehörig Umsatz.«

Sandy begann an den Fingern abzuzählen. »Super-Spar-Aktion, Weihnachten-im-Juli-Aktion, Mondschein-Magie-Aktion, Preishammer-Profi-Aktion ...« Sie hielt in ihrer Auflistung inne und lächelte. »Wie konnte ich diesen wichtigen Tag nur vergessen?«

Gladys lachte. Sie und Sandy waren immer gut miteinander ausgekommen, auch wenn sie nie enge Freundinnen geworden waren. Einmal, am vierten Juli, nach Hamburgern, Raketen in Flaschenhälsen und zu vielen Bieren, hatte Sandy ihr Miß-Krönchen aus dem Schrank geholt und getragen, während sie im Garten Tetherball spielte. Gladys hatte eine zornige Rede über die Frauenfeindlichkeit des Miß-Rummels gehalten und Sandy als »Beweisstück Nummer eins« hingestellt. Nach besagtem Abend war es, als hätten sie die Voraussetzungen für eine Freundschaft, schämten sich aber beide ihres Verhaltens in jener Nacht, dessen, was sie einander ins Gesicht gesagt hatten, und diese Scham verhärtete sich langsam zu einer Wand zwischen ihnen. Doch mehr als einmal während Sandys kurzer Ehe sagte Gladys zu Roman, Sandy sei das Beste, was Dutch je passiert sei. Endlich habe es jemand geschafft, seinen Panzer zu knacken. Romans Standardantwort: »Dann sind wir uns also einig, daß Dutch einen Knacks hat?« Eine Zeitlang gehörte dieser Witz zu ihrem Ehekitt.

»Sag mal, Sandra«, begann Dutch, »welche Pläne hast du denn, nachdem du morgen hier abreist?«

Mit Eßstäbchen hob sie einen Bissen Reis zum Mund. »Wer hat was von abreisen gesagt? Ich mein', kann ich hier nicht ein paar Tage *pennen*?«

Dutch versuchte es ebenfalls mit den Eßstäbchen, legte sie dann hin und nahm die Gabel. »Pennen. Interessante Vokabel. Möchte aber nicht die Aufgabe übernehmen, für deine ganze sonstige Pennerei aufzukommen und alles, was du verbummelt hast, in Ordnung zu bringen.«

Dies erinnerte mich an den eigentlichen Grund meines Kommens. Urplötzlich hatte ich Bauchgrimmen, und die Moo-Goo-Gai-Pfanne brannte in meiner Brust. Zu Sandy hinüberblickend, sah ich so etwas wie Eingeschnapptsein auf ihrem Gesicht aufblitzen, aber es verschwand schnell.

»Mal im Ernst – was willst du denn jetzt machen?« fragte Gladys.

Sie zuckte die Achseln. »Weiß nicht. Uni vielleicht. Oder zurück nach Carolina Beach zu meinem alten Job in Snow's Ice Cream. War gut genug für mich, als ich fünfzehn war, oder?«

Dutch wollte etwas sagen, schluckte es aber hinunter. Sandy tätschelte mir das Knie.

»Vielleicht heirate ich auch den hier. Ich habe noch die alten Handtücher mit dem Strickland-Monogramm.« Sie und Gladys lachten.

»Ich laß mir einen Schnurrbart wachsen«, verkündete ich, ein Spontanentschluß, getroffen, während ich ihn aussprach. Es gefiel mir, wie gut der Schnurrbart manchen Freunden Vics und Romans, und Vic selbst, stand. Bei diesen Männern gab es ungeschriebene Gesetze fürs Gesichtshaar: keine Koteletten, keine Kinnbärte, keine Hippiezotteln, kein Walroßschnäuzer. Das Bärtchen mußte die richtige Länge und den richtigen Schnitt haben; es mußte über einer Zigarette gut aussehen; *gepflegt*, ja genau, das war es.

»Erst der Pferdeschwanz, jetzt das«, sagte Dutch. »Ist dir nicht aufgefallen, Gabe, daß die meisten Jugendlichen heute glattrasiert rumlaufen?« Er war wohl froh, ein paar Minuten mal einen anderen als Sandy zu haben, auf dem er rumhacken konnte.

»Wann bist du denn zu diesem Entschluß gekommen?« fragte Gladys.

»Erst kürzlich.«

Sandy strich mir mit der Rückseite eines Fingers über die Oberlippe. »Vor *sehr* kurzer Zeit«, sagte sie. »Aber du wirst gut damit aussehen. Bist jetzt schon so hübsch wie deine Mutter.«

Ich lächelte, mein Gesicht glühte.

»Und was hast du von Daddy geerbt?« fragte Sandy, die Stimme senkend, als sei dies das Anrüchigste, das man jemanden fragen konnte.

Dutch schnaubte. »Sein Verantwortungsgefühl.«

»Was soll das denn heißen?« fragte ich.

»Ja, Dutch.« Gladys legte ihre Gabel nieder. »Was soll das heißen?« Eine Spur von Schärfe schwang jetzt in ihrem Ton mit.

»Frag ihn. Frag ihn nach dem Job, den ich mit viel Mühe *geschaffen* habe, und er taucht dann zweimal auf, und das war's.«

Ich glaube, es überraschte mich nicht minder als Gladys, von meiner Blaumacherei zu hören. Bei der ganzen Aufregung um Gladys, den Lyrikwettbewerb, Vic Comstock und Roman hatte ich glatt vergessen, daß ich zur Arbeit antreten sollte.

»Zumindest kündigen hättest du sollen, Gabe«, sagte Gladys.

Ich zuckte die Achseln. »Tschuldigung«, murmelte ich. Es war schon dankenswert, daß er die geklauten Autoteile nicht erwähnt hatte, die montiert in ihrem Schlafzimmer standen. Dutch schüttelte den Kopf, als habe Amerikas Zukunft von mir abgehangen und ich hätte sie verhunzt. Er murmelte etwas von Vererbung.

»Ach, komm, Dutch, nimm's nicht zu schwer«, sagte Sandy. »Er will dir also nicht helfen, deine dusligen Autos zu verkaufen. Wir sollten das als Zeichen von Intelligenz werten.«

»Gabe«, sagte Gladys, »du weißt, Dutch versucht nur, dir

dabei zu helfen, daß du klarkommst. Ich versuch's auch. Du solltest nicht so dagegenarbeiten.«

»Stimmt, Junge«, sagte Dutch. »Wir müssen alle irgendwie klarkommen.« Auf Dutch sauer sein – wenn auch stellvertretend –, das kannte ich zur Genüge; auf Gladys sauer sein, das war neu. Neu und unangenehm.

»Klarkommen? Womit denn? Damit, daß meine Mutter bei meinem Onkel einzieht? Passiert alle nasenlang so was, da wette ich.«

Dutch, dem es einen Augenblick die Sprache verschlug, stieß mit dem Finger nach mir wie seinerzeit mit der japanischen Boxpuppe. Gladys blickte mich an, die Lippen zusammengepreßt.

»Du bist wütend auf mich, Gabe, aber was bringt uns das weiter, wenn wir hier rumsitzen und uns gegenseitig fertigmachen. Benimm dich nicht wie dein Vater.«

Sie und Dutch hielten Händchen, während sie mit mir sprachen, eine Einheitsfront – erkannte ich –, geplant und einstudiert. Was ich nicht schlucken konnte, war, was Sandy bereits angedeutet hatte: daß all dies gut für Gladys war, daß es sie glücklicher machte, als ich sie je gesehen, daß Zufriedenheit die alltägliche Angst ersetzt hatte, die sie getragen hatte wie ein altes T-Shirt.

Dutch wischte sich den Mund. »Also, kurzum, Junge, deine Mutter und ich haben über ein paar Veränderungen gesprochen, dich betreffend.«

»Was für Veränderungen?«

»Erst einmal wirst du hier bei uns einziehen. Ich gebe dir deinen alten Job zurück, und wir schicken dich auf die Greensboro Day School und bezahlen dir das.«

Er hielt kurz inne und schenkte mir ein flüchtiges Lächeln.

»Zweitens kriegst du hier im Haus ein paar Aufgaben zugeteilt, du mußt das ja alles ein bißchen mittragen. Nichts ist besser für die Seele als ein wenig Verantwortung. Und drittens – das ist das Beste, Gabe – wirst du auf dem College Kurse in Buchführung belegen, damit du eines Tages auf dem Chefsessel der Strickland Motors Platz nehmen kannst.«

Er und Gladys bebten geradezu vor Wonne ob ihrer Großzügigkeit, als hätten sie mich zu Weihnachten mit Unsterblichkeit und unerschöpflichem Reichtum bedacht.

»Habe ich recht verstanden?« fragte ich.

»Herrgott, das ist der Fluch der Mumie«, sagte Sandy. »Lauf um dein Leben.«

Gladys tätschelte mir den Arm. »Dein Onkel Dutch bietet dir ein sicheres, lohnendes Lebensauskommen, Gabe. Du solltest dankbar sein.«

»Augenblick«, sagte ich und dachte an den letzten Tag, an dem wir alle zusammengesessen hatten und Dutch einen ähnlichen Deal angeboten und Roman mit dem Vorschlag gekontert hatte, Evel Knievel mit dem Auto in Dutchs Arsch fahren zu lassen. Vor allem erinnerte ich mich, wie sauer ich gewesen war, daß Roman abgelehnt hatte.

»Das willst du doch gar nicht«, wandte ich mich an Gladys. »Du willst doch, daß ich Künstler werde, Bildhauer, Maler und so, kein Autoverkäufer.«

Sie blickte mich an, biß sich auf die Lippe, und kurz durchschoß mich die Angst, sie werde aussprechen, was wir immer gewußt hatten, daß ich keinerlei Talent besaß außer für das Fabrizieren von Lügengebäuden. Nein, sie lächelte.

»Dieser Dichter, den du immer zitierst, Wallace Stevens? Dutch hat ein bißchen recherchiert und ist zu dem Ergebnis gekommen, daß Stevens Versicherungsjurist *und* Lyriker war.«

»Große Nummer noch dazu«, sagte Dutch. »Mitglied der Geschäftsführung bei der Prudential. Und weiß Gott kein Einzelfall.«

Er zog einen seiner grünen Bogen Schmierpapier hervor und las Notizen von der Rückseite ab.

»Anton Tschechow – sehr berühmter Schriftsteller – war Arzt. T. S. Eliot, Lyriker wie unser Freund Stevens, arbeitete in einer Bank. Auch der Komponist Charles Ives arbeitete in einer Bank. O. Henry, ehrlich gesagt der einzige, von dem ich vor dieser Recherche gehört hatte, arbeitete in einem Drugstore und dann in einer Bank. Gut, er hat im Knast gesessen und ist insofern nicht das beste Vorbild. Aber du begreifst, was ich sagen will.«

Sandy leckte sich Reis vom Finger. »Schon erstaunlich, wie viele berühmte Leute keine Autohändler waren.«

»Gabe, es geht einfach darum«, sagte Gladys, »du kannst ein gesichertes Leben führen, ohne die ganzen Sorgen, die ... die wir immer hatten, und diese Absicherung wird dir die Freiheit geben, allen denkbaren kreativen Neigungen nachzugehen. Du kannst beides tun.«

»Dichten, Bildhauerei, das sind wunderbare Hobbys, so als Nebenbeschäftigung«, sagte Dutch. »Ich spiele wirklich sehr gern Gitarre, aber es wäre mir ein Greuel, wenn ich damit mein Geld verdienen, an Straßenecken oder in einer verqualmten Kneipe um ein Taschengeld spielen müßte.«

»Überleg es dir gut, Gabe«, warf Sandy ein. »Du würdest großartig aussehen im Hühnchenkostüm, auf einem großen Werbeplakat. Oder in 'nem Frack mit Schwimmflossen? Macht mich immer mächtig an. Oder vielleicht ...«

»Im letzten Jahr, nach Steuern«, unterbrach Dutch mit roten Wangen, »habe ich um die 1,8 Millionen Dollar eingefahren, und das nur im Autohandel, die Investments nicht gerechnet. Verzeih mir, daß ich so deutlich werde, aber ich habe wohl klargemacht, worauf es mir ankommt.«

Das hatte er. Selbst Sandy gab ihr spöttisches Grinsen auf, und alle sahen mich erwartungsvoll an, während im Kamin lautlos die Gasflammen flackerten. Bis dato hatte ich dies für den Zeitpunkt gehalten, da Gladys eingriff und mir sagte, Geld sei zweitrangig und ich solle mein Leben nicht mit der Jagd nach dem schnöden Mammon verbringen. Doch nun sah ich – an ihrem Gesichtsausdruck, an der Art, wie sie mit Dutch Händchen hielt, an der Selbstverständlichkeit, mit der sie sich hier eingelebt hatte –, daß es genau das war, die Jagd, die alles so schlimm machte. Die endlose Jagd nach Geld, die Lebensaufgabe, der sich Roman (und ich, fürchtete sie) verschrieben hatte; auszutüfteln, wie man an Geld kommt, so wie man sich ein großes Rätsel als Lebensaufgabe vornimmt, ein nicht zu beantwortendes Koan. Ich sah die Logik ihres neuen Denkens, daß es nicht so sehr das Geld war, das das Leben zerstörte, sondern die Geldbesessenheit, und hier der Beweis: Dutch, der Mann, der in seinen ersten zehn Erfolgsjahren glücklich und zufrieden in einer Einzimmerwohnung mit Kochplatte und Schwarzweißfernseher gelebt hatte. Sie wollte, daß ich Geld *hatte*, damit ich nicht mehr ewig daran dachte, wie ich's *bekam*.

Sandy hatte die Glückskekse herumgehen lassen, und ich brach meinen auf, hoffend, Fortuna werde mir weissagen, Geld und Glück regneten über mich herein oder ich träte eine wichtige Reise an. Statt dessen stand da: MANCHE HALTEN DICH FÜR GUTAUSSEHEND, ANDERE NICHT. Stirnrunzelnd stand ich auf.

»Ich bin nur hergekommen, um euch zu sagen, daß ich morgen mit Roman und einem Geschäftsfreund auf eine große Reise gehe. Wir werden Geld verdienen. Und nicht zu knapp.«

Dutch verschluckte sich so, daß ihm ein Keksbrösel aus dem Mund flog. Gladys stand auf und fragte: »Reise? Wohin? Wovon redest du, Gabe?«

Dutch erhob sich und trat neben sie, während Sandy sitzen blieb und Krümel aus den Packungen pickte. Ich erzählte von unseren Plänen, wobei ich so viel wegließ, daß der Gesamtzusammenhang gerade noch gewahrt blieb. Wir würden, sagte ich, Rummelplätze, Jahrmärkte und Regionalmessen abfahren mit einer todsicheren Attraktion, die uns in kurzer Zeit gutes Geld bescheren würde.

Gladys schüttelte den Kopf, noch ehe ich ausgeredet hatte. »Gabe, das verbiete ich. Das muß dir klar sein.«

»Welche Art Attraktion?« fragte Dutch.

»Er und sein Daddy treten im Abnormitätenkabinett auf«, kicherte Sandy. »Als eineiige Zwillinge mit fünfundzwanzig Jahren Altersunterschied.«

»Halt den Mund, Sandy«, sagte Gladys.

»Du kannst mir nicht verbieten zu gehen«, sagte ich. »Du hast schließlich *uns* verlassen, hast du das schon vergessen?«

Gladys wandte sich ab und blickte ins Feuer. Dutch stieß einen Seufzer aus.

»Ich kann's nicht glauben, daß du das tun willst, daß du dich so verhältst«, sagte Gladys.

»Du hast uns gerade einen ganz schönen Brocken vor die Füße geworfen, Gabe«, sagte Dutch. »Gib uns bitte ein paar Minuten Zeit, das unter vier Augen zu besprechen.«

Ich ging hinaus in den Garten und stand neben einem Buchsbaum, der früher einmal die Form eines Lehnsessels gehabt hatte. Ich zündete mir eine Zigarette an und wäre gern in den Chevy gestiegen und fortgefahren, wäre da nicht das bohrende Gefühl gewesen, etwas vergessen zu haben. Ich schlenderte über den Rasen, an Marmorfontänen und Putten vorbei, zum Teich. Dort war es dunkler, das abendliche Dämmerlicht abgeschirmt von hoch aufragenden Kiefern, der Himmel dunkelrosa. Am gegenüberliegenden Ufer waren die drei Tretboote angetrieben und schaukelten gegeneinander. Dumpfe Gluckslaute drangen übers Wasser. Ich setzte mich und ließ meine Schuhspitzen ins Wasser baumeln. Neben mir, vertäut mit einem ausgefransten Gummiseil, lag das Mini-U-Boot, sein Deck algenverschmiert und mit weißem Vogelkot verschmutzt. Leise rührte es sich im Wasser, von einem dünnen irisierenden Ölfilm umgeben. So sehr ich mich bemühte: Gladys als Bewohnerin dieser Welt konnte ich mir nicht vorstellen. Auf dem hölzernen Beckenrand hörte ich Schritte, und ich drehte mich um, in der Erwartung, Gladys zu sehen. Doch es war Sandy.

»Das Kuriose am alten Boot war, daß es ein kleines Torpedorohr für CO_2-Patronen hatte, aus dem – stell dir vor – tiefgefrorene Aufbackbrötchen verschossen werden konnten, wie man sie im Supermarkt kriegt. Haben wohl gedacht, das sei ungefährliche Kindermunition.«

»Es sei denn, du schießt sie dem Feind in die Luftröhre.«

Sie nickte. »Einmal, Silvester, waren dein Onkel und ich hier drin, blau wie die Haubitzen ...«

»Dutch – betrunken?«

»Ja – und ich hab' ihm die Unterhose ausgezogen, sie ins

Torpedorohr geladen und in die Mitte des Teiches gefeuert. Haben es durchs Bullauge beobachtet, wie sie sich auseinanderfaltete und dann langsam wegsackte, bis sie im Scheinwerferlicht nicht mehr zu sehen war. Sah aus wie 'ne Qualle. Dutch war so sauer, daß er sich nicht mehr anziehen und zum Haus zurückgehen wollte. Ich mußte ihm erst 'ne frische Unterhose holen.«

Sandy setzte sich neben mich und bat mit zwei ausgestreckten Fingern um eine Zigarette. Ich steckte ihr eine an.

»Auf dem ganzen Rückweg, wie ich da zum Pool taumele mit der Fruit-of-the-Loom-Hose in der Hand, weine ich mir die Augen aus, weil ich schon weiß, daß die Ehe im Eimer ist.«

Ich tippte das U-Boot mit der Schuhspitze an. »Ihr habt mir nie erlaubt, in dieses Ding zu steigen. Nicht mal, wenn es vertäut war.«

»Das lag ebenfalls an Dutch. War überzeugt, jemand würde damit absaufen, und wenn du's gewesen wärst, hätte Gladys ihm nie vergeben, und Roman hätte ihn vor den Kadi gezogen, bis ihm der A-Err-Eszeha auf Grundeis gegangen wäre. Er ist ein sehr umsichtiger Mensch, Gabe. Ich glaube, Gladys möcht's auch mal eine Weile mit der Umsichtigkeit probieren. Dutch zeigt ihr den Weg.«

Ich schüttelte den Kopf und schnipste die Zigarette ins Wasser. »Trotzdem, du hättest mich hineinlassen sollen. Hättest Dutch sagen sollen, er könnte dich mal.«

»Hab ich ihm später ja auch gesagt, Süßer. Glaub mir. Habe ich.« Sie deutete auf das U-Boot. »Darf ich bitten?«

Im Innern des Tauchboots war es eng und klamm. Die Batterie hatte längst ihren Geist aufgegeben, und alle Armaturen und Lichter blieben dunkel, der Motor reglos. Wir kletterten hinein und schlossen das Luk, dann zündete ich ein Streichholz an, damit wir die beiden Metallsitze fanden, die das Innere großenteils ausfüllten. Ich setzte mich, mein Knie schlug gegen den Steuerknüppel, und ich fragte mich, wie Sandy und Dutch es geschafft haben mochten, sich hier drin auszuziehen. Das leblose U-Boot war ein Isolationstank, der geräuschlos in der ihn umgebenden Schwärze schaukelte.

»Das also ist mir die ganze Zeit verwehrt geblieben«, sagte ich.

»Wenn es funktioniert, ist es ein bißchen besser. Nicht viel.«

»Warum hast du dieses Ding gewollt? Ist doch völlig albern.«

»Meine Güte, Gabe, du willst es vielleicht genau wissen.« Sie seufzte. »Keine Ahnung. Damals sah es nach was aus, womit ich angeben konnte. Das sinnloseste Luxusgut, das sich denken läßt, und er hat's teuer für mich erstanden. Dies, die große Prunkvilla, ein kleines weißes Cabrio, was immer ich wollte. Siehst du, Welt, wie er mich liebt? Wie wichtig ich bin?«

»Du und Roman, ihr hättet prima zusammengepaßt. Nur daß alles, was er dir gekauft hätte, eine Woche später wieder abgeholt worden wäre.«

»Dein Daddy und ich hätten nicht zusammengepaßt. Wir sind uns zu ähnlich. Außerdem habe ich diese Denkweise inzwischen überwunden. Ich will keinen müden Penny mehr von hier haben, sondern ich bin nur zurückgekommen, um zu sehen, ob Dutch – na ja – mich vielleicht noch ein bißchen liebt. Nein, stimmt nicht ganz. Ich liebe ihn nicht mehr, aber ich wollte sehen, ob ich nicht vielleicht doch ein paar Spuren hinterlassen habe.«

»Und, hast du das?« fragte ich. Das U-Boot schwappte an den Beckenrand.

»Ha. Ich glaube, noch am Tag meiner Abreise hat er mein Zeug als Sperrmüll an den Straßenrand gestellt, und seine Gefühle für mich gleich dazu. Sein Herz kannst du nicht mal mit 'nem Vorschlaghammer einbeulen.«

Ich zündete uns zwei Zigaretten an und sah im Feuerschein ihre großen grünen Augen, den forschenden Blick.

»Du weißt, was jetzt kommt, nicht wahr?« fragte Sandy. Im Dunkeln schien ihre Stimme aus der glühenden Spitze der Zigarette zu entweichen.

»Wie – was jetzt kommt?«

»Psychologie à la Dutch. Sie lassen dich mit deinem Daddy

losziehen, er soll auf die Nase fallen, und du sollst zu Dutch zurückgekrochen kommen und Abbitte leisten. Das gleiche hat er mit mir abgezogen, als ich damals zum ersten Mal verlauten ließ, nach Vegas zu wollen. Jetzt beschwatzt er gerade Gladys dazu.«

»Ich brauche niemandes Segen«, sagte ich.

»Nein, aber mit oder ohne Segen wirst du dir um deine Mutter Sorgen machen, es wird dich bekümmern, daß sie sich um dich Sorgen macht.«

»Sie scheint hier glücklich genug zu sein ohne mich.«

»Mir kommen die Tränen. Jetzt wirkst du wie der kleine Junge, der im Ferienlager das kleine Smiley vermißt, das Mami ihm immer mit Ketchup und Senf auf den Hamburger gemalt hat. Junge Männer deines Alters haben in Kriegen gekämpft, Gabe.«

Ich fühlte, wie mir die Hitze in die Wangen schoß, als ich im Dunkeln errötete. Ich hätte ihr gern geantwortet: Nicht das Familienleben fehlt mir, das haben wir nie gehabt. Mir schwant nur, daß diese Person, diese neue, glückliche Gladys, nicht die Gladys ist, die ich kenne, sondern ein hochglanzpoliertes, mechanisches Imitat meiner Mutter. Die Vorstellung zu wünschen, sie möge wieder so unglücklich sein wie einst, damit ich sie wiedererkenne, schien mir der Gipfel der Selbstsucht; aber es war mehr als das. Wann immer ich mir die neue Dutchland-Version meiner Mutter vorstellte – über gelbes Parkett tanzend, Runden im Pool schwimmend –, dann war es wie eines jener »Original-und-Fälschung«-Bilder auf der Rätselseite, wo fünf Einzelheiten falsch sind und man genau hinsehen muß, um sie zu finden. Ich hatte sie noch nicht gefunden.

»Sei nicht so sauer auf mich, Gabe«, sagte Sandy. »Ich hab's nicht böse gemeint.«

»Ich bin nicht sauer. Ich überlege mir nur, was du jetzt machen willst, nachdem du zurückgekommen und zu der Erkenntnis gelangt bist, daß Dutch dich immer noch haßt wie die Pest.«

Sie schwieg einen Augenblick und zog an ihrer Zigarette.

»Du bist ein Strickland durch und durch«, sagte sie. Sie ließ den glühenden Stummel fallen, und eine Sekunde erschrak ich, als sei sie selbst zu Boden gefallen. »Ich weiß nicht, was ich machen werde. Einfach warten, was passiert – es wird sich schon irgendwas ergeben.«

»Hoffentlich bald«, sagte ich. »Ich glaube nicht, daß du lange hierbleiben wirst.«

»Da hast du wohl recht.«

»Wie steht's finanziell?«

Sie lachte. »Geld ist kein Problem. Ich habe keins.«

»Wie sehen dann deine Pläne aus?«

Sie dachte eine Minute nach. »Diese Sache, die dein Daddy da ausgekocht hat«, sagte sie. »Taugt sie was, oder ist es wieder eine seiner üblichen Schnapsideen?«

»Sie scheint was zu taugen; aber ich war auch ein Fan der ultramodernen Plastikgartenstühle.«

Sie lachte. »Könntet ihr vielleicht 'ne zusätzliche Hilfskraft gebrauchen?«

»Mit der Sache betreten wir völliges Neuland, deshalb kann ich's nicht sagen.«

»Ist die Arbeit schwer?«

»Wahrscheinlich nicht schwerer, als ständig mit vielsagenden Bemerkungen um sich zu werfen. Komm doch morgen mal vorbei, dann klär' ich dich auf.«

»Und was würde Roman dazu sagen, Gabe?«

Daran hatte ich noch nicht gedacht. »Weiß nicht. Komm vorbei, dann werden wir's sehen.«

Sie schwieg eine Weile. »Bin fast geneigt, dir zuzusagen.«

Urplötzlich fühlte ich mich besser als je zuvor an diesem Tag, fühlte mich als Romans Juniorpartner, der selbstbestimmt Hilfskräfte einstellen konnte. Außerdem hatte Sandy ja Erfahrung als Blickfang, der Leute dazu brachte, Dinge anzuschauen und Geld dafür auszugeben; wenn sie einen Huey-Helikopter verkaufen konnte, war Jayne Mansfields Todeswagen ein Kinderspiel für sie. Während ich mir dies sagte, legte ich mir innerlich schon eine Rechtfertigungsrede für Roman zurecht, und ich wußte, er würde sie schlucken. Ich wußte, daß ich ihm Sandy verkaufen konnte.

»Willkommen an Bord, Miß Goforth«, sagte ich.

»Danke, Mister Strickland.«

Ich hielt ihr die Hand hin, tastete nach ihrer und berührte aus Versehen ihre Brust.

»Sorry«, murmelte ich. Ich hörte sie aufstehen und den Verschlußgriff des Luks öffnen. Kühle Nachtluft strömte ins U-Boot und mit ihr Motten und Mondlicht.

Sandy krabbelte an Deck und reichte mir die Hand. »Wenn du geschäftliche Abmachungen so zu besiegeln pflegst, dann kann's ja noch heiter werden.«

Im Haus lief dann alles genau wie von Sandy prophezeit. Dutch hielt eine Predigt über junge Menschen, denen man Gelegenheit geben müsse, sich die Hörner abzustoßen, über die Kirschen in Nachbars Garten, über die Welt, die nicht wie Film und Fernsehen sei, aber das müsse die Jugend selbst herausfinden, und über Erfahrung als besten Lehrmeister. Eine angestaubte Rede wie aus einem sterbenslangweiligen Rhetorikkurs. Gladys stand an seiner Seite, nickte häufig, konnte mir aber nicht in die Augen sehen. Es war schwer zu sagen, ob sie sich meiner oder Dutchs schämte. Ich wartete darauf, daß sie endlich seine schwachsinnige Predigt unterbrach oder zumindest die Augen verdrehte, aber sie nickte nur weiter und blickte zur Seite, bis ich den plötzlichen Wunsch verspürte, sie zu fragen: »Wer bist du eigentlich?«, wie damals im Keller, als sie ihre schwarzen Dessous versteckte.

Über uns hörten wir Sandy Goforth die Schiebetür eines Einbauschranks schließen. Sie tilgte die wenigen flüchtigen Spuren, die in dem Haus, errichtet ihr zu Ehren, erbaut für eine Leidenschaft, die verflogen war, noch an sie erinnerten. Alles, was sie mitnahm, paßte in einen kleinen Koffer und die zerfranste MISS-NO-ROLI-7-Tasche. Ich ging in den Oberstock, um sie zu holen, und sagte Dutch und Gladys, ich wolle sie zum Bahnhof bringen. Ehe wir abfuhren, fiel mir die Sache ein, die mir keine Ruhe ließ, sich wie ein Dorn in meiner Erinnerung eingegraben hatte. Ich ging in Gladys' und Dutchs Schlafzimmer, fand auf dem Nachttisch das Notizbuch mit ihren Gedichten, blätterte zur ersten Leerseite vor und schrieb:

Gladys – Roman weiß über alles Bescheid. Tut mir leid, daß er es erfahren mußte. Hoffe, du bist bald über den Berg.

Alles Liebe, Gabe.

Sandy schaute mir über die Schulter, als ich die Nachricht schrieb und signierte.

»Hoffe, du bist bald über den Berg? Sie ist nicht krank, Gabe. Sie sieht gesünder aus denn je.«

Ich überlas die Nachricht, nickte und strich den letzten Satz wieder. Ich ließ das Buch neben dem Bett liegen.

Nach raschem und verlegenem Abschied rollten wir die lange Ausfahrt hinunter. Sandy legte die Füße aufs Armaturenbrett und pfiff ›Leaving on a Jet Plane‹ so kunstvoll, als stamme der Song von Beethoven, und nicht von John Denver. Ich warf einen Blick in den Rückspiegel und erwartete, Dutch und Gladys im Eingang lehnen zu sehen; statt dessen ging nur die Tür zu und im Erdgeschoß nacheinander – Küche, Ballsaal, Wohnzimmer – das Licht aus, bis das ganze untere Stockwerk im Dunkeln lag.

ACHTES KAPITEL

Unsere erste Nacht auf Tour. Auf irgendeiner unbeleuchteten, leeren zweispurigen Straße rollten wir durch North Carolina Richtung Süden. In die Stille hinein, die seit zehn Meilen herrschte, rief Roman plötzlich: »Paßt mal auf« und knipste die Scheinwerfer aus. Schlaftrunken kämpfte ich mich unter einer kratzigen Decke hervor und sah, daß wir durch eine pechfinstere Nacht jagten, über uns nur die Sterne.

»Was soll das?« fragte ich. Ich richtete mich auf und stützte die Ellbogen auf die Vorderlehne. »Willst du, daß wir in unserer eigenen Show landen?«

»Wo denkst du hin?« sagte Roman und drehte sich grinsend auf dem Fahrersitz herum. »›Unfallwagen Ihrer Lieblings-Niemande‹? Wohl kaum ein Verkaufsschlager.«

»Die Sache hat auch einen logischen Haken«, sagte Vic. »Wer soll unsere sterblichen Überreste präsentieren, wenn wir draufgegangen sind? Rod McKuen sagte einmal ...«

»Mach das *Licht* an, Dad«, brüllte ich. Vom schwarzen Asphaltband vor uns sah ich nichts und fragte mich, wie er den Chevy auf der Fahrbahn hielt. Vermutlich nach Gefühl, einfach aus seiner jahrelangen Erfahrung als Vielfahrer. Oben durch die Seitenscheibe pfiff der Wind mit Sandy um die Wette, die, wie sich herausstellte, sogar im Schlaf pfiff – leise, so leise, wie sie schnarchte. Dazu die Quietsch- und Rasselgeräusche, die jedes zehn Jahre alte Auto macht, und das metallische Klirren der Unfallwracks auf dem Transportanhänger hinter uns.

»Sechs Stunden unterwegs, und schon fangt ihr drei an, mich zu langweilen«, sagte Roman. »Ich versuch' nur, für ein bißchen Abwechslung zu sorgen.«

Er wollte uns aus der gedrückten Stimmung herausreißen,

die uns erfaßt hatte, als wir feststellen mußten, daß wir unseren ersten Gig auf dem Festplatz von Randleman verpaßt hatten; als wir dort angekommen waren, hatten wir nur noch kreuz und quer laufende, matschige Reifenspuren, leere Popcornschachteln und Zuckerwattetüten vorgefunden. Vic hatte die Daten auf seinem Reiseplan geprüft, den Kopf geschüttelt und gemurmelt, irgendwo müsse der Wurm drin sein. Unser nächster Gig lag zehn Stunden entfernt in Valdosta, Georgia.

»Nicht schlecht, wenn's mit einer Panne anfängt«, sagte Roman. »Dann haben wir den Teil wenigstens hinter uns.«

Morgens hatten wir uns in Vic Comstocks Garten versammelt, wo die vom glitzernden Tau überzogenen Todeswracks warteten. Wir montierten eine Anhängerkupplung an den Chevy und prüften Öl, Wasser und Reifendruck. Vorher hatten wir im Haus die Jalousien heruntergelassen, die Elektrogeräte ausgestöpselt, den Thermostaten auf 10 Grad Celsius eingestellt. Außerdem schlossen wir ein Gerät an, das Roman früher mal an der Haustür verkauft hatte, einen Zeitschalter, der dafür sorgte, daß in den einzelnen Zimmern das Licht an- und ausging. Roman hatte sich bereits um Dinge gekümmert, die mir erst Tage später einfielen – Post und Zeitung abbestellt, einen Nachbarn zum Rasenmähen im September engagiert. Die Endgültigkeit des Ganzen gab mir ein Gefühl, wie es Gladys gehabt haben mag am Abend unseres Abschiedsessens, als sie ihre letzten Sachen zusammenpackte, ihre Lockenwickler auf den Beifahrersitz ihres Valiant legte, die Fotoalben in einem Schuhkarton verstaute. Der einzige Unterschied: Wir planten zurückzukommen.

Unter den Vorderrädern des Chevy machte irgend etwas WUMPP, dumpf wie ein Tiefschlag beim Boxen. Roman schaltete die Scheinwerfer wieder an, sein Gesicht grün im Schummerlicht der Armaturen.

»Wir haben jemanden überfahren«, sagte ich.

»Ich glaube, es war kein *Jemand*, Gabe«, sagte Roman. »Mehr ein *Etwas*. Es sei denn, es handelte sich um einen Liliputaner.«

Ich lächelte. »Oder einen Munchkin. Im Zauberland Oz sind sie arbeitslos geworden, vielleicht wieseln sie jetzt hier herum.«

»Auf Selbstfindungstrip«, sagte Roman, und wir lachten beide.

»Darf ich auch einen Tip abgeben? Kaninchen«, sagte Vic.

Roman schüttelte den Kopf. »Kaninchen knallen nicht vorne in den Wagen, meistens von der Seite, beim Versuch, auszuweichen oder den Wagen direkt *an*zuspringen. Sind nicht allzu helle, diese Burschen.«

»Stinktier«, sagte ich, wissend, daß man es jetzt sowieso nicht mehr feststellen konnte. Die Aufprallstelle mußte schon eine Meile hinter uns liegen.

»Der Duft wäre schon längst durch die Lüftungsschlitze hier drin«, sagte Roman. »Du hättest blitzartig das Fenster runtergekurbelt, Kälte hin oder her.«

»Hund oder Katze«, sagte ich.

»Hab' ich noch nie nachts überfahren.«

»Dann vielleicht ein Opossum«, sagte Vic.

»Gut möglich«, bestätigte Roman. Er schüttelte eine Pall Mall heraus und drückte den Anzünder.

»Die Dinger werden dich noch umbringen, Roman«, sagte Vic. Er hatte vor kurzem seinen Zigarillos entsagt. »Sargnägel.«

Roman zuckte die Achseln. »Besser, als von 'nem Auto ohne Scheinwerfer überfahren zu werden. Nächster Tip, Gabe?«

»Ein Mungo«, sagte ich.

Vic röchelte wie ein Asthmakranker, bis mir ein Licht aufging: Es war seine Lache, die ich erstmals hörte.

»Klammeraffe«, sagte er. »Oder, mein junger Freund, ein Schnabeltier.«

Allmählich wurde er mir sympathisch. »Mr Comstock, einem Mann in Ihrer Position muß klar sein, daß es sich nur um einen Seelöwen gehandelt haben kann.«

Vic röchelte noch ein paarmal, und ich lachte mit, benommen von Morgenmüdigkeit, während Sandy neben mir schnarchte und pfiff, ihren Schenkel an meinen gepreßt. Hinter uns rasselten die Todeswracks durch Schlaglöcher, vor uns die endlose Straße, lautlos herangleitend im Lichtkegel. Roman trank schwarzen Kaffee, mit einem Schuß Crown Royal; so, sagte er, werde er wach und zugleich bei Laune bleiben.

»Es gibt eine richtige Antwort«, sagte Roman. »Ihr wißt, was wir überfahren haben.«

»Einen Kuhfladen«, sagte Vic.

Roman schüttelte den Kopf. »Wieder falsch, Vic. Hat noch jemand einen Vorschlag?«

»Es war eine über die Straße ausgestreckte große alte schwarze Schlange.« Das kam von Sandy. Sie lächelte, die Augen unter der Fighting-Christians-Basecap noch geschlossen.

»Du bist um die Kurve gekommen, 'ne ziemlich scharfe übrigens«, sagte sie, »und hast sie erst mit dem linken Rad erwischt, dann mit dem rechten. Zweimal Bumpf, kurz hintereinander.«

Roman lächelte über die Schulter zurück, während Vic am Radio herumdrehte, sauer, daß er nicht selbst draufgekommen war. Ich war zu verblüfft, um sauer zu sein.

»Vor einer Minute hast du noch geschlafen«, staunte ich.

Sie zuckte die Achseln. »Das heißt nicht, daß ich nicht aufgepaßt habe.« Mit dem Fingernagel piekste sie in meinen Schenkel, der immer noch gegen ihren gedrückt war.

»Diese Schlange«, sagte Roman. »War sie lebendig oder tot, als wir sie erwischt haben?«

»Schon tot.«

»Woher weißt du das?«

»Schlangen sonnen sich nachts nicht. Soweit mir bekannt ist jedenfalls.«

»Jetzt hat sie's euch aber gegeben«, sagte Roman, »hat euch richtig kalt erwischt. Ich wußte, wir haben sie nicht umsonst mitgenommen.«

Tatsächlich hatte ich die ersten fünfzig Meilen unserer Reise damit verbracht, darüber zu spekulieren, warum Roman sie mitgelassen hatte. Am Morgen der Abfahrt war sie aufgetaucht mit einem Köfferchen und einer hellblauen Golfschlägertasche, die sie aus ihrem Motelzimmer geholt hatte. (Abends zuvor hatte sie berichtet, sie habe, gleich nachdem sie aus dem Bus gestiegen war, im Motel eingecheckt, wissend, daß sie bei Dutch nicht würde wohnen dürfen.) Roman, Vic und ich waren seit dem Morgengrauen auf den Beinen und luden die Wagen auf den Hänger. Es ging erstaunlich leicht, denn es handelte sich nur noch um ausgeweidete Karossen, ohne Motorblock und Getriebe, und mit Hilfe der am Anhänger befindlichen Handwinde sowie unter Aufbietung all unserer Kräfte schafften wir es, Jayne Mansfields Gefährt hochzuhieven. Die anderen beiden Autos waren kleiner und leichter, auch wenn Roman am Ende völlig außer Atem war und die Hände auf den Knien abstützte. Als wir dastanden, um zu verschnaufen, trabte Sandy pfeifend um die Hausecke. Wir richteten uns auf und klopften uns den Rost von den Händen. Roman blickte Sandy an, die sich lächelnd auf ihre Golftasche lehnte. Sie hatte das Haar hochgebunden und trug eine dunkle Kordhose sowie ein weißes Sweatshirt mit dem Aufdruck »Baltimore Colts«. Die Ärmel reichten ihr bis über die Hände.

»Da soll mich der Satan«, sagte Roman.

»Hat er schon längst«, entgegnete sie. »Hallo, Roman.« Ihre Stimme klang anders als gestern; ich merkte, dies war die Verfolgte-Unschuld-Masche, wie Gladys es immer genannt hatte.

»Was in Jupiters Namen machst du hier?« fragte Roman, zu schockiert, um selbst darauf zu kommen. Sie legte neckisch den Kopf zur Seite und blickte mich mit großen Augen an.

»Gaaabe«, sagte sie. »Du solltest doch ... du weißt schon.«

»Mein Sohn?«

»Wir sind einander noch nicht vorgestellt worden«, sagte Vic und ging mit ausgestreckter Hand auf sie zu. »Ich bin Vic Comstock, und Sie sind, wenn ich mir die Bemerkung erlauben darf, hinreißend.« Sein Tierkreis-Medaillon schimmerte in der Sonne, sein weißes Rollkragenshirt war voller Rostflekken und Schmutz. Ich sah, wie Sandy etwas vor ihm zurückwich, die Brauen hob, als er ihre Hand erst schüttelte und dann küßte. Bleich im frühen Morgenlicht, sah er wie ein Leichenbestatter aus einem Science-fiction-Film aus.

»Was soll denn das bitte, Gabe?« fragte Roman. »Neuerdings hast du ja offenbar für alle Lebensrätsel die Lösung gepachtet.«

Ich schluckte. »Ich habe sie eingeladen mitzufahren.« Ganz plötzlich sah ich, wie leicht es für Roman wäre, einfach nein zu sagen, und damit hätte sich's.

»Eine charmante Idee«, grinste Vic, zufrieden wohl, daß er diesmal weibliche Gesellschaft nicht für Geld einzukaufen brauchte. Roman starrte mich an. Ich trat hinüber zu ihm, außer Hörweite.

»Sie war auf Besuch bei Dutch, und er wollte sie rausschmeißen. Sie wußte nicht, wohin.«

»Du«, sagte Roman. »Du hast diese Chefsache ganz allein entschieden.«

»Habe ich.«

»Wirst du jetzt auf der ganzen Reise streunende Hunde auflesen?«

Ich lächelte. »Nur ehemalige Verwandte.«

»Verdammt, Gabe«, rief Sandy, die Hände in die Hüften gestemmt. »Du hast mir gesagt, es wär' okay.«

»Ja, ich dachte ...«

»Es ist okay«, rief Roman, ohne mich aus den Augen zu lassen.

»Echt?« Ich begann wieder zu atmen.

»Nur *ein* Koffer«, sagte er, während er sich zu ihr umwandte. »Und die Golfschläger bleiben hier.«

Sie zog ihr Käppi aus der Gesäßtasche, setzte es auf und zog es zurecht. »Ich habe nur einen Koffer, und die Schläger gehen mit«, sagte sie. »Das ist meine Therapie.«

Roman biß sich auf die Lippen und warf ihr einen Blick zu, als habe sie ihm beim Poker fünfzig Dollar abgenommen. Sandy zog ein Eisen aus der Tasche und kickte eine Eichel über unsere Köpfe.

»Okay, rein damit«, sagte Roman, mit einem Kopfnicken auf den Chevy deutend.

Nun schlief sie wieder neben mir, schnarchend und pfeifend, die Beine auseinandergefallen, so daß sie den Löwenanteil der Rückbank belegte. Immer noch konnte ich mir keinen Reim darauf machen, warum Roman sie mitnahm. Vielleicht glaubte er, daß sie beide Dutchs Mißbilligung auf sich gezogen hatten, schweiße sie zu einer Art Club zusammen. Der hat jetzt schon drei Mitglieder, dachte ich. Auf dem Vordersitz schlief Vic mit baumelndem Kopf. Ich rollte mich in der Ecke zusammen und schaute gedankenverloren aus dem Fenster auf die vorbeihuschende weiße Straßenbegrenzung und die gelegentlichen Hinweisschilder nach Waycross und Lakeland. Als er glaubte, daß alles schlief, begann Roman leise vor sich hin zu singen, erst ›Smile‹, dann ›Good Golly Miss Molly‹, dann ›Show Me the Way to Go Home‹. Kaum war der eine Song zu Ende, stimmte er schon den nächsten an, eine halbtrunkene Hitparade. Er sang in einlullendem Säuselton, so, wie man ein Kind in den Schlaf singt, und ich betete, er möge sich nicht selbst in den Schlaf singen. Bizarr die Unfallaufnahme der Polizei, die dann folgen würde: vier zerquetschte Autos, aber alle vier Beteiligten liegen in einem. Ich lauschte seinem Gesang, lauschte Vics und Sandys Schnarchduell, lauschte dem Gerassel unserer Glücksbringer, die uns nachrollten und nie ganz einholten. Und dann schlief ich ein.

In Valdosta sollte in fünf Stunden der Lions Club Carnival eröffnen. Wir sollten auf dem Parkplatz des Food King aufbauen; rund um uns hämmerten die Carnies – die Schausteller – schon ihre Buden zusammen und ließen Rufe hin- und herfliegen oder lagen schlafend auf dem Asphalt. Vic zückte seinen ledernen Terminkalender.

»Wir müssen einen Herrn namens Harris Pettigrew auftun. Er organisiert den ganzen Rummel hier.«

Wir ließen Wagen und Anhänger geparkt und gingen auf die Suche nach Harris Prettigrew. Schwitzend schufteten die Carnies im heißen Spätsommer von Süd-Georgia, tranken Bier, ließen Acht-Spur-Bänder von Creedence Clearwater Revival und Jimi Hendrix laufen. Junge Burschen mit Pferdeschwanz die meisten, aber auch ältere Semester darunter, mit Rauschebart, Runzeln und verblassenden Tattoos auf Arm oder Brust. Wir sahen nur eine Handvoll Frauen, und als wir so herumschlenderten, hielten einige Männer in der Arbeit inne, um Sandy nachzugaffen, und ließen Bemerkungen fallen, was sie gern mit ihr machen würden. Ich rechnete damit, daß sie irgendwann zusammenklappen und weinend zum Wagen zurücklaufen würde, aber sie lächelte die Rüpel nur an und streckte ihnen die Zunge raus. Ein- oder zweimal zeigte sie ihnen sogar den gestreckten Mittelfinger.

»Richtig nette, jugendfreie Unterhaltung hier«, sagte sie.

Roman blieb stehen und zog das Jackett aus. »Höchste Zeit, daß wir ein paar Dollars verdienen in diesem verkommenen Nest.«

»Dieses verkommene Nest ist der ideale Ort dafür«, erwiderte Vic. »In drei Tagen werdet ihr Valdosta so ins Herz geschlossen haben, daß ihr euch hier niederlassen und heiraten wollt.«

Roman nickte. »Man wird sehen.«

Harris Pettigrew managte die E. Browning Lovell Attractions, eine armselige Schaustellergesellschaft, die durch Georgia und Florida tourte. Er trug eine knallige Krawatte auf schwarzem Hemd und sprach mit schwerem Mittelwest-Akzent. Aus seinem Hosenbund lugte ein Revolver. Über ein Sprechfunkgerät gab er seinen Helfern, die über den ganzen Platz verteilt waren, Anweisungen. In der Hand hielt er ein Clipboard.

»Ist mir scheißegal«, schrie er, als wir uns näherten. »Wenn der Platz hier schief ist, ist er eben schief. Legt irgendwas unter.« Er bemerkte uns und hob einen Finger, um uns um einen Moment Geduld zu bitten. Er schob sich einen Sonnenblumenkern in den Mund und spuckte die Schale aus. »Ist mir piepegal. Tut, was ich sage, und wenn's nicht klappt, denkt euch selbst was aus. Schönen Tag noch.« Er schaltete das Gerät aus und blickte erst uns an, dann sah er auf sein Clipboard.

»Tingeltangel, Freßbude, Fummelschuppen?« fragte er.

Wir blickten einander an.

»¿Habla inglés?« fragte Roman.

»*Was für'n Laden?*« fragte Harris. »Denkt dran, ich hab' meine Zeit nicht gestohlen.«

»Wir haben die Autos der Berühmtheiten, die umgekommen sind«, sagte ich. »In den Autos.«

»Ach, ja«, sagte Harris. »Die Blutorgie. Du mußt Comstock sein.« Er schüttelte mir so fest die Hand, daß sie beinahe brach.

»Ich bin Vic Comstock«, sagte Vic, leise Verärgerung in der Stimme. »Dies sind meine Partner.«

»Hocherfreut, hocherfreut«, sagte Harris. »Ihr baut da drüben auf, Nordwestecke, neben dem Stripschuppen. Braucht ihr was?«

»Einen Drink«, sagte Roman.

»Hier auf dem Gelände? Macht einfach die Augen zu, streckt die Hände aus und greift zu. Erwischt ihr schnell 'ne Flasche.« Er ließ den Finger über das Clipboard gleiten, holte dann einen Bleistift hinter dem Ohr hervor und zog einen Strich quer über die Seite. »Standgebühren erheben wir hier nicht, nur Eintritt vorn am Eingang. Eure Eintrittspreise bleiben euch überlassen, aber übertreibt's nicht. Seid ihr aus der Gegend?«

»Nicht direkt«, sagte Sandy.

»Arme Scheißer hier, Mais- und Schweinebauern. Klar, wir wollen ihnen die letzten Dollar aus der Tasche ziehen, aber, glaubt mir, viel steckt in der Tasche nicht drin. Immerhin rechnen wir schon am ersten Tag mit zwanzigtausend Besuchern, da werdet ihr schon auf eure Kosten kommen. Schönen Tag noch.«

Wir schleppten den Anhänger zur Nordwestecke des Platzes. Neben uns aufgebaut stand schon unser Platznachbar, Rusty's All-Star Venus Revue, ein Zelt mit einer Bühne, auf der, schätzte ich, in ein paar Stunden halbnackte Frauen tanzen würden. Während sich meine drei Begleiter die Füße vertraten und die Platztoilette aufsuchten, schaute ich mich ein bißchen um. Festgestampftes Sägemehl überall, durchzogen von Meilen gelbroter Elektrokabel. Generatoren summten, dazwischen das Kreischen von Kreissägen, Gehämmere, Rufe und Flüche. In der Luft der Geruch frischgeschnittenen Holzes, Dieseldunst und von irgendwoher schon der Duft nach Hot Dogs und Zwiebelringen. Hinter uns, keine hundert Meter entfernt, lag eine völlig andere Welt. Frauen mit Lockenwicklern und Halstüchern zerrten ihre Kinder in den Food King; Jungs in grünen Schürzen sammelten umherstehende Einkaufswagen ein, Stapel von Wassermelonen verrotteten in der Hitze; auf dem Parkplatz steckten Hunde die Nasen aus Autofenstern, und Hunderte Windschutzscheiben blinkten in der Sonne. Ich dachte an all die Kids meines Alters zu Hause, die die Schulbank drückten und in der Cafeteria aßen.

»Wälzt du wieder wichtige Entscheidungen?« riß mich Roman aus meinen Gedanken. Er hatte schon die Ärmel zum Abladen hochgekrempelt.

»Verdammt seltsam«, sagte ich. »Daß wir jetzt hier sind, als fahrendes Volk. Alle meine Freunde sitzen im Augenblick im zweiten Stock der Thompson Hall und bekommen was über den Spanisch-Amerikanischen Krieg erzählt oder so.«

Er zündete eine Zigarette an. »Du hast doch gar keine Freunde. Hast du selbst gesagt, als wir abfuhren.«

»Du weißt, was ich meine. Trotzdem seltsam.«

Er zuckte die Achseln und ließ das Streichholz auf den Boden fallen. »Was du seltsam findest, ist für die Typen hier normal.« Er beschrieb einen großen Kreis. »Seltsam heißt nur, daß du noch nicht daran gewöhnt bist. Und glaub mir, Junge, man gewöhnt sich an alles, wenn man es lange genug mitmacht.«

»Und wie ist das mit Gladys?«

Er dachte einen Moment lang nach, während er sich mit der Hand den Nacken rieb. »Hmmm, eins zu null für dich. Aus der Rückschau werd' ich sagen müssen, sie hat sich nie an mich gewöhnt. Ich bin immer noch seltsam in ihren Augen.«

Ich schaute einem Ladenjungen zu, der eine Schlange Einkaufswagen zum Eingang zurückschob. »Das hab' ich nicht gemeint. Sondern ob du dich daran gewöhnt hast, daß sie weg ist, daß sie ... na, mit Dutch lebt.«

Er stupste den Hut zurück. »Deine Mutter scheint sich ohne viel Federlesens umorientiert zu haben.«

»Ich hab' nach dir gefragt.«

»Hänge noch im ›Seltsam‹-Bereich fest. Lassen wir's gut sein.«

Vic und Sandy kamen mit Tabletts voll Cokes und Hot dogs, und wir schlugen zu, als hätten wir schon einen Tag Schwerarbeit hinter uns.

»Also, was nun?« fragte Sandy und knabberte an ihrem Hot dog herum. »Nicht, daß wir nicht schon eine Menge Spaß gehabt hätten.«

»Wir laden die Autos ab, bauen 'ne hübsche Wagenburg und öffnen die Brieftasche«, sagte Vic.

»Wir brauchen ein Firmenschild«, sagte Roman. »Jede Schieß- und Freßbude hier hat ein schönes knalliges Schild. Und was haben wir? Nichts.«

»Ich kann eins machen, aber auf die Schnelle wird's nicht so nobel«, sagte ich.

Roman zündete eine krümelige Zigarette an, zerknüllte die Schachtel und warf sie zu Boden. »Irgendwas, damit die Taubstummen wissen, daß wir hier sind.«

Gemeinsam hoben wir zu viert die Wagen vom Hänger und stellten sie Seite an Seite ins Sägemehl. Dann nahmen wir die Leinen, mit denen wir sie vertäut hatten, organisierten ein paar gelbrote Eckpfosten und zäunten die Wagenburg kreisförmig ab, wobei wir eine Öffnung ließen, durch die die Gaffer eintreten konnten, um sich in die Autos zu setzen und die Blutflecken zu befingern. Hier, am Eingang, sollte ich Eintritt kassieren. Sandy sollte auf dem Festplatz herumgehen und Handzettel verteilen, die Vic hatte drucken lassen. Als wir fertig aufgebaut hatten, schauten wir uns an, traten zurück und musterten das Arrangement; rückten den einen Wagen noch ein bißchen nach links, den anderen nach rechts. Verdächtig rasch war das alles gegangen. Überall um uns herum war man noch dabei, die hölzernen Bühnen und Fahrgeschäfte zu montieren. Immer noch hallten Hammerschläge über den Platz. Viele der Carnies waren inzwischen schwer betrunken, und kleine Kabbeleien entwickelten sich, die nach einer halben Minute mit dem Zusammenbruch der Beteiligten endeten.

Wir koppelten den Hänger vom Chevy ab. Nach einigem Hin und Her beschlossen wir, daß Vic und Roman in die Stadt fahren und eine Unterkunft suchen und Sandy und ich im Food King Material für unser Schild erstehen sollten. Winkend und hupend fuhren Vic und Roman ab.

»Wie zwei kleine Jungs, die auf Klau-Tour durch Supermärkte wollen«, lächelte Sandy.

»Sie freuen sich, daß es ans Geldverdienen geht«, sagte ich.

»Wer freut sich da nicht? Aber hoffentlich nicht grundlos.«

»Glaubst du, wir verdienen nichts?«

»Würdest du vier Mäuse bezahlen, um ein paar Schrottkarren zu besichtigen?«

Ich blickte hinüber zu unseren rostigen Glücksbringern, zerknautschte Metallhaufen im Sägemehl.

»Es sind gar nicht die Autos«, sagte ich. »Es ist die Verkaufe, die dranhängt, die Story, die Verpackung.«

»Verpackung?«

»Genau. Angenommen, du bist für ein Wochenende in Las Vegas, interessierst du dich dann für elektrische Zahnbürsten? Nein. Aber ein hübsches Mädchen im Bikini, da bleibst du sofort stehen.«

Sie lächelte. »Du bist mir schon so ein Verführungskünstler, Gabe. Fast so schlimm wie Roman.«

Wir gingen in Richtung Food King, vorbei an unserem Platznachbarn, dem großen, stellenweise mit Klebeband geflickten Zelt, an dessen Stirnseite »Rusty's All-Star Venus Revue« prangte.

»Was ist das?« fragte Sandy.

»Nackte Frauen tanzen auf einer Bühne. Ein Stripschuppen.«

»Weißt du viel über Stripschuppen, Gabe?« Sie puffte mich mit dem Ellbogen in die Rippen.

Achselzuckend, mit bereits leicht roten Ohren, sagte ich: »Nie drin gewesen, wenn du das meinst. Habe nur die Helfer beim Aufbau darüber reden hören. Sobald der letzte Nagel eingeschlagen ist, wird man an der Kasse Schlange stehen.«

»Sind sie wirklich, na ja, nackt? Ganz?« Wahrscheinlich löste dieser Gedanke – nackte Frauen, auf einer Bühne paradierend – bei ihr einen typischen Miß-North-Carolina-Alarm aus. Während ihrer Amtszeit hatte sie in der Zeitung von Charlotte in einem Gast-Editorial den Mißwettbewerb gegen Feministinnen verteidigt, die ihn in Leserbriefen als Fleischbeschau abgekanzelt hatten. Eine Frau hatte Sandy mit einem Schinken im Schaufenster verglichen, Futter für die fleischlichen Gelüste der Männer. Während Sandy kopfschüttelnd und murmelnd ihre Entgegnung schrieb, saß ich bei ihr am Pool. Sie buk eigentlich lieber kleine Brötchen – hielt Ansprachen an Grundschulen, zerschnitt Einweihungsbänder –, aus Angst, die offiziellen Stellen könnten von ihrer Ehe mit Dutch erfahren, aber der Schinkenbrief, das war zuviel. An das Editorial selbst erinnere ich mich nicht mehr, nur daß sie die Badeanzug-Parade als geschmackvolle Präsentation sportlicher Körper und Posen hinstellte und sagte, die Frau sei auf den Schinkenvergleich wohl beim Anblick ihrer eigenen Schenkel im Spiegel gekommen. Auf Dutchs Anraten nahm sie letzteres wieder heraus.

»Wahrscheinlich tragen sie G-Strings, und, hmmmm, so Fetzen«, sagte ich.

»Ach, Fetzen.«

»Ja.«

»Klingt liebenswert altmodisch. Dabei sehe ich Mae West vor mir. Gypsy Rose Lee.«

Hinter dem Zelt, vor einem kleinen türkisblauen Wohnanhänger mit löchriger Markise, saß in einem Liegestuhl eine der Attraktionen von Rusty's All-Star.

Unverkennbar, diese Frau: ein paar Jährchen über der Lebensmitte, dick gelocktes, weißblondes Haar, lange rote Nägel. Ihr unnatürlich schwerer Busen quoll oben aus dem langen grünen Kimono (Dutchs Geschenk an Gladys fiel mir ein). Sie trug kein Make-up, obschon ihr Gesicht verriet, daß sie daran gewöhnt war; ohne sah sie irgendwie angeschlagen aus. Sie trug an einem Auge falsche Wimpern, was dieses Auge geschwollen und unterschattet wirken ließ. Ich stellte sie mir als abgehalfterte Ehemalige vom Champagner-Begleitservice vor. Auf einem Tischchen neben ihr spielte ein Radio ›I Get A Kick Out of You‹. Sie rauchte, trank Kaffee und las Alvin Tofflers ›Zukunftsschock‹ in einer zerfledderten Taschenbuchausgabe, kopfschüttelnd und grimassierend über eine Zukunftsvision, die, wie ich vermutete, keine Stripshows mehr enthielt. Sie blickte auf und sah uns an, während sie den Rauch durch die Nase blies.

»Sieht so aus, als seien wir Nachbarn«, sagte sie in verblüffend astreinem britischem Akzent.

»Sieht so aus«, sagte ich.

»Hoffentlich haben wir demnächst noch Gelegenheit zu einem etwas persönlicheren Kontakt.«

»Wir werden unser Bestes tun«, versprach ich.

»Ja«, sagte Sandy. »Ich bin sicher, daß wir Sie noch genauer kennenlernen.«

Wir verabschiedeten uns und gingen weiter in Richtung Food King.

»Sehr lustig«, sagte ich.

»Was?«

»Daß wir sie noch genauer kennenlernen.«

»So hab' ich's doch nicht gemeint, Gabe.« Sie verdrehte die Augen. »Außerdem halte ich's generell für ungünstig, daß wir neben dem Stripschuppen stehen.«

»Warum?«

»Wer zahlt Eintritt für die Autos? Männer, nicht? Da kommt also 'n Haufen Männer hier in die Platzecke, und was glaubst du, wonach steht ihnen der Sinn mehr, nach verbeulten Autos oder nach nackten Frauen?«

»Ja, das ist schon 'ne schwere Versuchung«, sagte ich.

»Und auch hinterher: Da kommen die Männer raus, erotisch aufgeladen, und was bieten wir ihnen? Blut und Tod. Ich an ihrer Stelle würde sagen: Nein, danke. Ich zieh' mir lieber 'nen Corn Dog rein.«

»Genau daran würde ich auch als erstes denken.«

»Aha. Aber verstehst du, was ich sagen will?«

»Verstehe ich. Aber du hast die Verkaufe noch nicht gehört.«

»Verkaufe?«

»Die Verkaufsmasche. Vic *verkauft* die Wagen, die ganze Todeskiste. Männlein und Weiblein werden zu weinen anfangen. Er drückt so geschickt auf die Tränendrüse.«

»Wir nehmen also Eintritt, um die Leute traurig zu stimmen?«

»Exakt.« Ich hielt ihr die Tür zum Food King offen. »Wie die Hälfte aller Filme, die im Kino laufen.«

Sie zuckte die Achseln. »Dein Wort in Gottes Ohr.«

Wir steuerten unseren Einkaufswagen durch die Gänge mit Hundefutter, frischem Gemüse und Konserven. Sandy bestand darauf, daß wir nach der Schilderpappe und den Plakatstiften noch eine Schachtel Greo-Schokokekse mit Cremefüllung und ein Sixpack Brownie Chocolate Soda kauften (ein Gebräu aus Schokoladensirup, Limo und Eiscreme). Auf unserer Tour durch den Laden wurden wir mehrfach von älteren Ehepaaren angelächelt, die uns wohl für ein junges Pärchen in den Startlöchern hielten, Frischverheiratete, die ihre Vorräte für Kühlschrank und Kochnische ihres kleinen trauten Heims aufstockten. Ein paar Augenblicke lang gefiel mir diese Idee, und einmal, während Sandy sich zwischen diversen Süßigkeiten zu entscheiden suchte, kam ein mittelalter Mann im Golferhut mit einer Einkaufsliste vorbei, neben ihm seine Frau, und ich lächelte ihn an, rollte die Augen und schnalzte mit der Zunge. Er lächelte zurück, ein augenzwinkerndes Einverständnis über die Unentschlossenheit von Ehefrauen in gutbestückten Konsumparadiesen. Ich dachte an Gladys, die jetzt die kleinen Entscheidungsnöte, zum Beispiel welche Kekse man kaufen sollte, richtig genoß anstelle der großen Nöte, die sie zwanzig Jahre ausgestanden hatte. Auf dem Weg nach draußen klaute ich eine Postkarte aus dem Ständer und zog eine Briefmarke aus dem Automaten. Von Sandy borgte ich mir einen Stift. Ich dachte an die Postkarten, die Roman uns auf Reisen geschickt hatte, zwanzig Jahre lang, immer mit demselben Text: *Läuft bombig. Du fehlst mir. Rufe bald an.* Den nämlichen Text schrieb jetzt auch ich und setzte meinen Namen darunter. Vom Zettel in meiner Brieftasche kopierte ich Dutchs Adresse und warf die Karte in den Briefkasten. Erst nachdem die Klappe zugeschlagen war, fiel mir ein, daß dies Gladys vielleicht beunruhigen könnte – Roman junior auf Tour.

Aus dem kühlen, blassen Licht des Food King traten wir hinaus in Hitze und gleißenden Sonnenschein. Arbeiter hangelten sich über das Gerüst der Kinderachterbahn, spannten Antriebsriemen unter Karussells, bauten Lautsprecher neben Bühnen auf. Inmitten dieses Trubels sah ich Vic und Roman auf der Haube des Chevy sitzen, an die Windschutzscheibe gelehnt, Füße hochgestellt, über den Socken blitzten weiße Waden heraus; sie reichten eine Pintflasche hin und her und schüttelten Erdnüsse aus einer Tüte. Sie sahen nicht aus wie dynamische, hoffnungsvolle Kleinunternehmer. Sie sahen aus wie alte Männer im Park, die auf die Tauben warten. Sandy stieß mich an.

»Schau mal, unsere Finanzgenies«, sagte sie.

Ich nickte und lachte, fühlte aber den gleichen Stich Unsicherheit, den sie zuvor gefühlt hatte. So leicht konnte es nicht gehen: einfach in die Stadt gondeln, zehn Minuten lang aufbauen und dann warten, daß das Geld hereinrollte. Alle anderen Carnies hämmerten und pinselten, löteten Kabel, tranken und schwitzten in der Sonne, die Gesichter zerfurcht von zahllosen ähnlichen Tagen schweißtreibender Schwerarbeit. Wir aßen nur Kekse, rauchten Zigaretten, saßen herum.

Sandy hielt inne, griff in die Tüte und zog eine Brownie Schokobrause hervor. Sie öffnete sie und trank.

»Später, wenn wir Feierabend machen«, sagte sie, »will ich in die Show gehen.«

»Welche Show?«

»*Die* Show.«

»Die Stripshow?«

»Du lernst schnell, Gabe.«

»Ich will da nicht hin«, erwiderte ich.

»Du redest schon wie dein Onkel. Ich will mir das mal angucken. Nur ... nur aus Neugier.«

Ich blickte sie an, und sie errötete ein bißchen. »Kapier' ich nicht«, sagte ich.

»Jetzt redest du daher wie dein *Vater*. Denk dran, du hast auch zwei Jahre danach gegiepert, in das kleine U-Boot zu dürfen und in Dutchs Teich herumzufahren. Idiotisch, aber du hast danach gegiepert. Gebettelt. Mehr ist's bei mir auch nicht. Auf dieser Reise möchte ich ein bißchen was vom echten Leben mitbekommen.«

»Aber wieso? Du hast doch in Las Vegas gewohnt, du ...«

»Ich hatte 'ne mickrige kleine Bude mit einer Kochplatte, Gabe. Ich kam aus den Ausstellungshallen heim, machte mir ein Erdnußbuttersandwich, guckte Tom Snyder auf einem winzigen Schwarzweißfernseher und hab' mich dann in den Schlaf geweint im Glauben, ich hätte mein Leben verpfuscht. Am liebsten hätte ich mich jeden Abend betrunken, aber dazu war ich zu arm.«

Ich zog die Schultern hoch und schaute sie an; mit großen Augen und einer Mischung aus Ernst und gespielter Tapferkeit blickte sie zurück, wie ein Teenager bei einer Mutprobe.

»Also gut«, sagte ich und zuckte erneut die Achseln. »Wir gehen beide in die Show.«

In einer halben Stunde sollte der Einlaß beginnen. Irgendwie waren aus dem trunkenen Wirbel, dem Gehämmere, Gesäge und Gepinsele, die Buden und Fahrgeschäfte emporgewachsen, fertig und betriebsbereit, als stünden sie schon seit Jahren da. Wir vier lehnten auf unserer Motorhaube und grübelten stirnrunzelnd über unserer leeren Schilderpappe wie Generäle, die einen Bodenangriff planen.

»Also schreib in Großbuchstaben, Gabe«, sagte Roman.

»›Prominente Todeswagen‹, Eintritt zwei Dollar. Ich glaube, vier Dollar ist ein bißchen hochgegriffen.«

»Mein Freund«, Vic legte Roman die Hand auf die Schulter, »der Preis, na gut, aber ich muß sagen, auch wenn du vielseitig begabt bist: Stilsicherheit zählt nicht gerade zu deinen Stärken.«

»Was soll das heißen?« fragte Roman und wich zurück.

»Die Formulierung. Es klingt, als ob die Wagen selbst prominent seien, nicht diejenigen, die dringesessen haben.«

»Was schlägst du vor?«

»›Todeswagen der Prominenten‹. Kurz und bündig.«

»Falsch«, sagte ich, nur weil ich ihm wegen Roman eins reinwürgen wollte. »Das ›der‹ erweckt den Anschein, als hätten wir die Todeswagen sämtlicher Prominenter, nicht nur einiger weniger. Vorspiegelung falscher Tatsachen.«

»Vielleicht ›Wagen, in denen Filmstars starben‹«, sagte Roman. »Bißchen lang, aber glamourös.«

Vic schüttelte den Kopf. »Bonnie und Clyde waren keine Filmstars.«

»›Unfallwagen berühmter Toter‹«, schlug Sandy vor.

Nun war es an Roman, den Kopf zu schütteln. »König Tut ist ein berühmter Toter. Unsere Promis waren zu ihren Lebzeiten berühmt.«

Vic schnalzte mit der Zunge, und ich grinste Roman an. »›Gestern noch auf hohen Rossen, heute tot durch die Karossen‹, wie wär's damit?« fragte ich.

Roman tat so, als denke er angestrengt nach. »Wir brauchen ein größeres Plakat.«

»Lächerlich«, sagte Vic. »In fünfzehn Minuten ist Einlaß.«

»Ich hab's«, meldete sich Sandy. »›Todeswagen von Berühmtheiten‹.« Sie lächelte.

»Wir brauchen ein anderes Wort für Berühmtheiten«, stöhnte Vic. Allmählich lief sein Gesicht rot an.

»Warum nicht doch ›Prominente‹«, meinte Roman.

»Ja, genau«, sagte Sandy.

»›Todeswagen von Prominenten‹«, sagte ich. »Das ›der‹ muß

nur durch ›von‹ ersetzt werden, dann können wir loslegen. Dad, deine Stilsicherheit ist beeindruckend.«

»Danke, Junge.«

Vic schüttelte den Kopf. »Vielleicht wäre ›Nervige Volltrottel aus North Carolina‹ doch passender.«

Roman runzelte die Stirn. »Glaube nicht, daß das zieht, Vic.«

Als sich die Tore öffneten, saß ich an meinem Kassentischchen, vor mir den Kasten mit Wechselgeld, neben mir das frischbeschriftete Schild, an der Vorderseite des Tisches die Fotos von Jayne Mansfield und James Dean. Ich sah aus wie ein Jüngling, der auf einem Schrottplatz eine Limonadenbude betreibt. Vic lief mit seinem Megaphon außen um unsere Absperrung herum, während Roman neben den Wagen stand, bereit, auf die dunklen Flecke aufmerksam zu machen, die wir als Blut, den Stoffetzen, den wir als Rest von James Deans Hemd deuteten. Sandy war unterwegs, Handzettel verteilen. Roman hatte mich dazu verdonnert, Hemd und Fuchsjägerschlips zu tragen, obwohl die meisten übrigen Carnies Rockband-T-Shirts und abgeschnittene Jeans anhatten.

Langsam füllte sich der Platz mit Leuten, jungen Familien, Teens in Rudeln oder in Pärchen, ein paar alten Damen mit Pappfächern, die sich wohl Preise erhofften für ihre Quilts und ihr Eingemachtes. Rock aus vielen Lautsprechern durchpulste die Luft, das Stimmengewirr der Anpreiser und Anheizer, aus der Geisterbahn die ersten spitzen Schreie, grünes und gelbes Neongeflacker, Duftschwaden aus den Imbißbuden. Allmählich sank die Nacht herab; der Food King hatte schon die Tore geschlossen und lag im dunkeln. Ich blickte zu Roman hinüber. Er drehte siegessicher den Daumen nach oben, wie vor Jahren, als ich ihn durch die Gegend gefahren und Gladys zu Hause auf uns gewartet hatte. Ich lächelte ihn an, und einen Herzschlag lang zerriß mich fast die Sehnsucht nach unserem alten Leben, nach Gladys, nach den Zeiten, da ich an Tagen wie diesen den Rasen mähte und die beiden auf der Veranda saßen, Highballs tranken, die Köpfe zusammensteckten und lachten, Roman in seiner Hollywood-Mogul-Aufmachung und Gladys im leichten gelben Sommerkleid; wobei sie mich beide beobachteten, als sei ich das Faszinierendste auf der Welt. War ich fertig und stellte den Rasenmäher ab, so kam stets Romans alter Witz, den er für seine Zwecke abgewandelt hatte: »Ich liebe harte Arbeit; kann den ganzen Tag sitzen und dabei zuschauen.«

Die ersten Interessenten sammelten sich vor unserer Absperrung, und Vic startete seinen Sermon. In bedeutungsschwangerem Ton erzählte er von jenem schicksalhaften Tag im September 1955, von der Todeskurve und dem hoffnungsvollen Stern, der vom Schauspielerhimmel stürzte, aus dem Leben gerissen auf der Höhe seines Ruhms. Schon bald hatte er einen Hörerkreis von fünfzig oder mehr, und die ersten kamen zu mir, um ihre zwei Dollar zu bezahlen. Nun war Roman an der Reihe: Er legte die Hand auf Männerschultern, dirigierte Besucher durch die Wracks, deutete durch Fenster, ließ die Neugierigen hinter dem Steuer Platz nehmen, legte ihre Hände aufs Lenkrad. Komisch sah das aus – Roman wirkte wie ein Autoverkäufer, der versucht, Tölpeln eine Probefahrt in einem Schrotthaufen aufzuschwatzen. Ich nahm den ersten Dollar, den wir verdienten, und steckte ihn ein, weil Vic darauf bestanden hatte, daß wir ihn einrahmten.

Unterdessen war Vic in Wallung geraten, hitzig wie ein Erweckungsprediger, und schritt wild gestikulierend auf und ab. Immer mehr Menschen sammelten sich, man reckte die Hälse, deutete mit dem Finger. Ein paar weitere Schaulustige zahlten Eintritt, und ich sah, wie Roman einer jungen Frau auf Bonnies und Clydes Rücksitz half, damit ihr Freund sie dort fotografieren konnte. Sandy schlenderte vorbei, den Mund rot von kandiertem Apfel. Sie lächelte und zog ihre Bahn, rechts und links Zettel verteilend.

Aber irgend etwas lief schief. Wir hatten inzwischen mehr als hundert Zuschauer (selbst die Polizisten, die gerade freihatten, waren erschienen), doch nur sieben Personen hatten Eintritt bezahlt. Vic fiel das zur gleichen Zeit auf wie mir. Mitten in einem Satz über die blutige und kugeldurchsiebte Passion Bonnies und Clydes brach er ab. Er blickte von mir zu den Leuten. Stumm und großäugig wie eine Schafherde blickten sie zurück. Roman – der das Pärchen fotografierte, wie es auf dem Rücksitz des Bonnie-und-Clyde-Ford schnäbelte – merkte nichts. Er war ganz in seinem Element.

»Ladys und Gentlemen«, verkündete Vic durch sein Megaphon. »Jetzt haben Sie alles darüber gehört, und nun näher getreten und hereinspaziert, schauen Sie sich's in allen Einzelheiten an, berühren Sie die Blutflecke. Nur zwei Dollar. Hier rechts ist die Kasse, zahlen Sie bei dem jungen Herrn.«

Beim letzten Satz stolperte er, fast versagte ihm die Stimme, als sei ihm der Text entfallen, den er fertig im Kopf hatte. Gern spann er Garn über die berühmten Toten, aber um Geld bitten, das lag ihm nicht. Verkaufen konnte er, dachte ich, aber nicht abschließen. Hier mußte Roman in die Bresche springen. Der Zuschauerkreis drängte sich näher um unsere Absperrung, Münder erzählten flüsternd die abgebrochene Geschichte zu Ende. Vic sah müde aus, hob aber tapfer das Megaphon und bat um Geld.

»Die beste Attraktion hier an der Mittelgasse«, sagte er. »Nur zwei lumpige Dollar. Geben Sie sie uns und keinem anderen.« Dies traf Roman wie ein Fußtritt am Kopf. Er blickte Vic an, dann mich, ich zuckte die Achseln. Langsam begriffen die Leute, die Show war vorbei, und fingen an auseinanderzugehen. Mit einem Ploppen schaltete Vic das Megaphon ab.

Roman stürmte von den Autos fort und hechtete über die kniehohe Absperrung. Es war das erste Mal im Leben, daß ich ihn springen sah, und er war wütend wie selten.

»Was zum Teufel war das, Vic?« fragte er.

Vic zog die Schultern hoch und mied Romans Blick. »Sie wollen die Autos nicht besichtigen, das ist das Problem. Ich weiß nicht, Roman, vielleicht ist der Eintritt zu hoch.«

»Zwei Dollar«, sagte Roman. Er starrte mich an, die Hände in die Hüften gestemmt. »Zwei lausige Dollar. Für zwei Dollar kannst du 'nen Beutel *Dreck* verkaufen. Hier, sieh.« Er bückte sich und hob eine Handvoll Kies auf, hielt sie Vic vor die Nase.

»Ich könnte rausgehen zu den Leuten und ihnen *das* hier verkaufen. Für zwei Dollar kriegst du *alles* an den Mann.«

Gladys' Geschichten fielen mir ein: wie Roman Girl Scout Cookies verkaufte; wie er Automatengetränke weiterverhökerte; wie er Karosserieteile des eigenen Autos losschlug, um tanken zu können. Vic nickte wie ein beim Abschreiben ertappter Schuljunge. Sandy kam; ihr Zettelvorrat war verteilt, und ihre Hände beschäftigten sich jetzt mit einem Ballen Zuckerwatte.

»Oh, oh«, sagte sie.

»Junge, wieviel haben wir bisher eingenommen?« fragte Roman.

Ich öffnete die Kasse. »Achtzehn Dollar.«

»Geteilt durch zwei und über ein paar Stunden verteilt. Gott, Vic, wir werden Millionäre. Viereinhalb Stunden, abzüglich dessen, was wir den beiden hier zahlen. Dann lieber kellnern im Burger Palace, verdammt. Wechseln wir den Job, da gibt's wenigstens Trinkgeld.«

»Ich verstehe ja den Grund deines Zorns, Roman ...«, begann Vic.

»Hör zu«, unterbrach ihn Roman, »komm mir jetzt bloß nicht mit der Friede-Freude-Eierkuchen-Masche. *Du* bist der Grund meines Zorns. Hundert Interessenten stehen um dich rum, und du kriegst nicht mal ein Viertel davon am Kanthaken. Es ist wie bei dem alten Witz übers Fallschirmspringen, Vic: Es kommt nur auf die paar letzten Meter an. Ebenso hier: Auf die letzten Sekunden kommt es an, ehe das Geld die Tasche verläßt. Da geht's um Sein oder Nichtsein.«

Vic zupfte sich am Ohrläppchen und musterte einen Sägemehlhaufen zu seinen Füßen. Zum ersten Mal, seit ich ihn kennengelernt hatte, tat er mir leid. Ein paar Sekunden standen wir in betretenem Schweigen.

»Ich habe ein gerahmtes Bild von den Three Dog Night gewonnen«, sagte Sandy. »Aber ich steh' nicht so auf Heavy Metal, hab's an ein Kind verschenkt.«

»Roman, ich bin eben nicht so ein Verkäufertyp wie du«,

sagte Vic. »Bin ich nie gewesen. Mein Metier ist mehr die Geldanlage, die Vermehrung von Kapital.«

»Dad, nimm du das Megaphon«, sagte ich.

Er schüttelte den Kopf. »Wir brauchen Vic an der Flüstertüte mit seinem sentimentalen Tremolo, der Unfalldramatik in der Stimme. Das zieht die Leute an. Das kann ich nicht.«

Über Romans Schulter blickte ich hinüber zu unserem Platznachbarn, Rusty's All-Star Venus Revue, wo eine lange Schlange vor der Kasse wartete, in dreifacher Windung, hinter einem System von Absperrseilen. Der Ansager von Rusty's – ein fetter Rothaariger mit einem Mikrophon – beschränkte sich lediglich darauf, die Namen der Frauen aufzuzählen (»Peaches Fontana, Mimi Chantal, Starr La Beau«) und immer wieder im Stakkato »Nackt! Nackt! Nackt!« einzuschieben. Ab und an trat eine der Frauen im Bademantel hinter dem Vorhang hervor, ergriff kurz das Mikro und versprach »allen Männern mit Mumm in den Knochen«, sie würden sehen, »was sie zu Hause nicht zu sehen kriegen«. Merkwürdig, dachte ich, kriegen sie ihre Ehefrauen nie nackt zu sehen? Die Männer – Farmer im Sonntagsstaat, junge Männer im Muskelshirt – standen Schlange, stumm, ernst, ihre zwei Dollar in der Hand. Aus dem Zelt drangen Anfeuerungsrufe, Pfiffe und blecherne Musik vom Band.

»Was tun?« sprach Sandy. Sie kaute ein Stück Salztoffee.

Roman hob den Hut, um sich am Kopf zu kratzen. »Für heute sollten wir dichtmachen, eine kreative Denksitzung abhalten und sehen, was sich morgen bewerkstelligen läßt. Erste Regel: Wenn du was an die Wand gefahren hast, fahr nicht noch dreimal dagegen. Zweitens: Es gibt immer ein Morgen.«

Wir fuhren zurück zum Motel, den leeren Hänger im Schlepp. Die Wagen ließen wir an Ort und Stelle. Den ganzen Abend war Vic kleinlaut und einsilbig. Er gab uns ein Abendessen aus – Rippchen und Ofenkartoffeln – und kaufte auf dem Heimweg Rum und Cola. Unsere Motelzimmer waren eingerichtet mit langflorigem grünem Teppichboden, grüngestreifter Tapete und großen Gemälden von Stierkämpfern. Häßlich, sagte Roman, aber abseits der Hauptstraße und ruhig. Wir mixten unsere Drinks und saßen auf Klappstühlen am Pool, der trotz des warmen Wetters schon für die Winterpause geleert war. Roman rauchte eine Pall Mall nach der anderen und warf die Kippen in das seichte, grünliche Wasser, das im Kinderbecken auf dem Boden stehengeblieben war.

»Noch ein paar Abende wie dieser hier, dann sind wir zur World Series wieder zu Hause«, sagte Roman.

»Ich habe mich ja schon nach Kräften entschuldigt«, sagte Vic. Nach einem einzigen Longdrink war er beschwipst. Eine silberne Strähne aus seiner Tolle war ihm in die Stirn und über die Augen gerutscht. Statt seiner spitzen weißen Bucks trug er jetzt lederne Hauspantoffeln.

»An dir liegt's ja nicht«, seufzte Roman. »Ich habe dich angemacht, weil ... weil ich manchmal eben 'n Mistkerl bin, Vic.« Eine kühle, beiläufige Selbsteinschätzung. Niemand widersprach, und ich dachte: Warum sollten sie? Es stimmt ja. Manchmal.

»Was wir haben, ist ein Produkt«, sinnierte Roman, »nicht viel anders als ein Teppich-Shampooniergerät.«

»Genau daran habe ich gedacht, als ich sie zum ersten Mal sah«, sagte Sandy.

»Ein Teppich-Shampoonierer«, fuhr Roman fort, »ist leicht anzupreisen. Nettes Gerät, nützlich, mit zehn Zusatzteilen. Ein Spielzeug eigentlich. Leicht anzupreisen, aber verdammt schwer zu verkaufen. Hübsch anzusehen, aber mein gutes Geld dafür ausgeben? Nein, danke. So auch unsere Autos. Hübsch, sich ihre Story erzählen zu lassen, besonders wenn ein Profi wie Vic hier sein ganzes Herzblut hineinlegt.«

Vic blickte auf und lächelte. Seine Augen wurden feucht. Er war nicht gerade der Inbegriff eines Betrunkenen.

»Was wir rausfinden müssen, ist: Wie nageln wir sie fest?«

»Überlaß Vic das Anpreisen der Ware, und dann nimmst du das Megaphon und besorgst den Rest«, schlug ich vor.

»Du denkst, Junge, denkst schon wie ein Vertreter. Wie alt bist du jetzt?«

»Sechzehn.«

Er nickte. »Das ist gut. Bist auf der richtigen Spur. Dennoch, das funkioniert nicht.«

»Warum nicht?«

»Dann verpufft die Spannung wie eine zerplatzte Seifenblase. Wenn er mir das Megaphon weitergibt, könnten wir auch gleich ein Schild hochhalten: ›Jetzt die Brieftasche zükken‹. Wie ein Werfer beim Baseball, der nicht weit genug ausholt. Sie sehen es kommen, und weg sind sie.«

»Ich hab' mir das mal überlegt mit den Frauen in der Stripshow«, warf Sandy mit einem flüchtigen Blick auf mich ein.

»Komisch«, sagte Roman. »Ich auch.«

»Reden wir vom Geschäft«, sagte Vic und strich sich die Haare aus der Stirn. Kurz kippte sein Kopf nach vorn, dann gab er sich einen Ruck und war wieder präsent. »Ich höre.«

»Davon reden wir längst«, sagte Sandy.

Ich blickte sie an. »Sandy...«

»Ihr habt mich mitgenommen, hier bin ich, und ich will mitreden. Also: Ich erinnere mich nicht, eine einzige dieser Frauen draußen vor dem Vorhang nackt gesehen zu haben.«

»Zu schade«, sagte Roman. »Hätte mich ein bißchen vom Bankrott abgelenkt.«

Sie blickte ihn an und grinste spöttisch. »Gerade deshalb haben Hunderte von Männern Schlange gestanden.« Sie sah uns an, als erwarte sie, daß über unseren Köpfen Glühbirnen aufgingen wie im Cartoon, und verdrehte schließlich die Augen.

»Sie legen *Eintritt* auf den Tisch, um *rein*zugehen«, sagte sie. »Wären die Frauen *draußen*, hinter einem mickrigen Absperrseil, würden die Leute nicht im Traum daran denken zu zahlen. Wir haben die vermaledeiten ...«

»Beschissenen«, verbesserte ich.

»... die beschissenen Autos aufgebaut wie auf dem Präsentierteller. Wofür da noch Geld ausgeben? Mal nah rangehen, mal reinsetzen? Ist das zwei Dollar wert, wenn man sie beäugen kann, so lange man will, kostenlos?«

Roman und ich schauten einander an. Er schüttelte den

Kopf. »Ich würde ja gern zugeben, das Köpfchen dieser Frau ist Gold wert, wenn das nicht beweisen würde, welch gottverdammte Idioten wir sind.«

»Du hast recht«, sagte ich. »Sie hat recht.« Ich sah Sandy an, und sie lächelte.

»Die alte Geschichte: Wer die Milch umsonst kriegt, kauft keine Kuh«, sagte Roman.

»Diese Maxime bezieht sich eher auf das menschliche Sexualleben, mein Freund«, sagte Vic in einem lichten Augenblick.

Roman zuckte die Achseln. »Sex, Geld, egal.« Er klatschte in die Hände, lehnte sich vor und goß uns einen ein. »Wir sind wieder im Geschäft!«

»Ich will euch ja nicht die Vorfreude vermiesen«, sagte ich, »aber wo kriegen wir ein Zelt her?«

»Es muß kein Zelt sein«, sagte Roman. »Hab' ich recht, Sandy? Nur eine Sichtblende, irgendwas, was die Autos verdeckt.« Er blickte mich an. »Laß dir was einfallen.«

»Ich?«

»Ja, du, Gabe. Du hast schon unser Schild so prima hingekriegt.«

Sandy lachte. »Ich hab' noch mehr Ideen, wenn ihr sie hören wollt.«

»Spar sie auf für später«, sagte Roman, den Kopf zu Vic neigend, der eingeschlafen war, Kinn auf der Brust, die Kette mit dem Medaillon in den Unterkiefer gepreßt.

»Bin ohnehin müde«, sagte Sandy. »Eine geniale Idee pro Tag, mehr bringe ich meistens nicht.«

Sie stand auf, reckte sich, gähnte und schlüpfte mit den Füßen in ihre Clogs zurück. Roman erhob sich, trat zu ihr und umarmte sie. »Danke«, hörte ich ihn sagen. Mit weit aufgerissenen Augen sah sie über seine Schulter zu mir herüber, aber ich war mindestens so perplex wie sie.

Nachdem Sandy gegangen war, saßen wir ein paar Minuten schweigend da, nippten an unseren Drinks und schauten zu, wie die Wasserläufer im Kinderbecken einen Bogen um unsere Zigarettenkippen machten. Vic schnarchte in unregelmäßigen

Abständen. Manchmal schien ihm sekundenlang der Atem zu stocken. Er sah aus wie ein Alter im Rollstuhl, der einen weiteren Tag auf der verglasten Veranda seines Pflegeheims verdöst. Auch Roman mußte das gesehen haben.

»Altwerden ist die Hölle«, sagte er. Er wies auf Vic. »Das bin ich in zwanzig Jahren.«

»Von wegen«, sagte ich, obwohl ich eigentlich keinen Grund hatte, daran zu zweifeln.

»Mein Problem ist, ich war schon immer zu ungeduldig. Genau wie heute abend.« Er schüttelte den Kopf. »Ich krieg' die Motten, schnappe ein und beleidige jedermann, statt mich hinzusetzen und das Offensichtliche zu begreifen.«

»Mich hast du nicht beleidigt.«

Er lächelte. »Liegt an den Genen«, sagte er. »Du hast das dicke Fell deiner Mutter geerbt. Dauert rund zwanzig Jahre, bis sich das abnutzt. Müßte ungefähr dann eintreten, wenn ich endgültig unerträglich geworden bin.«

Von der Seite her musterte ich sein Gesicht, wie er in den Pool starrte, und blickte dann weg. In der kurzen Geschichte unserer ausführlichen Gespräche kamen solche persönlichen Geständnisse nur über die Lippen, wenn wir einander nicht ansahen. Wenn die Seifenblase nicht platzte.

»Du fehlst ihr«, sagte ich in die Luft hinein. Vic murmelte im Schlaf. »Jedesmal wenn ich da bin, fragt sie nach dir.«

Er schwieg einen Augenblick. »Sie ist besser dran, wo sie jetzt ist«, sagte er schließlich.

Im Handumdrehen krampfte sich mein Magen zusammen. »Wenn du so verdammt ungeduldig bist«, sagte ich, »warum brennst du nicht darauf, sie zurückzubekommen?«

Er dachte nach. »Als du ein Kind warst, ich weiß nicht ... fünf, elf, irgendwas, da wolltest du immer auf dieses kleine Karussell vor der Tür des Lebensmittelladens. Und deine Mutter hat natürlich stets darauf bestanden, daß du deinen Willen bekamst. Sagte mir immer wieder, der künstlerische Schaffensdrang sei verbunden mit dem Spieltrieb. Was immer das heißen mag.«

Er hielt inne, um sich eine neue Zigarette anzuzünden. »Wahrscheinlich heißt es überhaupt nichts.«

»Wahrscheinlich«, sagte ich und dachte an meinen traurigen bildhauerischen Gehversuch.

»Jedenfalls«, sagte Roman, »da saßest du und grinstest, fuhrst im Kreis, und die verdammte Maschine spielte ›Daisy, Daisy‹ und ›She'll Be Coming around the Mountain‹. Immer den alten Kram. Ich wartete, bis Gladys wegschaute und du an mir vorbeigekurvt warst, dann hab' ich nach hinten gegriffen und den Netzstecker gezogen.«

Ich blickte ihn an.

»›Hoppla, die Fahrt ist vorbei‹, pflegte ich zu sagen. Das hab' ich drei Jahre gemacht. Keinem von euch beiden ist es je aufgefallen.« Er schüttelte den Kopf. »Geht mir heute noch manchmal durch den Kopf. Den Kleinen um einen Teil seiner Fahrt zu betrügen. Nur weil man keinen Song mehr hören, keine weitere Karusseldrehung mehr sehen kann. Ebendiese Ungeduld hat mich fünfzig Jobs gekostet.«

»Du hast nur versucht voranzukommen«, sagte ich, obwohl ich das Bild nicht mehr abschütteln konnte: mein Vater, meinem Kinderspaß den Netzstecker ziehend. Es schien abscheulich, als ziehe er den Stecker zu meinem Lebenserhaltungssystem.

»Ja, und ich hab's weit gebracht«, sagte er. »Habe jedermann mit Siebenmeilenstiefeln überholt.«

»Wir kommen schon klar.«

Er nickte. »Weißt du, welche Grundforderung deine Mutter ans Leben stellte, Gabe? Es ist so simpel, daß sogar wir dahinterkommen können.«

»Nämlich?«

»Sie wollte nur ihre komplette Karussellfahrt, ohne daß jemand ...« Er zog mit der Hand einen imaginären Stecker. »Plopp«, sagte er.

»Sie war's ja, die gegangen ist«, sagte ich. »Und vergiß nicht, in der folgenden Woche durfte ich dann ja wieder aufs Karussell. Auf ein neues.«

Er lächelte. »Du bist ein Genie, hat dir das schon mal jemand gesagt? Ja, deine Mutter natürlich. Ist cleverer als wir beide zusammen.«

Ich blickte auf seine Uhr, überrascht, daß es erst zehn war. Bei solchen Gesprächen verging die Zeit gewöhnlich wie im Flug, und ehe man sich versah, war es drei Uhr morgens.

»Ich bin müde«, sagte er und stand auf. Einen Augenblick dachte ich, er wolle Vic hier liegenlassen, bis sich der Morgentau auf ihm niederschlug.

»Wo schlafe ich?« fragte ich.

»Vic hat beschlossen, daß die ›Kinder‹ gemeinsam in ein Zimmer sollen. Aus Anstandsgründen, sagt er.« Er reichte mir den Schlüssel zu Zimmer 104. »Vergiß nicht, daß sie immer noch so 'ne Art Tante für dich ist.«

Fünfzehn Minuten später lag ich unter einer billigen Moteldecke und ließ mich vom Aschenbecher- und Lysolgeruch in den Traum wiegen. Im anderen Bett Sandy, den Rücken zu mir, den Kopf fast komplett unter dem Laken verborgen. Im Halbschlaf sah ich Bilder von Roman, Gladys und mir, im Keller, auf Einkaufsfahrt, im Garten, beim Dart-Spielen. In auf- und abebbenden Wellen überrollte mich der Schlaf. Dann ein Schütteln an der Schulter. Ich schreckte auf. Sandy stand vor mir und zog ihr T-Shirt herunter, so daß es ihre Schenkel bedeckte.

»Raus aus den Federn, Gabe«, sagte sie. »Wir wollten doch zu dieser Show.«

NEUNTES KAPITEL

Ich schaute nach hinten auf die ansteigenden Tribünensitze und stellte erleichtert fest, daß Sandy nicht die einzige Frau im Publikum war. Es gab noch zwei weitere, zwei von gut hundert; alles tuschelte im Flüsterton, als warte man in der Kirche auf den Klingelbeutel. Viele der Männer, so sah ich, vermieden den Blickkontakt mit den anderen – wischten mit der Schuhspitze durchs Sägemehl, betrachteten ihre Stiefel.

»Ich glaube, die Show ist mehr da oben, Gabe«, sagte Sandy und riß mich aus meinen Gedanken. Sie nahm meinen Ellbogen und drehte mich zur Bühne.

»Du sahst aus, als wärest du in Trance«, fügte sie an.

Gerade wollte ich antworten, da brach aus den schwarzen Lautsprechersäulen beidseits der Behelfsbühne hämmernd und schrill die Discomusik, die wir schon von draußen gehört hatten. Die fluoreszierende Beleuchtung an den Seilen über uns erlosch, und Spots, die an die Zeltpfosten genagelt waren, tauchten die Bühne in helles Licht. Seltsamerweise war der vordere Bühnenrand mit Flaggen verschiedener Länder geschmückt.

Der gelbe Vorhang teilte sich, und Rusty trat hervor, der Rothaarige, den wir schon »Nackt!« über den Festplatz hatten brüllen hören. Ein Abflauen der Musik, dann nahm er sein Mikro, fragte uns, ob wir bereit seien, und verhieß uns die Show unseres Lebens. Während die Musik wieder einsetzte, brüllte er den Namen der ersten Tänzerin, Mimi Chantal.

»Muß Französin sein«, sagte ich Sandy ins Ohr.

Sie lehnte sich zurück, um mich anzuschauen, und lächelte. »Es ist wohl eher ein Pseudonym«, erklärte sie. Ich fühlte mich wie ein kleiner Junge, der die Pointe eines schmutzigen Witzes nicht verstanden hat.

Mimi schlüpfte durch den gelben Vorhang. Sie trug einen langen, braunen, glänzenden, vorne fleckigen Fummel mit Spaghetti-Trägern nebst passenden Handschuhen und Stilettos aus durchsichtigem Kunststoff. Ihr Gesicht unter der roten Perücke sah im grellen Bühnenlicht verschreckt und aus der Nähe schon ziemlich faltig aus (auf Sandys Drängen hatten wir uns in die erste Reihe gesetzt, nahe am Ausgang). Mit offenem Mund, wenngleich sichtlich etwas enttäuscht, verfolgte Sandy die Szene. Sie hatte wohl erwartet, daß Mimi Chantal mit Paillettenkleid, Federboa und Fächer über die Bühne tänzeln würde, oder daß Tauben mit Seidenschals an den Füßen sie umflatterten. Sie wollte etwas Showbiz, etwas Billig-Elegantes statt nur Billiges.

Mimi Chantal zog die Handschuhe aus und ließ sie auf die Bühne fallen. Bisher zeigte das Männerpublikum kein Zeichen von Erregung, sondern saß da mit ausdruckslos starrenden Gesichtern, wie vorm Fernseher. Am Bühnenrand freilich lehnte eine lebhaftere Gruppe, vielleicht ein Dutzend, die sich gegenseitig in die Rippen stießen. Nahtlos fügte sich eine Hintergrundmelodie an die nächste. Die meisten Männer pafften Zigaretten, deren Rauch sich in dicken Schwaden um die Scheinwerfer sammelte. Motten umschwirrten die Spots und warfen riesenhafte Schatten auf die Bühne. Mimi Chantal sah gelangweilt aus, bis ihr schließlich einfiel, daß sie zu lächeln hatte, so, wie man sich an eine Antwort auf eine Prüfungsfrage erinnert. An ihrem Lächeln identifizierte ich sie jäh als die Frau, die vor dem Wohnwagen den ›Zukunftsschock‹ gelesen hatte. Unter der roten Lockenperücke hatte ich sie zunächst gar nicht wiedererkannt. Ich dachte daran, wie höflich sie gewesen war, wie wohlerzogen. Gerade als ich Sandy das sagen wollte, hakte Mimi die Daumen unter die dünnen Träger ihres Kleides und ließ es auf den Bühnenboden fallen, wo es als zerknülltes Häufchen liegenblieb.

»Kein G-String«, sagte ich, ohne Sandy anzublicken.

»Keine Fetzen«, flüsterte sie zurück.

Nackt stand Mimi vor uns, träge mit den Hüften kreisend, die

Brüste tief, schaukelnd, die Nippel mit demselben leuchtenden Rouge gefärbt, das sie auf den Wangen trug, der Bauch von einer dünnen weißen Narbe verunziert. Ihre Taille war stämmig und zeigte Schwangerschaftsstreifen. Ich sah zu, wie sie begann, sich zwischen die Schenkel zu fassen, und fühlte mein Gesicht brennen, mehr Mimi Chantals als meinetwegen. Ohne daß ich es wollte, regte sich auch leise etwas in meiner Hose. Ich konnte Sandy nicht mehr anschauen, so, als sei dort ein blinder Fleck in meinem Sehfeld. Die Männer blieben größtenteils ruhig; einige stießen Rufe aus, manche klatschten. Die Männergruppe seitlich an der Bühne hatte sich vergrößert, obwohl von dort die Hauptsachen schlecht zu sehen sein mußten; ich konnte mir keinen Reim darauf machen. Dann trat Mimi – Tanzschritte sparte sie sich – zu ihnen hinüber. Die Männer begannen zu johlen, mit der flachen Hand auf die Bühne zu klatschen, einander beiseite zu stoßen; sie schienen etwas zu wissen, was wir übrigen nicht wußten. Mimi stand und berührte sich mit einer Hand und winkte mit der anderen einzelnen Männern zu, die sie offenbar kannte. Rusty schnitt eine lüsterne Grimasse und fragte Mimi durchs Mikro, was sie denn seinem Publikum zu präsentieren gedenke.

»Sie wird doch nicht ...«, hörte ich Sandy sagen, mehr zu sich selbst als zu mir. Als ich überlegte, was gemeint sein konnte, trat Mimi an den Bühnenrand, kauerte sich hin und spreizte langsam die Schenkel. Ich erwartete, daß irgend jemand – Rusty, ein paar Rausschmeißer, Wachleute – herantrat und die Männer zurückdrängte, aber im Gegenteil, Rusty feuerte sie durchs Mikro noch an: »Greift zu für eure zwei Dollar.« In Brust und Hals begann mir das Blut zu pochen, in den Ohren rauschte es. Viel sehen konnte ich nicht mehr, nur Mimis immer noch gelangweiltes Gesicht über einem Wald grabschender Arme, das herzförmige Dunkle zwischen ihren Beinen verschwunden unter einem schrecklichen Gewimmel von Händen und Fingern.

Plötzlich fühlte ich Sandys Hand zupacken und mich am Ärmel zerren. Ich blickte sie an.

»O mein Gott, Gabe«, hauchte sie. Ich wandte mich ihr zu, gerade als die Männermeute rund um die Bühne in lautes Hurrageschrei ausbrach. Sandys Gesicht sah entsetzt aus, als seien wir Augenzeugen eines schaurigen Verkehrsunfalls.

»Nichts wie raus«, raunte ich und zog sie am Arm. Wir rannten aus dem Zelt, während die Musik erstarb, Mimi aufstand und sich verbeugte und Rusty Beifall forderte und Trinkgelder für Mimi. Das letzte, was ich hörte, ehe die Zeltplane hinter mir zuschlug, war der metallische Regen auf die Bühne niederprasselnder Münzen.

Wir rannten wie Gejagte, über die weite Sägemehlfläche des Festgrunds, hinaus auf den düsteren Parkplatz des Food King. Wir erreichten die Eingangstür und standen schwer atmend im Licht des Cola-Automaten. Ich lehnte mich gegen das Zeitungsregal.

»Okay«, keuchte ich. »Ich glaube, wir haben sie abgehängt.« Ich rang mir einen schwachen Lacher ab, um zu zeigen, wie töricht wir gewesen waren. Sandy lachte nicht.

»Herr, erbarme dich«, sagte sie kopfschüttelnd. »Lieber Gott, so was Ekelhaftes, Gabe. Es ist … es ist … so *unanständig*.« Als ich sie so sah, schien mir Unanständigkeit plötzlich das schlimmste Verbrechen gegen die Menschlichkeit.

Ich nickte. »War nicht, was ich erwartet hatte.«

Wir setzten uns auf den Gehsteig, ihr Rücken am Cola-Automaten. »Diese … dieses … wie man's nennen soll. Warum macht sie das?«

»Für Geld, schätze ich.«

Sie schüttelte den Kopf. »Es ist einfach nicht richtig.«

Ich fürchtete, dieser Vorfall könnte sie wieder in die Miß-North-Carolina-Mentalität verfallen lassen, statt Biertrinken, Basecap und Kraftworten wieder manikürte Artigkeit, Mitgliedschaft im Gartenclub und Milchshakes. Ich war sicher, daß es das gab, wie in Kriegsfilmen, wo der Veteran mit dem Schützengrabentrauma durchdreht, bloß weil ein Taxi eine harmlose Fehlzündung hat.

»Wir hätten nicht hingehen sollen«, sagte ich.

»Und das war nur die *Eröffnungs*nummer. Stell dir vor, was dann noch kam.«

Ich versuchte mir vorzustellen, was dann noch kam, und schaffte es nicht. Ich sah nur Mimi Chantal mit gespreizten Schenkeln am Bühnenrand kauern. Und wieder fühlte ich die leisen Regungen von vorhin, belastet mit Schuld und Scham.

»Was ist bloß *faul* mit den Männern?« fragte Sandy. »Was, Gabe? *Dir* hat diese Show nicht gefallen, gut, aber die anderen? Was ist *faul* an denen? An Sex und Männern?«

Die Rolle als nationaler Sprecher für männliche Perversität behagte mir durchaus nicht. Ich zuckte die Achseln, obwohl ich wußte, daß sie mich im Dunkeln nicht sehen konnte.

»Es hat dir doch mißfallen, oder nicht? Oder etwa nicht?«

Wieder zog ich die Schultern hoch, meine Wangen glühten. »Ja klar, natürlich. Trotzdem, ich hab's mir angeschaut, und ich würd' wohl auch jetzt zurückgehen und weiter zuschauen.«

Kopfschüttelnd warf mich Sandy mental zu meinen Geschlechtsgenossen auf den Misthaufen. »Wenigstens bist du ehrlich. Ich wünschte nur, ich könnt's verstehen.«

»Es ist wie ... ich weiß nicht ... ein schlimmer, aber interessanter Verkehrsunfall«, sagte ich. »Du stehst da und gaffst.«

»So, das ist also das große Geheimnis. Männer sehen Intimität mit Frauen als Verkehrsunfall.«

Ich dachte an mein Fiasko mit Kami Sue Hightower, eine Episode, die beides vereint hatte, Intimität und Unfallwagen. Ich schüttelte den Kopf.

»Intimität ...« Ich dachte über das Wort nach. »Jemandem nahe sein. So wie jetzt, zum Beispiel, auch einfach nur quatschen. Da in dem Zelt, das ist keine Nähe.« Ich schluckte. »Da geht's nur um Geld.«

Sie schwieg einen Augenblick. »Na, zumindest hast du mehr auf dem Kasten als die meisten, Gabe.«

»Danke.«

»Freilich, du bist noch jung.«

»Nur sechs Jahre jünger als du«, erwiderte ich. Ich sah, wie sie sich mir zuwandte, ein schwarzer Schattenriß im roten Schummerlicht.

»Ja, du holst auf.«

Ich nickte, ohne richtig zuzuhören. Ich dachte an Mimi Chantal, die sich fremden Fingern öffnete nur wegen der Aussicht auf ein paar Dimes und Nickels, und an Vic, der die Frauen vom Champagner-Begleitservice als eigene Eroberungen ausgab. Ich dachte an meine eigenen Lügen vor Kami Sue Hightower, meine Hochstapeleien, während ich versuchte, ihr die Hand in den Ausschnitt zu stecken; mein Künstlergehabe vor Alison; alle Schwindeleien, die ich Gladys während ihrer ersten Tage in Dutchland, und alle, die ich Roman aufgetischt hatte, hundertmal, wenn er mich, während ich heranwuchs, in die Schattenwelt des Kaufens und Verkaufens zog, in der er lebte, und sagte: »Erzähl deiner Mutter nichts.« Immer stand Sex im Mittelpunkt, drohend, verschlagen, fordernd, herrisch, während die Intimität wie eine schüchterne, bebrillte Kusine zitternd an der Wand lehnte und wartete, bis sich die Wogen glätteten.

»Zum Totlachen«, sagte ich. »Alles, was mit Sex zu tun hat, hat offenbar immer auch mit Betrügerei oder mit Geheimnistuerei zu tun.« Ich klapperte mit dem Griff des leeren Zeitungsregals. »Meist mit beidem zugleich.«

»Siehst du, du wirst erwachsen. Kriegst täglich mehr Durchblick.«

Ich lachte. »Du bist die zynischste Naive, die mir je untergekommen ist.«

Sie seufzte und ließ den Kopf gegen den Cola-Automaten fallen. »Trotzdem, eins will ich dir mal sagen: Ich habe nie mit jemandem geschlafen, den ich nicht geliebt habe.«

Ich nickte und machte eine fragende Geste. »Und?«

»Ich will damit sagen, die Romantik ist noch nicht tot. Man kann ihr noch Leben einhauchen, wenn man will.« Undeutlich erkannte ich ihre Augen, traurig und feucht.

Eine halbe Sekunde drängte es mich, mich vorzulehnen und sie zu küssen; ihr zu zeigen, daß die Romantik noch nicht tot ist und man ihr Leben einhauchen kann, wenn man will. Dann mahnte mich mein Hirn – wie es Roman getan hatte –, daß sie immer noch mehr oder weniger meine Tante war. Aber sie machte mich an, auf eine Weise, die nichts mehr zu tun hatte mit meinen Erektionen am Pool in Dutchland, als ich gebellt hatte in der Hoffnung, sie aufzuschrecken und ihre Brüste zu sehen, meine Badehose verdeckt durch ein aufgeklapptes ›Mad‹-Magazin. Oder *fast* nichts mehr damit zu tun hatte. Etwas Neues, ein Cocktail aus alten und neuen Regungen – derselbe Mix, dachte ich, der Gladys aus unserem Leben gerissen hatte. Was immer es war: Ich traute ihm nicht. Da stand, glaubte ich, im Hintergrund doch wieder der Sex, gerissen, und suchte mich mit dem Lasso einzufangen wie all die anderen.

»Dein kleiner Spruch wäre eine prima Stickvorlage«, sagte ich. »Man könnte ihn rahmen und im Schlafzimmer übers Bett hängen.«

Sie seufzte und wandte den Blick ab. »Sei kein Arschloch, Gabe, und tu's nicht deinem Vater nach. Zu echter Niedertracht hast du dir noch kein Recht erworben.«

»Noch nicht«, sagte ich.

»Und du ... hast du je mit jemandem geschlafen, den du nicht liebtest?«

Ich zögerte die Antwort eine Minute hinaus, ließ mir die möglichen Lügen durch den Kopf gehen, verwarf sie alle. »'ne bessere Frage wäre, ob ich überhaupt je mit einer Frau geschlafen habe. Voilà. Ich bin der naivste Zyniker, der *dir* je untergekommen ist.«

»Du hast noch *nie?*«

»Nein. Ein bißchen gefummelt, nach dem Date«, sagte ich und dachte an meine Dichterlesungen mit Alison. »Da war dieses eine Mädchen, aber wir sind nicht wirklich zur Sache gekommen, nur Berühren und Küssen. Sie sagte, wie hätten 'ne geistige Beziehung.«

Sandy lachte. »Genau das Richtige für all jene Nächte, wenn du glaubst, dein Körper explodiert. Wer noch?«

»Niemand. Viele Chancen haben sich mir nicht geboten.«

»Wie alt bist du jetzt?«

Ich sagte es ihr.

»Ich vergesse immer wieder, wie jung du bist«, sagte sie. Für sie und für Roman hätte ich mir auf die Stirn tätowieren lassen sollen: ICH BIN SECHZEHN.

»An dieses Fummeln nach dem Date kann ich mich auch noch gut erinnern«, sagte sie. »Gemischtes Ringen in der Frustrations-Olympiade.«

»Das trifft's nicht schlecht«, lachte ich.

Sie stand auf, und es freute mich, daß sie nicht ihren Hosenboden abstaubte. »Ich bin müde«, sagte sie. Die Verlegenheit zwischen uns war mit Händen zu greifen.

»Solltest du auch sein, nach einem harten Tag, an dem du durch clevere Ideen unsere Haut gerettet hast«, sagte ich.

Sie lehnte sich zurück, als wolle sie die Sterne beobachten. Über uns die Metallmarkise des Food King, gespickt mit Vogelnestern. Sandy gähnte und reckte sich, und ehe ich mich versah, nahm sie meine Wangen zwischen die Hände und küßte mich. Nur ganz zart streiften ihre Lippen die meinen, dann drückte ich mich an sie und berührte mit meiner Zunge den Rand ihrer Lippen, meine Arme immer noch neben dem Körper. Der Duft von Babyshampoo und einem honigsüßen Parfüm stiegen mit der Wärme ihrer Haut von ihr auf. Meine Hände bewegten sich wie die einer Marionette, und meine Fingerspitzen griffen unter die Brücke, die unsere Körper bildeten, und zeichneten seitlich die kleine, sanfte Kurve ihres Busens nach, ganz sachte, um ihre Konturen langsam zu erforschen. Sie legte ihre Hand auf meine, um sie fortzuschieben, dachte ich, aber sie ließ sie liegen, drückte sie an sich. Ihre andere Hand schlang sie um meinen Nacken, und ich fühlte die Wärme ihres Atems an meinem Ohr.

»Wir lassen es bei diesem Moment, Gabe«, flüsterte sie. »Wir lassen es dabei, und du sollst dich daran erinnern. Dein Leben lang, wenn du hinter Frauen her bist und Frauen willst und sie dich wollen und es nicht geistig, sondern körperlich ist, sollst du dich daran erinnern und wissen, daß es nicht billig ist und kein Autounfall und keine schweinische Show. So wie jetzt, das ist es, und das soll man immer dabei empfinden.« Ich hörte ihren Atem.

»Ich werde dran denken«, sagte ich, und sie hielt mich noch eine Minute fest, während ich, die Augen geschlossen, das Ganze noch einmal vorüberziehen und einsickern ließ. Dann machte sie meine Hand von sich los und trat zurück. Wir blickten einander an. Auf meinen Lippen schmeckte ich noch die Feuchtigkeit ihres Mundes.

»Siehst du?« brach sie die Stille. »Verteufelt romantisch. Wenn man nur will.«

»Stimmt«, sagte ich und fand meine Stimme wieder.

Sie strich mir das Haar aus der Stirn. »Wie sagte man noch auf der Highschool? ›Bleib immer so süß, wie du bist.‹«

»Mir hat das nie jemand gesagt.«

»Du bist noch nicht lange genug auf der Schule, daß du das hättest hören können, soweit ich weiß.«

Ich lächelte. »Das ist wahr.«

»Also, bleib«, sagte sie. Sie nahm meinen Arm und führte mich in Richtung Chevy am Rande des Parkplatzes. »Bleib so, meine ich. Oder werd jedenfalls nicht schlimmer.«

Ich nickte. »Werde dran arbeiten.«

Am nächsten Morgen frühstückten wir alle zusammen im Red Bird Café neben dem Hotel. Roman trank nur ein Glas Buttermilch, angeblich machte ihm sein Sodbrennen zu schaffen. Seit jeher trank er gegen jedwede Unpäßlichkeit Buttermilch; man konnte sich gut vorstellen, daß er sie auch auf ein gebrochenes Bein gießen würde. Während Sandy und ich bei Mimi Chantal gewesen waren, hatte Roman auf einem Briefbogen des Motels bereits grob die Sichtblende skizziert, die wir brauchten. Vic war frühmorgens schon zum Einkaufszentrum gefahren, hatte dann an Harris Pettigrews Wohnwagentür geklopft, ihn geweckt und überredet, vier galvanisierte Metallpfosten an den Ecken unseres Standplatzes aufzustellen. Mehr könne er, sagte Harris, jetzt, einen Tag nach der Eröffnung, nicht tun. Alles andere Absperrmaterial sei ihm schon ausgegangen. Vic schüttelte den Kopf, als er es uns erzählte.

»Ein unfreundlicher Patron«, sagte Vic. »Habe wohl zu früh angeklopft. Er stand da in Unterwäsche, mit einer Frau im Wohnwagen.«

Roman warf mir einen Hundertdollarschein hin. »Gabe, ganz egal, wie du's anstellst – sieh zu, daß du eine Sichtblende um die Pfosten ziehst, um die Wagen. Ohne Eintritt kriegt niemand auch nur 'ne Radmutter zu sehen, was, Sandy?«

»So ist's im Sinne der Erfinderin«, lächelte sie, belustigt ob ihrer neuen Wichtigkeit.

»Ich und Vic fahren in die Stadt mit, ähh ...«

Er hielt inne und zeigte fuchtelnd auf Sandy, als falle ihm ihr Name nicht mehr ein. Jemanden, der einen Geistesblitz gehabt hatte, pflegte er normalerweise als »Einstein« zu titulieren. Und nun sah ich, wie er sich abmühte, ein weibliches Pendant zu finden. Als ich den Mund auftat, war nur ein einziger Name in meinem Gedächtnis aufgetaucht. Wirklich, ich hatte in der Schule zu oft gefehlt.

»Nenn sie doch Emily Dickinson«, sagte ich. Im Sommertrimester, im Juni, in meiner letzten vollen Woche, war sie durchgenommen worden.

»Was redest du da, Gabe?« fragte Sandy.

Roman sah mich an und blinzelte.

»›Eine Fliege summte – als ich starb‹«, sagte ich.

Er kniff die Augen zusammen. »Was soll das heißen?«

»Es ist ein Gedicht. Sie hat es geschrieben.«

»Verdammt geistreich. Und was soll das bedeuten? Hängt der Himmel voller Fliegen? Kann man sich ja richtig auf was freuen, wenn man abkratzt.«

»Da gibt es einen größeren Zusammenhang«, sagte ich. »Habe ich vergessen.«

Vic hob die Hand, wie in der Schule. »Ich selbst steh' ziemlich auf Rod McKuen. ›Hab nie Angst zu fragen, was es ist.‹«

»Was es ist?« fragte Sandy.

»Eine Zeile aus ›Fields of Wonder‹. Relativ neues Werk.«

»Bin ich irgendwie nicht normal?« fragte Roman. »Läuft hier jeder rum und schüttelt die Namen berühmter Dichter aus dem Ärmel? Muß man mehrmals am Tag Gedichte rezitieren, so wie man sich die Zähne putzt?«

»Sag bloß, du tust das nicht!« rief Sandy. »Mensch, dein Leben ist vielleicht leer.«

»Leerer Geldbeutel ist schlimmer. Los Sohn, an die Arbeit. Ich, Häuptling Geldsack, und Emily Dickinson hier werden jetzt die Stadt unsicher machen und sehen, auf was für Ideen wir sonst noch kommen.«

Ohne Auto beschränkte sich mein Einkaufsradius auf den Food King und seinen Nachbarn, King Mart. Ich beschloß, King Mart eine Chance zu geben. Gleich hinter der Eingangstür drängte sich Kundschaft um einen Stand mit Blinklicht; hier gab es drei Sorten Popcorn (einfach, Käse, Karamel) in Behältnissen, die an umgestülpte Football-Helme erinnerten. Es war der perfekte Verkaufsschlager, perfekt in seiner Nutzlosigkeit. Hier, im King Mart und artverwandten Konsumtempeln, konnte man studieren, was aus den Haustürvertretern geworden war, aus der Energie von hunderttausend Drückern, Trommlern und Treppensteigern: Nicht verpufft war sie, sondern geronnen zu neonbeleuchteten Regalkorridoren, zu Muzak und blau ausgezeichneten Sonderangeboten. Hier verkaufte man fünfundzwanzig verschiedene Sorten Hemden, Lufterfrischer fürs Auto und künstliche Fici benjamini. Alles vollkommen nutzlos. Aber auch kalt, es weckte keine Begierden: Wenn man selbst nicht zugriff, dann griff eben das Dutzend Kunden hinter einem in der Schlange zu. Niemand bekam hier Provision. Die einzigen, denen vermutlich etwas daran lag, daß man etwas kaufte, waren die Geschäftsführer, deren gerahmte, lächelnde Porträts am Eingang hingen; sie saßen irgendwo versteckt in Büros, statt Pflaster zu treten, Musterkoffer zu schleppen, in Platzregen naß zu werden. Diejenigen, die man sah, die Damen hinter der Theke, die Kassiererinnen in ihren grünen Kitteln, kümmerte es einen feuchten Kehricht, ob man mit leeren Händen ging; sie gähnten, während sie bedienten. Hier gab es keine Sympathiekäufe, niemanden, der einem für das ausgegebene Geld, für den getätigten Kauf, ein gutes Gefühl vermittelte. Geld spielte mit, graue Metallkisten voll, aber keine Liebe. Mir schien, daß Roman und seinesgleichen – auch ich – keine Chance mehr hatten. Ich schüttelte den Gedanken ab.

Irgend etwas Maßgeschneidertes für unsere Zwecke gab es nicht. In der Sportabteilung fand ich nur eine einzige – zu kurze – Zeltbahn. Nach einer halben Stunde Suchen und Rechnen entschied ich mich für sechzig Meter Wäscheleine und einundzwanzig Duschvorhänge. Die Kassiererin starrte mich an, während sie meine Waren eintippte; mit einer Mischung aus Langeweile und Verwirrung musterte sie meinen Kauf, ihren rosa Bubble-Gum wiederkäuend.

»Für mein neues Haus«, sagte ich ihr. »Einundzwanzig Badezimmer.«

»Was'n Palast.«

»Ich habe viele Gäste.«

Sie nickte.

»Und entsprechend viel Schmutzwäsche.«

Sie hörte auf zu nicken, schon wieder gelangweilt. »Danke für Ihren Einkauf bei King Mart.«

»Keine Ursache.«

Die Wäscheleine reichte gerade einmal um die vier Zaunpfähle herum, die Harris Pettigrew für uns hatte in den Boden rammen lassen. Ich zog sie so stramm, wie ich konnte, fädelte die zweihundertundzehn Plastikringe darauf und befestigte schließlich meine einundzwanzig Duschvorhänge daran und verband sie mit Gewebeband zu einem durchgehenden Ganzen.

Ich trat zurück. Ein lächerliches Flickwerk, weiße, beige, pastellfarbene Vorhänge bunt gemischt, manche mit aufgedruckten Muscheln, Stockenten oder Blumen – wie Kinderzeichnungen, aufgereiht an der Wand eines Klassenzimmers. Aber sie erfüllten ihren Zweck. Man sah nichts mehr von den Autos, nicht eine Radmutter. Die anderen Carnies hatten ihren Kater ausgeschlafen und fingen gerade an sich zu regen, stolperten halbangezogen aus ihren Wohnwagen, kratzten und streckten sich, leerten Mountain-Dew-Flaschen, um wieder munter zu werden. Unsere britische Stripnachbarin saß schon wieder draußen auf ihrem Klappstuhl, rauchte und las im ›Zukunftsschock‹. Ihre rote Perücke war weg. Sie blickte auf und winkte.

»Was ist denn bei euch los, habt ihr Waschtag?« rief sie lachend. Ich winkte zurück und musterte sie eine Minute, grübelnd, was sie dazu treiben mochte, allabendlich auf der Bühne Wildfremden die Schenkel zu öffnen. Hinter ihr reglos und verschlossen das Stripzelt mit Außenbühne und Kassenhäuschen, wie ein Wohnzimmer am Morgen nach einer Party, die aus dem Ruder gelaufen ist. Ich stellte mein Limonadenbudenschild an unseren Eingang und schlüpfte durch den Durchlaß ins Innere. Blaßrosa Licht fiel durch die Duschvorhänge und verlieh den Autos eine seltsame Tönung, wie auf alten kolorierten Postkarten. Abgeschirmt von Lärm und Trubel, schienen die Unfallwagen auf irgend etwas zu warten wie Untote, die nicht abtreten wollen. Ich dachte an den Sonnenaufgang in Vic Comstocks Garten an jenem Morgen, als wir die Wagen erstmals zu Gesicht bekamen, dem Morgen, an dem die Frauen ›Deadman's Curve‹ gesungen und die mittelalten Handelsvertreter alle geweint hatten. Jetzt boten wir diesen Morgen als Paket, und ich wußte, wir konnten es jedem verkaufen.

Ich hatte ein paar Dollar in der Tasche und beschloß, irgendwo zu Mittag zu essen. Allerdings war nur der Pfannkuchenstand geöffnet. Ich aß zwei Stück und trank eine große Limo. Die anderen waren immer noch nicht zurück. Am Rande des Platzes stand eine Telefonzelle, und ohne Vorüberlegung, was ich sagen wollte, klappte ich die Tür hinter mir zu, warf alles Kleingeld ein, das ich hatte, und ließ mich mit Dutchland verbinden.

Endlose Rufzeichen. Ich stellte mir das Klingeln vor in dem leeren Haus, wie es hinausschallte zum Pool, zur reglos wartenden Eisenbahn und wahrscheinlich die Knochen meiner traurigen Skulptur zum Klirren brachte, die jetzt wohl schon angefangen hatte zu rosten. Ich genoß diese Tagträumerei, diese kleine imaginäre Hausführung, so sehr, daß ich fast das elektrische Klicken am anderen Ende überhört hätte und Dutchs Stimme, die verärgert sagte: »Hallo? Hallo? Spielt mir da einer einen Streich?«

»Es ist kein Streich, Dutch.«

»Gerald? Sind die Spots endlich sendefertig?«

»Hier ist nicht Gerald, Dutch. Hier ist Gabe. Ich bin in Süd-Georgia.«

»Ach so – Gabe! Ach, wunderbar! Süd-Georgia, wunderbar!« Seine Herzlichkeit klang, als hätte er sie vor dem Spiegel eingeübt.

»Es ist heiß hier, aber die Show läuft gut. Haben schon 'n Haufen Kohle gemacht. Könnte nicht besser laufen.« Ich biß mir von innen auf die Backe.

»Freut mich zu hören, Gabe. Hier bei uns hat sich nicht viel verändert. Ich arbeite an einem neuen Spot. Die Jungs lassen mich – stell dir vor – mit einem brandneuen Plymouth Volare in einen riesigen Berg Eiscreme fahren. Unter uns, im Vertrauen, es ist in Wirklichkeit irgendein Chemieschaum, damit er zwischen den einzelnen Takes nicht schmilzt. Ich trage einen mit Schokoladensirup übergossenen Schutzanzug und auf dem Kopf eine riesige Kirsche, und ich pflüge mitten rein.«

»Wow«, sagte ich.

»Werbung für unsere Sonderaktion ›Heiße Preise für kühle Rechner‹. Einen Monat lang jeden Sonntag jeder Wagen fünf Prozent unter dem Listenpreis. Oder ›Coole Preise‹, aber ich weiß überhaupt nicht so recht ...«

»Klingt großartig, Dutch«, sagte ich. Es überraschte mich, daß er mich so vieler Worte würdigte, ohne Häme, ohne Krittelei. Entweder war dies die Taktik der langen Leine, oder er fand mich – wie Gladys behauptete – einfach nett.

»Meinst du wirklich?« fragte er.

»Klar. Wo ist das Problem?«

»Na ja, die Styropor-Kirsche, das geht vielleicht etwas zu weit. Ich fürchte ... ich glaube ... vielleicht mache ich mich bei dem Ganzen zu sehr zum Narren, Gabe.«

Einen Herzschlag lang stand ich sprachlos, während meine Augen über die Graffiti in der Zelle wanderten, die billigen Sex-Angebote und Kilroy-Karikaturen. *Genau das ist ja der Punkt,* wollte ich schreien. Genau darauf zielen deine Werbespots seit zehn Jahren ab: ein Mann, so närrisch, so dämlich, der kann nicht anders als ehrlich sein, der kann nicht unlauterer oder gerissener sein als ein Truthahn auf dem Bauernhof. War es möglich, daß er das nicht gemerkt hatte? Wieder einmal überfiel mich plötzliches Mitleid für Dutch.

»Ich glaube nicht, Dutch«, sagte ich. »Es bringt dich als guten Kumpel rüber.«

»Genau das dachte ich auch, Gabe. Danke für deine Stellungnahme.«

»Na gut.«

»Ach so. Deine Mutter ist gleich fertig mit Haaretrocknen. Ich ruf' sie jetzt mal. Wir haben gestern abend ein bißchen zu lang gefeiert, fürchte ich.«

Eine Feier für einen neuen Dutch-Fernsehspot – seltsam. Ich hatte gedacht, das wäre inzwischen Routine, Teil des Geschäftsalltags wie Lohnsteuerabzüge. Am anderen Ende der Leitung hörte ich irgendein ersticktes Gemurmel, gedämpfte Stimmen, der Hörer fiel hinunter.

»Gabe? Wo bist du? Kommst du heim?« rief Gladys, als sei ich gekidnappt worden. War ich wohl auch ihrer Ansicht nach.

»Ich hab's Dutch schon erzählt, wir sind in Süd-Georgia. Das Geschäft läuft. Sogar richtig bombig.«

»Den Spruch kenne ich doch«, sagte sie. Ich sah sie vor mir, wie sie mir zuhörte und dabei Dutch anblickte und die Augen verdrehte.

»Doch, es läuft gut. Du solltest Roman erleben. Wie ein kleiner Junge, der Baseballkarten handelt.«

»Offensichtlich hat Dutch die Katze schon aus dem Sack gelassen. Schade, ich wollte es dir selber sagen. Bist du sauer?«

»Welche Katze?«

»Ich hörte, wie er dir von unserer Feier erzählte.«

»Der neue Spot? Nein, warum sollte ich deswegen sauer sein. Er kann so viele Spots produzieren, wie es ihm gefällt. Gladys – wovon redest du eigentlich?«

»O nein. Er hat also doch nicht ... Gabe ...«

»Gladys?«

»Dutch und ich ... also kurzum ... Wir heiraten, Gabe.«

Ich blickte zurück zu Inspektor Kilroy mit seiner Knollnase, als könnte er mir diese neueste Entwicklung erklären. Und blinzelte ein paarmal.

»Du bist doch schon verheiratet«, sagte ich.

»Ja, Gabe, aber du verstehst doch, das ist vorbei.«

»Ich versteh' gar nichts.«

»Freu dich für mich, Gabe. Gestern abend hat mir Dutch einen nagelneuen Bonneville mit einer großen roten Schleife drumrum geschenkt, und während wir so herumfahren, fragt er mich. Ich weiß, es klingt kitschig ...«

»Bist du sicher, daß es kein Werbespot war? Keine Kameras, die euch heimlich filmten?«

Sie schwieg einen Augenblick, und mein Gesicht begann zu glühen. »So also reagierst du«, sagte sie. »Du spottest über mein Glück.«

»Aber nein«, sagte ich. »Sonderpreishammer im Juni: eine Braut. Keine Anzahlung. Heimlich durchbrennen und heiraten – und dabei noch sparen. Das gefällt mir.«

Jemand pochte an die Scheibe der Zelle, und ich erblickte einen kleinen sommersprossigen Mann, den ich als den Clown Bosco von der Tauchbude an der Mittelgasse erkannte, bei der die Leute in einen Käfig steigen und auf einer Bank ins Wasser gelassen werden. Er schwankte und trank eine durchsichtige Flüssigkeit aus einer Colaflasche. Reste von Schminke klebten hier und da auf seinem ledrigen Gesicht bis zum Haaransatz. Noch einmal klopfte er mit den Knöcheln ans Glas und mimte das Drehen einer Wählscheibe, als sei das Teil seiner Nummer.

»Mach die Zelle frei, Kleiner«, rief er.

»Das laß ich nicht auf mir sitzen, Gabe«, sagte Gladys. »So was brauch ich mir von dir nicht sagen zu lassen. Offenbar hatte Dutch doch nicht ganz unrecht, du hast mal so richtig reingerochen in Romans Leben da draußen in der Welt. Allerdings solltest du dich davon abwenden, und nicht mit fliegenden Fahnen überlaufen.«

Ich kehrte Bosco den Rücken. »Das also war der großartige Plan? Sorry, daß ich ihn vermasselt hab', indem ich meinen Vater gern habe. Einer von uns beiden muß es ja tun.«

»Ich muß meinen Bewährungshelfer anrufen«, krächzte Bosco. Er deutete auf sein leeres linkes Handgelenk und schlug dann mit der Flasche gegen die Tür, so daß Flüssigkeit herausschwappte und einen schmalen Streifen Glas blank wusch. »Sonst ist's mit meinem Freigang vorbei.«

»Gabe, du bist doch kein Fünfjähriger mehr. Dein Vater und ich werden nicht um des Kindes willen zusammenbleiben.«

»Also liebst du Roman nicht mehr! Ist es völlig aus? Und anstelle der klapprigen alten Liebe kriegst du 'ne schöne fabrikneue von Dutch. Klasse Tausch, neu gegen gebraucht mit Wertausgleich. Habe ich das richtig ausgedrückt?«

»Gabe ... um Gottes willen. Warum bist du so entsetzlich verbittert? Gegen mich?«

Ich hielt den Hörer, mein Mund wollte Antworten formen, aber es kamen keine. Vielleicht war es ja so, dachte ich, vielleicht sind sie wirklich nur meinetwegen zusammengeblieben in den ganzen Jahren, als ich heranwuchs. Ich dachte an Vaters Story über die Bestechung von Mrs Kenny in der ersten Klasse, zwecks Vorzugsbehandlung, und wie gut das funktioniert hatte – wie sie mich jeden Tag an den Bordstein brachte, die Arme im Sweater fest auf meiner Schulter. Geborgenheit, gekauft und bezahlt, unter der Hand. Ich fragte mich nun, ob meine gesamte Kindheit und Jugend mit Gladys etwas durch Schuldgefühle Erpreßtes oder durch billiges Sentiment Erkauftes gewesen war. Jetzt war ich erwachsen; der Burgfrieden war zu Ende.

Bosco trat gegen die Tür. »Vorbei«, als wolle er meine Gedanken bestätigen.

»Sekunde«, sagte ich in den Hörer und ließ ihn an der Schnur baumeln. Ich riß die Tür auf und packte Bosco am Hemdkragen. Er war fast zehn Zentimeter kleiner als ich.

»Hör zu, du Arschloch«, fauchte ich. Er hielt mit beiden Händen die Flasche fest, als sei seine größte Sorge, ich könne sie ihm wegschnappen. Seine Augen waren wäßrig und gelblich. Aus der Nähe sah ich, daß er trotz seines dicken schwarzen Haarschopfs ein alter Mann war. Ich ließ ihn los. »Du wartest, bis du an der Reihe bist«, knurrte ich.

»He, willst du, daß ich in den Knast komme, weil ich meinen Meldetermin verpasse?« Er sah aus, als würde er gleich weinen. Er trank aus der Flasche und zupfte fahrig an den bröckligen Schminkresten auf seinem Gesicht.

»Nein, will ich nicht.«

Ich nahm den Hörer auf.

»Gladys? Sag mir nur eines. Ja oder nein. Liebst du Roman noch?«

Sie zögerte. »Gabe, das ... das weiß ich im Augenblick nicht so genau.«

Ich wußte, daß Dutch bei ihr war, bei ihr im Zimmer. »Ja oder nein. Dutch wird nicht wissen, wovon du sprichst.«

»Es ist eine komplizierte Antwort, Gabe«, sagte sie.

»Also ist es nicht ›nein‹«, sagte ich. »Wäre die Antwort ›nein‹, dann wäre es einfach.«

»Aber auch nicht ›ja‹. Da gibt es vieles zu erklären.«

»Ich muß jetzt aufhören.«

»Was soll das heißen? Du kannst nicht eine solche Frage stellen und dann einfach ...«

»Wenn ich jetzt nicht auflege, wandert ein Clown ins Gefängnis.«

Bosco zeigte mit dem Flaschenhals auf mich. »Feiner Kerl.«

Die anderen kehrten aus der Stadt zurück, und Sandy hob zwei große Kartons voller Klamotten vom Rücksitz.

»Gute Arbeit«, lobte sie und deutete auf die Vorhänge. »Hereinspaziert. Besichtigen Sie die größte dachlose Duschkabine der Welt.«

»Aber die Wagen sind blickdicht abgeschirmt, oder nicht?«

»Genau, darauf kommt's an, Fräulein«, sagte Roman. Er trank Buttermilch aus der Packung.

Sandy grinste süffisant und packte einen Karton. »Ich geh' mich umziehen«, sagte sie und verschwand hinter dem Vorhang. Bis zur Öffnung um vier hatten wir noch eine Stunde. Vic ließ sich von Roman den Schlüssel geben und fuhr mit dem Chevy zurück in die Stadt.

»Was wird hier gespielt?« fragte ich.

Roman zuckte die Achseln. »Keine Ahnung. Ist mir 'n Rätsel.«

Wir standen einen Augenblick da und schauten die Mittelgasse hinunter, wo die Männer aus ihren Wohnwagen stiegen, mit blutunterlaufenen Augen in die Sonne blinzelten, rauchten, sich mit den Fingern schneuzten.

»Prima Arbeit, mit den Vorhängen«, sagte Roman.

Ich nickte. »Danke. Ich habe mit Gladys gesprochen.«

Er wandte sich zu mir um. »Ist sie hier?«

»Telefon.«

Er nickte und lachte leise. »Klang sie gut? Hast du sie von mir gegrüßt?«

»Ja, klar«, log ich. »Es gab nicht viel Neues.« *Außer daß du deine Papiere kriegst, sobald du die Staatsgrenze überschreitest.* »Dutch dreht einen neuen Werbespot.«

»Er braucht wohl Geld. Sein Polster ist vermutlich ziemlich dünn geworden – oder besser gesagt seine Matratze.«

Ich lachte.

»Apropos Geld, diese Woche legen wir richtig los, was?« sagte er. Ich brachte eine Mischung aus Achselzucken und Nicken zustande.

Roman spuckte in die Sägespäne. »Ich kann nur hoffen, daß es klappt. Andernfalls sind wir in fünf Tagen wieder zu Hause und studieren die Kleinanzeigen.«

Die Vorhänge teilten sich, und Sandy trat heraus, mit einer platinblonden Lockenperücke, leuchtend rot angemalten Lippen und einem langen Silberlamékleid. Die erstaunlichste Metamorphose allerdings hatte sich mit ihren Brüsten vollzogen. Sie trug eine Konstruktion wie Jane Russells Torpedo-BH, Körbchengröße »gigant«, prall ausgestopft. Das, was man einen Atombusen nennt, fast wie im Cartoon.

»Heiteres Personenraten«, verkündete sie mit rauchig-laszi-ver Stimme.

»Mimi Chantals Schwester«, sagte ich. Sie grinste höhnisch.

Roman lächelte und nickte. »Sie ist Jayne Mansfield, Gabe. Und sie wird unsere Einnahmen verdoppeln.« Inzwischen hatten einige der Carnies ihren Kater so weit überwunden, daß sie Sandy bemerkten. Rufe und Pfiffe hallten über den Platz, als würde eine Hundemeute zu bellen anheben.

»Zieh das an«, sagte sie und warf mir ihren Karton zu. Darin befanden sich eine Lederjacke und eine Panoramasonnenbrille. »Du bist James Dean.« Ich nahm die Jacke heraus und beugte mich vor, während Sandy mein Haar mit Dippity-Do eingelte und es zurückkämmte, wobei sie mir mit ihren Brüsten kleine Stüber ins Gesicht versetzte. Ich probierte die Jacke an; sie paßte, war aber vom Design her falsch. Ich brauchte eine Bikerjacke. Diese hier war lang, mit großen Taschen, aus gelbbraunem Kunstleder. Sandy setzte mir die Brille auf.

»Ich sehe aus wie ein Zuhälter aus dieser dämlichen Fernsehserie – ›Kojak‹«, sagte ich.

»Gut, die Jacke ist nicht das Gelbe vom Ei, aber sie tut's, bis wir etwas Geld zusammenhaben. Und bitte rasier den Schnurrbart ab.« Inzwischen betrachtete ich meinen Bartversuch als gescheitertes Experiment. Ich nickte.

Roman ging um mich herum und musterte mich von oben bis unten. »Gib dir trotzdem Mühe mit deiner Rolle.«

»Zu schade, daß Meister Proper nie bei einem Verkehrsunfall ums Leben gekommen ist«, sagte ich.

Sandy lächelte. »Wir haben andere Pläne mit Roman.«

Ehe ich die Chance bekam, von diesen Plänen zu hören, kam

Vic im Chevy zurück, hupend und sein ebenmäßiges Prothesenlächeln auf dem Gesicht. Er stieg auf der Fahrerseite aus, die Augen auf Sandy geheftet.

»Ich stell' mir dich gerade im Schaumbad vor«, sagte er. »Der pure Glamour.«

Sandy lächelte geschmeichelt, und ich merkte, sie erlebte gerade eine Miß-North-Carolina-Rückblende.

»Junger Freund, ich brauche deine Hilfe«, sagte Vic. Er winkte mich herbei, wobei sein Diamantring blitzte.

Vom Rücksitz des Chevy hoben wir eine zerschmetterte Kawasaki, die Vordergabel verbogen und verdreht, Tank eingebeult, mit fehlendem Hinterrad.

»Mit dem Feuerstuhl kommt man nicht mehr weit«, sagte Sandy.

»Was ist das, Vic?« fragte Roman.

»In unserer kleinen Geschichte, die wir uns dazu zurechtbasteln, wird dies Evel Knievels Motorrad sein, das bei seiner legendären Bruchlandung damals dran glauben mußte.« Ich lächelte und dachte an den Vorschlag, den Roman Dutch damals gemacht hatte.

»Komisch, daß ihr es hier in Süd-Georgia aufgetrieben habt«, sagte Roman.

Vic nickte. »Ohne meine Geschäftspartner habe ich vorerst nicht die Möglichkeit, weitere echte Sammlerstücke zu erwerben, also müssen wir mit diesem hier vorliebnehmen. Aber«, fügte er hinzu, »wir kassieren keinen Eintritt dafür. Wir stellen es draußen vor das Zelt, nach der Masche unserer aufreizenden Platznachbarn, die auch nur mal eben im Bademantel vor die Tür kommen.«

Roman dachte darüber nach. »Ein Lockvogel. Etwas, das sie neugierig macht auf die echten Stücke. Wie eine kostenlose Probepackung.«

Vic nickte. »Genau. Damit haben wir schon zwei Lockvögel.« Er beäugte Sandy.

»Dad, ich weiß nicht«, sagte ich. »Die ganze Sache ist blöd und gefährlich. Irgend jemand kann heute abend hier vorbeikommen und das Motorrad als sein eigenes wiedererkennen.«

»Raub auf der Kirmes«, bemerkte Sandy. »Schau an, das hat's ja noch nie gegeben.«

»Wir nehmen doch dafür keinen Eintritt, Gabe«, sagte Roman. »Was meinst du?«

Ich dachte nach und nickte dann. »Okay.«

»Das wäre also geklärt«, sagte Roman. »Aber wir müssen es verkaufen. Gabe, mach ein neues Schild. Vic wird dir den Text diktieren. In zehn Minuten ist Einlaß.«

Ich setzte mich an meinen Kartentisch und malte in Schönschrift Vics drastisch ausgeschmückte Story, wie Knievel 1968 über die Fontänen im Park des Caesar's Palace in Las Vegas gesprungen war und sich dabei vierzehn Knochen gebrochen hatte. Vic diktierte mir eine detaillierte Beschreibung des Motorrads, zog eine Verbindung zu zersplitterten Knochen, einem zerschmetterten Leib, dem nicht einmal ein rascher Tod vergönnt war. Immer wieder starrte ich auf das rostige Wrack, dachte an den Augenblick von Evel Knievels Sprung, in dem eine Kleinigkeit schrecklich schiefging, und sagte mir dann: Die blutrünstigen Einzelheiten dienten der Werbung.

Abends um zehn Uhr hatte ich über achtzehnhundert Dollar in der Kasse. Die Leute, die sich um das Motorrad drängten, erfanden ihre eigenen Details dazu, entdeckten Blutflecke auf dem Sitz, Fetzen von Knievels Kleidung. Vic zog seine Planetenbahn um unseren Stand, die Stimme bebend vor Rührung, die Worte hinaufklingend in die Nacht. Manchmal übernahm Vic die Kasse, und ich ging hinein und lehnte mich an mein Porsche-Wrack, Jackenkragen hochgeklappt, Zigarette lässig im Mundwinkel. Das Blitzlicht von Romans neuer Polaroidkamera warf Schatten auf die Plastikvorhänge, Schatten von zerbeulten Autoleichen, von Menschen, die sich darum bewegten. Er verkaufte die Bilder, die er von den Leuten in den Autos schoß, für zwei Dollar pro Stück. Männer mittleren Alters ließen sich mit Sandy auf dem Schoß ablichten und trugen Lippenstiftspuren auf den Wangen davon. Manche der Frauen küßten mich, als sei ich geradewegs von der Kinoleinwand in die heiße Nacht von Georgia herabgestiegen. Alle halbe Stunde steckte Roman den Kopf durch den Vorhang nach draußen und erkundigte sich, wie es lief. Sandy hatte für ihn einen braunen Trenchcoat mit Gürtel und einen braunen Fedora gekauft, so daß er wie ein Inspektor aus einem Schwarzweißfilm wirkte, der den Schauplatz der Tragödien untersucht. Vics Aufzug war schon Kostümierung genug, schätzte ich, und Sandy hatte nicht versucht, ihn noch zusätzlich zu verkleiden. Sein schwankender, blechern verstärkter Bariton erklomm immer neue Höhen des Pathos. Viele der Leute in Romans Alter verließen die Show mit Tränen in den Augen und klammerten sich an ihre Zwei-Dollar-Polaroids, als sei ihre eigene Erinnerung darauf festgehalten, als bekomme die eigene Nostalgie dadurch Sinn. Und wir kassierten.

Nach Lakeland grasten wir die Ostküste von Georgia ab, nordwärts, bis South Carolina. Unser Weg führte uns über Jahrmärkte, Automessen, Karambolagerennen, die Eröffnung von Einkaufszentren. An freien Tagen machten wir Abstecher, um Flohmärkte aufzuspüren, bauten auf dem Parkplatz auf und machten schnell ein paar hundert Mäuse. Florida sparten wir aus; das sollte, so Roman, unser Winterrevier werden. In den Wochen, die folgten, aßen wir in Steakhäusern und italienischen Restaurants. Vics Geburtstag verbrachten wir in Savannah und gingen in ein griechisches Restaurant, wo Vic Ouzo trank und sich zum Narren machte, indem er während der Show dort tanzte. An jeder Station machten wir pro Abend mindestens tausend, an manchen Abenden das Dreifache. Auf Romans Drängen reinvestierten wir (so nannte er es) einen Teil des Geldes, kauften professionell beschriftete Schilder und warfen meine handgekritzelten weg. Sandy erstand diverse Gold- und Silberlamékleider und zwei platinblonde Perücken. Ich wurde mit einer echten Lederjacke ausstaffiert und warf mein Kunstlederteil in den Müll.

Ich kaufte mir Röhrenjeans und Motorradstiefel, schlichte weiße T-Shirts und eine Flasche Vitalis, mit Hilfe dessen Sandy mein Haar zu einer echten James-Dean-Tolle zurückkämmte. (Dean mit Dippity-Do konnte ich mir nur schwer vorstellen.) Diese Garderobe hatte es mir derart angetan, daß ich sie schließlich immer trug, auch an freien Tagen. Obwohl wir uns nun ein Zelt hätten leisten können wie die anderen Schausteller, behielten wir die Duschvorhänge, die wir mit Hilfe von Zeltstangen spannten. In stillschweigendem kollektivem Aberglauben änderten wir an dem, was uns so viel Glück gebracht hatte, nicht mehr allzuviel. Ich wünschte – und auch Roman, wie ich wußte, wünschte es –, Gladys könnte dasein und unseren Erfolg miterleben. Ich versuchte es ihr auf Postkarten zu schildern, wußte aber, das machte kaum Eindruck. Sie hatte schon zu viele davon bekommen, mit fast genau dem gleichen Wortlaut. Es schien, als habe es Roman nun endlich geschafft. So, wie er es sich immer erträumt hatte. Aber die Leichtigkeit dieses Erfolges, die Mühelosigkeit, mit der wir Kleinstadt auf Kleinstadt abgrasten, beunruhigte mich. Ich war ungetrübten Reichtum nicht gewohnt und traute auch jetzt dem Frieden nicht so recht. Keine Pfändungen, kein Wegschleppen von Hausrat, keine Gladys, mit der Roman Gewinne durchbringen, kein schwarzes Loch, in dem unser Geld verschwinden konnte. Irgendwas mußte schiefgehen, da war ich sicher; aber da ich auf dem besten Wege war, Roman junior zu werden, begeistert von Steak-Häusern und leicht verdientem Geld, war es mir unmöglich zu erkennen, worin dieses Irgendwas bestehen mochte.

ZEHNTES KAPITEL

Ins Seebad Carolina Beach brachten wir Regen mit, eine Tiefdruckzelle, die sich, wie ein erholungssuchender Kurgast, wohlig an der Küste einnistete. Drei Tage lang goß es ununterbrochen, so daß der Shagger's Jam ins Wasser fiel – ein Nachsaison-Musikfestival am Strand, mit dem die Veranstalter den letzten Touristen vor der Winterpause noch ein paar Dollar aus der Tasche ziehen wollten. Vic wußte alles über die Shagger, ältere Semester, Akademiker, gepflegte Gestrige in Penny Loafers und Oxford-Hemden. Es waren Männer und Frauen, die viel tanzten, so oft wie möglich Bier tranken und ganze Landstriche an- und verkauften. Sie waren reich, betrunken und voll Sehnsucht nach alten Zeiten, und wir hätten sie ordentlich geschröpft. Aber es regnete sich ein, die Shagger blieben weg, und wir vier verbrachten die Tage mit Pendelfahrten zwischen Surf-Bee-Motel und Waffle Hut, wo wir Kaffee tranken und rauchten und uns von einer Kellnerin namens Ida die aktuellen Wetterprognosen geben ließen.

»Regnet immer noch«, pflegte sie zu sagen, und wir nickten, kritzelten im Kreuzworträtsel und spielten Gin Rummy, das wir reizvoller fanden als das gewöhnliche Rommé.

Sandy warf dann stets einen Blick durchs Panoramafenster und seufzte: »Sie hat schon wieder recht. Geradezu unheimlich.«

Bei solchem Wetter konnte man nur in dumpfe Schwermut verfallen, obwohl Roman und Vic mehrere tapfere Versuche machten, sich über das Geld aufzuregen, das wir verloren. Nach einer Serie von fünf verlorenen Spielen warf Roman die Karten auf den Tisch und ging zum Fenster, wo er, auf den Zigarettenautomaten gelehnt, hinausstarrte.

»Hier hätten wir Charleston übertroffen«, sagte er. »Dreitausend am ersten Tag, ohne auch nur einen Schweißtropfen zu vergießen.«

Vic nickte, während er das Angebot der Jukebox studierte und bei George Jones und Tammy Wynette, bei Captain und Tennille die Stirn runzelte. »Äußerst bedauerlich, mein Freund«, sagte er. »Was hätten wir ihnen das Geld aus den Taschen ihrer karierten Golfhosen ziehen können.« Er drückte ›Come And Get Your Love‹ und ›Jive Talkin'‹. Die Musik war gedämpft, die Platte verkratzt.

Roman nickte, und ich wußte, daß er mit seinen Gedanken bei der Metallkiste im Reserveradfach des Chevy war, die unseren Gewinn der ersten vier Wochen enthielt: zweiundzwanzigtausend Dollar.

Die Langeweile, die der Regen heranschwemmte, bedrückte uns um so mehr, als es der geplante Schlußcoup unserer Tournee war, der hier ins Wasser fiel. Carolina Beach hätte nämlich unsere letzte große Show vor Saisonende sein sollen, anschließend waren ein paar Wochen Ferien eingeplant, dann die Wintertournee durch Florida und an die Golfküste. Nun hatten wir drei Wochen frei, und gleich zu Anfang war uns ein Haufen Geld durch die Lappen gegangen. Und nicht nur das wurmte uns. Ich legte mein James-Dean-Outfit ab, wie auch Sandy von Silberlamé wieder zu Basecap, grauem Sweatshirt und Jeans übergegangen war. Alles lag säuberlich verpackt in unserem Fundus. Wir waren zurückgeworfen auf unser altes Ich. Auch dies eine Ernüchterung.

Die Bee Gees verstummten, und als einziges Geräusch in der Stille blieb das Zischen von heißem Wasser auf dem Grill und das Kratzen eines Spatels: Bill, Waffelbäcker, reinigte sein Eisen. Roman stand da, in den Regen starrend, den Hut zurückgeschoben.

»Hört endlich auf, hier so muffelig rumzuhängen, ihr lahmen Säcke«, sagte er. »Wie soll denn da Partylaune aufkommen?«

»Danke für diese hochmotivierenden Worte«, sagte Sandy.

»Vielleicht könnten wir noch was von der Woche retten,

wenn wir nach Raleigh führen und an diesem Wochenende ein paar Flohmärkte auftäten«, sagte Vic. Er zog unseren Tourenplan aus der Tasche.

»Tut mir leid, Vic, aber da du für das Eis und die Musik verantwortlich bist, werden wir kaum die Zeit dazu haben.«

»Welches Eis?« fragte ich.

»Hab' ich dir doch gesagt. Für die Party.«

Ich blickte in die Runde. Schulterzucken. »Welche Party?«

Roman lächelte. »Die Party, die wir am Samstagabend schmeißen.«

»Eine Fete, wie schön«, grinste Sandy. »Wir vier, traut vereint, mit Karnevalshüten auf dem Kopf. Ein einsames Besäufnis, okay, aber ohne mich.«

»Sie hat recht, Dad. Feiern – mit wem?«

Roman warf seinen Hut auf den Tisch. »Ida. Bist du für Samstag frei? Wir zahlen alles. In einem Haus am Meer.«

»Welchem Haus?« fragte ich.

Ida hatte Zeit, und sie versprach Roman sogar die ersten beiden Tänze. Auch Bill war frei, hatte allerdings tagsüber Schicht und erklärte sich bereit, direkt anschließend bei uns weiterzuarbeiten.

»Na super«, flüsterte mir Sandy ins Ohr. »Bill bringt sein Waffeleisen mit und bäckt ein bißchen, und Ida kann uns die Waffeln servieren.«

»Laß Roman doch seinen Spaß«, erwiderte ich. »So weit hat er's noch nie gebracht.«

Nachdem sie kurz auf dem Zimmer beratschlagt hatten, fuhren Roman und Vic im Chevy davon. Der Hänger mit den Todeswracks, in blaue Planen gehüllt, blieb auf dem Parkplatz zurück. Sandy und mir war die Detailplanung übertragen: Speisekarte und Alkoholika und »'n bißchen was, was die Fete aufpeppt«, wie Roman sich ausdrückte. Geld sei nicht das Ding, sagte er noch, ehe er die Tür hinter sich schloß.

Nach einer Weile sah Sandy mich an. »Seltsame Formulierung. Und interessantes philosophisches Konzept«, sagte sie. »Wenn Geld kein Ding ist, und wenn wir ein Ding als reales

Objekt definieren, das man anfassen kann, dann existiert Geld gar nicht wirklich. Kannst du folgen? Dann ist das, dem wir hier bei Wind und Wetter durch all die überschwemmten Nebenstraßen hinterherjagen, lediglich die Idee des Geldes, die uns dazu dient, unser leeres Leben mit Sinn zu füllen, genau wie wir an Willensfreiheit und Liebe glauben. Oder an den Weihnachtsmann.« Sie lächelte mich an.

Romans Hauslehrerrolle in unserem Keller fiel mir ein. »Das hast du also heimlich in Las Vegas gemacht. Philosophie studiert bei den dortigen Größen.«

Sie schüttelte den Kopf. »Es war mein Nebenfach am Elon-College in New York. Und du solltest froh sein, wenn ich mal ein paar Bildungsbrocken fallenlasse, du Schulschwänzer.«

»Zur Sache, zur Party.« Ich öffnete die Lade des kleinen Nachttischs zwischen den Einzelbetten und zog das Hotelschreibzeug heraus, und für alle Fälle die Gideons-Bibel gleich mit.

»Gut«, sagte Sandy. »Wir sollten vor der Party das Gebet sprechen: ›Lieber Gott, schenk uns eine schöne Fete. Laß Bill, den Waffelbäcker, kein Auge auf mich und Ida, die Kellnerin, kein Auge auf Gabe werfen. Amen.‹ Damit dürfte unser Soll an Fürbitten erfüllt sein.«

»Ich glaube nicht, daß Gott von wilden Partys hören will.«

Sie legte sich zurück aufs Bett und sprach gegen die Decke. »Wieso nicht? Hat er nicht das Tanzen erfunden? Die Musik? Snack-Mischungen? Bier? Er war besser als Thomas Edison.«

Ich lachte. »Aber er würde dich auffordern zu fliehen, und wenn du dich auf der Flucht umdrehtest, würde er dich in Würze verwandeln.«

»Hätte nichts dagegen, eine Flasche Ketchup zu sein.« Sie setzte sich auf. »Siehst du, wie deine Bildung voranschreitet. Erst Philosophie, jetzt Religion.«

»Und nun die Party«, sagte ich.

Sie setzte sich neben mich, so daß sich unsere Schultern berührten. Ich befeuchtete theatralisch mit der Zunge den Bleistift und malte ein »1.« aufs Papier.

»Das nenn' ich einen echten Schritt nach vorne«, sagte ich. Nun mußte sie lachen. Sie knuffte mich mit der Schulter, und ich dachte an den Abend vor zwei Wochen, als sie mich geküßt, als mein Finger ihre Brust berührt hatte. Schon schien es, als hätte ich alles nur geträumt. Und ich wußte genug, um zu erkennen, daß das kein *echter* Kuß gewesen war, daß hinter ihrem Kuß Zuneigung gestanden hatte, mehr nicht, und daß nicht genug Verbotenes, Heikles und Heißes daran gewesen war, kein Zündstoff für das, was man Liebe nennt. Ich fragte mich, warum Zuneigung nicht reichte. Du hast eine Frau gefunden, die du magst, mit der du gut klarkommst? Heirate sie.

»Ich glaube, arrangierte Ehen sind gar keine so schlechte Idee«, sagte ich.

Sie nickte. »Willst du das zum Motto der Party machen?«

»Ist mir nur so eingefallen.«

Sie nickte wieder. »Du bist ein komischer Vogel, Gabe.«

Als Roman und Vic am Spätnachmittag zurückkamen, brachen wir alle im Chevy zu unserem neu angemieteten Haus am Strand auf, die Todeswracks im Schlepp. Unterwegs deckten wir uns mit Proviant ein: Kisten mit Spirituosen und Bier, Chips und Dips, Hart- und Weichkäse, Cracker und Dattel-Nuß-Brot, Zahnstocher mit bunten Plastikmanschetten am Griff. Sandy erhob die ganze Zeit Einwände; wenn es nach ihr gegangen wäre, hätten wir etwas stilvollere kulinarische Genüsse eingekauft – Brie und Räucherlachs –, aber Roman sagte, er mache gerne Abstriche beim Stil, wenn das Essen dafür genießbar sei.

Das Strandhaus stand wirklich direkt am Strand und gehörte nicht zu der Häuserzeile aus abblätternden Hotels und Bars entlang der Promenade. Es sah aus, als habe es diesen Platz vorwitzig okkupiert, als könne jederzeit ein Strandwächter kommen und uns befehlen, es zu versetzen. Es war achteckig, stelzbeinig, mit einer Außenwand aus rohen Brettern. Die Fliegengitter hatten Risse, einige Fensterscheiben waren gesprungen. An die Eingangstür hatte jemand ein Holzschild mit einem per Lötkolben eingebrannten Namen genagelt: *Haus Seetüchtig.* Wie es aussah, würde es in ein paar Jahren seinem Namen alle Ehre machen müssen.

Das Bermudagras im Vorgarten war schon braun geworden, obwohl die Tage noch warm waren. Es war umgeben von einem rostigen kniehohen Kettenzaun; als Scharnier des Zauntürchens dienten Drahtenden von Kleiderbügeln. An der Rückseite lief ein verrottetes Pier aufs Meer zu und brach auf halbem Wege ab. Ich malte mir aus, wie ein Stummfilmkomiker vom Pierende sprang und kopfüber im Sand steckenblieb. Ein paar Häuser weiter hatten wir als Nachbarn die Oben-ohne-Bar Hunny Bares, und gegenüber lag ein Kriegsveteranenclub, der allsamstäglich Bingo veranstaltete. Das waren Aussichten.

Nicht besser das Interieur des Hauses. Auf dem Fußboden ein grüner, sandverstaubter Teppich, an der Decke ein Kronleuchter mit Glühbirnen, die ein künstliches Kerzengeflacker erzeugten. Die Möbel sahen aus, als seien sie von einem Hotel ausrangiert worden, Plastikstühle in Holzoptik und andere aus blaugrünem Vinyl. Die in ein Fenster eingebaute Klimaanlage hatte einen grünen Moderstreifen an die Wand gemalt.

»Gut, daß wir den Brie nicht gekauft haben«, sagte Sandy. »Er wäre hier glatt wieder rausgelaufen.«

»Es gibt ein paar Probleme«, gab Roman zu. »Okay, ein paar dutzend. Aber schaut.«

Er ging durch das Wohnzimmer und packte den Rand einer Gardine, die, wie im Krankenhaus, auf Metallschienen lief. Mit einem Ruck riß er sie auf und enthüllte die Weite des Atlantischen Ozeans.

»Diese Aussicht hat kein anderes Haus in der Stadt«, sagte er.

»Und jeder Makler, der was von seinem Beruf versteht, wird dir sagen: Die Lage ist die halbe Miete«, grinste Vic.

»Unser Job in den nächsten Tagen ist, die Bude auf Vordermann zu bringen. Sie partyreif zu machen. Renovierung, mit anderen Worten.«

Da wurde Sandy hellhörig. »Renovierung? Komplett?«

»So viel, wie wir schaffen bis Samstag abend.«

Sie nickte, schlenderte im Raum herum und nahm mit den Augen Maß. »Und unser Budget ist wie hoch?«

»Hoch.«

»Moment«, warf ich ein. »Wieso müssen wir renovieren? Ist doch Aufgabe des Hausbesitzers.«

»Eben«, sagte Roman. »Wir sind die Hausbesitzer. Genauer, ich.«

»Du hast diese Bude *gekauft*? Und w... wozu bitte?«

»Als Geldanlage«, sagte Vic.

»Der gute Vic hier leiht mir den Rest der Kaufsumme zu mehr als anständigen Zinsen. Ein bißchen Arbeit investiert, und wir haben eine hervorragende Strandimmobilie.«

»Wir sind übereinstimmend zu der Erkenntnis gekommen, daß das Geld nicht in einer Stahlkiste herumgeschleppt werden, sondern arbeiten sollte«, lächelte Vic, sein Kunstgebiß weiß und ebenmäßig.

»Zuallererst müssen wir diesen blöden Namen ändern«, sagte Roman. »Seetüchtig. Wie kann man sein Haus nur so taufen?«

»Nennen wir's doch Burt Lancaster«, schlug Sandy vor. »Der hat immer so malerisch am Strand herumgelegen.«

»Nicht ganz, was mir vorschwebt«, erwiderte Roman. »Schaut mal her.«

Aus einer Einkaufstüte riß er ein Stück Papier und beugte sich über den kleinen Resopaltisch in der Küche, um zu schreiben. Dann hielt er es hoch: *Romanisches Paradies.*

»Kapiert?«

Sandy und ich nickten und warfen uns Blicke zu, während Roman das Schild an die Tür heftete.

»Na ja, ein Paradies für Heimwerker ist es zumindest«, sagte Sandy. »Soviel ist sicher.«

Roman lächelte. »Heimwerker, ans Werk.«

Das Problem – so entdeckten wir in den nächsten Stunden – war, daß keiner von uns nennenswerte Heimwerkererfahrung hatte. Sandy, die diplomierte Innenarchitektin, wußte, wie die Dinge auszusehen hatten, aber niemand wußte, wie das praktisch umzusetzen war. Noch nie hatte ich Roman handwerklich arbeiten sehen. Nachdem wir bei Sears eingekauft hatten, tauchte er aus dem Bad auf in stocksteifen neuen Jeans und blauem Arbeitshemd, wie von einem schlechten Filmrequisiteur ausstaffiert. Vic trug, wie immer, Rollkragenshirt und Waage-Medaillon, und ich hatte mein James-Dean-Outfit hervorgekramt. So standen wir zu viert um einen Berg Bauholz, Nägel, Schleifpappe, Farbe und Dichtmasse.

»Fangen wir mit dem Offensichtlichen an«, sagte Sandy. »Dieser Teppich hier hat es hinter sich, der muß raus.« Das schien uns ein guter Anfang, bei dem man nicht viel falsch machen konnte. Zu dritt rollten wir ihn zusammen und packten ihn nach draußen an den Rinnstein. Drinnen fegte Sandy Sand, Dreck und Insektenleichen von Jahren zusammen.

»Eichendielen«, sagte sie. »Ihr habt Glück.« Allmählich fühlte ich mich schon besser, und ich sah, daß es Roman ähnlich erging. Fünf Minuten gearbeitet und schon Glück gehabt, und Sandy vermittelte den Eindruck, als hätte sie zumindest den Schimmer einer Vorstellung, wohin der Hase lief. Als nächstes ließ sie Vic und Roman allen Moder und alle abblätternde Farbe von den Innenwänden schmirgeln, während sie begann, die Küche mit Meister Proper zu schrubben, den sie, wie ich wußte, mir zuliebe gekauft hatte. Mich schickte sie nach draußen mit vier Eimern Latex cremeweiß und diversen Farbrollen und Pinseln. Unterdessen hatte es aufgehört zu regnen, bei immer noch düster verhangenem Himmel, und ich ließ kleine Stoßgebete aufsteigen, die Farbe möge rasch trocknen. Das Monotone der Arbeit gefiel mir, die Tatsache, daß man so rasch und so übersehbar vorankam. Die weiße Farbe hatte etwas Verläßliches an sich.

Schon bald hörte ich aus dem Haus das Stakkato dreier Hämmer, ein befremdlicher, abgehackter Gesang, nur hin und wieder von Romans Flüchen durchbrochen. Weder Roman noch ich hatten je eine Arbeit getan, die einen mit so raschem

Erfolg belohnte, auf deren Resultate man nicht warten mußte. Es dauerte nicht lange, und die rohe Außenschale des Hauses war mit einer ersten Farbschicht bedeckt. Während sie trocknete, sah ich mich nach einer Beschäftigung um. Unter der rückwärtigen Veranda fand ich einen alten Handrasenmäher und ein paar rostige Gartenwerkzeuge und schleppte sie nach vorn. Ich begradigte den Wasserspeier und das Zauntürchen, jätete das Geißblattgestrüpp rund um den Zaun, mähte den dichten, struppigen Rasen. Vom Parkplatz des Veteranenclubs aus bewunderte ich mein Werk. Schon nach wenigen Stunden sah das Domizil immerhin bewohnt aus.

Im Wohnzimmer stand Vic mit vorgerecktem Daumen, der gerade mit einem alten Geschirrtuch verbunden worden war; Sandy und Roman setzten in der Küche neue Fensterscheiben ein.

»Der erste Fall fürs Lazarett«, sagte er.

Insgeheim hatte ich vermutet, Roman werde als erster schlappmachen. Dies hier glich zu sehr der harten Arbeit, von der er samstags zu sagen pflegte, er könne den ganzen Tag sitzen und ihr zuschauen. Und noch dazu ohne Bezahlung, was aus seiner Sicht fast Blasphemie gleichkommen mußte. Aber da lag er auf seinen staubigen Knien, das Sears-Arbeitshemd naß unter den Achseln und auf dem Rücken, kleine Schnittwunden auf dem Handrücken, und kittete Fensterscheiben ein. Glücklich sah er aus an diesem Tag und den folgenden, während wir die Fußböden säuberten, neue Möbel und eine Stereoanlage abluden, die Küche und die beiden Schlafzimmer strichen, das Dach flickten, im Garten Kakteen pflanzten. Ich wußte, unsere Arbeit am Haus konnte jederzeit beim Teufel sein, ins Meer gespült werden, wie jeder andere Erfolg, den Roman je gehabt hatte. Aber diese Lebensweise, etwas glücksritterlich und abenteuerlich, schien mir himmelhoch der Haltung überlegen, die Dutch, Ray Kroc und zahllose andere erfolgreiche Leute an den Tag legten: das nervöse Horten von Geld, das Mißtrauen, was die eigene Fortüne betraf, das ängstliche Harren auf den Tag, da die Erfolgswelle abebben würde.

Am Freitagnachmittag war alles bereit für die Party. Vic und Roman gingen abends hinüber zum Veteranenclubheim und fanden ein Dutzend maßgeschneiderte Gäste plus Ehefrauen. Vic hatte uns erzählt, er habe auch eine Handvoll Mädchen von Hunny Bares eingeladen, was für mich so viel hieß wie gekauft. Sandy und ich trugen unser Scherflein bei, indem wir den Jungen aus dem Laden für Malerbedarf einluden, den wir in den letzten vier Tagen ein halbes dutzendmal besucht hatten. Obwohl er ein Namensschildchen auf dem Lacoste-Hemd trug, stellte er sich beim ersten Mal formell vor und schüttelte uns die Hand wie ein Politiker.

»Ich bin John Kornegey«, sagte er. Er lächelte Sandy an. »Nennt mich einfach Skip.« Schon nach wenigen Minuten fühlte er sich bemüßigt, uns anzuvertrauen, im Verkauf von Tapetenkleister und Außenfarbe sehe er nicht seine wahre Berufung, sondern er sei in Wirklichkeit Filmemacher. Sandy fand dies über die Maßen aufregend, und während ich durch den Laden wanderte und mit Farbsortimentkarten Poker spielte, fragte sie ihn aus über seine Ideen und die Filme, an denen er arbeitete. Bisher hatte er nur einen Film produziert, für ein örtliches Industrieunternehmen, betitelt *Sicherheit an der hydraulischen Presse: Was der Arbeitnehmer wissen muß.*

»Yeah, ich glaube, da hat Burt Reynolds mitgespielt«, sagte ich später zu Sandy, als wir auf der Pierruine saßen und zuschauten, wie die Sonne über dem Inland Waterway unterging. »Und Barbra Streisand hat gesungen: ›The World Is My Hydraulic Press‹. Weißt du noch?«

Sandy lächelte süffisant. »Sei nicht so eifersüchtig, Gabe. Nur weil du kein Talent hast, und andere haben's.« Eine Woche zuvor, spätabends, im Motel, hatte ich gebeichtet, daß die Skulptur in ihrem alten Schlafzimmer von mir stammte. Und seither verging kein Tag, an dem sie nicht Salz in diese Wunde streute.

Ich grinste. »Weißt du, daß er an einer Fortsetzung arbeitet? *Hydraulische Presse zwei: Sei gescheit, sonst Finger breit.*«

Sie verdrehte die Augen, stand auf und ging zurück ins Haus, wobei die Bretter unter ihr quietschten. Einen Augenblick dachte ich, ich hätte sie beleidigt; immerhin hatte sie Skip auch schon Besuche abgestattet, ohne daß wir Farbe gebraucht hätten. Einmal war sie hingegangen, um uns Gratis-Basecaps mit Farbreklame zu holen, eine Stunde nach Beendigung unserer Malerarbeiten.

Nach ein paar Minuten kam sie jedoch zurück, mit ihrer Golfschlägertasche, die schon so lange im Kofferraum des Chevy gelegen hatte, daß ich sie ganz vergessen hatte.

»Bist du 'ne gute Golferin?«

»War am Elon-College zweiter Mannschaftskapitän«, sagte sie. Sie zog einen Driver heraus und nahm die Schutzkappe ab, ein gestricktes Mützchen in Hundeform mit herabhängenden Filzohren.

»Eine golfende Philosophin, die was von Innenarchitektur versteht«, sagte ich. »Du bist der Traum eines jeden Mannes.«

Sie zeigte mir den gestreckten Mittelfinger. »Du hast doch keine Ahnung. Golf hilft mir, mich zu entspannen.«

Sie marschierte an mir vorbei zum Pierende, drückte ein Tee in das nasse weiche Brett zu ihren Füßen und legte einen Ball darauf. Ein paar Probeschwünge, dann schlug sie weit ausholend hart zu. In hohem Bogen verschwand der Ball im dunkelblauen Himmel.

»Guter Schuß«, sagte ich. »Darf ich auch mal?«

Achselzuckend reichte sie mir den Schläger mit einem neuen Ball und Tee. Während ich mir den Ball zurechtlegte, bemerkte ich darauf ein kleines Gesicht, mit Markerstift gezeichnet: Augen, Brille, leichtes Stirnrunzeln.

»Laß mich raten«, sagte ich. »Wenn du ihn verlierst, ruft er deinen Namen, bis du ihn findest.«

»Weit gefehlt«, sagte sie. »Dutch ist es, den ich da gezeichnet habe. Ein paar Exemplare am Boden des Beutels tragen die Züge von Randy Perabo, mir dem ich vor Dutch zusammen war. Es macht manchmal Spaß. Leg sie auf das Tee und verpaß ihnen einen Schlag auf die Birne, daß ihnen Hören und Sehen vergeht. Weg mit zehn Millionen Jahren Evolution – ab mit ihnen zum Meeresboden, wo sie hingehören.«

Ich zuckte die Schultern. »Billige Therapie, meinst du nicht?« Ich betrachtete die kleine Dutch-Karikatur, sein eingedelltes, mißbilligendes Gesicht. Mir fiel niemand ein, dem ich gern eins über den Schädel gezogen hätte. Die einzige billige Therapie, die ich brauchte, hatte mit Roman und Gladys zu tun, mit allem, was ich bereits hinter mir hatte.

»Es wäre schwer, mein ganzes Leben auf 'nen Golfball zu zeichnen«, sagte ich. »Wie diese Typen, die das Vaterunser auf 'nen Stecknadelkopf schreiben können.«

Sie packte meinen Nacken und zog ihn zu sich heran, so daß mein Kopf sich ihr zuneigte. »Auf deinem Stecknadelkopf sehe ich kein Vaterunser«, sagte sie. »Aus dir soll einer schlau werden, Gabe. Die meisten Jungen deines Alters sorgen sich, was die Zukunft ihnen bringt. Du bist der einzige, der sich um Vergangenheitsbewältigung bemüht.«

Ich spürte, wie mir die Röte in die Wangen schoß. Diese gelegentlichen kleinen Standpauken erinnerten mich schmerzhaft an unseren Altersunterschied.

»Man kann nie wissen, vielleicht ist's noch nicht zu spät, um umzudenken«, sagte ich.

»Das solltest du dir immer sagen. Weder auf die Vergangenheit noch auf die Zukunft fixiert sein; nur das Heute, das Jetzt, ist dein Fensterchen, in dem ein bißchen Sinn aufscheint. Und auch das ist im Grunde nur Selbstbetrug, damit du's vom Frühstück bis zum Abendessen schaffst in der Illusion, so etwas wie einen Plan zu haben.«

»Das also ist die Antwort, die ich suche: Das Leben hat keinen Sinn. Herzlichen Dank, Sandy. Und was soll man tun, wenn man das einmal begriffen hat?«

»Man soll einen Golfball aufs Tee legen und in den Ozean katapultieren. Siehst du? Dieser willkürliche Akt ist ebenso sinnvoll wie alles andere. Der Akt bezieht seinen Sinn aus sich selbst. Also tu's einfach.«

Ich holte ein paarmal aus, wie sie es getan hatte. Nie im Leben hatte ich einen Golfball abgeschlagen. Jetzt war es schon fast zu finster, um zu sehen. Ich drehte den Körper nach hinten, schlug kräftig zu und traf den Ball am oberen Rand. Mit einem hohlen »Tock« segelte er davon und landete am Rande des Wassers, wo sich, bereits im Dunkel, die Wellen brachen.

»So ein symbolträchtiger Akt, und ich vermassele ihn«, sagte ich.

Sandy legte mir den Arm um die Schulter. Die plötzliche Wärme und Tuchfühlung ließen mir die Abendkühle bewußt werden. »Die Flut kommt, lassen wir den Ball liegen. Sie wird ihn schon dorthin tragen, wo er hinsoll.«

Am Spätabend hockte ich mit Roman auf der vorderen Veranda und nagelte lose Bretter an. Unsere Hammerschläge hallten über die schmale Asphaltstraße, manchmal im Gleichklang, manchmal versetzt. Drüben auf dem Veteranenparkplatz standen einsam drei Autos; in der kleinen kiefergetäfelten Bar des Clubs sah ich zwei Männer und eine Frau sitzen, reden und Bier trinken. Als ich das letzte Brett festgenagelt hatte, ging Roman nach drinnen und kam mit zwei kalten kondenswasserbeschlagenen Bieren zurück. Sorgfältig steckte er die Verschlüsse in die Tasche, statt sie auf seinen Rasen zu werfen.

»Hast du in letzter Zeit mit deiner Mutter gesprochen?« fragte er.

Ich nahm ihm das Bier ab und trank. »Hab' sie vor ein paar Tagen mal abends angerufen.«

»Und, wie geht's ihr so, ich meine ... du weißt schon.«

»Gladys geht's gut. Jedenfalls klingt sie gut. Sie hat nach dir gefragt«, log ich. Jedes Gespräch mit ihr in letzter Zeit hatte sich um ihre Pläne für ein neues Leben gedreht. Sie und Dutch wollten ein neues Haus bauen; sie wollte einen vierjährigen Studiengang absolvieren; im Frühjahr wollten sie nach Costa Rica.

Roman blickte von seiner Flasche auf. »Echt? Was hat sie gefragt?«

Ich zuckte die Achseln. »Das Übliche. Wie's dir geht, und so.«

Nach einigem Schweigen begann er: »Junge, hör zu. Ich hab' einen Plan. Du mußt sie morgen anrufen und sie überreden, jetzt am Wochenende auf unsere Party zu kommen.«

»Was – machst du Witze? Sie kommt nie im Leben.«

»Dir zuliebe wird sie kommen.«

Ich schüttelte den Kopf. »Glaub' ich nicht. Und überhaupt, wozu sollte sie?«

Er nahm einen langen Zug aus der Flasche. »Ich schenke ihr dieses Haus, Gabe.«

Er schaute mich an in der Erwartung, daß die Brillanz seines Plans mich überwältigen würde. Ich mußte an mich halten, nicht zu fragen: *Als Hochzeitsgeschenk*?

Kurzer Blickwechsel. »Weshalb?«

»Sie kommt zur Party, wir trinken, tanzen ein bißchen zu unseren alten Songs, dann überreiche ich ihr die Schlüssel, die Urkunde und den neuen Fußabstreifer. Gehört alles ihr. Wir fangen von vorn an, hier, am Strand.«

»Ich dachte, du hättest kapituliert.«

Er zündete sich eine Zigarette an. »Manchmal wünschte ich, es läge in meinem Wesen, aufzugeben.«

Ich schüttelte den Kopf. »Da hast du die Rechnung ohne den Wirt gemacht, Roman. Häuser interessieren sie nicht.«

»Hilf meinem Gedächtnis auf die Sprünge, Junge. Wo wohnt sie gleich noch mal momentan? Ach ja, in dieser Villa mit Swimmingpool und Ballsaal und den goldenen Wasserhähnen im Schlafzimmer. Genau, das war's.«

»Das ist es nicht. Das Haus ist nicht der Grund.«

»Also Dutch? Stimmt, er war schon immer ein Herzensbrecher. In der Highschool hatte er, großer Gott, mindestens zwei- oder vielleicht sogar dreimal eine Verabredung mit einem Mädchen. Er führte wirklich ein wildes Leben.«

»Er ist nett zu ihr«, sagte ich.

»Und ich bin's nicht?«

Ich schüttelte den Kopf. »Nicht immer.«

Er nickte und versank in Schweigen. »Stimmt, Junge. Das ist die schmerzhafte Wahrheit. Aber ich glaube, ein Haus am Strand macht einiges wieder gut, oder?«

»Nein, Dad, da liegst du falsch. Du kannst sie nicht zurückkaufen. Sie hat keinen Preis.«

»Jeder hat einen Preis, Junge. Du meinst, ihr Preis läßt sich vielleicht nicht in Geld ausrechnen. Gut. Bauen wir die Werbekampagne anders auf. Was ich ihr schenke, was ich ihr biete, ist dies.«

Er hob die Hände hoch, voller Blasen, blutend fast von drei Tagen Arbeit. »Das ist mein Blut, Junge. Schweiß – merkst du, worauf ich hinauswill? Auch Tränen, wenn's sein muß. Herz- und Seelenmassage. Gesten mit Tiefgang. Nenne mir eine Frau, die dem widersteht.«

»Okay, aber deine Gesten sind Bockmist. Warum machst du immer gleich so ein riesiges Trara?«

Ackselzuckend zündete er eine neue Pall Mall an der vorigen an. »Ich tue es für sie, oder etwa nicht? Und übrigens, auf welcher Seite stehst du eigentlich?«

Nun war es an mir, die Achseln zu zucken. Ich war mir nicht sicher. Sandy hatte recht, ich war immer noch auf meine Vergangenheit fixiert, war aber unsicher geworden, ob ich wirklich versuchen sollte, das Rad zurückzudrehen, besonders wenn das hieß, Gladys aus ihrem derzeitigen Glück – eingebildet oder nicht – herauszureißen. Doch ich wußte, Roman konnte es schaffen, er konnte erreichen, daß Gladys auf ihn und seine Gesten mit Tiefgang, gekauft und bezahlt, hereinfiel. Es wäre nicht das erste Mal.

»Hör zu Gabe, dies ist ein Kinderspiel gegen den Lyrikwettbewerb. Sie *will* dich wiedersehen. Und wenn nicht – wenn du sie irgendwie vor den Kopf gestoßen hast –, dann erfinde was. Sag ihr, du wärst unter einem Zug zerquetscht worden.«

»Und rufe sie an im zerquetschten Zustand? Wie soll sie mir das glauben?«

Lächelnd pustete er sich Sägemehl vom Arm. »Ich vertraue dir.«

Die Einladung erwies sich als leichter, als ich dachte. Alles, was ich zu tun hatte, war, Romans Wochenende zu zerstören.

Zuerst sagte sie nein, aus all den Gründen, die ich vorausgesehen hatte: Sie habe in Dutchs Firma zu tun, sie müsse zur Vorlesung auf die Uni, die Vierstundenfahrt sei ihr zu lang. Ich saß auf einem ledernen Hocker in der Veteranenbar, wohin ich gegangen war, um sie anzurufen.

»Aber ich möchte dich doch so gern wiedersehen«, sagte ich. »Wir haben uns nun schon seit sechs Wochen nicht mehr gesehen.«

»Ich würde dich auch gerne wiedersehen, mein Schatz, aber dieses Wochenende ist schlecht für mich.«

»Roman will dich sehen.«

»Die Antwort ist nein, Gabe. Und du weißt, daß es keine gute Idee ist, wenn ...«

»Nicht nur dich, auch Dutch«, sagte ich rasch, womit ich sämtliche Pläne Romans von vornherein vereitelte.

»Mich *und* Dutch?«

»Ja, also, wir möchten ihn wirklich gern hier sehen.«

»›Wir‹? Du, Sandy... ihr beide wollt Dutch wiedersehen?« Unglaube, Trauer, aber auch Hoffnung sprachen aus ihren Worten.

»Unbedingt. Dutch fehlt uns allen.« Ich schaute der Bedienung zu, wie sie Gläser mit einem schmutzigen Lappen abwischte.

»Gabe ...«

»Ich meine es ernst. Wir kamen darauf, wie schön es wäre, euch beide wiederzusehen.«

»Und Roman ... war er bei diesem Gespräch dabei?«

»Ich glaube, er hat es sogar als erster vorgeschlagen.« War die erste Lüge erst einmal über die Lippen, ging der Rest erfahrungsgemäß wie geschmiert. »Es tut ihm leid, wie er sich in der Vergangenheit verhalten hat. Er will sich mit euch beiden aussöhnen.«

»Das, das ist ... mehr, als ich erhofft habe«, seufzte sie. »Immer, wenn man glaubt, man hat ihn durchschaut, da ... na ja.«

»Also, du kommst?«

»Gabe ...« Sie schwieg einen Augenblick. Im Fernseher über der Theke sang Mike Douglas zusammen mit James Brown.

»Gut. Wir kommen. Ich möchte dich wiedersehen.« Sie klang fast erleichtert.

»Na wunderbar. Einfach wunderbar.«

»Du hast ihm nichts erzählt? Daß wir heiraten, meine ich?«

»Das ist nicht meine Aufgabe.«

»Nein, natürlich nicht. Aber er muß es erfahren, Gabe.«

Ich seufzte. Mike Douglas und James Brown schlugen kumpelhaft die Handflächen aneinander. »Tu, was du tun mußt«, sagte ich. »Aber laß mich da aus dem Spiel.«

»Jedenfalls freue ich mich, daß du dasein wirst«, sagte sie.

Nach Durchgabe aller Einzelheiten und einer Wegbeschreibung hängte ich auf. Auf der Theke lag eine fast leere Packung Salems, und ich zog eine heraus und zündete sie an. Tief sog ich den Rauch ein und ließ ihn langsam ausströmen. Meine Hände zitterten ein bißchen. Ich kam zu dem Entschluß, am besten gar nichts zu sagen und Roman gegenüber so zu tun, als habe sie Dutch von sich aus mitgebracht.

»Darf's was sein, Süßer?« fragte die Dame hinter dem Tresen.

Ich lächelte sie an. »Eine Zeitmaschine«, sagte ich.

»Zum Vorwärts- oder Rückwärtsreisen?« fragte sie.

Ich drückte die Salem aus und erhob mich. »Gute Frage.«

Am Morgen vor der Party war das Haus wirklich auf Hochglanz poliert. Rundum alles zweimal frisch gestrichen, neue Teppiche, neue Beleuchtung, Deckenventilatoren, neue Möbel aus dem Discount und eine brandneue Stereoanlage mit einem Stapel jungfräulich verschweißter Schallplatten. Der Kühlschrank war randvoll mit Eßbarem, Mixer standen bereit, in der Kühltruhe Beutel mit Eiswürfeln. Auf der rückwärtigen Veranda warteten drei Badewannen mit Bier in Eiswasser und ein Holzkohlengrill, den man nur noch anheizen mußte. Nervös waren wir, alle vier, wie eine skurrile Ausgabe Frischverheirateter, die ihre erste Housewarming-Party ausrichten. Eine Stunde verbrachten wir damit, im Vorgarten die Todeswracks aufzustellen und mit Hüllen abzudecken. Als Teil der Abendunterhaltung war geplant, daß Vic die Show wiederholen sollte, die er vor Monaten auf seiner eigenen Party abgezogen hatte. Wir trugen alle unser Kostüm (für mich war's schon keine Verkleidung mehr). Vic hatte sich zur Feier des Tages ein neues babyblaues Rollkragenshirt, Roman Vier-Dollar-Zigarren gekauft. Sandy weigerte sich allerdings, ihre Perücke zu tragen.

Gegen sieben trudelten die ersten Gäste ein. Bill und Ida aus der Waffle Hut erschienen, wärmten sich mit einem Bierchen, legten wortlos eine Doobie-Brothers-Platte auf und begannen zu tanzen. Ich stellte mir vor, daß alle Waffelbäcker und Kellnerinnen der Welt in ihren Freistunden wild tanzten, ehe sie die nächste Schicht antreten mußten. Zu ›Long Train Running‹ zog mich Sandy auf die Tanzfläche, und ich bekam den Anblick ihres langen Haares geboten, das, befreit von der Basecap, offen um ihr Gesicht wirbelte. Sie lächelte mich an, warf die Arme in die Luft, jubilierte. Ich liebte sie restlos, und ich wußte, daß diese Liebe nie aus den Startlöchern herauskommen würde, daß sie ewig dort stehenbleiben würde, wo sie jetzt war. Ich fragte mich, ob denn jede Liebe immer so enden mußte – ohne Sprit im Tank; oder mit vollem Tank, aber ohne Ziel.

Um acht hatten wir zwanzig Leute im Haus, die meisten aus dem Veteranenclub. Skip Kornegey traf ein, und wir standen eine ganze Weile zusammen an der Küchenspüle und unterhielten uns. Er erzählte mir von seinem aktuellen Drehbuch, das gerade »in Arbeit« sei. Dies war offensichtlich ein anderer Ausdruck für »unvollendet«. Es handelte sich um eine Horrorgeschichte über einen wahnsinnigen Filmvorführer, der das jugendliche Publikum umbringt, welches sich in seinem Filmkunsttheater die alten Gruselklassiker anschaut. Der Arbeitstitel lautete ›Der Zauberer aus Ost oder Das schauderhafte Land‹. Auf diese Idee schien er stolz zu sein – lächelnd unter seinem blonden Schnäuzer –, so daß ich's nicht übers Herz brachte, ihn zu fragen, wieso sexgeile Teens in züchtige Filmklassiker strömen und warum sie nach dem zweiten und dritten Mord unverdrossen wiederkommen sollten. Sandy öffnete ihm laufend Biere und erzählte ihm, sie habe auf einer Handelsmesse in Las Vegas einmal die Rolle einer von Mehltau befallenen Frau gespielt, und er sagte, er sei sicher, einen Part für sie in sein Skript einbauen zu können.

Unterdessen prüfte Roman immer wieder sein Spiegelbild in der Glasscheibe der Backröhre, klopfte auf seine Uhr und hielt sie ans Ohr, spähte im Wohnzimmer durch die Gardinen.

»Gabe? Sie kommt doch? Sie müßte längst hier sein.«

»Es ist eine lange Fahrt. Wahrscheinlich war meine Wegbeschreibung schlecht. Sie werden ... äh ... sie wird schon kommen.«

»Hört zu«, sagte Roman. »Ihr beide achtet darauf, daß ich heute abend nicht zuviel trinke.«

Sandy nahm ihm den Whiskey Sour weg und goß ihn in die Spüle.

»Noch was?« fragte sie.

Roman bekam den Witz gar nicht mit. »Rede mit ihr, Junge. Leg heute abend ein gutes Wort für mich ein. Du auch, Sandy.«

»Verrat an meinen Geschlechtsgenossinnen«, lächelte sie. Roman hörte nicht zu. Vor Nervosität war er kreidebleich. Immer wieder sah ich ihn in Zimmerecken stehen, lautlos murmelnd, und wußte, er probt seinen Text für später.

Schließlich, gegen zehn, Vic hatte gerade seine übliche Conga-Polonaise durch die Küche gestartet, pochte der Türklopfer. Ida öffnete und ließ Dutch und Gladys herein. Hinter mir sagte jemand: »Das ist der Typ aus der Fernsehwerbung.« Gladys eilte auf mich zu und umarmte mich, während Dutch sich nach einem Kleiderhaken für seine Jacke umblickte. Roman tippte Gladys auf die Schulter, als sie mich umfangen hielt.

»Wie siehst du denn aus«, sagte sie. Sie strich über meine Haartolle, meine Lederjacke. »Was ist das eigentlich für eine Veranstaltung hier, Gabe?«

»'ne Art Kostümfest. Du wirst schon sehen.«

»Hi, Gladys«, sagte Roman. Er stand hinter ihr wie einer, der jemanden beim Tanz abklatschen möchte. Er kehrte Dutch immer noch den Rücken.

»Hi«, sagte sie und umarmte ihn flüchtig.

»Heiliger Strohsack, siehst du gut aus«, sagte Roman.

»Danke, Roman, danke.« Sie sah wirklich gut aus. Ihr Haar war gewachsen und fiel asymmetrisch auf einer Seite über die Schulter. Sie trug ein kurzes schwarzes Sommerkostümkleid, das ihre tiefgebräunten Schultern sehen ließ. Dutch tauchte neben ihr auf, schob seine Hand um ihre Taille und gelangte in Romans Blickfeld.

»Gabe, schau an, ein James Dean für Arme«, sagte er. Einige aus dem Veteranenclub lachten; sie waren schale Thekenwitze gewöhnt. Ich schüttelte ihm die Hand und linste zu Roman hinüber, der aussah, als habe man ihm mit der Kohlenschaufel ins Gesicht geschlagen.

»Roman, hast dich ja ganz hübsch eingerichtet hier, muß schon sagen.«

Roman nickte. »Gute hundert Quadratmeter, nicht gerade wenig für beste Strandlage.«

»Na ja, das meinte ich eigentlich weniger...«

»Roman, es war so nett von dir, uns beide einzuladen. Eine wirklich liebe Geste von dir«, sagte Gladys.

Ich fing einen bohrenden Blick auf, in dem zu lesen stand, daß Roman erwog, alle Vorsicht in den Wind zu schlagen und mich umzubringen. Er rang sich ein Lächeln ab.

»Nicht der Rede wert.«

Wir winkten alle in die Küche, um Getränke auszuschenken. Sandy umarmte Dutch und Gladys und stellte Skip als Drehbuchautor vor.

»Filme, die wir kennen?« fragte Dutch.

»Geh in einen x-beliebigen Film über hydraulische Pressen, und sein Name springt dir an allen Ecken und Enden entgegen«, sagte ich. Skip lachte darüber aus vollem Halse, was ihn mir sympathisch machte, dem Umstand zum Trotz, daß seine Hand hartnäckig in Sandys Kreuz ruhte, wo sich, bei Gnade der frühen Geburt und besserer Gunst der Stunde, meine Hand hätte befinden können.

Roman schenkte Gladys einen Brandy Bitter ein, reichte ihr das Glas und sagte dann laut: »Und du, Dutch? Trinkst du immer noch deine Shirley Temples? Oder darf's zur Abwechslung mal was Alkoholisches sein? Vielleicht eine Pink Lady?«

Ein paar aus dem Veteranenclub, die den Kühlschrank umlagerten, lachten, und Dutch bekam rote Ohren. »Lieber einen Bourbon«, sagte er. Seine ersten beiden Drinks kippte er rasch nacheinander, wobei er das leere Glas mit theatralischer Geste über die Bar zu Roman schlittern ließ. Wie im Western vor dem Showdown. Ich hatte ihn noch nie betrunken gesehen; doch heute abend brauchte ich nicht lange zu warten. Gladys warf ihm warnende Blicke zu.

Eine Stunde später lief die Party wie von allein. Jeder fand kleine Nischen zum Tanzen, Palavern oder Rauchen; die Schallplatten wurden gesichtet, die Käsesorten durchprobiert. Einmal ging ich vor die Tür, um einen neuen Kasten Bier zu holen, und fand draußen auf dem Pier Sandy und Skip beim Knutschen. Ich beschloß, die fällige Depression auf später zu verschieben. Das Interessanteste bislang war die Wirkung des Alkohols auf Dutch: Er bekam Wortfindungsstörungen. Mitten im Satz blieb er stecken. Nicht, daß er abschweifte oder den Faden verlor wie jeder ordentliche Betrunkene. Nein, er vergaß einzelne Wörter, als seien sie in kleinen schwarzen Löchern verschwunden.

Er kam zu mir herüber und schlug mir auf den Rücken. »Supertoll«, sagte er. »Eine zauberhafte ... äh ... wie nennt man's noch?«

»Party?«

»Wie Party, aber nicht ganz.«

»Sause?«

»Nein.«

Ich kratzte mir den Kopf. »Schwof?«

Einige Umstehende hatten das mitbekommen und brachten eigene Vorschläge ein.

»Budenzauber.«

»Orgie.«

»Nicht ganz.« Dutch schüttelte den Kopf.

»Fete?«

»Saisonereignis?«

Bill, der Waffelbäcker, hob die Hand wie in der Schule. »Soiree?«

»Das ist's!« rief Dutch. Dankbar reichte er Bill die Hand, während wir alle applaudierten. Dies wurde zum Spiel des Abends: Dutchs Gedächtnislücken zu füllen.

Nach einiger Zeit fiel mir auf, daß Roman und Gladys fehlten. Dutch war schon zu betrunken, um es zu merken; er stand drüben neben der Stereoanlage, und man versuchte, ihm auf die Sprünge zu helfen, welche Automarken er verkaufte. Vic sang ›Let's Get It On‹, synchron mit Marvin Gaye. Die Veteranengattinnen fanden ihn göttlich. Die beiden Mädchen von Hunny Bares, die gekommen waren, nutzten die Gelegenheit zu einem kostenlosen Abendessen und schlugen sich in der Küche den Bauch voll.

Ich schaute mich vor dem Haus um, fand Roman und Gladys nicht und ging dann zum Pier. In der Stille, abseits der Feier, wurde mir bewußt, wie betrunken ich war. Drinnen im Haus fand ich die beiden schließlich – ihr leises Stimmengewirr hatte sie verraten – hinter der fast geschlossenen Tür des hinteren Schlafzimmers. Durch den Lichtschlitz spähte ich nach innen. Musik und Lärm hinter mir übertönten ihre Worte, und ich sah sie nur stumm lächeln, Worte formen. Roman ging auf und ab. Dann hörten Marvin Gaye und Vic auf zu singen.

»Lies es einfach, ehe du was sagst«, klang Romans Stimme an mein Ohr. Er reichte Gladys ein Bündel Papiere. Sie setzte sich aufs Bett, mit dem Rücken zu mir.

»Das ist die Besitzurkunde für ein Haus«, sagte sie.

»Für *dieses* Haus«, verbesserte Roman. Er setzte sich neben sie aufs Bett.

»Du hast also ein Haus gekauft. Glückwunsch, Roman. Was hast du mit deinem alten Domizil vor?«

»Dort wohnen. Dies ist ein Sommerhaus. Wir fahren zum Wochenende hierher.«

»Wir?«

»Du und ich. Ich habe es für dich gekauft, Gladys. Und für dich komplett renoviert. Alles in Eigenarbeit. Hier, schau.« Er hielt ihr die schwieligen, zerschnittenen Hände hin.

Sie ergriff seine Hand. »Roman ... warum hast du das getan?«

Er nahm den Hut ab und legte ihn aufs Bett. Er trug immer noch seinen braunen Trenchcoat. Jetzt kam das Verkaufsgespräch, das er eine Woche lang geprobt hatte.

»Ich will, daß wir wieder *wir* sind. Ich will alles wieder reparieren, so wie ich dieses Haus repariert habe. Es ist möglich. Es kostet harte Arbeit, gut. Das habe ich gelernt. Harte Arbeit und Schweiß und 'ne Menge Engagement. Ich habe dieses Engagement jetzt, Gladys. Nimm das Haus. Und nimm mich wieder zurück.«

Mit geneigtem Kopf saß sie da, immer noch linkisch seine Hand und die zerknitterten Papiere haltend, wie Aufgelesenes, das man wegwerfen will. Sie schwieg, und ich wußte, daß sie weinte. Ich schluckte und lehnte den Kopf an die Tür. *Sag ihm nichts,* flehte ich innerlich, als könnte ich die Bitte durch Telepathie an ihr Unterbewußtsein senden. *Jetzt noch nicht.* Ihr Weinen machte ihn verlegen, und als ich wieder durch den Spalt spähte, sah ich, wie er seinen Hut zur Hand nahm und ihn zu kneten begann.

»Roman, ich ... dies ist alles so rührend, wirklich. Du rührst mich immer noch dermaßen ...«

»Sag mir eins, Gladys. Du liebst mich doch noch, nicht wahr, oder ist das verflogen?«

»O Roman, das ist schwer. Doch, ich ... ich liebe dich, ja, immer noch. Aber ich glaube ... nicht mehr genug. Es genügt nicht mehr. Wenn du jung bist, dann reicht's, ähnlich wie du dich auf dem Fußboden zusammenkuscheln kannst, wenn du noch keine Möbel hast. Aber später ist es anders. Du willst ein Bett, du willst Möbel.«

»Ich verdiene genug, daß wir uns komplett neu einrichten können«, sagte er. »Und kein Mensch schleppt's dir diesmal aus dem Haus. Ich weiß, Gladys, das war besonders schlimm für dich. Es wird nie wieder vorkommen.«

Sie schüttelte den Kopf. »Das war nur eine Wendung, eine bildliche.«

Er lächelte und blickte zu Boden. »Für bildliche Wendung weiß ich sogar noch das Fremdwort, das sie uns in der Schule beigebracht haben. Metapher.«

Wehmütig lächelte sie mit ihm.

»Ich rede von einem gewissen materiellen Niveau, Roman. Eine verrückte Liebe altert mit der Zeit.«

»Dieses Haus ist komfortabel.«

»Du verstehst nicht, Roman.«

»Ich verstehe das, was gesagt worden ist, so, daß wir einander lieben. Ich will, daß wir wieder zusammenkommen. Das ist doch nicht so kompliziert. Ist es wegen Dutch? Ist er das große Hindernis? Liebst du ihn?«

»Ich habe Dutch sehr gern ...«

»Und du liebst mich.«

»Aber ich ... ich wollte nicht sagen ...« Sie schüttelte den Kopf und blickte in eine Zimmerecke. Ich wäre am liebsten hineingegangen, um zu vermitteln, konnte es aber nicht. Ich war kein kühler Beobachter.

»Hör mal zu«, sagte Roman. »Ich habe dich jetzt mit einer Menge Dingen überfallen. Es ist ziemlich viel auf einmal, deshalb brauchst du natürlich nicht alles sofort zu beantworten.«

Dies war Teil seiner Verkaufstaktik: Teilrückzieher, ehe das Wort »Nein« kommen kann. Wenn du es schaffst, dich vor dem Nein zu verabschieden, kannst du immer noch einen Anschlußbesuch arrangieren, pflegte er mir einzuschärfen.

»Ja, da gibt es eine Menge zu bedenken«, sagte sie leise.

»Wir reden später weiter«, sagte er. »Versprochen.«

»Na gut. Roman, sag, was denkt eigentlich Gabe in dieser ganzen Sache?«

»Was uns angeht? Na, er ist natürlich einverstanden. Hat 'ne Menge Spaß mit seinem alten Herrn und verdient gutes Geld.«

»Ich weiß nicht«, sagte sie. »Er ist zu jung, um so zu leben. Er muß die Schule abschließen.«

»Wird er noch.«

Genau in dem Moment dröhnte die Stereoanlage wieder los. Grand Funk Railroad übertönten mit ›American Band‹ Romans und Gladys' Stimmen. Ich zog mich von der Tür zurück.

Im Wohnzimmer schwang Dutch mit Sandy das Tanzbein, ein Zeichen, daß beide viel betrunkener waren, als ihnen guttat. Skip Kornegey saß auf der Couch und kritzelte etwas in das kleine Notizbuch für neue Filmideen, das er in der Hemdtasche trug.

»Was ist's denn diesmal?« fragte ich und setzte mich neben ihn.

Mit erhobenem Finger gebot er mir zu schweigen, bis er fertig war. Dann klappte er das Büchlein zu und steckte es weg. »Horrorstory. Ein blutdürstiger Typ von der Nationalgarde terrorisiert die Stadt im Süden, die ihn einst verstoßen und verspottet hat. Schließlich führt er die entrechteten Wanderarbeiter der Gegend zu einer kannibalistischen Revolte. Er heißt Sherman March, schöne Hommage an General Sherman und seinen Vormarsch durch Georgia, nicht? Der Film heißt ›Vom Zombie verweht‹. Wenn du erst mal einen guten Titel hast, schreibt sich der Rest von alleine.«

Ich trank mein Bier aus. »Ich find' den Titel beschissen.«

Er lächelte gutmütig. »Ach, weißt du, in dieser Branche ist es ein guter Titel. Es geht hier nicht um Kunst und auch nicht ums Filmemachen. Es geht darum, Wagenladungen von Teenies ins Autokino zu kriegen. Es ist ein Popcorn-und-Bier-Titel, das ist alles.«

Bald tauchten Gladys und Roman aus dem Schlafzimmer auf, und Dutch hörte auf zu tanzen.

»Da bist du ja«, sagte er und schlang die Arme um Gladys. Er schwankte und verkippte seinen Drink auf dem Boden.

»Dies ist 'ne ...«, setzte er an, schüttelte den Kopf und ließ die Idee wieder fallen.

Einige Umstehende suchten in die Bresche zu springen.

»Eine tolle Nacht?«

»Supersause?«

»Schon gut«, sagte Dutch. »Vergeßt es.«

»Dutch, du warst schon immer sehr trinkfest«, sagte Roman.

»Stimmt«, stotterte er und versuchte geradezustehen. »Ich halte mein'n Drink so fest wie andere ihr ... ihren ...«

»Ihren Job?« schlug Bill, der Waffelbäcker, vor.

Dutch schnippte mit den Fingern und deutete auf Bill. Unheimlich geradezu, wie Bill auf Dutchs Wellenlänge getunt war. Den ganzen Abend schon vervollständigte er traumwandlerisch Dutchs Sätze.

Gladys wand sich unter seinem Arm hervor. »Dutch, du machst keine gute Figur. Beeindruckt mich nicht gerade, die Schau, die du hier abziehst.«

»Haben wir das kleine Brüderlein hier schon eingeweiht?« fragte Dutch.

»Eingeweiht – worin?« fragte Roman.

Ich trat dazwischen. »Laßt uns was essen. Verschiebt es auf später.«

»Sag's ihm«, drängte Dutch.

»Dutch ...« Gladys schüttelte den Kopf. »Jetzt ist nicht der richtige Zeitpunkt.«

»Unsinn, Gladys, es gibt uns Grund zum ... äh ...«

»Feiern«, sagte Bill.

»Ja«, sagte Dutch. »Und wenn du's ihm nicht sagst, tu ich's.«

»Was bitte?« fragte Roman leise. »Raus damit, Dutch. Ich brenne darauf.«

»Also, Brüderlein. Gladys und ich, wir wollen ... äh ...«

»Gehen«, sagte ich. »Sie haben eine lange Fahrt vor sich.«

»Stimmt«, sagte Gladys und nahm Dutchs Arm.

»Wir ... äh ... *Shit*«, sagte Dutch.

»Freuen uns, hier zu sein?« assistierte Ida.

Mit fragendem Blick nahm Roman den Hut ab.

»Sag es nicht, Dutch«, rief ich. Aber es war nicht Dutch, dem ich den Mund hätte zuhalten müssen. Hinter mir ließ Bill leise das Wort »heiraten« fallen.

»Ja! Volltreffer! Aber das andere Wort, das altmodische«, sagte Dutch.

»Verloben«, sagte Bill. »Das ist das Wort, das du meinst.«

»Ja, genau das. Dank dir ... äh ...«

Gladys und ich blickten einander an, dann sahen wir auf Roman.

»Sie ist meine Frau, Dutch«, sagte er. »Hast du diesen kleinen Umstand vergessen?«

»Scheidung«, sagte Bill, ehe Dutch neuerlich steckenbleiben konnte.

Schweigen senkte sich über den Raum. Gladys errötete. »Wir reden draußen weiter darüber. Bitte«, sagte sie. Sie ging ins Freie, auf die rückwärtige Veranda, dann aufs Pier, Dutch und Roman im Schlepptau wie zwei Jungen, die zum Schuldirektor geführt werden. Ich wollte mich anschließen, aber Sandy packte mich am Arm.

»Brrr, mein Pferdchen«, sagte sie. »Dies ist der Teil, wo die Kinder aus dem Zimmer geschickt werden. Du hast noch viel zu lernen über Familienstreitigkeiten.« Sie scherzte, massierte aber zugleich meine Schulter und kniff mich ein bißchen.

»Komm, tanz mit mir, Sweetie.«

»Skip könnte eifersüchtig werden und mich im Schlaf umbringen.«

Sie musterte mich. »Ja, durchaus möglich. Der Eifersuchtserreger wird durch Tröpfchen übertragen.«

Ich lachte.

»Geht's dir gut?« fragte sie. Es schien die Frage des Abends zu sein.

»Im Augenblick weiß ich gar nichts mehr«, gestand ich. »Ich habe Dutch allerdings noch nie so gesehen.«

»Er ist nervös. Er kommt sich heute abend vor wie der große böse Wolf in dem Märchen von den drei kleinen

Schweinchen, der den häuslichen Frieden zerstört. Glaubst du nicht auch?«

Ich zuckte die Achseln. »Der Wolf war schon ziemlich schlimm, wenn ich das recht in Erinnerung habe. Andererseits: das Haus des ersten Schweinchens war aus Stroh gebaut.«

Sie lächelte. »Immerhin, es hat sich bemüht.«

»Ja, 'ne Menge Arbeit für 'ne schlechte Idee.«

Aus der Stereoanlage tönte ›The World Is A Ghetto‹ von War. Ich war geneigt, der Band zuzustimmen. Sandy wiegte und drehte sich, die Augen geschlossen, braunes Haar im Gesicht. Irgendwann im Lauf des Abends hatte sie das Silberlamé ab- und ein rotes Minikleid angelegt. Sie nahm meine Hände und zog, ja riß mich in einen trunkenen Reigen, bei dem wir abwechselnd aufeinander zu- und auseinanderschwankten, ihr Gesicht glänzend von Alkohol und Tanz. Nie im Leben, dachte ich, wird eine Frau wieder so schön für dich aussehen; und der Umstand, daß sie nie mein sein würde, daß die ganze Idee absurd war, weckte in mir den Wunsch, der Welt der Frauen jetzt an Ort und Stelle abzuschwören. Skip saß auf der Couch, in seinem Horrorbüchlein kritzelnd, und es schien der Gipfel der Unfairneß, daß Sandy sich, jedenfalls vorübergehend, mit ihm zusammengetan hatte. Romans Auffassung von Liebe als Ware, die sich erkaufen, ertauschen, ersteigern, erschachern ließ, wurde mir immer sympathischer. Besser, fürwahr, als das übliche System der glücklichen Zufälle und blinden Treffer, das ungefähr mit dem Plan vergleichbar war, das tägliche Brot und ein Dach über dem Kopf mit Geld zu bezahlen, das man vielleicht in der Lotterie gewann. In Romans Welt, wo Liebe mit Geld zusammenhing, hatte man zumindest die handfeste Chance auf einen Treffer, auf die erwünschte Rendite.

Zweimal ging ich unter dem Vorwand des Bierholens in die Küche und schaute aus dem Fenster. Erleichtert sah ich Roman, Gladys und Dutch friedlich um den Glastisch auf der Veranda herumsitzen, an ihren Drinks nippen und reden (meist sprach Gladys, und die beiden hörten zu). Offensichtlich hatte sie es geschafft, beide zu beruhigen. Im Wohnzimmer fand mich Vic und schlug vor, daß wir in ein paar Minuten die Show steigen ließen. Hinter uns lieferten die beiden Stripperinnen von Hunny Bares Skip eine Kostprobe ihrer Talente als Horror-Komparsinnen und kreischten dabei abwechselnd, daß die Scheiben klirrten – eine Szene, die wohl in jedem von Skips Drehbüchern mindestens ein dutzendmal enthalten war. Sandy hatte er eine Hauptrolle versprochen, in der sie nicht zu kreischen brauchte. Ich stimmte Vic zu: Ja, die Show sollte bald steigen. Die schaurigen Todesstorys konnten der Party ein gnädiges Ende setzen; mein Kopf ließ schon das Kopfweh am nächsten Morgen ahnen.

Doch gerade als Vic und ich die Gäste in den Garten bitten wollten, stürzte Bill, der Waffelbäcker, herein und schrie: »Schlägerei, Schlägerei!« Mehrere von uns rannten ihm nach in den Garten, wo, wie ich dachte, sich vielleicht zwei torkelnde Veteranen in die Wolle bekommen hatten, weil sie sich gegenseitig für Deutsche hielten. Weit gefehlt; Bill führte uns nach hinten, wo sich am Anfang des Strandes unterhalb der Veranda Dutch und Roman gegenseitig im Schwitzkasten hielten, Sandwolken aufwirbelten und stampfend ums Gleichgewicht rangen.

Gladys stand auf der Verandatreppe, die Hand vor dem Mund. Roman keuchte, Speichel ins Licht der Verandafluter sprühend, während Dutch wild die Faust schwang und ins Leere schlug. »Nimm das *zurück*, Roman«, knurrte er, seine Worte durch Romans Trenchcoat halb erstickt. Zusammen stürzten sie in den Sand, um sie ein sachkundiger Kreis von Veteranen, die johlten und zum Teil schon mit Dollarnoten wedelten, um rasch noch Wetten abzuschließen.

Sandy trat neben mich. »Ach du liebe Güte«, sagte sie.

»Gabe, bitte«, rief Gladys mir zu. »Tu was!«

»Wenn du sie jetzt auseinanderreißt, gehen sie gleich wieder aufeinander los«, erkärte Sandy. Hinter ihr stand Skip und kritzelte in sein Büchlein.

Mein erster Impuls war, sie zu trennen, dann sah ich: Sie taten einander nicht wirklich etwas zuleide. Roman war müde, Dutch hatte ein deutliches Gewichts-Handicap. Sein Schlips hatte sich gelockert, und zwischen den Faustschlägen griff er sich immer wieder an den Hals und suchte den Knoten zuzuziehen.

»Nimm das zurück, Roman«, geiferte er erneut.

Roman hielt Dutchs Kopf eisern umklammert, die Beine hinter sich in den Sand gestemmt, Dutch halb unter dem Arm tragend, als sei er nur ein Campingbeutel voll Bier und Paperback-Romane. Dann lockerte Roman die Kopfzange, und Dutchs Arm hing nun lose über seinem Rücken. Roman sah aus, als ruhe er lediglich, schöpfe neuen Atem, und ich dachte, wenn jemand ihm einen Whiskey Sour anbietet, nimmt er ihn wahrscheinlich.

Gladys war von der Treppe in den Sand hinabgestiegen. Sie war jetzt zornig und hielt die Lippen aufeinandergepreßt. Ich empfand fast eine gewisse Nostalgie, als ich sah, daß sie wütend auf Roman war. Sie trat neben mich, die Veteranen aus dem Wege boxend.

»*Gabe*«, sagte sie.

Ich zuckte die Achseln. »Dad ...«

»Hallo, mein Junge.«

»Das ist doch albern hier, Roman.«

»Sag das *ihm*.« Er deutete auf Dutchs Kopf unter seinem Arm.

»Dutch, hör auf«, sagte ich.

Roman schüttelte den Kopf. »Trag nicht meine Kämpfe für mich aus, Junge.« Ich verkniff es mir zu sagen, daß dies hier mit einem Kampf bislang eigentlich wenig gemein hatte.

»Nimm das zurück«, wiederholte Dutch.

»Was hat Roman denn *gesagt?*« wollte ich von Gladys wissen.

Sie blickte zum Himmel. »Roman hat gesagt, ich liebte Dutch nicht, auch Sandy hätte Dutch nie geliebt, keiner seiner Freunde liebte ihn. Sie duldeten ihn nur, weil er Geld habe.«

Ich nickte. »Und das hat Dutch nicht gern gehört?«

»Es war gemein, das zu sagen. Das ist seine innere Sorge. Damit hat Roman einen wunden Punkt getroffen.«

In dem Moment lockerte Roman, dessen Arm offenbar ermattete, die Kopfzange leicht, und flink wie eine Natter schlüpfte Dutch aus dem Schwitzkasten, packte eine von Romans Händen und machte eine Rolle rückwärts. Dies war, wie ich plötzlich begriff, Judo. Solange ich zurückdenken konnte, hatte Dutch, um sich fit zu halten, Kampfsport getrieben. Es überraschte mich nun, daß er tatsächlich Ernst damit machen konnte. Er stand auf, Romans Arm hob sich mit ihm, er verdrehte ihm den Arm, bog die Handfläche zum Handgelenk hin. Ich kannte den Trick aus ›Starsky & Hutch‹ und wußte, daß dies – zumindest bei den Zuhältern und Straßengaunern aus dem Fernsehen – höllisch weh tat. Roman lieferte mir rasch den Beweis.

»Scheiße, *verdammt,* Dutch«, schrie er. Er beugte sich vor, seinen gespreizten Beinen entgegen, um dem Schmerz auszuweichen. So hielt ihn Dutch, schwankend vor Trunkenheit.

»Okay, also, jetzt«, sagte Dutch wie zur Einleitung einer Zeremonie. »Ich will, daß du es zurücknimmst.«

Roman lachte und wimmerte dann. »Gut, Dutch, ich nehme es zurück. Jeder liebt dich, es hat nichts zu tun mit dem Haufen Knete, auf dem du sitzt. Ich bin ein gutes Beispiel: Du bist der reichste Knabe, den ich kenne, und ich hasse dich. Fühlst du dich jetzt besser?«

Dutch ließ die Worte in sein benebeltes Hirn einsickern und versuchte sich klarzuwerden, ob es sich um eine echte Entschuldigung handelte.

»Laß ihn los, Dutch«, sagte Gladys.

Doch er verstärkte im Gegenteil den Druck auf Romans Handgelenk erneut. »*Verdammt,* Dutch«, schrie Roman wieder. Sein Gesicht rötete sich. Die Veteranen begannen, ihre Wetten auszuzahlen.

»Das reicht, Dutch«, sagte ich. »Er hat es zurückgenommen.«

»Nein, das glaube ich nicht. Roman, ich will, daß du hübsch

laut sagst ... daß du sagst ...« Verwirrung umwölkte langsam sein Gesicht. »Daß du sagst ...«

Roman fing an zu lachen. »Bill, untersteh dich, ihm zu helfen. Niemand hilft ihm diesmal.«

Dutch musterte angestrengt den Sand zu seinen Füßen, auf der Suche nach den verlorenen Worten. »Ich habe den Kampf gewonnen, also mußt du sagen ... äh ...«

Roman lachte lauthals. »Den Loyalitätseid, Dutch?«

Das Lachen griff auf die Veteranen über, die rasch in das Spiel einstiegen.

»Sag die Präambel zur Verfassung.«

»Sag das Alphabet rückwärts, Roman.«

»And Say a Little Prayer For Me.«

»Sag dein Nachtgebet.«

»Sag was Liebes.«

Trotz seiner Schmerzen amüsierte Roman sich königlich. Verblüfft schaute ich zu; *er* war der Geschlagene, saß auf dem Hintern im nassen Sand, Trenchcoat und Hut zerknüllt um und unter ihm; trotzdem hatte es sich so gewendet, daß Dutch als der Dumme dastand. Selbst Gladys hielt die Hand vor den Mund, um nicht laut loszuprusten vor Lachen.

»Wir sollten sie einfach da draußen lassen«, meinte Sandy. »Damit die Flut sie holt.«

»Welche Flut wollte die schon holen«, sagte Gladys.

»Dutch, läßt du mich jetzt los?« fragte Roman.

»Erst wenn du das Wort sagst.«

»Welches Wort?«

»Das Wort ... das man sagt ... wenn man einen Kampf verliert. Stell dich nicht so dumm, Roman.«

»Also gut: Ich gebe ... einen aus.« Alles kicherte.

»Nein, nein, nein. Man sagt ... äh ...«

Inzwischen war Dutchs Gesicht feuerrot, und er vermied es, uns in die Augen zu sehen. Ganz plötzlich fühlte ich wieder diesen vertrauten Stich der Sympathie, wie ein Angelhaken, der mir im Herzen saß.

»Ich gebe *auf*, Dutch«, sagte ich.

»*Gabe.*« Sandy schlug mir auf die Schulter.

»Gabe, du hältst das Maul«, fuhr Roman mich an.

»Was hast du gesagt, Gabe?« fragte Dutch.

Nun war es an mir zu lachen. »Nichts. Vergiß es.«

»Los, Roman.«

Verbissen drehte Dutch die Hand weiter nach hinten. Ein Hauch von Angst huschte über Romans Gesicht.

»Dutch, jetzt *hör* aber auf.« Gladys trat zu ihm hin und zog ihn am Ärmel. Ich bemerkte, daß seine Ford-Sticker am Revers fehlten und wohl irgendwo im Sand lagen.

»Einen Scheißdreck werde ich sagen, Dutch«, stöhnte Roman.

Ich riß an Dutchs Hand, und da gab er plötzlich auf. Roman rieb sich das Handgelenk und erhob sich langsam. Er beugte sich vor, bis er Dutch direkt in die Augen schaute.

»Das Wort heißt AUFGEBEN, du Arschloch, und das werde ich weder sagen noch tun. Vor dir kneife ich den Schwanz nicht ein. Nie im Leben.«

Vor lauter Verlegenheit war Dutch jetzt fast wieder nüchtern, und Demütigung legte sich wie ein Fieber über ihn; es stand ihm im Gesicht geschrieben. Alle Veteranen klopften Roman auf die Schulter, als habe er nach einem Zehn-Runden-Kampf gerade durch k.o. gesiegt. Gladys stapfte zum Haus zurück, die Arme um den Oberkörper geschlungen.

»Das war besser als unsere Show«, sagte Sandy. »Wir sollten mit ihm in Verhandlung treten.«

Am Morgen fand ich Skip und Sandy zusammen auf der Couch im Tiefschlaf, beide noch angezogen, mit einem Bademantel zugedeckt. Ich war der erste, der aus den Federn gefunden hatte; ich setzte den Kaffee auf und ging dann nach draußen, nach den Karossen sehen. Unversehrt standen sie da, allerdings schliefen auf Jayne Mansfields Rücksitz zwei Veteranen. Und auf dem Schwiegermuttersitz des Ford fand ich eines der Mädchen von Hunny Bares. Es war wie Ostereiersuchen.

»Wach auf, mein Schlafbärchen«, sagte ich, als hätten wir gerade die Nacht zusammen verbracht.

»Verpiß dich«, gab sie zurück.

Inzwischen waren auch die anderen wach, im Haus regte sich Leben. Morgengeräusche waren zu hören. Gladys kam, geduscht und angezogen, um mit mir eine Tasse Kaffee zu trinken.

»Tut mir leid wegen gestern abend«, sagte sie.

»Gestern abend war nicht so schlimm. Brüder kloppen sich hin und wieder, hab' ich mir sagen lassen.«

»Aber ich war der Anlaß. Wegen mir haben sie sich geschlagen.«

»Sie waren auch vorher nicht gerade dicke Freunde.«

Sie trank ihren dampfenden Kaffee und blickte über das Pier auf den ruhigen Ozean hinaus.

»Sag mal, Gabe. Ganz ehrlich. Wärest du glücklicher, wenn dein Vater und ich wieder zusammen wären?«

»Schieb die Verantwortung nicht auf mich. Ich habe da nichts zu entscheiden.«

»Und wenn doch?«

»Zerrüttete Familien sind schlecht für Kinder, das ist ja bekannt. Sagt einem jeder Schullehrer. Aber ich fühl' mich eigentlich ganz normal und lebe mein Leben wie jedermann.«

»Schön gesagt. Kannst du jetzt meine Frage beantworten?«

»In ein paar Jahren bin ich sowieso weg, College oder was anderes. Die Entscheidung liegt ganz bei dir. Ich will, daß ihr wieder zusammenkommt, weil ich glaube, daß ihr euch liebt.«

»Das ist wahr.«

»Ich glaube, daß du Dutch nicht liebst.«

Sie seufzte. »In gewisser Weise stimmt das wohl. Ich brauche Dutch im Augenblick, wenn ich ihn auch nicht so liebe, wie du denkst. All das ist nicht so einfach, Gabe.«

»Ja, glaube ich auch. Also richte dich nicht nach mir. Richte dich nach deinem Gefühl.«

»Wenn du es verlangtest, würde ich zu Roman zurückgehen. Wenn du eine intakte Familie im Rücken brauchst. Ich kann es nicht ertragen, dich zu enttäuschen.«

»Wenn ich es verlangte?«

»Ja.«

»Dann würdest du es tun?«

»Du weißt, daß ich es tun würde.«

»Also, sorry, das ist auch nicht so einfach.«

Sie nickte und lächelte mich an. »Ist es in keinem Fall.«

In diesem Augenblick kam Dutch zur Hintertür herein, keuchend und schwitzend in Turnhose und Turnschuhen. Er hatte sein Morgenjogging absolviert.

»Ich habe mich bei deiner Mutter bereits zehnmal entschuldigt«, sagte er mir. Er beugte sich vor, um Atem zu schöpfen. »Und nun verdienst du eine Entschuldigung.«

»Es war nicht meine Hand, die du fast gebrochen hast.«

Er nickte. »Zu gegebener Zeit werde ich auch die Sache mit Roman ins reine bringen.« Er blickte Gladys an. »Aber wir hätten dir gestern nicht dieses Schauspiel bieten dürfen, Gabe.«

Ich zuckte die Achseln. »Besser als langweilige Partyspiele.«

Gladys tätschelte mir den Rücken. »Er versucht sich zu entschuldigen, Gabe.«

»Gut. Vergiß es, Dutch. Es ist alles verziehen.«

»Laß uns eine Minute draußen sprechen.«

Er drehte sich um und ging zur Vordertür hinaus, und Gladys gab mir einen Schubs, damit ich ihm folgte. Ich fand ihn auf der Veranda sitzen, auf den Brettern, die ich vor ein paar Tagen gestrichen hatte.

»Und?« fragte ich.

»Ich habe immer befürchtet, daß du, wenn du heranwächst, eine schlechte Meinung von mir bekommst, und das gestern hat es wohl besiegelt.«

Ich erwiderte nichts.

»Wir sind verwandt, Gabe.«

»Und?«

»Schätze das nicht gering, auch wenn du manchmal nicht viel davon hast. Ich liebe deine Mutter und werde mein möglichstes tun, sie glücklich zu machen. Und ich weiß, das bedeutet dir einiges. Habe ich recht?«

So sehr es mir widerstrebte, in diesem Punkt mußte ich ihm recht geben. Sie war glücklicher ohne Liebe, weil Liebe sich nicht um die Erfüllung der täglichen Ansprüche scherte, die sie jetzt brauchte. Liebe gab nichts auf Stabilität. Dutch erfüllte – wenn überhaupt irgend etwas – die täglichen Grundbedürfnisse und den Wunsch nach Stabilität – wie ein gutes Economy-Auto.

»Sei fair zu ihr«, sagte ich. Ich blickte ihn an. »Und vor allem, sei nett. Halte ihre Gegenwart nicht für selbstverständlich.«

»Würde ich nie tun, Gabe.«

Wir schwiegen. Aus dem Haus drang das Klappen von Kleiderschränken, das Quietschen der Kühlschranktür, der Duft von Schinken und Eiern. Ich hörte Skip leise etwas sagen und Sandy lachen. Über allem, kaum mehr wahrgenommen, schwebte das Hintergrundrauschen des Meeres. Ich dachte an Sandy mit ihren Golfbällen und hoffte im stillen, sie werde nie Grund genug oder Schmerz genug haben, Skips Gesicht auf einen davon zu zeichnen. Oder meins.

»Interessante kleine Ausstellung, die ihr da habt.« Dutch deutete auf die Wagen.

»Danke. Mit den Kostümen ist's noch besser. Wir wollten gestern abend schon unsere Vorstellung geben.«

Er nickte. »Geht nichts über 'ne gute Show. Besonders gut ist der Wagen von James Dean getroffen. Nach allem, was ich weiß.«

»Getroffen?«

»Ja, die Polsterung zum Beispiel, die Lackierung.«

»Wovon redest du, Dutch?«

»Die Farbe stimmt ungefähr.«

Ich blickte ihn an. »Wieso sollte die Farbe nicht stimmen?«

Er starrte mich an.

»Gabe, du kennst dich doch aus mit Motor- und Fahrgestellnummern. Hast du sie geprüft?«

»Nein. Wozu?«

»Also, die Wagen sind *nicht die Originale*. Das ist ein alter

Porsche, aber kein 550 Spyder, da bin ich sicher. Der Buick ist aus drei verschiedenen Modelljahren zusammengestückelt. Und der Ford sieht aus wie ein aufgemotzter Oldtimer, den man später wieder in den Originalzustand zurückgebaut hat. Die Kugellöcher sind prima imitiert, muß schon sagen.«

»O Gott«, stöhnte ich und ließ den Kopf in den Nacken fallen.

»Hast du das etwa nicht gewußt?«

»Keiner weiß es.« Plötzlich dachte ich an Vic und an sein Evel-Knievel-Motorrad vom Schrottplatz. »Oder fast keiner.«

»Hör zu, Gabe. Ich bin Roman wegen gestern abend was schuldig, also werd' ich die Klappe halten. Außerdem würde er es gerade aus meinem Mund nicht gern hören. Aber irgendwann, wenn du die Zeit für gekommen hältst, mußt du's ihm sagen. Auf deine Weise. Denk dran, es ist arglistige Täuschung, Gabe. Er kann dafür ins Gefängnis kommen.«

Irgendwo tief im Haus, zwischen Meeresrauschen und Frühstücksgemurmel, hörte ich Roman tief und fest schnarchen. Schlaf weiter, dachte ich. Wenn du aufwachst, wird alles, was du liebst, verschwunden sein.

ELFTES KAPITEL

Eine Woche später fuhren wir nach Nord-Florida zum Jahreskonvent der Hot Rodders Association. Unser dortiges Gastspiel war als Auftakt zu unserer Wintertournee durch Florida geplant. Die Woche hatten wir damit zugebracht, letzte Hand ans Haus zu legen und jemanden zu finden, der es über den Winter mietete. Schließlich erklärte Skip sich bereit einzuziehen, wohl mehr weil es ihm eine, wenn auch fragile Verbindung zu Sandy verschaffte. Am Vortage unserer Abfahrt traf er ein, im Gepäck improvisierte Buchregale aus Ytongsteinen und Brettern, die er mit Scripts und Filmzeitschriften füllte, einem Regiestuhl mit seinem Namen auf der Rücklehne und Postern von Clark Gable, Marilyn Monroe und Boris Karloff. In mir keimte die Vermutung, seine Zuneigung zu Sandy beruhe nur darauf, daß er sie als Jayne Mansfield gesehen hatte. Sie standen eine halbe Ewigkeit im Vorgarten, um sich zum Abschied zu küssen, und während der Fahrt durch South Carolina sprach Sandy nicht viel, sondern starrte nur zum Fenster hinaus, leise traurige Songs pfeifend. Um sie aufzuheitern, erfand ich ein neues Reisespiel, eins von den zahllosen, die wir gespielt hatten, seit wir damals nachts die Schlange überfahren hatten. Diesmal ging es darum, auf meiner Wagenseite Tiere zu zählen, auf ihrer weggeworfene Kleidungsstücke. Wer nach zwanzig Meilen die höchste Zahl hatte, hatte gewonnen. Sie hatte keine Lust mitzuspielen, gab kaum eine Antwort auf meine Frage, und Vic und Roman standen sowieso über den Dingen, sie behandelten uns wie zwei zu groß geratene Kleinkinder auf dem Rücksitz. So mußte ich den ganzen Weg nach Charleston die Zählung für beide Wagenseiten übernehmen, hoffend, daß sie irgendwann Feuer fing für unsere neueste Spielart des Unsinns. Nach der ersten Runde hatte ich vierzehn Tiere, fünf Hüte und eine Socke gefunden.

»Vierzehn zu sechs«, kicherte ich. »Ich lach' mich tot.«

»Dann tu es leise«, sagte Roman. Nach ein paar Meilen in Vics Gesellschaft hatte er von Konversation die Nase voll, und ich wußte, seine Gedanken waren bei Gladys und Dutch.

»Und wer hätte gedacht, daß es so viele tote Tiere gibt?« sagte ich, an niemand Bestimmten gewandt. »Bei dem Spiel kann man noch was lernen.«

»Die toten kannst du nicht zählen«, sagte Roman.

»Wer Tiere killt am Steuer«, sagte Vic, »gehört ins Fegefeuer. Ein Zitat von Rod McKuen.«

»Warum?« fragte ich.

»Das Spiel ist nicht fair«, brummte Sandy unter ihrer Basecap und sah auf. »Das Viehzeug ist immer in der Überzahl.«

»Sie lebt!« rief ich in meiner schönsten Autokino-Dr.-Frankenstein-Stimme.

»Ich halte meinen Einspruch aufrecht, Euer Ehren. Die rechte Autoseite braucht ein Handicap.«

»Wieso?«

»Du kannst nicht alle Tiere mitrechnen; es gibt zu viele.«

»Also gut, nur Kühe?«

»Von mir aus – wenn's unbedingt zum Gähnen sein soll.« Langsam ließ sie sich ins Spiel hineinziehen, wobei sie, wie ich hoffte, Skip Kornegey vergaß. Aber auch ich mußte mich ablenken. Die ganze Woche, bei der Arbeit am Haus, war mir durch den Kopf gegangen, wie ich es Roman beibringen sollte, daß die hinter uns auf dem Hänger herrasselnden Karossen getürkt waren und daß sie uns wegen Betrugs geradewegs in den Knast befördern konnten. Die Autos waren Romans Glückslos. Endlich hatte er es geschafft: Geld strömte herein; er verkaufte eine Idee gegen klingende Münze, selbständig, nicht für jemand anderen. Es war besser als die Kunst am Bau, die ich nachgeahmt hatte, das Abzocken von ein paar Tausendern aus der Stadtkasse. Es war, neben Gladys, das einzig Echte, was er je für sich ersehnt hatte. Und nun war es unecht.

»Dann laß dir 'ne neue Regel einfallen«, bat ich Sandy.

Sie gestaltete das Spiel anspruchsvoller. Ich sollte Ausschau halten nach gescheckten Pferden, nach Kühen in vollem Lauf und nach Schafen, die den Kopf durch einen Zaun steckend weideten; sie nach einzelnen Schuhen, nach Mützen mit Tierfutterwerbung und nach Socken. Für jedes tote – jedoch nicht überfahrene – Tier bekam ich fünf Punkte gutgeschrieben, und sie bekam fünf für eine Hose. Als wir Atlanta erreichten, lag sie mit siebenundzwanzig zu zwanzig in Führung, aber als wir dann am Tote-Em-In-Streichelzoo vorbeifuhren, überholte ich sie in Windeseile. Kurz nacheinander zählte ich zwölf Schafe, die den Kopf durch den Metallzaun steckten.

»Hab' dich in'n Arsch gekniffen«, sagte ich fröhlich.

Sie zwickte mich in den Schenkel. »Hüte deine Zunge. Und Zoos gelten nicht.«

»Du hast sie nicht ausgeschlossen.«

»Ich hab's vergessen. Aber das ist eindeutig gegen die Spielregeln.«

»Quatsch. Zweiunddreißig zu siebenundzwanzig. Ich hab' gewonnen.«

»Du hast geschummelt, nennst du das gewinnen?«

»Ist endlich Ruhe da hinten?« rief Roman über die Schulter.

»Da waren zwölf Schafe, und ich habe sie gesehen. War kein Schummeln.«

»Und wenn ich einen umgefallenen Altkleidercontainer gesehen hätte? Glaubst du, ich hätte all die Socken, Hemden und Hosen gezählt?«

»Ja.«

Sie wandte sich von mir ab, und erschrocken sah ich: Sie war wirklich wütend. »Du hältst echt wenig von mir, Gabe«, sagte sie.

Ich wußte nicht, was ich darauf erwidern sollte oder was ich eigentlich falsch gemacht hatte, also sagte ich nichts, drehte mich weg und blickte aus meinem Fenster. Schweigend fuhren wir durch Süd-Georgia, vorbei an Tankstellen, Gebrauchtwagenhöfen und Wassertürmen, die bemalt waren wie riesige

Pfirsiche. Die Straße unter uns war ziemlich holprig, und der Anhänger mit seiner Fracht wurde kräftig durchgerüttelt.

»Welch himmlische Ruhe«, bemerkte Roman. »Wir hätten schon vor einem Monat dafür sorgen sollen, daß ihr aufeinander sauer seid.«

Die Southeast Convention der Hot Rodders Association dauerte drei Tage. Hier hatten wir leichte Beute; schon ehe Sandy mit den Handzetteln loszog, stand die Kundschaft bei uns Schlange. Die Leute waren hin und weg von den Autos und weinten, wenn Vic seine Reden hielt. Die Frauen küßten mich wegen ihrer Polaroids so oft auf die Wange, daß ich Sandy sagte, ich käme mir vor wie auf einem Kongreß von Großtanten. Sie lächelte, aber nicht genug, als daß ich es als Zeichen der Vergebung hätte deuten können. Daß jemand wegen einer Zufallssichtung von einem Dutzend Schafen dauerhaft eingeschnappt war, kam mir undenkbar vor; aber sie schien das beweisen zu wollen. Ich wußte, was ihr eigentlich zu schaffen machte: Skip in Carolina Beach. Er fehlte ihr. An unserem ersten Abend in Lakeland blieb sie lange auf, um mit ihm zu telefonieren, und einmal ließ sie, auf sein Drängen, ihren gekonntesten Horrorfilm-Kreischer ertönen, der mich aus dem Schlaf riß wie ein Stromschlag auf dem elektrischen Stuhl. Seitdem sie eines Abends ›Schlagerpiraten‹ im Spätprogramm gesehen hatte, beherrschte sie Jayne Mansfields Rolle aus dem Effeff, und ihre falschen Brüste waren beträchtlich gewachsen, seit sie entdeckt hatte, daß die Größe des Busens in direkter Beziehung zur Höhe der Trinkgelder stand, die sie beim Fotografieren von all den Rentnern erhielt. Ständig löcherte ich sie: Wenn das ihre Strategie sei, dann könne sie auch gleich bei Rusty's All-Star Venus Revue auftreten. Für meine Rolle als James Dean kriegte ich keinen einzigen Cent Trinkgeld, obwohl eine Frau einmal sagte, sie würde mir beim Haareschneiden einen Rabatt einräumen.

Die ganze Zeit überlegte ich krampfhaft, wie die Wahrheit über Vic Comstock und seine gefälschte Wagenladung Roman schonend beizubringen war. Nicht auszudenken die Konsequenzen: was Roman Vic oder mir oder sich selbst antun, wie er vielleicht sein Leben verpfuschen würde. Ständig wurde ich von idealen Gelegenheiten gepeinigt. In einer ruhigen Stunde an einem wolkenlosen Nachmittag kam Roman und setzte sich neben mich ins Gras, lehnte sich zurück in den spärlichen Schatten des Bonnie-und-Clyde-Wagens. Windstöße wehten die Aufschläge seines Trenchcoats gegen sein Kinn. In der hohlen Hand zündete er zwei Zigaretten an und reichte mir eine. Ich nahm einen tiefen Zug und stieß den Rauch nicht wieder aus, die Augen geschlossen, mit langsam beginnendem Magenschmerz. Ich wünschte, Gladys wäre hier, um mir zu helfen.

Er ließ den Blick über unseren Standplatz schweifen, die Einzäunung, die Duschvorhänge. »Nicht schlecht«, sagte er, das höchste Lob, dessen er fähig war. Er nahm den Hut ab und betrachtete ihn, sein Kopfhaar ringförmig eingedellt. Ich nickte.

»Genau das hatten wir dringend nötig, ein bißchen Florida. Wir sollten nach Miami oder an irgendeinen anderen Ort an die See. Deiner Mutter würde das gefallen. Sie hat immer den Strand geliebt, das Wasser, das Essen in den Seebädern, all das.«

Ähnliches sagte er über jedes kleine Nest, in dem wir Station machten; redete darüber, was er ihr gezeigt hätte, was sie hätte sehen wollen. Seine eigenen Vorlieben schienen nur Fortsetzungen der ihren zu sein, oder dessen, was er dafür hielt. Ich stellte mir vor, daß all die Episoden, die sie jetzt so ärgerten – der Verkauf der eigenen Autoteile, der Verkauf der Girl Scout Cookies –, nur Gesten waren, die er für sie gemacht, und daß es ihr damals gefallen, daß sie es genossen hatte, die gemeinsamen Verrücktheiten, die Hoffnung; aber Roman begriff nie, daß das, was einmal gewirkt hatte, nicht ewig wirken würde. Er hielt, was sie betraf, an seinen alten Wünschen fest, wie er an seinen Seersuckeranzügen und braunen Filzhüten festhielt, froh, daß er nie aus ihnen herausgewachsen war.

Ich schaute hinüber zu den Todeswracks, den drei Schrotthaufen, Verkörperung all seiner Hoffnung. Er schlug den breiten Kragen seines Trenchcoats hoch, setzte den Hut auf, zündete sich eine weitere Pall Mall an. Fast schienen die Autos auf etwas zu warten, geduldig in ihrer Verbeultheit, in ihrem langsamen Verfall, und eine Minute lang tat es mir leid, daß sie nicht waren, was sie vorgaben. Ich wünschte es ihnen. Mein nächster Gedanke: Welche Rolle spielt Echtheit überhaupt? Das alles verwirrte mich. Ich blickte Roman an. Er lächelte und blies ein paar Rauchkringel in die Luft, ein Kunststück, das mich in meinen Kindertagen immer wieder entzückt hatte. Ich wischte sie weg, wissend, daß ich ihm nichts über die Autos verraten konnte. *Jetzt nicht*, sagte ich mir.

Am zweiten Morgen unseres dreitägigen Gastspiels (jeden Tag kamen, wie mir schien, dieselben Leute in derselben Garderobe) zogen tiefhängende dunkle Wolken auf und blieben. Es gab keinen Regen, aber auch keine Sonne. Kühl und böig blies der Wind, bauschte unsere Duschvorhänge und warf graue Schatten über die Todeswagen. Mit ernster Miene, wie damals am Morgen nach Vics Party, betraten die Leute unser Karree. Langsam umkreisten sie die rostenden Wracks, strichen über die blätternde Farbe, spähten in zerbrochene Fenster, unterhielten sich flüsternd. In der schweren Luft zog Vics Megaphonstimme Echofahnen, die über den Boden hinzuwehen schienen. An solchen Tagen spürten wir alle, daß in unserer kleinen abgeschotteten Welt der Tod umging, den wir verhökerten; daß die Autos die Geister ihrer Vergangenheit mitschleppten. Daß sie überhaupt keine Vergangenheit mehr hatten, diesen ketzerischen Gedanken verwarf ich. Natürlich hatten sie eine, nur eben eine normale statt einer prominenten; sie trugen eigene, unbekannte Tode und Leben mit sich, und diese Vergangenheit verrottete nun ebenso sicher wie ihre bröckelnden Fensterfassungen. An solchen Tagen bewegten wir uns leise um die Wagen, nachdenklich in unseren Kostümen, lächelten nicht für die Polaroids, blieben in unserem Karree, so lange wir konnten, und gingen nur zum Lunch oder Toilettenbesuch nach draußen. Sandy behielt in den Pausen ihre Perücke auf. Wir vermieden es, einander anzusehen, als schämten wir uns unseres Tuns. Solche Tage schlugen mir aufs Gemüt, und ich wußte, Roman fühlte sich noch unwohler als ich, wie er da herumging und schlechte Witze riß, zuviel lachte, sich selbst und alle anderen abzulenken suchte. Der einzige, den er abzulenken vermochte, war er selbst, und das auch nur, weil es ihm so gefiel, was wir taten, weil er dieses Leben so liebte, dieses Leben nach seiner Fasson. Er schürte auch in uns diese Liebe. Hier, nur hier, und nirgendwo sonst, wollte Roman sein, hier hinter dem Duschvorhang, Hände rostbefleckt, klingendes Kundengeld in der Kasse. In ruhigen Stunden pflegten wir zu viert mit dem Rücken an die Autos gelehnt dazusitzen, auf dem Schoß Pappschachteln mit Essen von den Imbißständen, stumm unsere Lippen wischend und Limonade mit einem Schuß Crown Royal trinkend; Roman tischte Vertreterstorys aus der Zeit auf, als er Bibeln verkaufte, oder imitierte den Prediger, den er in der Nacht zuvor im Radio gehört hatte, während wir alle im Wagen schliefen.

»Ihr werdet nicht glauben, was er gesagt hat«, pflegte er anzukündigen. Sandy und ich warfen einander vielsagende Blicke zu und grinsten. Dies war inzwischen ein Running Gag. Immer wieder fielen wir auf Roman herein, er war einfach unwiderstehlich. Lang und ausschweifend ahmte er den Gottesmann nach, predigte übers Zehntengeben, über Gottes Liebe, über die Erlösung der Welt, über den Weg der Sünder zur ewigen Verdammnis. Seine Stimme schwoll an und erfüllte die dunstige, trübe Stille.

»Und ihr glaubt gar nicht, was er gesagt hat«, wiederholte Roman. Inzwischen lächelte alles, unsere Finger klebrig vor Zuckerwatte und Schokolade. Diesen Dialog dehnte Roman bis zum äußersten, bis selbst Vic lächelte.

»Und was *hat* er gesagt?« pflegte ich dann zu fragen.

»Oh, das ist schlimm, Junge. Schlimm zu hören.«

»Raus damit.«

»Er sagte, wir würden alle zur Hölle fahren. Hat uns namentlich genannt.«

»Wie entsetzlich«, antwortete dann Sandy.

»Bald?« kam dann meine rituelle Frage. »Dann sollten wir schleunigst unsere Kohle ausgeben.«

An jenem Nachmittag schlossen wir unser Frage-und-Antwort-Spiel mit Roman rasch ab. Müdes Lächeln reihum. Keine Besucher, über uns finstere Regenwolken. Ich saß mit Vic und Roman im rosa Schatten der Duschvorhänge. Unser Geld für den Tag hatten wir verdient; ziel- und tatenlos hingen wir herum. Sandy ging auf dem Festplatz spazieren. Wir anderen rauchten Zigaretten und lutschten das Eis vom Boden unserer Pappbecher. Immer wieder sah ich zu Vic hinüber, suchte in seiner Miene die Arglist zu lesen, den Drang, uns und alle Welt hinters Licht zu führen. Er bot mir einen Schokoriegel an, und ich nahm ihn dankbar entgegen. Roman hob Vics Megaphon an den Mund.

»AUFRUF FÜR SANDY GOFORTH«, sagte er mit gepreßter und verstellter Stimme. »BITTE KOMMEN SIE ZUM TREFFPUNKT GELDZELT.«

Er lachte über seinen eigenen Witz, und irgendwo von ferne hörte man Sandy rufen, er solle den Mund halten und sich nicht so peinlich aufführen. Wieder lachte er, und Vic fing an, uns von früheren Ideen vorzuschwärmen, in die er investiert hatte. Roman erzählte mir einmal, Vic hätte ein Vermögen machen können, hätte er sein Geld in konservative Anlageformen oder auch nur Sparbücher gesteckt, aber das meiste habe er für gewagte Erfindungen und Ideen, die ihrer Zeit weit voraus gewesen seien, verpulvert. Für mich klang das einfach nach Schnapsideen. Vic war immer noch reich, sagte mir Roman, aber nur noch kleinbürgerlich reich. Sein Geld war für spleenige Visionen und die Erfindungen ominöser Kellerbastler draufgegangen. Irgendwie bewunderte Roman ihn dafür.

»Der Knüller«, sagte Vic gerade, »war das Restaurant. THE DOGGONE DINER. Man setzte sich hin und bestellte köstliches Essen, wunderbar zubereitet, und der Clou war, Gabe«, er wandte sich mir zu, »dein Hund, dein Familiendoggie, durfte mit am Tisch sitzen. Spezielle Hundehocker hatten wir, kleine Serviette um den Hals, die gleichen Teller wie die Leute, eingebaute Wassernäpfchen, Tapete mit Feuerhydranten-Muster.«

»Genial«, sagte Roman.

»Zehntausend Gewinn in der ersten Woche. Warteschlangen bis zur Straßenecke. Die Nachrichtenagenturen brachten schon Beiträge über uns, dann hat das Gesundheitsamt den Laden dichtgemacht.«

»Typisch«, sagte Roman, als terrorisiere ihn das Gesundheitsamt schon sein Leben lang.

»Unser Aushängeschild zeigte einen Cartoon-Hund mit Farbtopf und Pinsel, der GONE durchstrich. Extrem witzig, dachte ich.« Er seufzte und sah plötzlich alt und gescheitert aus, und so sehr ich mich anstrengte, ich konnte ihn nicht hassen. Ich mochte ihn – und mir schwante, aus denselben Gründen wie Roman. Ich verlor kein Wort über die Autos. Wir mußten es eben darauf ankommen lassen.

Zur nächsten Vorstellung schlug Vic, um uns aus der Lethargie zu schütteln, einen Rollentausch vor. Er wollte Trenchcoat und Hut tragen und eine Weile den Kriminalbeamten spielen; Roman sollte den Megaphon-Part übernehmen. Sandy gefiel die Idee. Sie sagte, in Silberlamé und Platinperücke sähe ich sicher göttlich aus.

Ich schüttelte den Kopf. »Du bist nicht cool genug für James Dean.«

»Ha. Du hast mich wohl noch nicht schmollen sehen.«

»Nein, nur während der halben Herfahrt«, sagte ich. Sie blickte mich an. »Tut mir leid, daß ich dir so auf die Zehen getreten bin«, brachte ich heraus.

Sie schüttelte den Kopf. »Es hat nicht an dir gelegen. Auch nicht an Skip eigentlich. Ich finde nur... Ich weiß nicht... Mein ganzes Leben ist irgendwie so...«

Roman blickte Vic an. »Gefällt mir nicht, dieses Bäumchenwechsle-dich.«

»Warum nicht?« fragte Sandy. »Welchem Mann würde es nicht gefallen, seinen ältesten Sohn in einem glamourösen Outfit zu sehen?«

»Ich bin sein *einziger* Sohn.«

»Darum geht's nicht«, sagte Roman. »Der Rollenwechsel gefällt mir aus anderen Gründen nicht. Wir dürfen keinen Sand ins Getriebe streuen. Was wir haben, funktioniert. Warum daran herumpfuschen?«

Nun war es an Vic zu schmollen, was ihn alt und verbraucht aussehen ließ in seinem weißen Pulli mit dem Rollkragenshirt und seiner gesteppten Nehru-Jacke. Letztere war eine Neuerwerbung, irgendwo an der Küste von Florida hatte er sie sich zugelegt. Roman hatte ihm gesagt, das Paisley-Muster der Jacke erinnere ihn an die Couch im Hause seiner Großmutter. Wir saßen an einem Picknicktisch in der Snack-Ecke der Tallahassee Exhibition Hall unter bläulichem Neonlicht, um uns die Glitzerwelt der Four State Auto Show, teure Sportwagen auf teppichbezogenen Drehbühnen, exotische Prototypen funkelnd unter Scheinwerferbatterien.

»Nur einen einzigen Tag«, sagte Vic. »Mehr verlange ich gar nicht.« Roman runzelte die Stirn. Hinter uns bauten ein Mann und eine Frau einen Stand für Miracle-Dreischicht-Autopolitur auf, die laut Werbung den Wagen immun gegen Feuer und Schwefelsäure machte. Großartig, dachte ich, wenn du mal aus Versehen in einen explodierenden chemischen Betrieb fährst. Auf mehreren der Drehbühnen standen junge blonde Frauen mit Flanellhemden über den Bikinis und übten ihre Gesten und Präsentationen. Schlechte Werbung, dachte ich; lenkt doch nur von den Autos ab. Sandy bemerkte, daß mehrere der Frauen hinter uns saßen und Pizza aßen.

»Ich habe hier alle möglichen Déjà-vu-Erlebnisse«, sagte sie.

»Du bist nicht mal blond«, sagte ich. »Tanzt aus der Reihe.« Roman inspizierte das Megaphon. Vic probierte Romans Fedora. Er fiel ihm über die Ohren und verlieh ihm das Aussehen eines alten Vaudeville-Komikers.

»Ich glaube, bei mir haben sie's mal mit einer Brünetten versucht.«

»Nur heute, Vic«, sagte Roman. »Wenn's in die Hosen geht, wird alles sofort gestoppt und wieder geändert.«

Daß Roman die Möglichkeit einräumte, es könne in die Hosen gehen, verlieh der Sache einen experimentellen Charakter, das war Neuland, das er da betrat, wie damals abends, als er mir erzählte, daß er bei meinem Kinderkarussell den Stecker gezogen hatte. Er gab Vic wohl nur deshalb so bereitwillig nach, weil wir bei dieser Auto-Show keine Duschvorhänge hatten und unsere Attraktion, wie alle anderen, im Eintrittspreis inbegriffen war. Wir waren gebucht worden und hatten eine Pauschalgage bekommen. Roman haßte natürlich Pauschalgagen und war bereits schlechter Stimmung.

Mit einem Klick schaltete er das Megaphon ein. »HALLO GABE«, hallte es, und ich fuhr jäh in die Höhe. Sandy lachte mich aus.

»Würdest du das bitte lassen?« bat ich.

»WAS LASSEN?« Es fing an, ihn zu erheitern.

»Nimm das Ding nicht so nah an den Mund«, erklärte Vic.

»Da kommt kein Crown Royal raus, selbst wenn du daran saugst«, bemerkte Sandy.

»GUTER WITZ, SANDY«, sagte Roman. Inzwischen waren die Girls in den Flanellhemden auf uns aufmerksam geworden und lachten.

»HALLO, MEINE DAMEN. SCHÖNER TAG FÜR EINE AUTO-SHOW.« Er winkte ihnen zu und lächelte hinter dem Megaphon.

»O Gott«, sagte Sandy. »Deine peinliche Marktschreierei auch noch technisch verstärkt. Na, wunderbar.«

»Ich glaube, ›Marktschreierei‹ trifft's nicht ganz«, sagte ich.

Roman schaltete das Megaphon ab. »Okay, Vic, ich bin einverstanden. Wir haben unser Geld in der Tasche, was kann schon schiefgehen?«

Den ganzen Nachmittag bis zur Eröffnung der Show wanderten wir in der Ausstellungshalle herum und besichtigten die hochglänzenden Vehikel mit ihren Kompressormotoren, aufgemotzten Stereoanlagen, elektrischen Fensterhebern und Alarmanlagen. Eines der Modelle machte periodisch Kopfstand und zeigte die Federbeine und Auspuffanlage aus rostfreiem Stahl. Roman mochte die Autos überhaupt nicht, hauptsächlich deshalb, weil sie neu waren, dachte ich. Wir gingen nach draußen zum Parkplatz, wo Sammler aus örtlichen Autoclubs einen Schönheitswettbewerb für ihre restaurierten Oldtimer veranstalteten und Noten dafür vergaben. Überall um uns Thunderbirds, DeSotos, Belairs und Packards, wie fabrikneu, mit aufgeklappter Motorhaube und Schildchen »Bitte nicht berühren«. Roman faßte sie trotzdem an, strich über den Lack, lehnte sich in Fenster, um zu schnüffeln, wie sie rochen. Autos, mit denen er großgeworden war, von denen er geträumt hatte, standen hier, als liefen ihre Fließbänder noch. Er bewegte sich zwischen ihnen wie unsere Kunden um die Todeswracks, ehrfürchtig und behutsam, als ob man die Wagen nicht aufstören, die Vergangenheit nicht aufrühren dürfe. Er schüttelte den Kopf und ließ den Blick über die Autoreihen schweifen. »Weißt du, Gabe, es gibt nichts Schöneres«, sagte er. »Netter Wagen, Geld in der Tasche, hübsche Frau auf dem Beifahrersitz.«

»Wir haben also die Spitze der Liste erreicht?« fragte ich und dachte an seine Rede im Zauberland Oz.

Er beugte sich hinab, um die Lackierungsqualität zu begutachten. »Welcher Liste?«

»Ach, nichts«, sagte ich. Es waren, glaube ich rückschauend, nicht die Wagen oder das Geld oder die Frauen, sondern das, was sie gemeinsam hatten: eine Verheißung, eine Sehnsucht, ein Ort, an dem das Begehren wohnen konnte. *Das* war die Spitze der Liste. Das Problem mit den fortschreitenden Jahren war, daß die Dinge ihre Verheißung verloren, verschlissen, versagten. Autos, Jobs, Ehen, Liebe. Für Dutch, wußte ich, hieß das einfach Wertminderung; für Roman langsamer Tod.

Am Rande des Parkplatzes das Amateurlager, Wagen, privat in Hinterhof oder Garage hobbymäßig restauriert. Keine Hochglanzschönheiten fürs Preisgericht, nicht perfekt, aber sie hatten sich im harten Alltag bewährt, und sie liefen. Auf langen Klapptischen hielten die Besitzer Teile-Tauschbörsen ab; sie hatten Öl unter den Fingernägeln und trugen Baseballjacken mit aufgestickten Marken und Modellen ihrer Wagen. Die meisten hochfrisierten Schlitten aus den Fünfzigern hatten Stoffmaskottchen an den Rückspiegeln. Manche waren aufgebockt auf breiten Rennreifen mit lodernder Flammenmalerei auf der Karosse. Das gefiel mir besser als die pingelige Perfektion der anderen Wagen.

Roman packte mich am Arm, als sei ich dabei, in einen Fahrstuhlschacht zu treten. »Schau«, sagte er. »Schau dir das an.«

Ich schaute, sah aber nicht viel mehr als einen Mann mit Rennfahrermütze und Sonnenbrille, der an einem dicken Stück Tabak kaute. Auf der Kappe prangte das Mopar-Logo, und er lehnte an einem Auto, das wie ein Leichenwagen aussah, und nickte im Takt zu ›Chantilly Lace‹ vom Big Bopper aus dem Autoradio.

»Junge«, sagte Roman laut genug, daß der Mann es hören konnte, »vor dir siehst du einen schwarzen 68er Lincoln Continental Mark III mit Dreifarb-Lackierung, ›Selbstmordtüren‹, Hardtop und dimmbarer Innenbeleuchtung. Ein vollkommenes Wunderwerk.«

Der Mann mit der Mopar-Mütze nickte und spuckte in eine Kaffeetasse. »Autoexperte«, sagte er.

»Experte für *dieses* Auto«, sagte Roman. »Könnten Sie mir 'nen Priem abtreten? Bin gerade abgebrannt.«

Ich schaute zu, wie der Mann Roman den Beutel Red Man hinhielt und Roman mit den Fingern hineingriff. Vergebens bemühte ich mich, Blickkontakt mit ihm aufzunehmen, hielt aber wohlweislich den Mund. Roman wälzte den Tabak auf der Zunge und spuckte ins Sägemehl. Ich wartete darauf, daß er würgte oder kotzte, aber er wirkte, als kaue er seit seiner Geburt.

»Hatte mal 'n 62er Cabrio. War aber meiner Frau zu windig für ihre Frisur«, sagte Roman. Er und der Mann lachten und spuckten, und da wußte ich, was kommen würde.

»Hatte seither keinen Lincoln mehr«, sagte Roman, »würde aber liebend gern diesen hier erwerben.«

»Verstehe ich, aber der ist leider unverkäuflich«, bedauerte der Mann. Er grinste mit kleinen braunen Zähnen. »But ... but ... but ... but«, sang Big Bopper.

Endlich sah Roman einmal zu mir herüber. »Unverkäuflich. So. Eine wahre Schande, muß schon sagen.« Er lächelte mich an, nur unmerklich die Mundwinkel hochziehend, und ich sah, wie glücklich er war, ein Hindernis vor sich zu haben. »Unverkäuflich« – das gab es nicht für ihn.

Fünfzehn Minuten später gingen wir zusammen zur Ausstellungshalle zurück, Papiere und Schlüssel des Lincoln in Romans Brusttasche. Immer wieder hustete und spuckte er und suchte seinen Mund vom Kautabakgeschmack zu befreien.

»Okay, zugegeben, das war nicht ganz astrein«, sagte er. »Aber ich bin ein wenig aus der Übung, was das Gespräch unter vier Augen angeht, und ich wollte, daß er ja sagt. Jesus, das schmeckt wie Pferdescheiße.« Er spuckte wieder.

»Na, er hat ja auch ja gesagt. Aber da wäre noch eine Kleinigkeit.«

»Welche?« Er rieb sich mit dem Finger über die Zähne.

»Du hast den Wagen erworben.«

»Ja, natürlich, und für nur achthundert. Er hätte leicht tausend rausschlagen können.«

»Was willst du denn damit machen?«

»Dreimal darfst du raten, Gabe. Ein Tip: Es ist ein Auto.«

»Weiß ich. Aber du *hast* doch schon einen Wagen.«

Er schwieg einen Augenblick, während wir hineingingen. Fern auf einem Drehpodest erblickte ich Sandy, die den Flanellhemdengirls Nachhilfe in richtiger Gestik gab. Roman und ich setzten uns auf zwei Klappstühle neben unsere noch immer mit Planen abgedeckten Todeswracks.

»Deine Mutter liebt Fahrten in luxuriösen Schlitten, Gabe. Stetes Geld mit unserer Show, dann das Strandhaus, jetzt dieses noble Gefährt. Das läppert sich, Gabe. Warte nur ab. Ich bekomm' sie weich.«

Wie sollte ich ihm klarmachen, daß es gerade diese Weichmacherei war, die sie nach zwanzig Jahren aus dem Haus getrieben hatte. Ich schaute zu, wie er die Lincoln-Schlüssel aus einem Papierumschlag nahm und sie auf seinen Schlüsselring fädelte. Er schüttelte den Bund und lauschte der Musik, die die neuen und alten Schlüssel machten: unser Haus, der Chevy, leere verlassene Verkaufsbüros, vergessene Vorhängeschlösser und Türen.

»Klingt nach Kammerton A«, sagte er, als habe er meine Gedanken gelesen. »Wie in ›Aaaach, was für'n süßen Schlitten hast du da‹.« Er lächelte mich an und ließ den Goldzahn blitzen. Ich hätte ihm gern in die Augen geblickt und ihm erklärt: Du kannst eine neue Tonart oder sogar einen neuen Schlüssel ins Spiel bringen, aber es bleibt das alte Lied, die gleiche müde Melodie, endlos wiederholt. Ich hatte es satt. Ich versuchte ihn anzuschauen, aber er wandte den Blick nicht von den Schlüsseln in seiner Hand. Drüben setzte Sandy ihr Seminar fort und zog gerade mit den Fingern ihre Mundwinkel hoch. Die beiden Girls lauschten und nickten.

»Also für Gladys hast du das getan?« fragte ich.

»Glaub nicht, so ein Traumwagen ließe mich kalt. Aber sie wird er noch viel weniger kaltlassen.«

Ich schüttelte den Kopf und holte tief Atem. »Dad ...«

»Ich lass' mir das nicht bieten, Gabe.« Er blickte mich einen Augenblick an, sein Stuhl quietschte, als er sich zurücklehnte. Forschend musterte er mein Gesicht. »Könnte ich ihr den Gedanken grundsätzlich abkaufen, dann vielleicht. Eventuell sogar mit diesem Arschloch.« Er schüttelte den Kopf. »Aber ich kauf's ihr nicht ab. Es sieht ihr nicht ähnlich. Überhaupt nicht.«

»Auf diese Weise wirst du es nicht verhindern können.«

Er nickte. »Doch. Ich hab' sie fünfundzwanzig Jahre gründlich kennenlernen können, Gabe. Vertrau mir ein bißchen.«

Ich zuckte die Achseln. Sandy und die Mädchen lächelten und fuchtelten in der Luft herum.

»Eine Frage«, sagte Roman. »Kaufst du's ihr ab?«

Die Antwort auf diese Frage mutete wie einer jener Staffelläufe für Erstkläßler beim Schulfest an, wo du einen Teelöffel Wasser, ohne etwas zu verschütten, über die Ziellinie bringen und in einen Eimer ausleeren mußt. Konnte ich nur alle meine Gedanken über Gladys und Dutch und Roman im Kopf zusammenhalten und es von einem Tag zum nächsten schaffen, ohne daß Emotionen überschwappten, dann kam ich über die Runden. Aber wie beim Teelöffellauf steckte man in einem Dilemma: Es ging nur, wenn man langsam lief, und wenn man langsam lief, verlor man. An Gladys' und Dutchs zehntem Hochzeitstag würde mir die Antwort wohl klarer sein. *Sie ist glücklicher jetzt,* sagte ich mir immer wieder, obwohl ich es ihr eigentlich nicht abkaufte, aber vielleicht nur deshalb nicht, weil ihr Glück sie für mich unkenntlich zu machen drohte. Roman saß da und beobachtete mich, während mein Gehirn das alles wieder durchkaute. Ich war zu sehr sein Sohn, um nicht Kontra zu geben.

»Ich glaube, es ist ziemlich egal, was wir denken; sie wird ihren Kopf durchsetzen und tun, was sie will. Und sie will Dutch heiraten.«

Romans Gesicht zuckte. »Na gut, bitte. Und ich werde tun, was ich für richtig halte, um die Dinge wieder geradezurücken. Vor diesem Hundesohn kneife ich nicht.«

Ich nickte, und Roman lächelte mich an. Er ließ die Schlüssel in seine Tasche gleiten. »Gottlob stehst du in dieser Sache auf meiner Seite«, sagte er.

Die Show war kinderleicht; kein Verkaufsdruck. Wir hatten Spaß, Roman ging mit der Flüstertüte herum und machte Ansagen wie der Rothaarige von Rusty's All-Star Venus Revue.

»JAMES DEAN, BONNIE UND CLYDE, JAYNE MANSFIELD«, schmetterte er. »ERFAHREN SIE DIE WAHRHEIT! SEHEN SIE DIE SCHRECKLICHEN TRÜMMERHAUFEN! STELLEN SIE SICH IHRE LETZTEN LEBENSSEKUNDEN VOR!«

An unserem Nachbarstand verkauften ein paar junge Burschen preisgünstige Unfallversicherungen, und wir waren für sie ein Geschenk des Himmels. Den Nachbarstand auf der anderen Seite betrieb eine Dame in Shorts und Lynyrd-Skynyrd-T-Shirt. Sie verzierte T-Shirts und Nummernschilder mit einer Spritzpistole, hautpsächlich mit Bildern des Lieblingswagens irgendeines Autonarren. Mehrmals bat sie – stets lächelnd –, Roman möge die Flüstertüte leiser stellen. Meistens saß sie herum, hörte den Polizeifunk ab und feilte sich die Fingernägel. Sandy posierte für Fotos mit Männern mittleren Alters und ihren Söhnen. Sie hatte ihre Nummer erweitert und hatte jetzt einen Jayne-Mansfield-Song drauf, ›Promise Her Anything‹. Der richtige Song für Romans Kampagne, dachte ich. Vic hatte es aufgegeben, Romans Trenchcoat und Hut zu tragen, worin er wie auf einem Kindergeburtstag wirkte, und trug wieder sein Rollkragenshirt und die Nehru-Jacke. Meine Wenigkeit wartete mit angehaltenem Atem, daß irgendein Sachverständiger aus der Oldtimerjury vorbeischneite und unsere Wagen in Sekundenschnelle als unecht outete.

»Nun entspann dich mal«, sagte Sandy. Sie puffte mit der Faust gegen ihren Atombusen, der sich verschoben hatte, und rückte ihn wieder zurecht. »Hast du vielleicht Lampenfieber?« Mit den Nägeln fuhr sie mir sanft durch die pomadige Haartolle. »Was ist bloß los mit dir, Gabe?«

Ich blickte ihr in die grünen Augen und wäre fast damit herausgeplatzt. Was ich fühlte – wollte ich sagen –, war das Gegenteil von Lampenfieber; es war keine Angst vor dem Auftritt, sondern vor dem Abtritt, davor, daß uns jemand von der Bühne fegte und zurückstieß in den Kleine-Leute-Alltag. Daß Dutch mir ein Namensschildchen auf einen winzigen Schreibtisch pflanzte, neben seinen, und ich jede seiner Bewegungen nachäffen mußte. Selbst in meinen Tagträumen liefen die Dinge nicht gut.

Ein paar Männer winkten mit ihrer Kamera Sandy zu, und sie ging, um sich mit ihnen fotografieren zu lassen. Allein blieb ich mit Vic zurück und wartete auf neue Kunden.

»Großveranstaltung, beeindruckend«, sagte er. Wir waren

immer noch nicht miteinander warm geworden, und meist endete es damit, daß wir über die Autos redeten oder über seine fehlgeschlagenen Projekte.

Ich lächelte ihn an und bedachte ihn mit einem bohrenden Blick. »Ja, wirklich.«

»Für nächstes Frühjahr habe ich schon eine Konzepterweiterung im Auge. Buddy Hollys Gitarre ist eine Möglichkeit, und der Hut, den JFK in Dallas trug. Nicht direkt passend zu unserem Thema hier, aber verwandt.«

Mein Magen rumorte. »Wo findest du diese Dinge, Vic? Auf Flohmärkten?«

Er lächelte sein blitzendes Prothesenlächeln. »Ich habe ein paar Geschäftspartner, die Sammler sind.«

Mein Gesicht fing an zu glühen. »Weißt du, Vic, ich habe eine Menge über James Dean in Erfahrung gebracht. Seine Filme, sein Leben. Und seinen Wagen.« Das war die Wahrheit; Sandys Beispiel folgend, hatte ich in Bibliotheken und alten Zeitschriften – meist von unseren Kunden – alles Greifbare zusammengelesen. Es belebte die Show, wenn man hier und da ein paar Insider-Details fallenlassen konnte.

»Recht so. Mit Herz und Seele dabei«, sagte Vic. »Das gefällt mir, Gabe. Ein junger Mann mit Unternehmergeist.« Er lächelte wieder und klopfte mir auf die Schulter. Gottverdammt, er mochte mich.

»Zum Beispiel«, sagte ich. »Ich weiß, daß ein Typ namens Rolf Weutherich mit James Dean im Wagen saß und daß er kaum einen Kratzer abbekam.«

Vic nickte. »Sehr gut, Gabe. Ironie gehört bei uns zum Geschäft.«

»Das kannst du wohl sagen. Ironie ist das richtige Wort.«

Zwei Mädchen kamen zu uns herübergeschlendert, Lollipops im Mund. Sie waren ungefähr in meinem Alter, die eine mit glattem blondem Haar, Sandalen und Zehensocken, die andere eine pickelige Rothaarige mit einem T-Shirt, das so bedruckt war, daß es wie ein Smoking aussah.

»Na, hast du dein Wägelchen zu Schrott gefahren?« fragte

die Blonde. »Bist du verletzt? Sieht nach Hirnschaden aus.« Sie giggelten. Die Rote kaute an ihren Haarenden.

Ich grinste verächtlich und wandte mich ab. »Ein weiteres Beispiel. Ich dachte gerade, welche Ironie des Schicksals es war, daß Dean in einem 550 Spyder ums Leben kam.«

Vic blickte mich an und zog die Augenbrauen hoch. »Wo ist da die Ironie? Ich kann dir nicht folgen.«

»Wen stellst du denn dar?« fragte die Blonde.

»Ich bin James Dean«, sagte ich. »Kam in einem Spyder ums Leben.« Ich versuchte, anziehend tragisch auszusehen. Die beiden nervten, aber die Blonde war hübsch. Sie zog ihren bunten Tootsie-Roll-Lollipop aus dem Mund und prüfte, wie weit sie ihn schon abgelutscht hatte.

»Ach, wie in dem Song«, sagte die Rote. Sie hielt ihren Lolli wie ein Mikrophon vor den Mund und trällerte: »*James Dean, James Dean. I know just what you mean.*« Sie schüttelte ihre Locken. Die Blonde fiel ein, und beide sangen in ihre Lolli-Mikros, reichlich schräg.

Ich blickte Vic an. »Die Ironie besteht darin, daß er in einem 550 Spyder umkam, und dieser hier«, ich klopfte auf den Kotflügel des Porsche, »dieser ist wahrscheinlich ein 57er, gebaut ein paar Jahre nach seinem Tod.«

Mein Herz schlug mir bis zum Hals. Die Mädchen legten einander die Arme um die Schultern, singend und kichernd. »*James Dean, James Dean, you bought it sight unseen. You were too fast to live, too young to die, bye, bye.*« Sie schwankten im Tanz, die Haare flogen.

Vic sah geschockt aus, als hätte ich ihn geohrfeigt. »Stimmt etwa mit dem Wagen was nicht, Gabe?«

»Die Karre ist 'ne Fälschung, also hör auf mit dem Scheiß, okay?«

»He«, sagte die Blonde. Sie zog Vic am Ärmel. »Wer sind Sie? Doktor Spock?«

»Du mußt was verwechseln, Gabe.«

»Sind Sie Doktor Spock oder nicht? In welchem Auto ist er denn gestorben?«

Ich blickte von ihr zu Vic. Er trug eine himmelblaue Nehru-Jacke und ein weißes Rollkragenshirt, sein Waage-Medaillon funkelnd auf der schmächtigen Brust. »Ich glaube, ihr meint *Mister* Spock. Doktor Spock ist ein Kinderarzt.«

»Gabe?« Vic schaute drein, als hätte er Angst vor mir. Er rang sich ein Lächeln ab.

»Mich hältst du nicht länger zum Narren, Vic, so wie du Roman zum Narren gehalten hast.«

»In welchem Auto ist Mister Spock gestorben?« fragte die Rote. Zusammen versuchten sie mit verknoteten Fingern einen Vulkanier-Gruß. »Lebe lang und in Frieden«, schnurrte die Rote.

»Vic, sag mir verdammt noch mal die Wahrheit. Bitte.«

Er wiegte den Kopf. »Gabe, ich will, daß du mich anhörst. Laß mich ausreden.«

»Ach, Mister Spock lebt noch?« fragte die Rote.

»Bitte, meine Damen, das ist für euch«, sagte Vic. Er zog seine goldene Brieftasche heraus und reichte jeder von ihnen fünf Dollar. »Kauft euch Popcorn. Und ein paar Manieren.« Eine Premiere, dachte ich: Erstmals bezahlte er Frauen dafür, daß sie verschwanden.

»Oh, cool«, freuten sie sich. »Tschüs, James Dean und Doktor Spock.« Sie zogen von dannen, immer noch singend, daß ich zu schnell fürs Leben und zu jung zum Sterben sei. Ich fragte mich, ob das die einzigen beiden Möglichkeiten waren, die man hatte.

»Ich will dir reinen Wein einschenken, Gabe. Ich schätze dich zu sehr, um dich anzulügen.«

Ich nickte. »Also sind es Fälschungen?«

»Du bist ja offenbar schon draufgekommen. Du bist smarter als die meisten, Gabe. Daß sie falsch sind, habe ich auch erst im nachhinein erfahren, lange nachdem ich achttausend Dollar dafür hingeblättert hatte.«

Ich versuchte in seiner Miene zu lesen, ob er vielleicht schon wieder log. Nein, beschloß ich, wohl nicht, einfach, weil ich ihn mittlerweile mochte.

»Aber es ist trotzdem Betrug, Vic. Wir können in den Knast wanderen. Es sei denn, wir *sagen*, daß sie unecht sind. Aber wer würde sie dann noch sehen wollen?«

Er nickte. Bald würden die Eingänge geschlossen, und die Halle leerte sich. Ich blickte mich um. Ein Stück entfernt sah ich Sandy und Roman zusammenstehen. Sie rauchten Zigaretten und lachten.

»Gabe, wir kommen nur ins Gefängnis, wenn unser Schwindel entdeckt wird. Bisher war das nicht der Fall. Die Autos spielen ihre Rolle perfekt.«

Diese Überlegung hatte ich auch schon angestellt. Wie viele Leute konnten schon einen 550er von einem 57er Spyder unterscheiden?

»Ich weiß nicht, Vic. Gottverflucht, du hättest uns einweihen müssen.«

Er kämmte seinen Schnurrbart mit den Fingerspitzen. Dann blickte er mich an.

»Vor fünfzehn Jahren, als ich noch ein junger Mann war, habe ich fast zwanzigtausend Dollar in eine Erfindung investiert, die ich für narrensicher hielt. Damals kamen künstliche Weihnachtsbäume gerade in Mode. Tannen, Zedern, Kiefern, eine realistischer als die andere.«

Ich nickte. »Wir haben auch einen künstlichen Baum. Ich meine, wir hatten.«

Er lächelte. »Viele wurden damals mit Sprühdosen geliefert, so daß man Tannenduft ins Zimmer zaubern konnte. Um die Illusion der Realität zu erhöhen. Wir sind dann noch einen Schritt weiter gegangen.«

»Wir?«

»Mein junger Erfinder und ich. Neben dem Tannenduft aus der Dose hatte unser Baum noch Zweitäste zum Auswechseln, mit braunen Nadeln. Nach den Festtagen konnte man die grünen gegen braune Äste tauschen. Zusätzlich legten wir zwanzig Pergamyntütchen mit braunen Plastiknadeln bei, die man unter dem Baum verstreuen konnte. Eine hundertprozentige Nachahmung der Realität.«

»Und?«

»Der Reinfall des Jahrhunderts. Gerade mal zehn Bäume haben wir in zwei Jahren verkauft. Ich machte mehr als zwanzigtausend Dollar minus.«

»Tut mir leid, das zu hören, Vic, aber...«

»Was schadet es denn, deine Kunden ein bißchen zu beschwindeln, Gabe? Sie kriegen den vollen Gegenwert für ihr Geld, nämlich das Gefühlserlebnis. Zuviel Realität wäre schon wieder nicht mehr gut, wie bei den Bäumen und bei vielem anderem. Schlecht für die Kunden, schlecht für die Firmenkasse.«

Er legte mir eine Hand auf die Schulter. Der Duft von Eau de Cologne und Bryl-Creme umwölkte mich.

»Nach allem, was ich höre«, sagte er, »war zuviel Realität auch für deine Mutter schlecht. Und wäre es auch für deinen alten Herrn. Er ist endlich groß rausgekommen, Junge. Verdirb es ihm nicht.«

Vic sprach aus ehrlicher Überzeugung, daran hatte ich keinen Zweifel. Er war der Typ Mensch, dachte ich mir, der eine komplette Trauergemeinde zu Tränen rühren konnte mit einer Grabrede auf den teuren Verblichenen, wie er im Himmel Golf spielt, perfekte Treibschläge vor wolkenlosem Blau, und an Gottes neunzehntem Loch ein Glas seines Lieblingswhiskys trinkt. Und er hätte jedes Wort davon geglaubt. Er mochte nur krause Ideen im Kopf haben, aber zumindest war ihm dies nicht bewußt.

Ich nickte. »Ich habe schon beschlossen, ihm nichts zu sagen. Fürs erste jedenfalls. Also keine Angst.«

Vic strahlte. »Du bist von unserem Schrot und Korn, Gabe«, sagte er, was mich leicht schockierte. Die Saalbeleuchtung war nun großenteils erloschen, und die Bikinigirls hatten ihre Flanellhemden übergestreift. Zwei Arbeiter auf Leitern holten gerade das Transparent WIR BEGRÜSSEN DIE KOLUMBUSRITTER herunter, das über der Tür hing. Langsam verstummten die Geräusche und Musikfetzen der Aussteller, so daß das leise Zischen der Spritzpistole hörbar wurde, mit der unsere Nachbarin ihre T-Shirts traktierte. Ein junges Pärchen schaute zu, wie zwei Hemden zueinander passend verziert wurden. Ich ging hinüber und sah ebenfalls zu. Auf jedes Shirt hatte die Frau kunstvoll ein pink-rotes Herz gesprüht, hochgehalten von einer fliegenden Putte. In den Herzen verschränkten sich die Namen des Pärchens, Randy und Melissa; darunter das Wort »Liebesengel«. Allerdings mit einem sinnentstellenden Fehler. Statt »Love Angels« stand auf beiden Hemden »Love Angles«. Ich öffnete den Mund, um etwas zu sagen, ehe sie vierzehn Dollar hinblätterten, schwieg aber dann. Arm in Arm warteten sie, selig lächelnd, auf die Fertigstellung der Shirts, die ihre Liebe in leuchtendem Pink besiegeln würden. Liebeswinkel oder Liebesengel, den Glücklichen war's einerlei. Von mir aus. Manchmal war zuviel Realität eben abträglich. Ich schaute zu, wie sie ihr Geld überreichten und ihre fein aufeinander abgestimmten Shirts überzogen, immer noch lächelnd.

Die Frau in den abgeschnittenen Jeans winkte mir zu und packte ihr Handwerkszeug ein. Ich winkte zurück und blickte mich dann nach den anderen um, damit wir essen gehen konnten. Ich sah sie auf der anderen Seite der Gasse an den Picknicktischen sitzen und aus Pappbechern trinken, Sandy mit der Perücke im Schoß, Roman mit Versuchen beschäftigt, ihr seinen Hut so hinzuwerfen, daß er auf ihrem Kopf landete, Vic mit der Nase im Reisekalender. Glücklich wirkten sie miteinander, wie eine bizarre Kleinfamilie. Als ich auf sie zuging, sah ich die beiden Girls – die Blonde und die Rote – dem Ausgang zustreben. Sie winkten mir zu. Über ihnen spannten die Arbeiter gerade das Transparent für den letzten Tag der Show auf; eine weitere Besuchergruppe, die morgen mit Charterbussen anreiste und Sonderkonditionen bekam, wurde willkommen geheißen. Das Transparent war noch zusammengefaltet, so daß ich es nicht lesen konnte. Die beiden Männer auf den Leitern entwirrten die Befestigungsleinen. Die Mädchen machten einen Abstecher auf mich zu.

»Tschüs, James Dean.« Sie winkten und lächelten. Ich hob die Hand, um zurückzuwinken, da blieb mir schier das Herz stehen. Das Transparent wurde entfaltet, und zwischen zwei Coca-Cola-Logos prangten große schwarze Buchstaben: WIR BEGRÜSSEN DEN POLIZEIVERBAND.

»*I know my life would look all right if I could see it on the silver screen*«, sangen die Girls zum Abschied, kichernd und winkend. Ich stand da und starrte auf das Transparent, bis die beiden Männer von den Leitern stiegen und ich Roman meinen Namen rufen hörte.

Bullen, dachte ich. Morgen wimmelt es hier von Bullen.

ZWÖLFTES KAPITEL

Nach Mitternacht hatte ich im ›Travelhost‹ die Getränkegutscheine, die Restaurantwerbung, die Umgebungskarten studiert, im Motel-Fernsehen die Testbilder durchgeklickt; nun saß ich in Unterwäsche auf der Bettkante und las Passagen aus der Gideons-Bibel. Ich konnte nicht schlafen. WIR BEGRÜSSEN DEN POLIZEIVERBAND dröhnte es drohend in meinem Kopf. Ich wußte, daß in der Bibel jedermann ständig nach »Zeichen« Ausschau hielt, und obwohl ein Plastikbanner mit Cola-Logo in einer Ausstellungshalle etwas weniger ominös als ein brennender Dornbusch wirkte, hatte es in mir doch eine tiefe, nagende Furcht gesät. Wohl wissend, daß die Leute häufig in der Schrift Trost suchten, klappte ich mit geschlossenen Augen das Buch auf gut Glück irgendwo auf und überflog die Seiten beim leisen Summen der Raumheizung. Im Nachbarbett schlief Sandy, mit pfeifender Nase, die gebräunten Schenkel entblößt. Ich ließ den Finger über die Zeilen gleiten und las ein paar Verse aus dem zweiten Buch der Könige, die Stelle, wo Knaben den Propheten Elisa wegen seiner Kahlköpfig-keit verspotten und er ihnen zwei Bären auf den Hals hetzt, die zweiundvierzig Kinder zerreißen. Keine sehr tröstliche Episode.

Ich schloß die Bibel, hustete, schob geräuschvoll die Nachttischschublade zu und atmete ein paarmal schwer, in der Hoffnung, Sandy möge aufwachen und mit mir reden. Bei jedem Geräusch, das ich machte, rührte sie sich, seufzte, zog an der Bettdecke, schlief aber weiter. Ich hatte ebensowenig Glück wie vor fünf Jahren am Pool, als ich sie durch Bellen aufzuschrecken gesucht hatte. Ich blickte sie an, ihr wirres Braunhaar, das ihr Gesicht umschmeichelte. »Wir begrüßen den Polizeiverband«, rezitierte ich für sie. Ich wiederholte es; die Worte verschwammen zu einem tonlosen Song, der mir nicht mehr aus dem Kopf ging. Als ich ihn Sandy vorsummte, begriff ich, daß es nicht die Verhaftung war, die ich für uns fürchtete – dazu würde es nicht kommen. Was mich wach hielt und mich dazu veranlaßte, mir die Nationalhymne im Fernsehen, die Steakhouse-Werbung und die biblischen Geschichten vom Zorn eines wütenden Gottes reinzuziehen, war die Erkenntnis, daß alles, was wir zusammen hatten, bald enden würde. Wahrscheinlich binnen zwölf Stunden. Die Wagen würden zurückwandern auf den Schrott, Vic zu seinen Fehlinvestitionen, Sandy zu ihrer Selbstfindung, Roman zum letzten Job am Ende der Erde. Und ich zurück in die beige getünchten Hallen und engen Bänke der Page Highschool, zu den Algorithmen und den Jahreszahlen von Kriegen und Friedensverträgen. Wir alle würden zurückgescheucht in die Herde der Normalsterblichen. Gladys und Dutch würden sich freuen, mich wiederzusehen, dachte ich.

Ich schlüpfte in Jeans und Schuhe und ging nach draußen auf den Parkplatz, um eine zu rauchen. Auf dem Asphalt funkelten Glassplitterchen; buntschillernde Ölpfützen, wie kleine Spiegel über die Fläche verteilt, reflektierten die Straßenlampen. Weiter hinten saß ein Pärchen in einem Wagen, Türen offen, Innenbeleuchtung an, ›Sympathy for the Devil‹ leise im Autoradio. Gerade als Mick Jagger fragte, ob er sich bitte vorstellen dürfe, hörte ich die Moteltür klappen, schaute mich um und fand Roman hinter mir.

»Hi, Junge. Sieht aus, als tickten wir ähnlich.« Er zündete sich eine Zigarette an. Das aufflammende Streichholz beleuchtete das T-Shirt, das er trug, seine marineblauen Hosenträger, die ihm um die Hüften baumelten, den zurückgeschobenen Hut.

»Auch schlaflos?« fragte ich.

»Hab' mich nicht einmal hingelegt ... Bin aufgeblieben und habe versucht, deine Mutter anzurufen.« Ich blickte ihn an. Drüben ließ das Pärchen seine Bierflaschen über den Asphalt kullern.

»Was hat sie gesagt?«

Er schüttelte den Kopf, Rauch aus dem Mundwinkel blasend. »Hab' nicht mit ihr gesprochen. Wollte ihr brühwarm von dem neuen Lincoln erzählen, fragen, ob ich sie mal zu einer Spazierfahrt einladen könnte. Sie hätte ja gesagt, Gabe.«

Er schaute mich an, als wäre es eine Frage, deshalb nickte ich.

»Wer war denn dran?«

Roman schüttelte das Taschentuch aus seiner Hosentasche und staubte die Haube des Lincoln ab. »Dutch war dran, der armselige Arsch.«

Ich zuckte die Achseln. »Es ist sein Haus, Roman. Klar, daß er manchmal an den Apparat geht.«

»Es ist so beschissen, daß sie dort ist. Dort, ausgerechnet dort.«

»Aber du *weißt*, daß sie dort ist.«

Er nickte und beugte sich vor, um den Lack zu inspizieren. »Da gab's diesen Berg, beim Zauberland Oz, weißt du noch? Mystery Hill hieß er.«

»Nie gehört.« Mick Jagger wollte wissen, wer die Kennedys getötet hatte.

»War so: Du parktest unten am Beginn der Steigung, bergwärts. Du konntest ganz bis nach oben schauen. Dann legtest du den Leerlauf ein, löstest die Bremse, und ich schwör' dir, das Auto rollte die Steigung rauf. Auch Tennisbälle rollten rauf, Murmeln, alles. Sind immer mit den Neulingen da hingefahren und haben ihnen das halbe Geld aus der Tasche gezockt.«

Ich lachte. »Mußt du mir mal zeigen.«

»Abgemacht.« Er zog den Lincoln-Schlüssel aus der Tasche. »Ich wollte sagen, so ungefähr kommt mir deine Mutter vor ... weißt du ... rübergerollt zu Dutch. Und jetzt auch noch *heiraten*? Es ist widernatürlich. Absolut wahnsinnig. Ich sehe es und glaube es nicht.«

»Das ist das Gegenteil von Glauben«, sagte ich spontan.

»Was?« Er hielt inne, Zigarette zwischen den Zähnen, und schaute mich an.

»Na, ich hab' eben auf dem Zimmer die Bibel gelesen, und da stand, selig sind, die nicht sehen und doch glauben. Was du gesagt hast, war genau das Gegenteil.«

»Stimmt, Gabe. Ich habe das Gegenteil von dem Glauben, daß deine Mutter bei Dutch sein sollte. Das trifft's genau.« Mick Jagger verstummte. Das Pärchen im Auto schloß die Türen, der Motor sprang an. Rote Rücklichter im Auspuffdunst.

»Wollen wir beide vielleicht eine kleine Spritztour machen?« schlug ich vor. »Ich habe deinen Wagen noch gar nicht richtig in Augenschein nehmen können.«

»Aber ja«, sagte Roman. Er zündete sich eine weitere Pall Mall an. »Die Nacht ist sowieso verloren.«

Ich ging herum zur Beifahrerseite und öffnete die Tür. Bodenbelag und Dachbespannung verliehen dem Interieur einen dunkelroten Schimmer. Roman hob die Hand.

»Nein, steig hinten ein. Ich möchte, daß du siehst, was ich dort eingebaut habe.« Ich nickte, schloß die Vordertür und öffnete die »Selbstmordtür«. Ich wußte, daß Roman gestern im Wageninneren zugange gewesen war, dachte aber, er habe es nur gereinigt, die Teppiche mit dem Kleiderbesen abgestaubt, Sitze und Armaturen geputzt. Der Fond war geräumig, und der intensive Ledergeruch erzeugte eine gemütliche Atmosphäre; die kleinen Lampen im Innenraum glühten dottergelb.

»Wie findest du das?« fragte Roman. Zwischen die Vordersitze, in den Raum für die Armlehnen, hatte er einen winzigen Fernseher gezwängt, mit einem Kabel zum Zigarettenanzünder. »Hab' ich in einem Laden für Campingbedarf erstanden. Läuft mit zwölf Volt. Und, paß auf ...«

Er griff nach hinten und klappte eine kleine Holzkiste auf, die er an die Lehne des Fahrersitzes montiert hatte. Drinnen eine Art Gewürzregal, mit Miniflaschen Gin, Bourbon und Wodka nebst zwei Likörgläsern. Der Deckel der Kiste wurde von zwei Messingkettchen waagerecht zum Fußboden gehalten, so daß eine wacklige kleine Tischplatte entstand.

»Selbst gebaut das ganze Ding«, sagte er. »Fast wie in einer

Luxuslimousine, was meinst du?« Die Kiste war an der Sitzrückseite, leicht zur Wagenmitte verschoben, mit Schrauben befestigt; an der Holzbeize waren dunkle Tropfen heruntergelaufen.

»Wirklich ganz ansehnlich«, sagte ich.

Roman ließ den Motor an, setzte zurück und glitt dann auf die dunkle Straße hinaus, vorbei an den geschlossenen T-Shirt-Shops und Bordsteinbuden, vorbei an einer Blutbank und einem öffentlichen Tennisplatz, wo ein Mann einen gelben Tennisball gegen eine Wand schlug. Ich knipste den winzigen Fernseher an und schaltete die Kanäle durch. Nichts als Schnee und Rauschen.

»Muß noch ausknobeln, wie ich dieses Ding mit einer Antenne verbinde«, sagte Roman. Im Fond glühten noch dunkel die abgedimmten Lämpchen, und ich konnte mein Gesicht im Rückspiegel sehen. Ich stellte den Fernseher ab, tastete im Schummerlicht nach zwei Miniflaschen Jim Beam, öffnete beide und reichte Roman die eine. Eine Zeitlang fuhren wir schweigend.

»So«, sagte Roman. »Du hast also in der Bibel gelesen.«

Ich lehnte mich über den leeren Beifahrersitz nach vorn. »Hier was und da was. Zum Beispiel über einen alten Typen, der eine ganze Wagenladung Kinder zwei Bären zum Fraß vorwirft. Ich kann mich nicht erinnern, daß wir diese Stelle in der Sonntagsschule durchgenommen hätten.«

»Das ist Elisa«, sagte Roman. »Das Zweite Buch der Könige. Kapitel zwei, Vers sowieso.«

Ich drehte den Kopf und starrte ihn von der Seite an. Er grinste und hielt den Blick nach vorn auf die leeren Straßen gerichtet. »Ich hab' sechs Jahre Bibeln verkauft, Gabe. Weißt du doch. Oft war's das einzige, was ich selbst zu lesen hatte, spätnachts, in einem von tausend Motelzimmern.«

Ich krabbelte über die Lehne und ließ mich auf den Vordersitz fallen. Fahrtwind von der Fensteroberkante zauste mein Haar.

»Nicht gerade eine Story mit Happy-End«, sagte ich. »Gibt's wohl auch kaum.«

»In der Bibel oder im Leben? In beiden Fällen gibt's ab und zu eines, aber das ist selten.«

»Eine solche Story kenne ich, von der Arche Noah. Habe ich die in dem Buch gelesen, das Gladys mir gekauft hat? ›Schatzkästlein der biblischen Geschichten‹ oder so ähnlich muß es geheißen haben.«

Roman lächelte. »Sie wollte, daß du ›geistig wächst‹. Ich habe ihr immer gesagt, dafür sorgt die Welt später ohnehin. Sie hat mich als Beweis angeführt, daß das nicht unbedingt so ist.«

Ich lachte, fragte mich aber, ob sie recht haben mochte. »Du liest Arche Noah, all die niedlichen Pandas und Streifenhörnchen in Paaren, und alles, woran ich denken konnte, waren die Familien und Kinder, die da draußen in der Wasserwüste ersoffen.«

Roman zuckte die Achseln und schnippte seine Zigarette aus dem Fenster. »Jeder muß mal von Grund auf neu anfangen. Auch Gott.«

Auch Gladys? lag mir auf der Zunge, aber ich schwieg. Draußen auf der Straße sah ich einen Mann auf einem Einrad balancieren, eine Einkaufstüte in der Hand. Roman bog um eine Ecke und rollte eine Straße hinunter, neonhell, Bars mit Reklameleuchten, wummernde Musik aus offenen Türen.

»Dieser andere Typ, Elisa«, sagte Roman. Er schien in Redelaune. »War eigentlich eine ziemliche Niete, wenn man es sich überlegt. Er war doch ein Prophet in Ausbildung, nicht wahr?«

Ich lächelte ihn an. »Ein Lehrling, erstes Ausbildungsjahr? Hatte er einen zuständigen Meister?«

Roman lachte. »Das muß dann Elia gewesen sein. Ich wette, Elisa kriegte für die Bärengeschichte eine Woche Lohnabzug. Da hatte er diese gewaltige Autorität, und er hat sie mißbraucht.«

»Du glaubst nicht, daß das als Mahnung an die Kids gedacht war?«

»Nein. Ich glaube, Elisa hat Machtfülle bekommen und sie mißbraucht. Ich glaube, wir sollen es als eine Warnung lesen.«

»Wenn Gott dir wohlgesonnen ist, laß es dir nicht zu Kopf steigen?«

»So ähnlich.«

Ich zog zwei weitere Flaschen Jim Beam aus der Minibar und öffnete sie. Roman trank seine in winzigen Schlucken. Ich klappte das Handschuhfach auf, halb in der Erwartung, die übliche Flasche Crown Royal und zerknüllte Zigarettenpackungen zu finden. Statt dessen lag da eine alte Straßenkarte, weich wie Baumwolle vom vielen Falten, ein Reisepack Kleenex und ein Beutel Sonnenblumenkerne. Ich fuhr mit der Hand darunter und fand, seltsam genug, ein Pogo-Figürchen aus Gummi, in eine orange Filzweste gekleidet.

»Schau an«, sagte ich. »Unser kleiner Freund aus den Walt-Kelly-Comics.«

Roman nahm es mir aus der Hand. An den Füßen hatte es zwei Klebepads aus Schaumstoff. »›Wir sind dem Feind begegnet, und wir sind es selbst‹«, sagte er und pappte es oben aufs Armaturenbrett. »Ich habe das Zeug da drin gefunden und einfach dringelassen. Gehört irgendwie zum Wagen.«

Ich nickte und ließ den Blick auf der Pogo-Figur ruhen. Romans Grundhaltung kam hier wieder einmal zum Ausdruck: Die Dinge sollen bleiben, wie sie sind, auch wenn man hart darum kämpfen muß, daß sie so bleiben. Neuanfänge und radikale Umbrüche lagen ihm nicht.

»Wir müssen mal über einiges reden«, sagte ich.

Er trank, die Miniflasche im Schoß verborgen. »Wir reden doch.«

»Vielleicht sollten wir dazu mal halten.«

»Klingt ernst.« Er lenkte den Wagen auf die Parkfläche eines Minigolfplatzes, hell erleuchtet von Flutlampen, die auf die Gipselefanten und Windmühlen herabschienen. Der Platz war bevölkert von Familien mit Kindern, die längst ins Bett gehörten, hier aber grüne und rote Golfbälle jagten, und Cliquen lachender Teenager. Einen Augenblick dachte ich an Sandy und fragte mich, ob sie vielleicht Lust hatte, hierherzukommen und Dutch ins Maul des riesigen Gipslöwen zu putten.

»Also, dann schieß mal los, was gibt's Großes zu besprechen«, sagte Roman.

Eine großartige Besprechung war eigentlich gar nicht nötig. In zehn Sekunden konnte ich ihm sagen, daß die Autos unecht waren, daß Vic ihn geleimt hatte, daß die ganze Sache vorbei war. Lang war nur der Rattenschwanz an Übeln, der folgen würde. Und der bedrückte mich so sehr, daß ich's nicht über mich brachte.

»Wie wär's mit 'ner Runde?« Ich zeigte auf den Golfplatz.

»Was, verdammt, soll das hier alles, Gabe?«

»Komm. Du hast mir auf dem Karussell den Stecker rausgezogen, du bist mir was schuldig.«

Ich stieg aus und strebte auf die kleine gelbe Hütte zu. Hinter mir hörte ich Roman, der beim Gehen vor sich hin murrte.

Ich nahm den blauen Ball und Roman den roten; wir bekamen Putter, die zu klein waren, mit Gummigriffen, die schon aufplatzten. Am ersten Loch mußten wir durch die Beine eines großen Gipsgorillas schlagen, dessen Gesicht blatternarbig und dessen Körper von Graffiti übersät war. Über uns kreuzten Fledermäuse durch die Lichtkegel der Flutlampen, und Lautsprecher, hoch an den Masten befestigt, spielten blecherne Beach-Songs, erst ›Surfin' Safari‹, dann ›Yellow Polka-Dot Bikini‹. Roman trug immer noch sein T-Shirt, die Hosenträger in Schleifen herunterhängend, den Hut zurückgeschoben auf dem Kopf. Ich merkte, daß ein paar Leute uns ansahen. Ein Blick auf die Uhr: Es war ein Uhr nachts. Ich schlug den Ball durch die Gorillabeine und schaute seinem holprigen Lauf über den grünen, von Zigarettenbrandlöchern zernarbten Teppich zu. Der Ball ging ins Loch, flutschte aber wieder raus. Mit einem zweiten Schlag lochte ich ein. Zwei Punkte.

»Pech«, sagte Roman. Er setzte seinen Ball auf die Gummimatte und schlug ziellos und ohne nachzudenken zu. Sein Schuß krachte an den Gorillafuß, prallte von einem Seitenbrett zurück und landete im Loch.

»He, he!« rief er. Er strahlte mich an, Arme und Putter in die Luft gestreckt, und ich dachte, nie hast du ihn glücklicher gesehen als in diesem kleinen Augenblick, und da wußte ich, daß es das war, was ich an Roman liebte, diese Gabe, in winzigen Zeitintervallen so restlos glücklich zu sein, unabhängig davon, welchen Erfolg ihm die nächste Minute bringen mochte. Das war seine Triebfeder in den ewigen Jahren des Klinkenputzens, des Wartens vor verschlossenen Türen, des Musterkofferschleppens im Regen; und auch in seiner Ehe und in seiner Liebe zu Gladys. Tief drinnen verschwendete er an die Zukunft nicht mehr Gedanken, als nötig waren, um das Bewußtsein zu nähren, daß der nächste Glücksmoment mit Gewißheit kam, wenn nicht in dieser Stunde, dann in der nächsten oder übernächsten. Er liebte die Möglichkeit nächster Momente.

»Ich mach' dich alle, Gabe«, sagte er. »Wie wär's mit 'ner kleinen Wette auf das Spiel?«

»Ich habe kein Geld. Ich arbeite für dich, vergiß das nicht. Hätte ich Geld, könnte ich mich vielleicht zu 'ner Wette durchringen.«

Mit reglosem Blick sah er mich an, während er seine Brieftasche zückte und mir einen Hunderter reichte. Ich blickte hinab auf Ben Franklins wissende Miene. Roman warf den Ball auf die Gummimatte für Loch Nummer zwei und schob ihn mit dem Fuß in Position. Hier mußte der Ball zwischen zwei blaßblauen Wasserbecken, bewacht von zwei grinsenden Beton-Alligatoren, über eine kleine teppichbelegte Brücke rollen.

»Also dann – ich wette zehn Dollar, daß ich dieses Loch gewinne«, sagte Roman.

»Ich habe, wie gesagt, mit mir gerungen und mich gegen eine Wette entschieden.« Ich grinste ihn an und sackte den Hunderter ein.

»Du kleiner Scheißer«, sagte er. Ich sah, daß er zufrieden mit mir war.

»Schlag«, sagte ich. Er visierte an und holte dann aus. »Stop!« schrie ich. Irritiert hielt Roman inne. Die Leute wandten sich um und gafften.

»Was?«

»Zwanzig Dollar, daß du kein As schlägst«, sagte ich. Ein breites Lächeln zog sich über Romans Gesicht. »Abgemacht.« Er zielte erneut, die grinsenden Alligatoren fixierend.

»Stop!« schrie ich erneut.

»Verdammt, was ist denn jetzt schon wieder?«

Ich grinste ihn an. »Viel Glück.«

Er zielte ein drittes Mal und schlug rasch, ehe ich erneut dazwischenbrüllen konnte. Der Ball sauste nach links ins Wasserbecken.

»Ich glaube, das war daneben«, sagte ich.

»Doppelt oder gar nichts«, sagte er, »daß auch du diesmal nicht einlochst.«

»Tut mir leid. Ich glaube, ich habe die besseren Aussichten, wenn ich auf deine Fehlschläge wette.«

Er lachte laut auf und gab mir die zwanzig. Während ich meinen Ball durch die Alligatoren hindurchbugsierte, nahm Roman das nächste Loch in Augenschein. Hier mußte der Ball durch einen Tunnel in eine kleine Windmühle geschlagen werden. Ein kleiner summender Motor ließ die orangen Windmühlenflügel kreisen, die leicht über den Teppich kratzten. Roman wischte seinen Ball mit dem Taschentuch ab.

»Hör zu«, sagte er. »Sie spielen gerade dein Lied. Fünf Dollar, daß du die Sänger nicht nennen kannst.« Ich spitzte die Ohren und hörte – über dem Schaben und Schnurren der Windmühle, den Rufen der Kinder und Teens, dem Rauschen des Windes in den Palmenwipfeln – Jan und Dean singen: »*... won't come back from Dead Man's Curve ...*«

»Ist das nicht die Kurve, in der du in den Tod gerast bist?« fragte Roman.

Ich blickte ihn an, beobachtete ihn, wie er mich beobachtete, den roten Ball auf seinen Schlägerkopf auftippend; wie er den Sohn liebte, der die ganze Nacht mit ihm aufblieb, halb betrunken, und Wetten annahm auf den nächsten Glücksmoment. Der derzeitige wollte nicht verweilen. Der Song verklang.

»He, James Dean, schlag den verdammten Ball. Ich will mein Geld zurück.«

Ich schüttelte den Kopf. »Die Autos, Roman. Es sind die Autos.«

»Was?«

»Dad«, sagte ich. »Es sind die Autos. Sie sind nicht echt.«

»Welche Autos?« Er blickte hinaus auf den erleuchteten Parkplatz.

»Unsere Autos. James Dean, Jayne Mansfield. Sie sind gefälscht.« Ich packte den Griff meines Putters. In meinen Handflächen pulsierte das Blut.

Er lächelte mich an, zwinkerte. »Was soll das, Gabe?«

»Ich meine es ernst, Roman. Es sind nicht die Originale.« Das Lächeln wich aus seinem Gesicht, sein Ball fiel vom Schlägerkopf und verschwand unter einem Busch. Hinter uns hatte sich eine Familie versammelt und wartete, daß sie an die Reihe kam.

»Das ist doch Unsinn, Gabe. Wer hat dir denn das eingeredet?«

Ich dachte eine Sekunde nach. »Ich weiß, daß es wahr ist. Sie sind einfach irgendwo vom Schrottplatz.«

Roman schüttelte den Kopf und zwinkerte nervös.

Der Familienvater hinter uns trat heran. »Dürfen wir bitte spielen?« bat er. Hinter ihm warteten Frau und drei Kinder geduldig.

»Bitte sehr«, sagte ich. Roman stand da, murmelnd, den Schlägerkopf zwischen den Fingern drehend.

»Danke«, sagte der Mann. »Aber Sie müßten etwas zur Seite gehen.« Er lächelte, sein Gesicht tief gebräunt.

»Roman? Wir stehen im Weg.«

Er nickte, ohne mich anzuschauen, und schritt schräg über das Areal, mitten durch Büsche, über teppichbelegte Golfbahnen hinweg, auf unseren Wagen zu. Ich folgte. Als er den Wagen erreichte, fischte er eine Miniflasche vom Rücksitz und stürzte den Bourbon in zwei Schlucken hinunter. Dann feuerte er die Flasche quer über den Platz.

»Noch mal bitte ganz von vorn, Gabe«, sagte er. »Du scheinst neuerdings alle Geheimnisse gepachtet zu haben.«

Ich nickte. »Auf dieses Geheimnis könnte ich gut verzichten.«

Er hob die Hand. »Wir wissen noch nicht, ob du recht hast.« Er sprach langsam. »Sag mir, Junge, wie du auf die Idee gekommen bist, daß sie unecht sind.«

Ich fühlte ein Brennen in den Augen. »Es sind nicht die Originalwagen, Roman. Ich weiß es.«

Er deutete mit dem Putter auf mich. »Aber wir haben doch die Fotos, James Dean am Steuer genau dieses Wagens. Du hast keinerlei Beweise, um deine Behauptung zu untermauern.«

»Vic. Vic hat es mir gesagt.«

Er wischte sich mit der Hand über den Mund. »So, Vic plaudert das an dich aus, aber nicht an mich. Und warum bitte, wenn ich fragen darf?«

»Er hat es nicht ausgeplaudert. Ich habe es aus ihm herausgequetscht. Er hat nur bestätigt, was ich schon wußte.«

Roman nickte hastig und zog tief und schwer die Luft durch die Nase. »Okay. Nun, Junge, jetzt bitte ohne jeden Schmu, es ist wichtig. Woher hast du es ursprünglich erfahren?«

Hilfesuchend grübelte ich nach dem rechten Wort. Pogo stand da und starrte uns durch die Windschutzscheibe an. Hinter Romans Schulter beugte sich der Mann, der durch unser Loch gespielt hatte, über seine kleine Tochter und half ihr beim Schlag durch die Windmühle. Ich blickte Roman in die Augen.

»Dutch hat es mir gesagt.«

Roman fixierte mich mit forschendem Blick, um zu erkennen, ob an meinen Worten etwas Wahres dran war. Dann hob er den Golfschläger hoch über den Kopf und schmetterte ihn auf die Motorhaube des Lincoln. Das tiefe hallende *Tschunk* durchfuhr mich wie ein Blitz, und ich schob meine zitternden Hände in die Taschen meiner Jeans. Roman schleuderte den Schläger weit auf die Straße hinaus, wo er lautlos über den Asphalt schlitterte. Im Kassenhäuschen hörte ich den Mann »He da!« rufen.

»Steig in den verdammten Wagen«, sagte Roman.

Vorsichtig warf ich meinen Schläger über den gelben Zaun

in einen Busch und rutschte auf den Beifahrersitz. Langsam ließ Roman den Wagen vom Parkplatz rollen, als sei er auf der Hut vor weiterem Schaden, den er anrichten mochte, und wir nahmen Kurs auf die Ampelkreuzung an der Hauptstraße, den Rückweg zum Motel. Beim Heraussetzen überfuhren wir Romans verbogenen Schläger und fädelten uns dann in den Verkehr ein. Weiß lag Romans Hand auf dem Lenkrad. Wir fuhren schweigend. Er bog auf den beleuchteten Parkplatz eines auch nachts geöffneten Lebensmittelgeschäfts ein und stellte den Motor ab. Still saßen wir da, während der Schlüsselring im Schloß baumelte.

»Ich bin dir nicht böse«, sagte er schließlich, den Blick abgewandt.

»Ich weiß.«

Er ging in den Laden, und durch das große Vorderfenster sah ich ihn aus der Milchtruhe einen Pint Buttermilch fischen und den Verkäufer um eine Packung Zigaretten bitten. Der Verkäufer sagte irgend etwas, wahrscheinlich bot er Streichhölzer an, und ich sah, wie Roman den Kopf schüttelte, sprach und lachte, und der Verkäufer warf den Kopf zurück und lachte mit. Wie düster seine Stimmung sein mochte, Roman konnte es nicht lassen, vor jedermann seine Show abzuziehen. Im Auto schwieg er wieder und drückte die Tasten des Autoradios, eine nach der anderen, bis er einen Sender gefunden hatte, der Zahnarzt-Wartezimmer-Musik spielte. Er stürzte die Buttermilch in zwei Zügen hinunter, verzog das Gesicht, rieb sich die Magengegend, warf den Pappbehälter aus dem Fenster. Nachdem wir den kleinen Fernseher ausgestöpselt hatten, steckten wir an der rotgelb glühenden Spirale des Anzünders zwei Zigaretten an. Dann fuhr er um den Block, immer wieder, neun Mal zählte ich, vorbei an seinem malträtierten Golfschläger, als ob der eine Atomuhr sei, die die Sekunden seiner wachsenden Verzweiflung zählte. Immer wieder schüttelte er den Kopf und murmelte gepreßt »Verdammt«, während ich die Delle in der glänzend schwarzen Haube des Lincoln betrachtete. Langsam, wie perlendes Wasser glitten die Lichtreflexe der Straßenlampen und Verkehrsampeln über den schwarzen Lack, zerflossen an der Delle in farbige Wellenringe, umkreisten sie, strömten weiter und machten der nächsten Welle Platz. Lange schaute ich zu und dachte an eine Physikstunde in der neunten Klasse: Mr Koontz hatte damals eine Art Billardtisch hereingebracht, dessen Filzoberfläche voll flacher runder Dellen war. Ein angestoßener Ball kam bald aus der geraden Bahn, zog Kurven und glitt schließlich spiralförmig in einen Krater hinein. Das sollte Einsteins Relativitätstheorie und die Kurven des Raums veranschaulichen; es sollte zeigen, wie Licht durch Gravitationssog in schwarze Löcher hineingezogen wird wie in eine Falle. Ich fragte mich, ob wir jetzt in einer ähnlichen Falle saßen und Roman beschlossen hatte, ewig im Kreis zu fahren, als habe er den Glauben an die Glücksmomente verloren und wolle den Rest seines Leben damit verbringen, ihnen aus dem Wege zu gehen. Schließlich, in der zehnten Runde, merkte ich, der Schläger war weg, war aufgelesen oder in den Straßengraben geschleudert worden.

»Was willst du – wollen wir – machen?« fragte ich.

»Ich war nie ein Betrüger, Gabe«, sagte er. »Klar, ich habe aufgedreht, was das Zeug hielt, und fast alles an den Mann gebracht, aber wie ausgekocht man auch verkauft, Gartenstuhl bleibt Gartenstuhl, und eine Bibel bleibt eine Bibel.«

Ich nickte. »Und?«

»Ich sag' dir was. Ich geb' diese Sache nicht auf. Dann werd' ich eben doch noch zum Gauner, Gabe. Es ist mir zutiefst zuwider, aber ich werde meinen inneren Widerwillen überwinden. Morgen gehe ich in die Halle und verkaufe die Show, wie ich es immer getan habe. Alles bleibt, wie es war.«

Ich seufzte, schnippte die Zigarette aus dem Fenster und beobachtete im Rückspiegel den kleinen Funkenregen. »Ich muß dir noch was sagen.«

»Was denn noch, Junge, verdammt? Hast du Röntgenaufnahmen von mir gesehen?«

»Wir begrüßen den Polizeiverband«, sagte ich.

»Wie bitte?«

»Die sind morgen unsere Gäste in der Halle. So um die fünfzig Bullen. Ein ganzer Bus voll.«

Endlich schaute er herüber zu mir, mit aufmerksamem, aber müdem Blick. Eine Sekunde forschte er in meinem Gesicht, dann prustete er laut los. Er schüttelte sich vor Lachen, so daß die Asche von seiner Zigarette fiel und sein T-Shirt verschmutzte.

»Was kann jetzt noch Schlimmeres kommen, Gabe? Was? Laß mich raten. Im nächsten Atemzug wirst du mir sagen, Dutch sei gerade Chef der Polizei von Tallahassee geworden. Er fährt morgen den Bus.« Lachend versetzte er mir einen Rippenstoß. »Nein, nein, warte. Du wolltest sagen, die Autos sind mit Sprengladungen versehen und fliegen bei meiner ersten Lüge in die Luft.«

»Weit gefehlt«, sagte ich. »Vaterschaftstests haben ergeben, daß Sandy deine uneheliche Tochter ist. Du bist mit dreißigtausend Dollar Alimente in den Miesen.«

Er fing schallend an zu lachen und wischte sich mit dem Daumen die Augen. Eine Lenkraddrehung, er bog auf den Motelparkplatz ein, stellte den Motor ab. »Fast hätte ich's vergessen«, sagte er mit gespieltem Ernst. »Ich hab' uns beiden einen Job bei Dutch besorgt. Wir sind seine neuen Butler.«

»Zum Nulltarif«, entgegnete ich. »Aber wir kriegen so viele kostenlose Judo-Stunden, wie wir wollen.« Wir saßen im tiefroten Interieur des Wagens, leicht benebelt, und lachten, um uns die nächtliche Stille. Roman legte mir die Hand auf die Schulter.

»Eins weiß ich. Wenn wir morgen die Show über die Bühne kriegen, Junge, dann hast du etwas, was du noch deinen Kindeskindern erzählen kannst.«

»Warum zieht sich der Polizist außer Dienst eigentlich immer wie ein Golfer an?« fragte Sandy. »Abgesehen von der Pistole.« Wir saßen zusammen, schon verkleidet, und aßen Pizzastücke zum Frühstück, während die ersten Besucher hereinströmten. Die Wagen schlummerten noch unter den Planen, und ich suchte nach einem Vorwand, sie nicht aufdecken zu müssen. In zehn Minuten sollte die Show beginnen. Sandy bürstete – den Teller auf den Knien balancierend – mit beiden Händen ihre Platinperücke aus. Die Busladung Bullen war schon da, und Sandy hatte recht, die meisten trugen großkarierte Slacks oder gebügelte Jeans und pastellfarbene Strickhemden, auf der Brusttasche die Dienstmarke, im Gürtel- oder Schulterholster offen sichtbar die Waffe.

»Es ist Golf nach neuen Regeln«, sagte ich. »Dein Gegner kriegt vierzig Meter Vorsprung, dann darfst du das Feuer eröffnen.«

»Ohhh, möchtest du spielen?«

»Klar. Kriegst bei mir sogar fünfzig Meter Vorsprung.«

Sie lächelte. »Du bist wirklich süß!«

Nervös wurde ich erst, als ich Roman mit Trenchcoat, Hut und Megaphon aus der Toilette kommen sah. Er hatte sich entschlossen, heute morgen Vics Pflichten zu übernehmen, wohl aus dem Gedanken heraus, daß wir es nur durch seine Redekunst schaffen würden, den Tag unbeschadet zu überstehen. Ich sah Sandy die Perücke aufsetzen, ihr braunes Haar zum straffen Knoten geschlungen. Sie lächelte mich an und begann leise, ›Promise Her Anything‹ zu singen, um sich für die Show aufzuwärmen. Tief, flüsternd und etwas unsauber klang ihre Stimme. Sie rückte ihre Brustattrappen zurecht und winkte Roman zu. Die letzte Strophe verklang.

Sie wandte sich zu mir um und fragte: »Was würdest du mir versprechen?« Mit leicht geneigtem Kopf blickte sie mich an.

»Was soll ich dir denn versprechen?«

»Mal sehen: Zunächst hast du ja schon versprochen, daß du dich nicht ändern wirst und daß du in Erinnerung behalten wirst, was man bei wahrer Liebe empfindet. Weißt du noch?«

»Ja.«

»Jetzt will ich, daß du mir versprichst, daß du zu mir kommst und mir Bescheid sagst, wenn du was auf dem Herzen hast. Wie etwa ... na, jetzt, zum Beispiel.« Unverwandt blickte sie mich aus ihren grünen Augen an.

Was hätte ich darum gegeben, jetzt reden zu können. Aber

ich konnte nicht. Ihr Leben lang war sie enttäuscht worden von Dingen, deren Schein trog. Dutch, Ehe, Las Vegas. Ich wußte, daß es nur eine Frage der Zeit war, bis sie dahinterkam, daß Skip Kornegey nur ein ganz gewöhnlicher Typ war, der in einer Kleinstadt Farbdosen verkaufte. Immer noch trug sie ihre MISS-NO-ROLI-7-Tasche, als ob ihr fünf Jahre alter Titel noch Gültigkeit besäße, noch irgend jemandem irgend etwas bedeutete. Ich dachte an ihre Golfballphilosophie; wie sie versuchte, mich (und wie ich jetzt glaubte, auch sich) zu überzeugen, daß nichts Bedeutung hatte außer dem Hier und Jetzt. Wie konnte ich ihr diese Illusion rauben?

Ich lächelte. »Der Song sagt ›Versprich ihr irgendwas‹. Nicht ›Versprich ihr *alles*‹.«

»Du willst es mir also nicht erzählen.«

»Ne.«

Sie sah mich unbeirrt an. »Aber du gibst zu, daß es etwas zu erzählen gibt.«

Ich hielt ihrem Blick tapfer stand, genau wie sie meinem, und wir starrten einander an, bis wir beide anfingen zu grinsen. Ich wartete weiter. »Nichts zu erzählen«, sagte ich schließlich. »Alles in Butter.«

Sie fixierte mich noch einen Augenblick. »Ich weiß nicht, ob ich dir glauben soll.«

»Miß Goforth, es ist Zeit, mit der Vorstellung zu beginnen.« Sie rückte ein letztes Mal die Perücke zurecht und sagte, wir kämen später darauf zurück.

Inzwischen hatten die Werbedamen ihre Flanellhemden aus- und die High Heels angezogen und posierten neben ihren Automodellen. In der Nachbarbude zischte schon die Spritzpistole, und kleine, ploppende Geräusche verrieten mir, daß Roman das Megaphon nervös an- und ausschaltete. Am Morgen hatte er das Frühstück verweigert und statt dessen vor dem Tast-T-Cup-Diner herumgestanden, kettenrauchend, grimassierend, sich den Magen reibend, Fläschchen von der Rückbank des Lincoln leerend. Ich hatte dagesessen und in meinem Rührei gestochert, einen Kloß im Magen, während Sandy und

Vic ihren Kaffee und ihre Pfannkuchen verschlangen. Jetzt hielt Roman, wann immer ich ihn ansah, den Daumen nach oben, weiß im Gesicht. Ich half Vic die Planen von den Autos ziehen und zusammenfalten, während er endlos babbelnd von Ponce de León und dem Jungbrunnen erzählte. Ich hörte nicht zu. Schon umstanden mehrere Polizisten neugierig die Wagen, manche mit Kindern im Schlepptau. Zu Unfallwagen hatten sie offenbar eine natürliche Affinität.

»TRETEN SIE NÄHER, IMMER HEREINSPAZIERT, SCHAUEN SIE GENAU, SIE HABEN ZEIT«, posaunte Roman durch sein Megaphon. Dies war nicht seine übliche Anreiße. »BESICHTIGEN SIE DIE ... ÄHH ... ENDGÜLTIGE ZERSTÖRUNG DES HOLLYWOOD-TRAUMS.«

Er klang verwirrt, seine Worte stockend.

Ich ging zu Sandy hinüber. »Er ist blau«, sagte ich.

Sie rollte die Augen. »Dann gnade uns Gott. Hoffentlich sind noch keine Bullen da.« Inzwischen waren wir geradezu eingekreist von ihnen; Vic nahm sie pärchenweise beiseite und erzählte ihnen von den Unfällen und den in der Blüte ihrer Jahre aus dem Leben gerissenen Jungstars. Andere umschritten die Autos langsam, lehnten sich in die eingeschlagenen Fenster des Jayne-Mansfield-Wagens, spendeten mageren Applaus, als Sandy ihr Lied beendete. Roman tigerte herum, seine Worte durch das Megaphon verzerrt.

»TRETEN SIE NÄHER, MEINE HERREN. SCHAUEN SIE IN RUHE.« Fast erwartete ich, daß er sagte: »Na los, ihr Feiglinge.« Immer wieder sah er mich an. Ich stand gegen den Kotflügel des Porsche gelehnt, den Kragen meiner Lederjacke hochgeschlagen. Zwei der Polizisten außer Dienst standen in meiner Nähe, deuteten auf die zerknitterte Motorhaube des Wagens, redeten über die Geschwindigkeit des Aufpralls. Einer bückte sich, spähte unter den Wagen und winkte dann seinem Kumpel, sich auch zu bücken. Mein Atem stockte. Sandy stand an Jayne Mansfields Wagen, die Arme um zwei Männer gelegt, alle lächelnd, während Vic mit der Polaroid ein Foto schoß. Roman winkte mich zu sich her.

»Du mußt mit ihnen *reden*, Junge. Du stehst da wie ein lebendes Vorstrafenregister.«

Ich nickte. »Du bist ziemlich betrunken.«

Er lächelte. »He, dann bin ich erst richtig in Hochform.« Ich dachte an das letzte Mal, als er betrunken mit der Polizei aneinandergeraten war, im Garten von Dr. Ballister, wo er versucht hatte, Officer Mitchell zu bestechen, und im Knast gelandet war.

»Hast du Vic Bescheid gesagt?« fragte ich.

»Ich dachte, *du* hättest Vic Bescheid gesagt.«

»Nein, ich meine, daß du im Bilde bist.«

Roman nickte. »Ja, das weiß er jetzt. Er dachte, ich würde ihm die Fresse polieren. Ich sagte, diese Möglichkeit wollte ich mir noch offenhalten. Er hat angeboten, mich abzufinden.«

»Abzufinden?« Aus dem Augenwinkel sah ich, daß einer der Polizisten die Tür des Porsche öffnete.

»Ja, mir meine Einlage auszuzahlen.«

»Laß mich raten. Du hast abgelehnt.«

Roman runzelte die Stirn. »Klar hab' ich abgelehnt. Gerade den Einsatz rauskriegen, wenn ich schon vierzigtausend auf der Latte habe? Nicht allzu clever, Gabe.«

Ich nickte. »Stimmt.«

»Hör, Junge, du mußt diese Typen ablenken. Zeig ihnen jeden Zentimeter des Wagens, aber laß dein Mundwerk rattern. Immer ablenken, ablenken, damit sie nie längere Zeit an ein und dasselbe denken.« Er rieb sich den Magen. »Verdammt, ich brauche Buttermilch. Geh, rede mit ihnen, Gabe.«

Als ich auf sie zuging, winkte mir einer der Polizisten – ein bulliger Footballtyp mit glatt zurückgekämmtem Grauhaar – lächelnd zu. »Da ist er ja, und kaum einen Kratzer hat er abbekommen.« Sein Partner winkte und schlenderte zu Jayne Mansfields Wagen hinüber.

Ich lachte und suchte nach einer Antwort. »Wußten Sie«, fragte ich, »daß James Dean bei dem Zusammenstoß mehr als hundertdreißig Meilen pro Stunde draufhatte?«

Er lächelte wieder. »Du solltest nicht so schnell fahren,

Junge. Siehst du, hätte ich dich angehalten und dir einen Strafzettel verpaßt, hättest du mich verflucht, aber ich hätte dir das Leben gerettet.« Er lachte laut über unser kleines Theaterspiel.

»Ja, das hätten Sie. Tatsächlich hat er – habe ich – ja direkt am Stadtrand von Bakersfield schon einen Strafzettel wegen Geschwindigkeitsüberschreitung bekommen. Und zwei Leute haben den Crash überlebt«, plapperte ich, wobei ich merkte, daß ich nur Dinge wiederholte, die ich in den letzten Monaten von Vic gehört hatte.

Er unterbrach mich. »Welches Baujahr ist dieser Porsche?«

»Einer der Überlebenden war ein College-Student namens Donald Turnipseed. Er fuhr den Ford Tudor, mit dem James Dean ... mit dem ich zusammengestoßen bin.«

»Interessant«, sagte er. Er öffnete die Tür und setzte sich ans Steuer, bewegte den Schalthebel. »Welches Baujahr, sagtest du?«

»Es ist ein 550 Spyder«, sagte ich rasch. »Mr Turnipseed hat den Unfall ziemlich unbeschadet überstanden, desgleichen Rolf Weutherich, der dann ...«

»Ein 550er, sagst du?«

»Genau.« Ich fühlte meine Ohren heiß werden. Hinter uns hörte ich Roman durch das Megaphon reden, nicht mehr rufen, nur noch reden, fast als wäre er allein. Ich hörte ihn sagen: »... alles Gute geht so schnell zu Ende ... das stimmt, meine Damen und Herren. Sie können ein Filmstar sein, ein Prominenter, alles im Handumdrehen ausgelöscht ...« Seine Zunge wurde schwer. Vic schoß Polaroids, alle paar Sekunden blitzte die Kamera. Sandy lehnte sich auf die Haube des Buick Electra zurück, um für ein Foto zu posieren.

Der grauhaarige Gesetzeshüter legte seine Hände aufs Lenkrad und blickte hinaus auf die zerknautschte Motorhaube. »Dieser Wagen sieht nicht aus wie ein 550er. Ich glaube, du bringst da einiges durcheinander, Junge.«

Ich lachte, zu laut und zu aufgesetzt, wie ich es bei Roman gehört hatte in all den Jahren vor zahllosen Türschwellen. Nur ja verhindern, daß die Tür zugeschlagen wird. »Ich weiß doch, in welchem Wagen ich gestorben bin«, sagte ich. Noch einmal lachte ich und gab ihm einen freundlichen Klaps auf die Schulter. Er blickte mich nicht an.

»Sollte man denken, ja, aber die Fakten passen nicht zu deinen Worten.« Er kletterte vom Fahrersitz und baute sich vor mir auf. »Habt ihr die Papiere für diesen Wagen?«

»Vielleicht könnten Sie doch recht haben«, sagte ich. »Ich kam in einem 57er ums Leben, nicht in einem 550er.« *Du mußt ihm die Geschichte verkaufen*, sagte ich mir. *Du weißt doch, wie man das macht*. »Wenn man zwanzig Jahre tot ist, bringt man schon mal was durcheinander.«

Er lächelte ohne einen Funken Humor. »Ich habe nie gesagt, daß es ein 57er ist.«

Da kam Roman vorbei und sah, was vorging. Er schaltete das Megaphon aus und trat zu uns. Ich roch die Alkoholfahne.

»Roman Strickland«, sagte er. Händeschütteln.

»Sergeant Meschery.«

Ich sagte mir, wie ich es so oft getan hatte: Roman kann alles verkaufen.

»Gefällt Ihnen die Show, Sir?« fragte Roman.

»Na, sagen wir, ich lerne eine Menge. Ich fragte gerade Ihren Partner hier, ob Sie die Papiere für diesen Wagen hätten. Wir waren uns nicht ganz einig über das Baujahr.«

Kreidebleich sah mich Roman einen Augenblick an. »Papiere?« Er schüttelte den Kopf. »Wir wollen ihn ja nicht für den Straßenverkehr zulassen und damit rumdüsen. Papiere haben wir nicht. Nicht mal Motoren haben die verdammten Dinger mehr.« Er zog eine Pall Mall heraus und zündete sie an. Der Polizist musterte ihn einen Moment lang.

»Hier dürfen Sie nicht rauchen, nur in den Raucherzonen.«

»Okay, kein Problem.« Er stampfte mit dem Fuß auf. »Hiermit erkläre ich dies zur Rauch- und Schmauchzone.« Er lachte, in dem Glauben, seine Witze würden die Spannung entschärfen.

Sergeant Meschery nahm Roman die Zigarette aus dem Mund und reichte sie ihm. »Machen Sie sie aus.«

»Ich dachte, wir kriegten eine Busladung Bullen *außer* Dienst. Wo sind die bitte? Im Stau steckengeblieben?«

Da zeigte Sergeant Meschery zum ersten Mal ein echtes Lächeln. »Ich halte euch von der Show ab, Jungs.«

»Pauschalhonorar, da ist das nicht so wichtig«, sagte Roman.

»Was heißt das denn?« Er hob Romans Kippe auf und warf sie in einen Abfalleimer.

»Das heißt, daß wir für die Show im voraus bezahlt werden und somit keinen Grund haben, uns zu überarbeiten«, sagte ich.

»Verdienen Sie gut?« fragte der Sergeant.

»Teufel, ja«, sagte Roman. »Manchmal dreitausend pro Abend, ein paarmal die Woche.« *Nun übertreib's aber nicht,* dachte ich.

Sergeant Meschery hob die Augenbrauen. »Beeindrukkend.«

»Im Vertrauen gesagt, Sergeant«, sagte Roman, »wir sahnen ab wie die Raubritter.«

»Dad, ich glaube, es ist Zeit weiterzumachen«, mahnte ich.

»Das ist ein Haufen Geld«, bestätigte Sergeant Meschery. »Wenn Sie nichts dagegen haben, komme ich später noch einmal vorbei, um noch dies und das zu prüfen. Vielleicht beispielsweise die Kaufdokumente für die Wagen.«

Roman warf mir einen schneidenden Blick zu. »Wir legen Ihnen gern die Karten offen. Vielleicht gegen sechs?«

»Heute ist letzter Ausstellungstag«, sagte der Sergeant. »Um vier wird geschlossen.«

Roman klopfte sich mit dem Knöchel an die Schläfe. »Natürlich. Hatte ich total vergessen.« Er schwankte ein bißchen im Stehen.

»Bin bald wieder da«, sagte Sergeant Meschery. Wir sahen ihm nach. Sein ledernes Schulterholster schwang im Rhythmus seiner Schritte.

»Jetzt sitzen wir in der Scheiße«, sagte ich.

Roman nahm den Hut ab und fuhr sich durch die Haare. »Fast, ja. Aber nun ist er ja erst mal weg, und wir haben Zeit, um uns was auszudenken.«

»Zeit, um uns *was* auszudenken?«

Er lächelte. »Du stellst wieder mal die entscheidenden Fragen, Junge.« Hinter uns fing Sandy erneut an zu singen und stolzierte in ihrem Silberkleid umher.

»Könnten wir nicht einfach abhauen? Jetzt gleich?«

Er schüttelte den Kopf. »Wenn wir ausbüchsen, geben sie's gleich durch an jedes Revier in jedem Kuhdorf.«

»Was dann?«

»Wir fragen sie.« Er nickte zu Sandy hinüber. »Sie hat immer die besten Ideen.«

Sie lächelte und errötete gerade, während die kleine Gruppe um sie applaudierte. Ich wandte mich Roman zu. »Nein.«

Seine Augen wurden schmal. »Wieso nicht?«

»Ich habe dich auf dieser ganzen Reise noch nie um irgend etwas gebeten, vielleicht in meinem ganzen Leben nicht ...«

»Auf dem Golfplatz hast du um Geld gebeten.«

»Ich meine um etwas, das dir ans Eingemachte geht, Roman. Nicht Geld. Und jetzt bitte ich dich, Sandy nichts zu sagen. Frag sie nichts, weih sie nicht ein.«

»Du hast ihr nichts gesagt?«

»Nein, und ich werd's ihr auch nicht sagen. Und du auch nicht.«

Roman setzte den Hut auf und atmete tief durch. Er blickte mich an. »Gut, Junge. Wenn du meinst.«

Zwei Stunden später beobachteten wir jedes Golfshirt und jedes Schulterholster, um zu sehen, ob sie vielleicht an Sergeant Meschery hingen. Den ganzen Nachmittag lang hatte Roman Minifläschchen aus den Tiefen seines Trenchcoats gefischt, wie ein Bühnenmagier, der Seidentücher hervorzaubert. Immer schleppender und babbelnder wurde seine Rede am Megaphon, und zweimal fragte Sandy, ob wir ihn nicht ins Hotel schaffen und in heißem Kaffee baden sollten. Vic ging uns aus dem Wege. Ich wußte, daß er sich in seiner lügenden, betrügenden Art für einen rechtschaffenen, ehrbaren Mann hielt, und es demütigte ihn, daß wir nun wußten, daß er uns reingelegt hatte. Oder daß er selbst reingelegt worden war. Was nicht ausgeschlossen war.

Ich blickte auf, und da waren sie. Sergeant Meschery mit zwei Kameraden im Schlepptau. Sie umkreisten den Buick, lehnten sich über die Windschutzscheibe, bückten sich, notierten die Fahrgestellnummer. Roman ging gerade hinter dem Bonnie-und-Clyde-Wrack vorbei, und ich machte ihm Zeichen, deutete auf die drei Polizisten, die da in unserem neuen Leben herumschnüffelten. Er blickte mich an, das Megaphon abgesetzt, als warte er auf Worte, die nicht kommen wollten. Er rieb sich den Mund, wühlte in der Tasche nach einer Zigarette. Seine Hände zitterten, als er sie anzündete, dann ploppte das Megaphon. Von Rauchkringeln umwirbelt, strömte heiser und verstärkt seine Stimme hindurch.

»Was würden Sie machen? Nachgedacht, meine Herrschaften, wenn Sie das zerfetzte Metall dieser Wagen sehen, wenn Sie die Finger über die Splitter der Fenster gleiten lassen, die Blutflecke auf den Polstern berühren, und sich fragen, wie Sie sich in jenen letzten halben Sekunden verhalten würden, wenn Sie es kommen sehen. Wenn Sie in die Kurve gehen und merken, Sie sind zu schnell, oder wenn Sie über die Mittellinie driften und die Scheinwerfer auf sich zukommen sehen und wissen, es ist aus. Was würden Sie tun, meine Damen und Herren?«

Er hielt lange genug inne, um an der Zigarette zu ziehen. Einige Leute waren stehengeblieben und lauschten.

»Und Sie, Sergeant Meschery? Was würden Sie sagen, was war James Deans letzter Gedanke? Vic? Gabe? Sandy? Irgendwer? Die letzte Sekunde, du siehst es kommen, du bist erledigt, du weißt es, und woran denkst du? Hast du Zeit, dein Leben zu hinterfragen? Dich zu fragen, ob du es verpfuscht hast? Vielleicht siehst du alles vor dir, und du denkst, was hätte ich anders machen können? Kann mir jeder folgen?«

Sandy blickte mich verwirrt an. Vic, zwischen den Autos, spitzte die Ohren. Roman ließ den Blick über uns schweifen, wie auf der Suche nach dem verlorenen Faden.

»Mister Strickland, wir würden gern mal kurz mit Ihnen sprechen, wenn Sie dieses Ding bitte mal abstellen könnten«, sagte Sergeant Meschery. »Wir haben ein paar Fragen.« Ich half gerade einer alten Dame hinter dem Steuer des Porsche hervor. Wieder ließ Roman seine Stimme durchs Megaphon tönen.

»Wir haben einen Kandidaten. Sergeant Meschery möchte gern seine letzten Sekunden der Suche nach Antworten widmen. Darin unterscheiden wir uns beide gar nicht so sehr, Sergeant.«

Die Zuhörer begannen weiterzuwandern. Ein Augenblick war verstrichen, und in dieser Zeitspanne war Roman jäh entzaubert zum ordinären, babbelnden Betrunkenen mit Megaphon.

»Mister Strickland«, mahnte Sergeant Meschery.

»Eines möcht' ich mal klarstellen, den Unterschied zwischen uns beiden, Sergeant. Ich ...«

Roman wandte den Kopf zur Seite, das Gesicht zur harten Grimasse geronnen. »...dammt«, hörte man. Er griff sich in die Magengegend, wie so oft, wenn er Buttermilch brauchte. Ich tat einen Schritt auf ihn zu. Irgendwas stimmte nicht.

»Schluß jetzt mit dem Theater, Mister Strickland«, forderte Sergeant Meschery.

»Scheiße.« Roman setzte das Megaphon ab und sank auf den Kotflügel des Elektra, die Hände aus der Magen- in die Brustgegend wandernd, die Finger in den Aufschlag des Trenchcoat gekrampft. Ich suchte die Klemme, in der wir saßen, aus meinen Gedanken zu verdrängen und fragte mich, ob dies ein Trick zur Ablenkung Sergeant Mescherys war.

Schmerzverzerrt blickte Roman mich an. »Gabe ...« Er rutschte zu Boden und saß auf dem Beton, die Beine von sich gestreckt, das Gesicht rot und schweißglänzend.

Sergeant Meschery ging auf ihn zu. »Eventuell ein Herzanfall«, sagte er zu den anderen Polizisten. Er packte mich am Arm. »Hol eine Decke, und bitte deine Freundin, einen Krankenwagen zu rufen.« Sandy schleuderte die Stöckelschuhe von den Füßen und rannte zur Telefonzelle am Imbißstand. Zögernd machte ich ein paar Schritte auf Roman zu: Die Beamten legten ihn vorsichtig auf den Rücken und schoben den Hut als Kissen unter seinen Kopf. Um uns schwirrte Musikberieselung und Stimmen aus Lautsprechern. Tonlos wiederholte ich immer wieder Gladys' Namen, als ich mir eine der blauen Abdeckplanen schnappte und auf Roman zurannte. Während Sergeant Meschery ihn mit der Plane zudeckte, setzte ich mich neben ihn. Schlüssel und Feuerzeug waren ihm aus der Tasche gefallen, Fläschchen waren bis an die Füße des Zuschauerkreises gerollt, der uns nun wieder sensationslüstern umgab.

»Gleich ist der Krankenwagen da, Junge«, tröstete Sergeant Meschery.

Schweißbäche rannen über Romans Gesicht. Die blaue Plane knisterte, hob und senkte sich mit seinen raschen flachen Atemzügen.

»Wenn's ernst ist, ruf Gladys«, sagte er, die Stimme dünn und verschwommen.

»Tu ich«, sagte ich. Ich nahm seine Hand, hielt sie durch die Plane, fühlte die harten Kanten seines Ringes und seiner Armbanduhr. »Du kommst wieder auf die Beine«, sagte ich.

Seine Augen wandten sich mir zu. Fast unhörbar war seine Stimme, und die Finger umklammerten langsam meine. »Jaah«, sagte er, ein Ton irgendwo zwischen Gelöbnis und Frage.

DREIZEHNTES KAPITEL

Vic, Sandy und ich saßen im orangefarbenen teppichgedämpften Wartebereich, um uns unübersehbare Zeichen, daß renoviert wurde: Abdeckplanen, herabhängende Drähte und Kabel, Gerüste in den Korridoren. Immer noch verkleidet, saßen wir stumm da, Vic mit den Augen am Fernseher klebend, wo das ›Midnight Special‹ lief. Endlich ergriff Sandy das Wort.

»Man könnte meinen, sie renovieren erst mal zu Ende, ehe sie Patienten empfangen.« Sie blickte mich an; ihr Haarknoten dröselte sich auf. »Tut mir leid. Ich sollte keine dummen Witze reißen. Tue ich immer, wenn ich nervös bin.«

»Schon gut«, sagte ich. Sie lächelte mich an und berührte meine Hand.

Vic erwachte wie aus einem Tagtraum. »In Situationen wie dieser ist es schwierig, die rechten Worte zu finden. ›Wer einen Menschen umbringt, bringt ein Stück von sich selbst um‹, hat Rod McKuen einmal gesagt.«

»Welches Stück?« fragte Sandy.

»Er ist nicht *tot*, Vic. Niemand hat ihn umgebracht.«

»Ich fürchte, ich habe es vielleicht getan, junger Mann«, sagte er. »Wenn ja, dann helfe mir Gott.«

»Sie machen nur ein paar Untersuchungen mit ihm. Das haben sie jedenfalls so gesagt«, erwiderte ich.

»Das sagen sie immer«, gab Sandy zurück. »Das gehört zum Ausbildungspensum im Studium. Da üben sie stundenlang Sprüche: ›Wir machen noch ein paar Untersuchungen‹ oder ›Man kann noch nichts sagen‹. O ja, und natürlich ›Die nächsten vierundzwanzig Stunden sind entscheidend‹. Den hätte ich fast vergessen.«

Vic nahm einen Schluck aus dem Kaffeebecher. »Wir müßten jetzt schon Bescheid haben. Vielleicht sollten wir im Schwesternzimmer nachfragen.«

»Hast du schon dreimal getan, Vic«, sagte ich. »Und ich zweimal.«

Sandy rieb sich die Hände. »Bin der Verlierer. Ich habe nur einmal gefragt.«

»Man kann noch nichts sagen«, bemerkte ich.

»Du bist der geborene Arzt, Gabe«, lächelte Sandy. »Schon ganz professionell im Ton.«

Als wir in der Notaufnahme eingetroffen waren, hatte Roman schon wieder gesprochen, mir Anweisungen gegeben, sich um seinen verlorenen Hut gesorgt. Mehrfach schärfte er mir ein, auf die Wagen aufzupassen, und bat mich, Gladys anzurufen. Das hatte ich umgehend erledigt: Wie so oft in den letzten Monaten, hatte ich mein gesamtes Kleingeld in den Schlitz geschüttet und Dutchland angewählt. Gladys begann fast sofort zu weinen und wiederholte immerfort, das habe sie kommen sehen, ja, kommen sehen, als sei mein Anruf etwas, auf das sie schon lange gewartet hatte. Inzwischen war es fast Mitternacht; vor meinem geistigen Auge sah ich Gladys und Dutch zum Flugplatz eilen, in der Nacht über erleuchtete Städte fliegen, sah Gladys' Hand nervös durch ihr Haar fahren. Sie wußte nicht, wann sie bei uns eintreffen würden; aber kommen wollten sie, auf jeden Fall. So bald wie möglich. Bevor sie auflegte, versicherte sie, sie liebe mich und sie liebe auch Roman noch, ohne Rücksicht auf Dutch, der irgendwo im Hintergrund rumorte und Fragen stellte.

Schließlich raschelten papierene Überschuhe über den Boden, und ein Doktor Fernald tauchte auf. Er trug eine dicke, viereckige Brille. »Sind Sie Mr Stricklands Vater?« fragte er Vic.

»Sein Geschäftspartner.«

»Und Sie?« Er blickte mich an.

»Sein Sohn.«

»Ich bin die Tochter«, warf Sandy ein. Ich sah sie an, schwieg aber.

»Also, es steht so. Er liegt auf der Intensivstation, er ist stabilisiert, er bekommt Infusionen, er redet und sieht fern. Wir haben ein EKG und eine routinemäßige Lungenaufnahme gemacht. So weit, so gut.«

»Wie weit, wie gut?« fragte ich.

»Keine Arterienverstopfung, soweit wir es bisher beurteilen können. Keine sichtbare Gefäßschädigung. Ein paar Untersuchungen stehen noch aus, und auch eine Angiographie scheint angezeigt. Da bei Herzpatienten bekanntlich die ersten vierundzwanzig Stunden entscheidend sind, arbeiten wir mit Hochdruck an einer Strategie.«

»Dürfen wir zu ihm?«

»Er ruht sich gerade ein wenig aus, und sein Zimmernachbar ist soeben erst eingeliefert worden. Vielleicht sollten wir bis zum Morgen warten.« Eilig schüttelte er mir die Hand und ging.

»He, der ist gut«, sagte Sandy. »Den Spruch mit den Untersuchungen und den mit den vierundzwanzig Stunden hat er in einem Atemzug gebracht.« Sie rieb mir die Schulter. »Er wird wieder gesund, das hört sich alles ganz hoffnungsvoll an, Sweetie.«

»Sie machen noch weitere Untersuchungen«, wandte ich ein.

»Weiß ich, aber er wird bestimmt wieder gesund. Wirst schon sehen.«

Wieder ließen wir uns im Wartebereich nieder. Im Fernsehen schnurrte Wolfman Jack die Geschichte der Funkband Sly and the Family Stone herunter, dann kam ein Werbespot für Fisherman's Friend. Ich blickte aus dem schmalen Fenster. Autos auf nasser Fahrbahn, das flackernde Neonschild einer Pfandleihe, ein Mann schob einen leeren Rollstuhl quer über den beleuchteten Parkplatz.

Ich blickte zu Sandy hinüber. Ihr Silberkleid wirkte zerknautscht und schlaff. »Du bist also die Tochter?«

Sie lächelte. »Ganz richtig, kleiner Bruder. Nur Angehörige dürfen zu ihm rein. Ich möchte ihn sehen.« Sly and the Family Stone sangen ›Everyday People‹, während Wolfman Jack im

Hintergrund mit hervorquellenden Augen tanzte. Vic beachtete seinen Fernseher nicht mehr weiter, sondern nahm seinen Reisekalender heraus und blätterte die letzten Seiten auf, wo er Buch führte über unsere Ein- und Ausgaben.

»Laß uns in die Cafeteria gehen«, bat Sandy. Sie deutete auf den Fernseher. »Er macht mir angst.«

»Wer?« fragte ich. »Wolfman Jack oder Vic?«

Vic blickte auf. »Macht, daß ihr fortkommt, ihr zwei. Ich muß jetzt ein bißchen rechnen.«

»Komm, Gabe«, sagte Sandy. »Lassen wir Onkel Dagobert in seinem Geldspeicher allein.«

Wir liefen durch Korridore voller Rolltischchen, Gruppen zusammenstehender Tropfgeräte, Sägeböcke, Elektrobohrer. Sandy hob eine Kreissäge hoch und fragte, ob mir der Blinddarm entfernt werden müsse. Sie tat ihr Bestes, mich abzulenken. Mit dem Lift fuhren wir ins Erdgeschoß, wo die Cafeteria geschlossen war, der Eingang mit einer Kette verrammelt. Als Ersatz fanden wir ein Stübchen mit Getränke- und Snackautomaten, und wir setzten uns in alte, hochlehnige Rollstühle, tranken Pepsi und stillten unseren Schokoladenhunger mit Ding Dongs. Ich fuhr auf meinem Stuhl zentimeterweise vor und zurück.

»Was soll jetzt bloß werden«, seufzte ich.

»Hab noch ein wenig Geduld, dann wirst du hören, daß mit Roman alles okay ist, und in ein, zwei Wochen sind wir wieder auf Achse und kurbeln die Show neu an. Jayne Mansfield und James Dean werden wieder Wollust wecken in den Herzen der Männer und Frauen allerorten.«

Ich schüttelte den Kopf. »Die Sache ist gegessen, Sandy.«

»Also hör mal, Gabe. Sprich nicht so apokalyptisch. Ich hab' doch gesagt, alles wird wieder gut.«

Ich ließ meinen Stuhl gegen den Snackautomaten krachen und sah die Päckchen in ihren Fächern erzittern. Eine Packung Erdnüsse fiel in den Ausgabeschacht.

»Ich meine es ernst. Die Show ist gestorben. Wir sind erledigt.«

Sie legte die Hand auf meine Armlehne, um das Hin- und Herfahren zu stoppen. »Und warum, wenn ich fragen darf?«

Ich zögerte. »Roman braucht Zeit für seine Genesung.«

»Blödsinn«, entgegnete sie. Ich schaute sie an, das zausige Haar um ihr Gesicht. Überrascht sah ich, daß sie mit den Tränen kämpfte. »Ich brauche nicht beschützt zu werden, Gabe. Ich bin erwachsen. Warum erzählst du mir nicht, was wirklich los ist?«

Ich schüttelte den Kopf. »Du brauchst keinen Schutz, aber vielleicht brauche ich es, daß ich dich beschütze.« Sie setzte zu einer Antwort an. »Warum läßt du mich nicht einfach?« kam ich ihr zuvor. Sie schwieg, beobachtete mich, die Augen glänzend.

»Einfach so?«

Ich schnipste mit den Fingern. »Einfach so, ja.«

Sie schüttelte den Kopf und wischte sich mit den Knöcheln die Augen. »Immer geht es um Sachen, die gestorben sind. Das ganze Leben könnte unter diesem Titel stehen. *Einfach so* könnten wir es nennen. Die ganze Chose.«

Ich nickte. »Genau die Angst habe ich ab heute wegen Roman. Daß er eines Tages tot ist, schnipp, einfach so.«

Sie rieb mir den Arm. »Er wird wieder gesund, Gabe. Ich schwör's.«

Ich fischte die Erdnußpackung hinter dem Plastiktürchen des Automaten hervor und reichte sie Sandy. »Damit du nicht sagen kannst, ich hätte dir nie was geschenkt.«

Sie lachte. »Du hast mir eine Menge geschenkt, mehr, als du weißt. Es ist nett, jemanden zu haben, mit dem man sich's nicht verderben kann. Oder setze ich da zuviel voraus?«

»Nein, tust du nicht. Du kannst es dir wirklich nicht mit mir verderben.«

»Aber das gilt vielleicht nicht immer«, seufzte sie. »Dinge ändern sich. Brauche ich dir nicht zu sagen.«

Ich dachte darüber nach. »Wenn wir jetzt in dieser Sekunde den Entschluß faßten, daß sich da nichts ändert? Daß, bei allen Änderungen rundrum, es da dies kleine Inselchen gibt, wo du es dir nicht mit mir verderben kannst?«

Sie blickte mich an. »Mann, das wäre ... das wäre traumhaft.«

»Also gut. Versprochen.«

»Echt?«

»Ja, echt. Aber es muß auch umgekehrt gelten, das gehört zum Deal.«

Sie beugte sich vor, küßte mich zart auf die Lippen und zog mich einen Augenblick an sich.

»Wo willst du als nächstes hingehen?« fragte ich.

»Na, zunächst hatte ich an ein Wettrennen mit dir gedacht, im Rollstuhl durch den Flur.«

»Das meine ich nicht. Was willst du *machen*? Später.«

Achselzucken. »Roman besuchen? Mit irgendwelchen Ärzten flirten?«

»Sandy.«

»Also, Gabe, was haben wir beim Golf gelernt?«

Ich schielte zur Decke. »Den Ball im Auge behalten.«

Stirnrunzeln. »Falsch.«

»In beiden Augen?«

»Wieder falsch.« Sie wirbelte herum, so daß ihr Rollstuhl gegen meinen prallte.

»Dann hilf mir auf die Sprünge«, sagte ich, nur weil ich hören wollte, wie sie sich wieder erklärte.

»Hier und jetzt. Nur das zählt, nur darum soll man sich sorgen. Nur vom Frühstück bis zum Abendessen. Handlungen, die ihren Sinn aus sich selbst erhalten. Na, dämmert's dir wieder?«

»Langsam.«

Sie öffnete die Packung, ließ sich Erdnüsse in den Mund rieseln und schüttete mir welche in die hohle Hand.

»Dies war ein großartiges Jetzt, ein aufregendes Jetzt. Eins der besten, das ich je hatte«, sagte sie kauend. »Aber der Haken am Jetzt ist, es besteht darauf, zum Damals zu werden.«

»Eine Beförderung«, sagte ich. »Ein Schritt auf der Karriereleiter.«

Achselzuckend strich sie sich einige Haarsträhnen aus dem

Gesicht. »Mehr eine Rückstufung, meine ich. Wenn ein Jetzt zum Damals wird, dann bin ich damit fertig und suche mir ein anderes. Hab' bisher auch immer eins gefunden.«

»Das nächste ist wohl Skip?«

Sie grinste. »Vielleicht ein Weilchen. Aber vielversprechendes Jetzt-Potential hat er eigentlich nicht.«

»Nun, ich hätte da eine Idee. Du ziehst noch ein paar Jahre herum, dann heiraten wir, und ich bin dein Dauer-Jetzt.«

»Wenn du die Erbanlagen deines Vaters hast, hab' ich da keinen Zweifel. Roman ...« Sie schüttelte den Kopf. »Durch reine Willenskraft hält er sich eisern am Jetzt fest, stimmt's?«

Ich lachte. »Auch wenn ihm bereits sämtliche Felle davonschwimmen. Er ist durchs Verkaufen so geworden. Das Augenmerk immer auf das unmittelbar Bevorstehende gerichtet.«

»Ein Haufen Jetzts, die Schlange stehen, wie?«

Ich lächelte. »Heißt das, daß wir verlobt sind?«

Sie lachte, streckte die Hand aus und streichelte mein Gesicht. »Ach, Sweetie. Wir würden uns doch eines Tages scheiden lassen, du würdest ein Damals werden, und ich müßte dreißig Jahre lang ertragen, wie du vor dich hinschmollst. Die kleine Insel, die du gerade für mich gemacht hast, würde wie ein Wackerstein versinken.«

Ich schüttelte den Kopf und löste die Bremse an meinem Stuhl. »Ich bin schon Gladys' Damals. Wenn ich auch noch deins würde, das könnte ich wohl nicht verkraften.«

»Wahrscheinlich werde ich in ein paar Jahren eher *deins* sein. Aber du bist nicht Gladys' Damals, und ich glaube, das weißt du. Und meins wirst du auch nie. Ehrenwort.«

»Gilt das mit dem Rennen noch? Ich sollte wieder nach oben.«

»Klar, wenn du keine Angst hast.« Ich lächelte sie an, ließ meinen Stuhl leicht gegen ihren stoßen. »Hier, halt das mal«, sagte sie. »Ich hab' immer noch Hunger, und ich will mir schon im vorhinein meine Sieges-Ding-Dongs kaufen.«

Sie packte mir die abgewetzte MISS-NO-ROLI-7-Tasche auf den Schoß, kramte ihr Portemonnaie hervor und suchte nach

Quarters. Ich sah zu, wie sie zum Automaten rollte und das Geld einwarf und wie die kleinen Sprungfedern in der Maschine ihr Junkfood über den Rand drückten.

»Hier haben wir eins deiner Damalse«, sagte ich.

»Was?« Sie öffnete die Packung und biß in ihr cremegefülltes Ding-Dong.

»Dies hier.« Ich hielt die verschlissene Tasche hoch, von der rote Stickfäden in kleinen Löckchen herabhingen. Sandy schaute mich an, als hätte ich sie geschlagen, einen Bissen reglos in ihrer Backe.

»Na, sieh es dir doch nur an, Sandy. Das brauchst du nicht mehr.«

Sie nahm es in Augenschein, wie zum ersten Mal nach langer Zeit. Mit dem Finger fuhr sie an der Taschenseite entlang, wo ihr alter Titel eingestickt gewesen war, die Buchstaben jetzt fast völlig aufgelöst, nur noch an den Nadellöchern kenntlich. Sie errötete und schluckte den Bissen hinunter.

»Damit hast du das Problem der Damalse auf den Punkt gebracht«, sagte sie. »Rasch werden sie zu vergilbten Fotos auf einer zerkratzten Dialeinwand irgendwo. Interessiert keinen mehr, nur dich selbst.«

»Aber dich interessiert's noch«, sagte ich, nicht als Frage.

»Das war die einzige Zeit, in der ich mal das Gefühl hatte, daß alles sich genau so fügte, wie es sollte. Daß die Dinge exakt so liefen, wie ich es mir erträumt hatte. Ja, ja, es interessiert mich noch. Sollte es aber wohl nicht mehr.«

Ich schaute sie an und sah, daß sie weinte. Verlegen saß ich da und hielt die Tasche zwischen uns in die Luft.

»Daß alles sich fügt und klappt, so ist das Leben nicht gestrickt, Gabe«, sagte sie.

»Ich weiß.«

»Ich bin mir nicht sicher, ob du das weißt, aber du solltest es dir merken. Du wirst es noch brauchen.«

Ich nickte. »Okay.«

Sie nahm mir die Tasche aus der Hand, drehte sie um und kippte sich den Inhalt in den Schoß. Brieftasche, Schlüssel, Lippenstift, Kinokarten, Coupons, Puderdose, Wattepads, alles um das halbgegessene Ding Dong aufgehäuft. Sie gab mir die Tasche zurück.

»Schmeiß sie weg«, sagte sie.

»Wirklich?«

»Nach all *dem*? Ja, zum Teufel. Wirf das verdammte Teil in den Müll.«

Ich schleuderte die MISS-NO-ROLI-7-Tasche an die Wand, wo sie herabrutschte in den Plastikbeutel des Abfalleimers. Die langen Trageschlaufen hingen über den Rand heraus.

»Guter Schuß«, sagte sie. »Jetzt halt das mal.« Sie kippte mir die Sachen von ihrem Schoß in die Hände.

»Was soll ich damit ma...«

»Auf die Plätze, fertig, los!« rief sie, wirbelte herum und rollte aus dem Raum, den Korridor hinunter. Ihre Armmuskeln hüpften ein bißchen beim Vorwärtstreiben der grauen Räder. Ich schüttete ihr Zeug in einen leeren Stuhl und folgte mit quietschenden und schlitternden Vollgummireifen. Ich hatte bis auf drei Meter aufgeholt, da bremste sie ab, um die Kurve am Ende des Ganges zu nehmen, und blickte zu mir zurück. In all den Jahren danach ist dies das Bild, das ich von Sandy bewahrt habe: wie sie zurückblitzte über die Schulter, Mund weit offen, lächelnd, Haarsträhnen wehend im Fahrtwind, die langen Falten ihres Silberkleides über den Boden schleifend. Ein kurzes Abschiedswinken, dann schoß sie um die Ecke, wobei der Rollstuhl leicht kippte. Ich bremste, stoppte und saß da, die Luft anstarrend, wo sie gerade gewesen war, und ließ ihr Fluchtbild einströmen in mein Gehirn. Unter diesem Bann saß ich, bis ich sie meinen Namen rufen hörte, sie fragen hörte, ob ich ihr weggestorben sei und wo ich so lange bliebe.

Am nächsten Morgen in aller Herrgottsfrühe trafen Dutch und Gladys ein und weckten Sandy und mich aus unruhigem Schlummer im orangegelben Mobiliar des Wartebereichs. Wir umarmten einander, und kaum hatte ich Gladys berührt, kamen ihr die Tränen, als hätte ich einen verborgenen Schalter betätigt. Immer noch wirkte sie braun und durchtrainiert vom Schwimmen, aber ihre Augen waren dunkel, gerändert von einer angstvollen Nacht. Dutch stand da, verkniffen und verlegen, und lenkte sich mit der Spielshow im Fernsehen ab, wo gerade eine quietschvergnügte Frau versuchte, den Preis einer Ananas zu erraten. Sandy erbot sich, uns allen Kaffee von unten zu holen, und verschwand.

»Was haben sie dir gesagt, Gabe?« drängte Gladys. »Wann dürfen wir zu ihm?«

»Auf beide Fragen: Fehlanzeige. Sie machen noch irgendwelche Tests, und sie haben noch nicht gefunden, was sie suchen.«

»Was suchen sie denn, was Gutes oder was Schlimmes?«

»Ich weiß nicht.«

Sie biß sich auf die Unterlippe. »Ich hasse Ärzte. So elitär. Knausern mit Auskünften, als seien sie ein göttliches Orakel.«

»Fang nicht wieder damit an, Gladys«, sagte Dutch. »Du weißt, es hilft nichts.«

»Was noch?« fragte sie mich.

Ich zuckte die Achseln. »Er erholt sich in aller Ruhe.«

»Mal was ganz Neues«, sagte sie. Das ärgerte mich, plötzlich, als habe sie in den letzten Monaten das Recht verwirkt, über Roman Witze zu machen. Sie biß sich auf den Fingernagel.

Eine Schwester kam heran – dunkler, wippender Pferdeschwanz, grüner Kittel – und nahm uns in Augenschein. Sie wartete, bis wir ausgeredet hatten.

»Bist du James Dean?« fragte sie.

»Ja. Sozusagen. Oder ich war's mal.«

»Mr Strickland hat gesagt, wir sollten James Dean zu ihm holen. Zumindest wissen wir jetzt, daß er nicht halluziniert.« Sie lächelte und bat mich, ihr zu folgen. Dutch und Gladys wollten mir nach.

»Tut mir leid«, gebot sie ihnen Einhalt. »Auf der Herzintensiv jeweils nur ein Besucher.«

Ich ging mit ihr durch die langen, fahlen Korridore; ihr Pferdeschwanz schwang im Takt unserer Schritte. Immer wieder schlugen wir Bogen um Patienten in zerknitterten Bademänteln, die ihre Tropfgeräte vor sich herschoben.

»Wie macht er sich?« fragte ich.

»Wenn ich das Wort Herzintensiv in den Mund nehme, grinst er und meint, auch andere Organe könnten ganz schön intensiv sein. Er ist sehr lustig.«

Ich lächelte. »Aber wie *geht's* ihm?«

»Dr. Fernald wird gleich mit dir sprechen. Frag ihn.« Sie führte mich in Romans Zimmer. »In ›Giganten‹ warst du erste Klasse«, sagte sie, tätschelte mir die Schulter und ging.

Das erste, was mir in Romans fahlem grünem Zimmer auffiel, war ein Sicherheitsbeamter, der mit einer Schrotflinte im Schoß auf einem Stuhl saß und auf dem Fernseher an der Wand die Merv Griffin Show verfolgte. Von Dr. Fernald keine Spur.

»He, mein Junge«, hörte ich Roman sagen. Er beugte sich vor und spähte um die Ecke des gestreiften Vorhangs, der die beiden Betten trennte. »Kennst du schon meinen Zimmerkumpel?«

Unter einem Haufen zerknüllter Laken und Decken rührte sich ein drahtiger, faltiger, grauhaariger Mann, dessen Fußgelenke ans Bettgestell gefesselt waren. Er winkte mir zu, seine Augen gelb und wäßrig. Die Ketten rasselten, als er sich im Bett umdrehte.

»Das ist Warren«, sagte Roman. »Er macht hier Urlaub.«

»Leck mich am Arsch«, sagte Warren mit tiefer, verschwommener Stimme. Der Wachmann lachte über irgend etwas im Fernsehen. Warren grinste und zeigte kleine, gelbe Zähne.

»Dad, geht's dir gut? Sie wollen uns nichts sagen.« Roman saß im Bett, Schläuche in Arm und Nase, neben sich einen piepsenden Monitor, über den grüne Punkte wanderten. Sein Haar war verstrubbelt, und über das Krankenhaushemd hatte er seine Anzugjacke geworfen.

Er gestikulierte in Richtung Warren, wobei der dünne Tropfschlauch der Handbewegung folgte. »Soll man diesem Typen glauben, Gabe? Schon fünfzehn Jahre im Knast, und angeblich immer noch keinen Spitznamen. Das gibt's doch wohl nicht, daß ein Knacki keinen Spitznamen hat.«

Warren nickte und lachte, froh über die Zuwendung. »Er ist verrückt, dein Alter«, kicherte er.

»Und überhaupt: *Warren*«, brummte Roman. »Was ist das für ein Name für einen Berufsverbrecher? Wahrscheinlich heißt er mit dem Mittelnamen auch noch Egbert oder so. Kein Wunder, daß sie ihn eingelocht haben.«

Warren lachte röchelnd und wischte sich die Augen.

»Roman, Schluß mit dem Unsinn – sag, was mit deinem Herzen ist.«

Abschätzig winkte er. »Mir geht's prima.«

»Wie prima?«

Er deutete zum Fußende des Bettes. »Lies das Krankenblatt. ›Ösophagusspasmen‹ oder so was Ähnliches. Mit den Nerven runter sein und dann elf Flaschen Bourbon, das verträgt sich wohl nicht. Es ist gar nicht mein Herz. Sie halten mich hier zur Beobachtung, noch ein paar Untersuchungen, nur so zur Abklärung, dann bin ich weg hier.«

Ich blickte ihn an. »Du hast Theater gespielt, nicht?«

»Himmel, nein, Gabe. Das fühlte sich schon verdammt ernst an. Beängstigend. Ich schwöre dir, ich dachte, der Sensenmann klopft an.« Er rieb sich den Mund, blickte mich an, lächelte dann. »Immerhin hat es uns ganz schön aus der Patsche gerissen, was?«

»Ja, nur mußt du dann ab jetzt für jede Show einen Herzinfarkt einplanen.«

»Die Show, die Show.« Nachdenklich tippte er sich auf den Mund. »Ich sag' dir was, Gabe: Ich glaube, die Show ist vorerst gestorben.« Einen Moment sah er mir fest in die Augen, dann wandte er sich ab. »Was meinst du?«

»Das habe ich Sandy auch schon gesagt. Ohne das ›Vorerst‹.«

»Und welchen Grund hast du angegeben?«

Ich dachte nach. »Nenn mir deinen zuerst.«

Er schüttelte den Kopf. »Ich zweifle nicht, daß wir noch weiter Geld scheffeln könnten, es weiter verkaufen könnten. Gar kein Zweifel. Aber...« Er schöpfte tief Luft, atmete aus. »Ich glaube nicht, daß ich mich noch einmal dafür begeistern könnte. Es ist jetzt – ja – irgendwie *kaputt*. Die Autos ... vermurkst die ganze Sache, restlos vermurkst.«

Ich nickte. »Ich weiß, was du meinst.«

»Ich hab' mich verflucht unwohl gefühlt, daß du das mit ansehen mußtest, Gabe«, sagte er leise. »Nicht nur, wie ich betrog, dann auch noch, wie ich *starb*! Gut, daß wenigstens Gladys nicht dabei war. Ich weiß, sie würde sich ins Grab weinen vor lauter Schuldgefühlen, wenn ich stürbe.«

»Sie ist hier.«

Sein Kopf zuckte hoch. »Gladys? Hier?«

»Ich hab' sie gerufen. Wie du mir aufgetragen hast, Dad. Ich dachte, du stirbst.«

Er nickte. »Dachte ich auch.«

»Ich sterbe«, japste Warren.

»Ruhe auf den billigen Plätzen«, sagte Roman, und Warren lachte wieder sein röchelndes Lachen und ließ die Ketten klirren.

»Also, verdammt – sie ist hier. Welchen Eindruck macht sie?«

»Niedergeschmettert. Dutch versucht sie zu trösten. Ohne großen Erfolg.«

Er nickte und schaute aus dem Fenster, über das zertrampelte Baseballfeld, zur Straße, wo ein Mann drei Hunde ausführte, deren Leinen sich ineinander verhedderten.

»Hat deine Mutter schon mit dem Arzt gesprochen?« fragte Roman.

»Niemand hat bisher so richtig mit dem Arzt gesprochen. Ich glaube, er hat hier nur einen Teilzeitjob, vielleicht über den Sommer oder so.«

»Ist sowieso egal, sie traut ihnen nicht über den Weg.«

»Früher dachte ich, das läge daran, daß sie Geld haben. Heute weiß ich nicht mehr so genau, warum.«

Er nickte und war nur halb bei der Sache. »Wir müssen das jetzt gekonnt über die Bühne bringen, Gabe.«

»Was über die Bühne bringen?« Warren klingelte Sturm nach der Schwester und sagte, er wolle einen Schoko-Milchshake. Der Wachmann guckte die Soap ›As the World Turns‹ und polierte den Lauf seiner Flinte mit einer Papierserviette.

Roman winkte mich nah ans Bett, wo ich dicht neben ihm stand und auf ihn herabsah. »Ich brauche deine Hilfe, Gabe«, sagte er. Ahnungsvoll wartete ich. Erinnerungen kamen hoch an meine Kellerabende als sein Trainingshelfer; an noch weiter zurückliegende Zeiten, als er mich (besonders an Regentagen) als Anreißer zum Hausieren mitnahm; an tausend Nachmittage auf Reisen, wo ich ihn chauffierte und eine Art kleinwüchsigen Saufkumpan für ihn abgab; immer das gleiche Lied, ewig diese Gier nach Hilfe; irgendwann würde er mich – dachte ich da neben dem Bett – verschlissen haben, leergepumpt, jeden Wunsch in mir abgetötet, ihm je wieder behilflich zu sein. Diese Gier, das wußte ich damals schon, kannte kein Ende, seine nicht und die aller anderen Menschen auch nicht, sie wirkte wie der Motor, der die Welt antrieb, eine Gier nach der anderen zündend wie Raketenstufen, uns von einem Ort zum nächsten treibend, den wir bald wieder verlassen würden.

»Welche Art von Hilfe?« seufzte ich.

»Wie verängstigt war deine Mutter?«

»Sehr.«

Er blickte mich forschend an. »Skala von eins bis zehn?«

»Ich weiß nicht, Roman. Sie sah aus, als hätte sie die ganze Nacht geweint.«

»Ich kann nicht glauben, daß sie ihn zurückwill«, krächzte Warren mit seiner kaputten Stimme.

»Wird's nie kapieren, die Gute«, grinste der Wachmann. Geistesabwesend schob er die Sicherung seiner Waffe hin und her. Ich fragte mich einen Augenblick, wieviel Roman ihnen von Gladys und allem, was uns zugestoßen war, erzählt hatte, bis ich merkte, daß sie von der Frau auf dem Bildschirm redeten, die in einem roten Bademantel dastand und Brandy aus einem Schwenker trank. Fasziniert lauschten die beiden Männer ihrer Leidensgeschichte.

»Also hör mal zu, Gabe«, sagte Roman. »Deine Mutter ist von der Rolle, und das können wir ausnutzen. Schließ dich nur allem an, was ich sage, unterstütze mich, dann werden wir das Kind schon schaukeln.«

»Was meinst du? Wovon redest du?«

Er blickte mich an, dann sah er rasch wieder weg. »Von jetzt an, Sohn, bin ich schwer angeschlagen. Ich brauche ihre Hilfe, um auf die Beine zu kommen. Mein Herz ist schwach, und mich kann jederzeit ein zweiter Anfall umbringen. Und wie in aller Welt soll ich dann für dich sorgen?«

»Zweiter? Du hast doch nicht mal 'nen ersten gehabt. Hast *du* mir gerade erzählt.«

»Versuch mir zu folgen, Junge. Das weiß *deine Mutter* doch nicht. Sie weiß nur, was wir ihr erzählen. Und wir werden ihr erzählen, daß sie zurückkommen und mich versorgen muß. Sie bleibt so lange da, bis ich wieder genesen bin, sagen wir, ein Jahr lang. Dann sind wir längst im alten Gleis. Und Dutch ist weg vom Fenster.«

Ich schüttelte den Kopf. »Das ist doch wohl nicht dein Ernst.«

»Teufel, doch, mein voller Ernst. Sag mir, warum das nicht klappen soll. Alles, was ich brauche, ist eine einzige Chance, Gabe. Ich weiß jetzt, was schiefgelaufen ist, ich weiß es. Nur eine Chance noch. Und das hier ist sie.«

»Sie wird mit dem Arzt sprechen. Er wird ihr sagen, daß dir nichts fehlt.«

»Wahrscheinlich. Und wem wird sie glauben, ihm oder uns? Wir müssen nur dafür sorgen, daß sie glaubt, wir verheimlichten was.«

»Du wirst auch was verheimlichen.«

»Ich meinte, die Wahrheit verheimlichen.«

»Genau das meinte ich auch.«

»Dann sind wir uns ja einig.«

Auf dem Bildschirm schmetterte die Frau im Bademantel gerade ihren Brandyschwenker an die Wand. Ich wußte, wie ihr zumute war. Warren und der Wachmann jubelten ihr zu.

»Das kannst du nicht machen, Roman.«

»Und ob ich das kann.«

»Gut, du kannst, aber du solltest nicht.«

Er nahm einen Schluck Wasser aus dem Becher auf seinem Nachttisch. »Ist das dein Gegenargument? Daß ich nicht sollte?«

»Was, verdammt, hast du mir über die Autos gesagt, Roman? Daß du noch nie ein Betrüger gewesen bist und daß es dir leid tut, daß ich das alles mitbekommen habe. Und jetzt fängst du schon wieder an zu lügen. In *dieser* Sache, mit *ihr*.«

Er schwieg ein paar Augenblicke. »Als du ein kleiner Knirps warst, habe ich dir vorgelesen, weißt du noch?«

Ich nickte. »Aus dem Buch ›Auf der Siegerseite‹.«

»Nein, vorher, als du noch kaum sprechen konntest. Wir haben Bilderbücher gelesen, mit all den niedlichen Tieren drin. Deine Lieblingsgeschichte war die mit der Steinsuppe. Erinnerst du dich?«

»Nein. Und was hat das mit ...«

»Hör zu. In der Story kommt dieser Typ in die Stadt, wo jeder hungert, aber keine einzige gehortete Kartoffel oder Möhre rausrückt. Also sagt der Typ, ich mach' euch jetzt Steinsuppe, wirft einen Stein in den Kochkessel, sagt, läßt sich gut an, jetzt brauch' ich nur noch eine Möhre. Jemand kommt mit einer Möhre. Super, sagt er, jetzt brauche ich nur noch eine einzige Selleriestange.«

»Am Ende schnippelt jeder seine Vorräte hinein.«

»Genau, und sie essen diesen riesigen Eintopf, und keiner schiebt mehr Kohldampf.«

»Herzlichen Dank, Roman. Hat mir weitaus besser gefallen als ›Auf der Siegerseite‹. Wäre eine gute Drehbuchidee für Skip. Wenn man das Gemüse durch Körperteile ersetzte, könnte das sein nächster Film sein.«

»Junge, schau doch: Der Stein war eine Lüge, aber eine notwendige. Nur damit der Stein ins Rollen kam, sozusagen. Genauso jetzt. Ich lüge nur, um Gladys nach Hause zurückzulocken, anschließend wird alles in Butter sein. Ich weiß, was ich falsch gemacht habe.«

»Ach? Und was hast du falsch gemacht?«

Er zuckte die Achseln. »Fast alles. Außer sie zu lieben. Gott weiß, ich liebe sie, Gabe. Nur nie auf die richtige Weise.«

Ich setzte mich aufs Fußende des Bettes. »Vielleicht gelingt dir der Coup, Roman, und vielleicht schöpft sie keinen Verdacht. Aber du selbst weißt ja Bescheid. Es wird sein wie mit den Autos. Du wirst immer wissen, daß du ihr etwas vorgeschwindelt hast. Ich werde es wissen. Und tief drinnen wird Gladys es auch wissen.«

»Mag sein, Gabe. Aber ich kenne sie. Ich weiß, wie ...«

»Vielleicht *kennst* du sie überhaupt nicht. Vielleicht ist das dein ganzes Problem. Du setzt einfach voraus, daß sie mit Dutch unglücklich ist. Schon mal daran gedacht, daß sie vielleicht glücklich sein könnte?«

Er schüttelte den Kopf und blickte wieder auf das Innenfeld des Baseballplatzes. »Gabe, sag mir jetzt ganz einfach, ob du mitmachst oder nicht. Ob du jetzt abspringst, nachdem wir schon so weit gekommen sind.«

»Einmal geflunkert, ist alles dahin. Hast du selbst gesagt. Die Autos sind dahin, Dad. Wenn wir jetzt flunkern, wird alles dahin sein, was wir daheim je hatten.«

»Gib mir Antwort auf meine Frage.«

Ich starrte ihn an. Wie alt er aussah in seinem Bett, das Haar wirr statt sauber zurückgekämmt, dunkle Ringe unter den Augen. Ein Teil meiner selbst wollte ihn zurückzaubern in seinen flotten Anzug und sein Tiger-Haarwasser und seine gestreiften Hosenträger und seine Hüte und sein ganzes altes Leben und Großgetue, selbst wenn das hieß, daß wir Gladys und uns selbst belügen mußten. Ohne all diese Dinge, fragte ich mich, was blieb da noch?

»Es ist nicht nur Betrug, du betrügst den besten Teil von ihr. Den Teil, der dich noch liebt.«

»Ich kann sie glücklich machen, Gabe.«

»Sie ist glücklich.«

Er schüttelte den Kopf. »Ich frage zum allerletzten Mal, Junge. Damit ich weiß, ob du auf meiner Seite stehst, wenn die Sache durchgezogen wird.«

Ich schöpfte tief Atem. Drüben hinter dem Vorhang verglichen Warren und der Wachmann die Gefängnis- mit der Krankenhausverpflegung. Ich hörte das gedämpfte Klirren der Fußfesseln unter der Bettdecke, das leise Summen der Klimaanlage.

»Ich sag' dir was«, begann ich. »Ich zieh' das so ab wie auf den tausend Veranden, auf denen wir im Regen gestanden haben. Ich werde dich genau im Auge behalten, Roman, und zuhören und mitmachen. Ja, mitmachen. Die Entscheidung liegt bei dir. Wenn du's willst oder brauchst, daß ich mit dem Kopf nicke, nicke ich. Du darfst auch mich zum Schwindler machen.«

Er schwieg einen Augenblick. Leise pfeifend ging über dem Sauerstoffschlauch sein Atem durch die Nase. Er tippte mich mit dem Fuß an. »Es klappt prima, paß auf.«

»Ich geh' jetzt und suche sie.« Ich konnte seinen Anblick nicht länger ertragen.

»Gut. Du brauchst kein Wort zu sagen, Gabe. Hol sie nur her. Aber gib mir noch etwas Zeit zum Nachdenken, ja?«

Ich nickte und erhob mich. Auf dem Weg aus dem Zimmer winkte ich dem Wachmann zu, der in der Werbepause in einem Fischer- und Jägermagazin blätterte. Warren döste mit offenem Mund im Bett.

»Weshalb ist er drin?« fragte ich.

Der Sicherheitsmann blickte auf. »Bewaffneter Raub. Gewohnheitsverbrecher.«

»Nein, ich meine *hier* drin.«

»Herzbeutelwassersucht. Das Herz is' zu groß, ersäuft an seinen eigenen Flüssigkeiten.« Er hielt die Hände auseinander, um mir zu zeigen, wie groß Warrens Herz geworden war. Ein Kopfnicken zu Roman hin. »Und was fehlt ihm?«

»Nichts.«

»Nichts?«

»Nichts, was er erkennen könnte.«

Als ich ging, hörte ich Roman rufen: »Das habe ich mitgekriegt«, die Worte gedämpft durch die schwere Tür, die hinter mir ins Schloß fiel.

Im orangegelben Wartebereich fand ich Gladys, Dutch und Roman. Vic – sagte man mir – war schon seit dem frühen Morgen verschwunden. Ich berichtete, Roman gehe es soweit gut, er wolle ein bißchen aufräumen, und dann wolle er Gladys sehen.

»Allein?« fragte sie.

»Ja, allein.« Sie nickte. Einen Herzschlag lang bewunderte ich die Schönheit dieser Konstellation: Solange er krank war, zog er die Strippen, niemand stellte irgend etwas in Frage. Sandy und Gladys beschlossen, sich die Wartezeit mit einem Frühstück in der Cafeteria zu vertreiben. Ich wollte mit, aber Dutch hielt mich zurück und bedeutete mir, er wolle mit mir reden. Wir schauten zu, wie Sandy und Gladys im langen Korridor verschwanden, die Köpfe zusammensteckend in der leisen, verschwörerischen Art der Frauen.

»Dein Dad ist ein Kämpfer«, sagte Dutch. »Er packt es.« Schwer, nicht zu lachen, wußte ich doch, daß Roman es schon zwanzig Minuten, nachdem er auf den Boden der Ausstellungshalle hingesunken war, gepackt hatte. Dutch bearbeitete mich mit Wird-schon-wieder-Sprüchen, die sich anhörten, als habe er sie in den Spätfilmen aufgeschnappt, in denen seine Werbespots liefen.

»Ich möchte, daß wir für Roman ein Gebet sprechen.«

Ich zuckte die Achseln. »Bete, wenn du willst. Aber nicht für mich mit.«

»Er ist mein Bruder, Gabe.«

»Dann schieß los.«

»Nicht hier. Es muß doch im Krankenhaus irgendwo eine Kapelle geben.«

Nachdem wir im Schwesternzimmer gefragt hatten, fuhren wir mit dem Lift ins Erdgeschoß, wo die Henry H. Axelrod Memorial Chapel lag. Ihre bunten Glastüren trugen konfessionsübergreifendes Dekor (Blumengirlanden und Sonnenstrahlen). Leider war auch sie wegen Renovierung geschlossen. Die Eingangstür war mit einem Seil versperrt, die Öffnung mit Plastik verhängt. Ein handgeschriebenes Pappschild verwies uns auf die provisorische Ausweichkapelle im Geschenkeladen. Dort schoben wir uns – vorbei an Holly-Hobby-Figuren, Ständern mit Bubble Gum und Three-Musketeers-Riegeln, Genesungskarten, Aspirinflaschen, Fotobedarf und Kaffeebechern mit aufgedrucktem Namen des Krankenhauses – bis in die hinterste Ecke, wo wir vier Klappstühle und ein weiteres Pappschild fanden, das den Winkel übergangsweise zur Henry H. Axelrod Memorial Chapel weihte. Ich fragte mich, ob es Henry H. Axelrod gestört hätte zu erfahren, daß seine Gedächtniskapelle derzeit nur *ideell* existierte, als Phantom einer Kapelle, das man in jedes leere Eckchen quetschen konnte, welches man gerade fand. Auf einem Tisch brannten zwei Votivkerzen; an der Wand hingen ein Kreuz und ein Davidsstern neben dem Hinweis, Schecks bitte auf den Geschenkeladen auszustellen. Wir setzten uns auf die Klappstühle. Ich hob einen Plastik-Helikopter hoch und ließ die Rotorblätter wirbeln.

»Nicht gerade ein heiliger Ort«, flüsterte Dutch.

»Für den, der Billigkitsch verkauft, schon«, flüsterte ich zurück. Da trat aus einer mit LAGER beschrifteten Tür eine ältere Frau mit blondem Haar. Sie trug einen grünen Kittel und einen Preistacker.

»Kann man euch helfen, Jungs?« fragte sie.

»Nein, danke«, erwiderte Dutch.

»Wann geht der Klingelbeutel rum?« feixte ich. Stirnrunzelnd legte Dutch den Finger auf die Lippen.

»Ich glaube, dies ist nicht die rechte Zeit für Witze, Gabe«, sagte er. Ich entschuldigte mich, und es fiel mir wieder ein, daß ich ja der einzige war, der wußte, daß Roman nicht das mindeste fehlte außer einer vernünftigen Einstellung zum Leben und zu den Menschen, die ihn – trotz allem – liebten. Dutch schloß die Augen, faltete die Hände und legte die Stirn in tiefe Falten, eine gelungene und ernste Show des guten Mannes, der für den Bruder betet, mit dessen Frau er schläft. Da packte mich der Zorn auf alle Beteiligten, auf das, was wir einander angetan hatten, und auf mich, auf meine Komplizenschaft. Als Familie schienen wir eine verblüffende Fähigkeit zu haben, alles zu ruinieren. Ich wartete, bis Dutch fertiggebetet hatte, griff mir dann einen Beutel M&Ms und riß ihn auf. Die Dame blickte mich an und lächelte, und ich reichte ihr einen Quarter.

»Ich bin sicher, Roman ist im Handumdrehen über den Berg«, sagte Dutch.

»Da bin ich auch ganz sicher«, sagte ich.

»Brav«, lobte er, und ich bot ihm ein paar M&Ms an, die er in die hohle Hand rieseln ließ.

»Um auf was anderes zu kommen ... Deine Mutter und ich haben Hochzeitspläne, und ich möchte unbedingt, daß du dabei bist.«

»Ich glaube nicht, daß für Hochzeitspläne jetzt die rechte Zeit ist.«

Er nickte. »Da hast du recht, aber die Gelegenheit ist günstig, wann sind wir schon mal alle zusammen, und die Zeit drängt.«

»Wie sehen die Pläne denn aus?«

»Also, zunächst mal möchte deine Mutter, daß du sie zum Altar geleitest und offiziell freigibst. Es ist für sie eine wichtige Geste, und, na, ihr Vater ... Du weißt ja, sie reden schon seit Jahren kein Wort mehr miteinander.«

»Ja, aber glaubst du nicht, wenn wir schon von Gesten und offiziellem Freigeben reden, daß dann eigentlich Roman den Vortritt haben müßte? Paßt irgendwie besser.«

Dutch lief feuerrot an.

»Oder«, fuhr ich fort, »vielleicht kannst du die Freigabe-Zeremonie bei der Trauung fallenlassen und durch eine *Wegnehm*-Zeremonie ersetzen. Mitten in der Kirche könntet ihr eine kleine Keilerei veranstalten, wie damals am Strand. Hübscher Schaukampf, so richtig was fürs Volk.«

»Ich habe sie ihm nicht weggenommen, Gabe.«

Im Herzen wußte ich, daß das stimmte, aber was machst du, wenn du einen ganzen Sack voller Anklagen hast und nicht weißt, wem du sie vor die Füße werfen sollst? Ich seufzte.

»Ist das so? Sie will, daß ich sie zum Altar geleite und damit freigebe, an dich?«

Er holte Luft. »Das Schwierige ist, daß sie auch Roman dabeihaben will. Dann wird die Scheidung schon durch sein, und sie möchte, daß sich die Wunden für uns alle so bald wie möglich schließen. Sie will, daß die Hochzeit ... wie hat sie sich ausgedrückt?«

»Eine Zeit der Heilung ist?« Die Formulierung hatte ich über die Jahre oft gehört.

»Ja, ungefähr so. Aber wir brauchen deine Vermittlung, sonst kommt Roman nicht. Allein auf mich oder Gladys wird er nicht hören.«

»Da hast du recht«, sagte ich. Neben uns arbeitete die Frau im Kittel und brachte ein Regalbrett mit dekorativen Fingerhüten in Ordnung.

»Danach werden wir, weil deine Mutter nie so richtig gereist ist, auf Hochzeitsreise nach Rio de Janeiro gehen.«

»Mit fliegenden Fahnen in ein neues Leben.«

»Das hoffen wir, Gabe.«

Ich nickte. Wie kinderleicht der ganze Plan schien. Eine fünfzehnminütige Zeremonie, ein paar alten Freunden die Hand schütteln, dann Abflug als umgekrempeltes neues Ich. Eine radikale Entrümpelungsaktion, wie sie Gott mit der Arche Noah vorgenommen hatte, und Roman und ich über Bord gefallen, Wasser tretend. Auch der andere Plan war leicht: an Romans Bett stehen, nicken, wenn er mich anschaute, Gladys zurücktricksen ins alte Leben. Und in ihr altes Elend? Roman schwor, das werde nicht der Fall sein, doch eine Lüge als Einstieg stimmte mich nicht sehr optimistisch.

»Gut«, sagte ich. »Und die kommerzielle Nutzanwendung?«

»Nutzanwendung?«

»Na ja, Sonderaktion ›Ab nach Rio‹ oder so. Du könntest

dich anziehen wie Ricky Ricardo und noch 'nen kleinen Profit aus der Sache schlagen.«

Ich hoffte, ihn damit endlich beleidigt zu haben, aber stattdessen lachte er und mußte den Impuls krampfhaft unterdrücken, da wir ja in der provisorischen Kapelle saßen.

»Gar nicht schlecht, Gabe, gar nicht schlecht. Gefällt mir.«

Ich lachte mit. »Vielleicht sogar Carmen Miranda statt Ricky Ricardo«, sagte ich.

Er dachte darüber nach. »Sonderaktion ›Ab nach Rio‹ ...«

»Der Sonderpreis ist tropisch heiß«, sagte ich, und wir lachten erneut, und mich überkam wieder eine dieser Sympathiewellen für ihn und die Erkenntnis, daß Gladys einen Weg finden konnte, mit ihm glücklich zu sein. Oder daß sie wenigstens – ohne den Wahnsinn der letzten zwanzig Jahre – ihr eigenes Glück finden konnte.

»Nun«, sagte Dutch, »zurück zur Hochzeit. Du wirst kommen, Gabe? Und versuchen, Roman mitzubringen?«

Ich dachte an Roman im Krankenbett, der wohl gerade die Brustschmerzen probte, im stillen die Worte einübte, die er ihr sagen wollte, seiner Lüge den letzten Schliff verlieh, und draußen vor der Tür Gladys, die auf ihn wartete.

»Laß mich ein bißchen nachdenken. Wir reden später darüber.«

»Gut, einverstanden. Aber bald, okay?«

»Okay.«

Im Oberstock wartete Gladys. Sie sei noch nicht bei Roman gewesen, sagte sie; sie wolle warten, bis sie wisse, daß sie auch wirklich hineindürfe. Schon sorgte sie sich um seinen vermeintlich kritischen Zustand.

»Komm«, sagte ich, »du darfst jetzt.« Ich wollte es hinter mich bringen.

Sie zögerte. »Sie haben gesagt, nur einer auf einmal.«

»Ja, aber ich glaube, ich muß dabeisein.«

Wir gingen den langen weißen Korridor hinunter, vorbei an den Baugerüsten und Farbeimern, Gladys mit fest verschränkten Armen, als friere sie, Anspannung und Erschöpfung im Gesicht. Ich legte den Arm um sie, staunend, wie klein sie war, wie dünn. Seltsam, daß mir das all die Jahre über nie aufgefallen war.

Beim Anblick des waffenstarrenden Sicherheitsmannes schreckte Gladys zurück. Der Beamte lächelte, winkte mir zu und tippte sich an die Mütze, um Gladys zu begrüßen. Roman hatte sich im Bett ganz nach unten rutschen lassen, die Arme seitlich herabhängend, so daß der Tropfschlauch in seiner vollen Länge sichtbar war. Gladys legte bei Romans Anblick die Hand vor den Mund und hauchte leise »O Gott«. Vorsichtig trat sie ans Bett, umarmte ihn, küßte ihn auf den Haaransatz.

»Kennst du schon meinen Zimmerkumpel«, sagte Roman mit dünner, kraftloser Stimme. Jedes Verkaufsgespräch ein Gig, ein Schauspieljob, hatte er mir einmal eingeschärft. »Das ist Warren und sein Babysitter. Jungs ...« Er stockte und tat einen langen mühsamen Atemzug. »... dies ist meine Frau Gladys.«

Sie drehte sich um, brachte den Anflug eines Lächelns zustande und sagte hallo, und ich konnte sehen, wie ihr das Wort »Ex« auf der Zunge lag, aber sie hielt es zurück.

»Roman, Dr. Fernald hat gesagt, man habe bisher keine verstopften Gefäße gefunden, und sie wollten nur noch eine weitere Routineuntersuchung machen.«

Er nickte. Ich nahm den Besucherstuhl. Logenplatz. Gladys setzte sich aufs Bett. »Aha, klingt ja gut«, sagte Roman. »Sonst hat er dir nichts gesagt?«

»Nein. Gibt es denn sonst noch was?«

Roman warf mir einen flüchtigen Blick zu und sorgte dafür, daß Gladys es sah. »Nichts Wichtiges.«

»Was denn bitte? Roman, verschweigst du mir etwas?« Sie nahm seine Hand in die ihre.

»Nein, es ist alles in bester Ordnung, nicht wahr, Gabe?« Er blickte mich an, die Augen glanzlos, trübe. Mein Einsatzzeichen. Ich nickte.

»Roman«, sagte Gladys, »du verheimlichst mir was. Ich kenne dich.« Nein, dachte ich, nein, sie kennt ihn nicht im geringsten.

»Gladys, dir würde ich nie etwas verheimlichen. Wie ich sagte, keinerlei Grund zur Beunruhigung mehr.«

Sie schüttelte den Kopf, die Augen tränennaß. »Du schonst mich in irgendeinem Punkt, Roman. Sag mir bitte, was es ist.«

Ich beobachtete ihn, die kleinen zögernden Pausen, die winzigen vorgetäuschten Zuckungen. Hervorragend, seine Verkaufe, bis dahin.

»Sag ihr, daß alles in Ordnung ist, Gabe.«

Ich blickte ihn an und sah in seinen Augen, wie nah er dem Abschluß war. »Also, eine kleine Operation haben sie noch vorgenommen«, ließ ich verlauten.

»Was?« hauchte Gladys.

»Junge, wovon redest du?« Roman bedachte mich mit einem scharfen Blick. Ich brachte gerade die Seifenblase zum Platzen.

»Sie haben ihm ein paar neue Ideen in den Kopf gepflanzt«, sagte ich. »Zum Beispiel die Idee: Wenn du schummelst, machst du Dinge kaputt. Die Operation hat prima geklappt. Genau das hat er mir vor einer halben Stunde erzählt, nicht wahr, Roman?«

Gladys fing wieder an zu weinen, und ihr Blick wanderte zwischen uns hin und her. »Ich verstehe nicht. Was geht hier vor?«

»Gabe ...«, warnte Roman.

»Wartet, hier ist noch 'ne weitere neue Idee. Er hat dich über alles geliebt, Gladys. Aber es hat sich nur falsch geäußert. Siehst du, das weiß er jetzt, dank der modernen Medizin.«

»Gabe, hör auf mit dem Unsinn, schenk mir reinen Wein ein«, forderte Gladys mit verwirrter Miene. Immer noch hielt sie Romans Hand locker in der ihren.

»Du liegst völlig richtig, Gladys. Wir verschweigen dir was.«

Sie legte die Hand auf den Mund. »O Gott!«

»Sag's ihr, Roman.«

Er schaute hinab auf Gladys' Hand in der seinen, als sei sie etwas Geheimnisvolles, das er beim Spazierengehen gefunden habe. Langsam wandte er mir den Blick zu und sah mich lange an, wobei der grüne Punkt auf seinem Herzmonitor gleichmäßig piepste. Er beobachtete mich, als habe er mich jahrelang nicht gesehen und könne mich nicht recht einordnen. Hinter uns ein metallisches Klappern aus Warrens Bett, der Wachmann döste auf seinem Stuhl, das Kinn auf der Brust. Roman hob ihre Hand, betrachtete sie und legte sie in ihre geöffnete andere Hand zurück.

»Mit mir ist alles klar, Gladys«, sagte er.

»Roman, ich weiß, daß nicht alles klar ist, also bitte ...«

Er hob die Hand und schob sich im Bett hoch. »Wirklich, Schätzchen, ich bin fast gesund. Es ist nur ... nur diese Ösophagus-Geschichte. Nicht mein Herz. Mein Herz ... ist okay.«

»Roman ...«

»In vollem Ernst, Gladys. Heute nachmittag werde ich entlassen.« Er blickte mich an. »Voll einsatzfähig werde ich freilich noch nicht sein, hat der Arzt gesagt.«

»Wirklich?« Ihre Hände zitterten. »Sagst du mir die Wahrheit?«

»War im Leben nie ehrlicher als jetzt, Gladys. Echt, ich bin gesund.«

Sie schloß die Augen und ließ einen zittrigen Seufzer los. »Mir fällt ein Stein vom Herzen.«

»Mir auch«, sagte ich.

Sie umarmte mich, dann Roman, hielt ihn eng und etwas linkisch umschlungen, tief über das Bett geneigt. Ich sah dem langsam rinnenden Tropf zu, der durch die Kanüle in seinen Arm führte, und bildete mir ein, die Flüssigkeit laufe hinaus statt hinein, lege seine schlimmste Gier trocken. Gladys wischte sich die Augen und sammelte ihr Handtäschchen ein.

»Wenn du rauskommst, muß ich mit dir über ein paar Sachen reden«, sagte sie. Er nickte. Er konnte ihr nicht in die Augen sehen.

»Auch mit dir, Gabe, und zwar bald, okay?«

»Okay«, sagte ich. »Und, Gladys ...«
»Ja, Lieber?«
»Sag Dutch, ich hätte ja gesagt.«

Am Spätnachmittag war Roman aufgestanden und angekleidet und erledigte die Formalitäten für seine Entlassung. Er schickte mich aus, die Wagen zu überprüfen, obwohl ich nicht genau wußte, was es da zu überprüfen gab. Auch Roman wußte es nicht, sagte aber, das stünde in meinem Ermessen, er hätte Vertrauen in mich. Später fand ich heraus, daß, während ich im Chevy unterwegs war zur Ausstellungshalle, Vic zurückgekehrt war und Romans Krankenhausrechnung in bar, aus der grauen Geldkiste, bezahlt hatte und den Rest, eingeschnürt in eine Einkaufstüte, Roman überreicht hatte. Er behielt nur die leere Kiste und unseren ersten selbstverdienten Dollar, den ich in Lakeland beiseite gelegt und in einem Klarsicht-Frühstücksbeutel eingesiegelt hatte, nachdem Vic darauf bestanden hatte, daß wir ihn alle signierten. Immer und immer wieder entschuldigte er sich bei Roman, gequält von Schuldgefühlen wegen Romans Zusammenbruch und wegen der Mogelpackung, die er uns als echt verkauft hatte. Roman klärte ihn nicht, wie Gladys, über die Natur seines Anfalls auf, und mir war's recht. Nichts liebte Vic mehr als eine bedeutungsschwere Geste; Rod McKuen hätte es so gewollt.

Der Himmel verfärbte sich dunkel, und die Sonne wurde zum rauchroten plattgedrückten Ball, als ich mit dem Chevy langsam die Festhalle umkreiste. Leerer Parkplatz, übersät mit Pappbechern und zertretenen Programmzetteln. An allen Eingängen waren die großen stählernen Schiebetore geschlossen; Quecksilberdampflampen verbreiteten einen ersten schwachen Schein. An der Hallenrückseite, neben einem der großen Tore, fand ich die Wagen, kompakt gestapelt, daneben der geparkte Lincoln. Ich stieg aus, ging um sie herum, kickte ein paarmal mit dem Fuß über die Karossen, wobei ich kleine Rostschauer auf den Boden rieseln hörte. Ich öffnete die Tür des

Spyder, setzte mich ans Steuer und legte eine Hand aufs Lenkrad; mit geschlossenen Augen ließ ich mich von einer warmen Brise umfächeln wie von Fahrtwind. Die andere Hand wanderte zum Schaltknüppel, ich schaltete die Gänge hoch, der Reihe nach, wie beim Beschleunigen auf der großen Gerade vor der Dead Man's Curve. Dann plötzlich kam mir das albern vor; dieser Wagen hatte die Dead Man's Curve nie gesehen, und allen Ruhm, der ihm je zuteil werden würde, hatten wir ihm geschenkt in zwei kurzen Monaten des finanziellen Gewinns und der Hoffnung. Ich schlug die Augen auf, sah, daß etwas unter dem krummen Scheibenwischer klemmte, und griff nach draußen, um es hervorzuziehen. Es war Officer Mescherys Visitenkarte, sein Name und das Motto DIE POLIZEI – DEIN FREUND UND HELFER. »Bis zum nächsten Mal«, hatte er oben dazugeschrieben. Ich überlas es, hob die Hand und ließ die Karte im Wind davonstieben; dann schraubte ich den hölzernen Schaltknopf ab und steckte ihn in die Tasche meiner Lederjacke. Ich stieg aus und wanderte ein letztes Mal um die Wagen, strich darüber, ließ mir von bröselndem Lack die Fingerspitzen färben.

Nun hatte ich sowohl den Lincoln als auch den Chevy am Hals, und beide zugleich konnte ich nicht heimfahren. Natürlich konnte ich auf Roman warten oder Sandy holen, aber das Problem unseres doppelten Fuhrparks, eines alten und eines neuen Wagens, würde bestehen bleiben. Ich löste die Bremse des Chevy, legte den Leerlauf ein und schob ihn, einen Fuß auf dem Boden draußen, langsam zu den Todeswracks, bis er leicht gegen Jayne Mansfields Electra prallte. Im Handschuhfach lagen Romans Flaschenbeutel, seine leeren Packungen Pall Mall sowie alte Straßenkarten. Ich nahm die Papiere heraus und ließ sie mit dem Schlüssel zusammen auf dem Fahrersitz liegen, freie Beute für jeden, der ihn wollte, diesen alten Untersatz mit seinen Zehntausenden von Meilen Wohnvororten, Regen und Mustertaschen und der Erinnerung an einen Halbwüchsigen, der hinter seinem Vater hertrottete auf der Suche nach dem nächsten Verkaufsabschluß.

Im Lincoln hatte jemand, wie ich bemerkte, den winzigen Fernseher entwendet. Rund um die Delle in der glänzenden Motorhaube platzte schon der Lack ab, und ein dünner Rostfilm hatte sich gebildet. Aber er startete prompt und lief wie geschmiert. Mit Pogo auf dem Armaturenbrett, der mich beobachtete, legte ich den Gang ein und fuhr los.

VIERZEHNTES KAPITEL

Die Hochzeit fand am Thanksgiving-Wochenende – bei eisigem Wind und Schneegestöber – in der Kleinen Kapelle im Wald statt. Gebaut in den dreißiger Jahren von einer Gruppe arbeitsloser, vom Staat beschäftigter Eisenbahner, die einen Ort zum Beten wünschten, strafte die Kapelle inzwischen ihren Namen Lügen: Anbauten hatten sie auf eine Größe schwellen lassen, daß die jetzigen Betreiber sich bemüßigt sahen, das Wörtchen »Klein« in Anführungszeichen zu setzen. Würde der Wald abgeholzt und wiche einem Vorort, wäre das nächste Paar Anführungszeichen fällig, dachte ich mir: Die »Kleine« Kapelle im »Wald«. Es war ein Bau ganz nach Dutchs Geschmack, und er hatte ihn mit langen purpurroten Girlanden vollgehängt und einen Teppich aus gelben Rosenblättern im Mittelgang legen lassen. Da wir keine Blumenkinder hatten, mußten die Blüten schon morgens gestreut werden und waren am frühen Nachmittag, vor der Trauung, bereits braun und an den Rändern gekräuselt, so daß es aussah, als habe jemand die Kirche mit Kartoffelchips übersät.

Spätvormittags stand ich auf dem Parkplatz und hielt nach eintreffenden Gästen Ausschau; von fern hörte ich das Grollen von Streuwagen und Schneepflügen auf den schmalen Straßen. Endlich spitzte die Sonne hinter den Wolken hervor, der Wind legte sich, weiße Fähnchen wölkten bei jedem Atemzug. Die meisten Gäste waren wegen der unwirtlichen Witterung fortgeblieben. Dutch hatte ursprünglich mit Gladys in einer Kutsche vorfahren wollen, aber auch das hatte das Wetter vereitelt, und ich wußte, daß Gladys an jenem Tage für die vereisten Straßen dankbar war. Hinten in der Kirche saßen Dutchs Verkäufer, mißmutig, daß sie nur so wenigen Gästen ihre Visitenkarten in die Hand drücken konnten. Mehrere von Gladys' kunstsinnigen Freundinnen trafen als Gruppe ein, und sie erzählten mir, sie hätten Dutch und Gladys zur Hochzeit einen Baum und einen Felsbrocken für den Vorgarten von Dutchland geschenkt. Ich frotzelte, da sei das Einwickeln in Geschenkpapier sicher nicht ganz einfach gewesen.

Während ich die Straßen beobachtete, wartete Roman, still und unauffällig, in der Kapelle. Den ganzen Tag, auch während der Anfahrt, war er einsilbig geblieben. Er hatte keinen Tropfen getrunken und hatte sich zur Feier des Tages sogar die Haare schneiden lassen, sauber ausrasiert und mit Haarwasser nach hinten gekämmt. Nach jenem Tag im Krankenhaus war es mir nicht schwergefallen, ihn zur Teilnahme zu überreden. Nachdem er seine Pläne, Gladys mit aller Vertreterraffinesse zu einer Versöhnung zu bewegen, fallenlassen mußte, kostete es ihn nur noch einen weiteren Schritt, ein, zwei tiefe Atemzüge, um sie freizugeben. Wie er auf Vics Party gesagt hatte: Wenn dir jemand die Tür vor der Nase zuschlägt, heißt das »nein«. Nur hatte er diesmal die Tür selbst zugeschlagen, hatte es aufgegeben, das Geschäft zum Abschluß zu bringen. Wenn Gladys dies Gefühl des Türenschließens haben wollte, ihre Zeit des Heilens ... Nun, dann waren alle Geschenke – Dosenöffner, Kühlschrankmagnete, Gesten der Freundlichkeit – vergebene Liebesmüh. Und deshalb, so vermutete ich, widmete er diesem Tag nur noch das unbedingt Notwendige, seine nackte Anwesenheit.

Aber er hatte Pläne, und in die hatte er mich bei der Herfahrt eingeweiht. Er war durch einen Stadtteil von Winston-Salem gefahren, an einer Grundschule vorbei, auf einer Straße, gesäumt von Häusern mit Schaukelstühlen auf der Veranda und kleinen Kolonialwarenläden. Langsam lenkte er den Lincoln die Straße hinab und bog dann auf einen betonierten Parkplatz ein, gesprenkelt von alten Ölpfützen. Er kniff den Brand seiner Zigarette ab und steckte die halbgerauchte Kippe in die Schachtel zurück (so hatte er auf Dr. Fernalds Rat das Rauchen reduziert). Auch das Trinken hatte er eingeschränkt, und er hatte abgenommen. Ein wenig schlotterig waren seine alten Anzüge nun an den Schultern.

»Was machst du da?« fragte ich. »Wir sind schon spät dran. Ich muß sie zum Altar führen, vergiß das nicht.«

»Zum Altar führen ...« Er setzte zu einer Antwort an, hielt dann inne. Er deutete auf den rückwärtigen Teil des Grundstücks. »Was hältst du davon?« fragte er.

»Wovon?«

»Von diesem Laden.«

Ich blickte mich um. Der »Laden« entpuppte sich als alte Shell-Tankstelle – zwei Zapfsäulen mit gläsernen Oberteilen, Super und Normal, hoch aufragend, rostig; ein altes Ölfangbecken voll Dreck und Unkraut. Das Kassenhaus aus Gußbeton hatte die Form einer Muschelschale.

»Damals in den Vierzigern wurden sie alle so gebaut. Shell, die Muschelform, ein Werbe-Gimmick. Diese hier ist die letzte im Land. Steht auf der nationalen Denkmalsliste.«

Mit einem leisem Plop öffnete er die Tür des Lincoln und stieg aus, und ich folgte ihm. Wir spähten durch das verstaubte Fenster der Eingangstür: Drinnen ein kleiner Tresen, ein Stuhl mit zerbrochenem Sitz, ein Metallregal, das wohl einmal Motoröl oder Snacks enthalten hatte. Auf dem Tresen zeichnete sich im dicken Staub der Umriß einer längst verschwundenen Registrierkasse ab.

»Cooler Laden«, sagte ich. »Warum zeigst du ihn mir?«

»Weil ich ihn gekauft habe. Mit Vics Geld, unserem Geld, mit dem größten Teil dessen, was übrig war.« Ich wußte, daß er Sandy fünftausend geschenkt hatte, und überschlug im stillen den Kaufpreis des historischen Monuments.

»Und würdest du mir bitte sagen, warum?«

Er zuckte die Achseln, das Gesicht immer noch ans staubige Glas gepreßt. »Ich dachte, vielleicht wär's Zeit, das Zigeunerleben aufzugeben, Gabe. Nur für ein paar Jahre. Ich bin noch nicht alt, aber das kommt irgendwann, nicht wahr? Und diese Krankenhausgeschichte. Ich weiß nicht ...«

»Hier also willst du dich häuslich niederlassen.«

»Warum nicht«, sagte er. »Elf Blocks im Umkreis gibt es keine weitere Tankstelle. Dann die Grundschule um die Ecke, die ganzen Mütter, die jeden Tag ihre Kinder hin- und herkutschieren. Zur Abwechslung sollen die Kunden mal zu mir kommen. Ich glaube, ich kann ganz gut dabei verdienen. Keine Goldgrube, aber ein stetes Einkommen.«

»Ein stetes Einkommen«, sagte ich, als ob ich es rein des Klanges halber wiederholte. Endlich war er darauf gekommen, was Gladys immer gewollt hatte: ein bißchen regelmäßiges Geld als Kissen für ihre Liebe; leider – typisch Roman – mit großer Verspätung, wie bei seinen kaufmännischen Gehversuchen mit Bodybuilding und Knüpfbatik. Vor meinem geistigen Auge sah ich Gladys, wie sie vor dem Spiegel nervös Blumen ins Haar steckte, die kräftigen, gebräunten Arme gehoben, die rötlichen Erfrierungen um ihre Augen längst verschwunden.

»Nicht gleich vom ersten Tag an natürlich«, fuhr Roman fort. »Und weiß Gott, wir müssen den Laden erst mal gründlich auf Vordermann bringen. Aber das Strandhaus haben wir ja auch hingekriegt, nicht?«

»Wir?«

»Na, wenn du möchtest. Ich hab's mir so vorgestellt, daß wir zusammen einsteigen könnten.« Er rüttelte an der Türklinke. »Nächste Woche hole ich die Schlüssel ab, nach Unterzeichnung der Papiere.«

Ich nickte. »Weißt du, ich hab' mich in der Schule eigentlich sehr gut wieder eingewöhnt. Daß man regelmäßig hingeht, viel mehr wollen die gar nicht.«

»Gabe, du bist ein schlaues Köpfchen. Hab' ich nie bezweifelt.«

»Gladys will, daß ich mich für übernächstes Jahr bei einigen Colleges anmelde. Sie glaubt, sie nehmen mich.«

Er trat gegen das Betonfundament der Riesenmuschel. »Ich bin sicher, sie nehmen dich. Was Besseres kriegen sie gar nicht.«

»Na dann«, sagte ich. Und ritzte meine Initialen in den Staub.

»Und wie sieht *dein* Wunsch aus?«

Ich musterte sein verwischtes, staubiges Spiegelbild im Glas.

»Ich weiß nicht.« Unsicher schüttelte ich den Kopf. Mir wurde bewußt, daß mich seit dem siebten Lebensjahr – da hatte ich mal entscheiden dürfen, ob wir bei Tastee-Freez oder in der K&W-Cafeteria aßen – niemand mehr nach meinen Wünschen gefragt hatte. Das meiste dessen, was ich mir in letzter Zeit vermeintlich gewünscht hatte, hatte mit den beiden zusammengehangen, Roman und Gladys; jetzt gab es »die beiden« nicht mehr. Was ich meine Vergangenheit nannte, war nun reine Erinnerung, ohne greifbare Überreste; meine Zukunft ein verschwommenes Wirrwarr unausgereifter Pläne, für mich geschmiedet aus Gründen, die nur wenig mit mir zu tun hatten. Ich glaube, ich hätte damals in eine Rolle schlüpfen können wie eins unserer Todeswracks, erfunden für eine prominente und tragische Vergangenheit, eine Story, die man hervorkehrt und sich selbst und anderen verkauft. Aber der reale Verlust reichte schon, still und unerbittlich, wie er war, und was blieb mir nach der Demontage meiner Vergangenheit, als eine neue Richtung einzuschlagen und mich in Bewegung zu setzen, auf irgendeine Zukunft zu. Keine Ahnung auf welche; aber Bewegung war Bewegung, schätzte ich. Wieder schüttelte ich den Kopf. »Ich weiß es wirklich nicht.«

Er sah mich an und nickte, probierte noch einmal die Tür. Unter meine Initialen ritzte er die seinen und schrieb dann unter beide: INHABER.

»Komm«, winkte er. »Wir haben eine Hochzeit zu absolvieren.«

Sandy erschien in demselben roten Mini, den sie auf unserer Beach Party getragen hatte, mit Skip im Schlepptau, der zu fast allem, was sie sagte, zustimmend nickte. Die beiden wohnten im Strandhaus und führten mit Sandys Geldgeschenk die Renovierung zu Ende, um es vermieten zu können. Roman hatte ihnen gesagt, sie könnten die halbe Miete behalten, wenn sie sich um das Haus kümmerten und den Ozean davon abhielten, es zu verschlucken. Sie habe, erzählte sie mir, in der Veteranenkneipe einen Job gefunden, wo sie

Schnaps und Bier ausschenkte und angeblich jeden Abend tonnenweise Trinkgelder einnahm. Mit dem Rest des Geldes spielte sie die Produzentin für ›Vom Zombie verweht‹, der zuerst in Autokinos im ganzen Südosten und dann als Kultfilm im Spätprogramm laufen sollte. Manchmal sehe ich ihn heute noch, morgens um drei im Kabelfernsehen, und da ist Sandy, insgesamt fünf Minuten Filmauftritt, ewig dreiundzwanzig Jahre jung, als eine der Zeitungsreporterinnen, die dem örtlichen Sheriff auf die Pelle rücken. Sie erzählte mir einmal, sie fühle sich wie eine North-Carolina-Version von Dorian Gray, mit Werbepausen.

Wir warteten in der Kapelle, Sandy und Skip in der ersten Reihe, ganz hinten Roman, allein in einer Bank, die Arme verschränkt, wie ein Tourist, der als Zaungast hereingeschneit ist. Ich trug meinen Roman-junior-Anzug mit Fuchsjagdschlips, Dutch den weißen Anzug, den er auch in der Fernsehwerbung und auf den Reklametafeln trug, mit Ford- und US-Ansteckern säuberlich am Revers.

»Nervös?« fragte ich.

»Wir hätten es proben sollen«, sagte Dutch. »Ich tue Dinge nicht gern aus dem Stegreif.« Er holte tief Luft und atmete aus. Mir lag auf der Zunge: Wenn du dem Stegreif eine faire Chance gibst, verliebst du dich vielleicht im Handumdrehen in ihn.

»Keine Angst, es wird klappen«, sagte ich.

»Und bei dir?«

»Wird es auch klappen.«

»Wie steht eigentlich Roman zu der ganzen Sache? Deine Mutter macht sich ernsthafte Sorgen um ihn.«

»Na ja, er ist hier. Viel mehr würde ich ihm nicht abverlangen.«

»Hör zu, Gabe, ich habe meinen Werbejungs die Idee ›Ab nach Rio‹ vorgetragen, und sie hat ihnen gefallen. Ärgern sich, daß sie nicht selbst darauf gekommen sind. Hätten sie ein bißchen mehr Zeitvorlauf gekriegt, hätten sie sie vielleicht aufgegriffen.«

»Wenn du das nächste Mal heiratest, werfe ich meine Ideenschmiede ein paar Wochen früher an.«

»Ach, ich glaube nicht, daß es ein nächstes Mal geben wird.« Kurz stand Verwirrung in seiner Miene zu lesen. »Jedenfalls, mein Werbeleiter will mit dir über eine Anfangsstellung sprechen, vom Sommer an, dann Übernahme ins Festverhältnis, vielleicht mit ein paar Beihilfen zur Fortbildung. Nicht üppig bezahlt am Anfang, klar, aber du könntest von der Pike auf lernen und einen Fuß in die Tür kriegen.« Er lächelte und bürstete mir ein Stäubchen vom Revers.

Ich nickte und schaute zu, wie die Klavierspielerin hinter ihrem Instrument Platz nahm und ihre Noten durchblätterte. Ich dachte daran, wie ich's Roman erklären sollte: daß ich Dutch helfen wollte, seine Werbespots zusammenzuschustern, für einen Hungerlohn. Das wäre wie damals nachts im Lincoln, als wir auf dem Motelparkplatz lachend zusammensaßen und uns die schlimmsten Jobs ausmalten, die sich denken ließen. Ich wandte den Kopf ab, damit Dutch mich nicht lachen sah.

»Klingt gut, Dutch, echt. Aber ich habe für nächsten Sommer schon einen Job.«

»Na, dann können wir meinen wohl vergessen. Was machst du denn, wenn ich fragen darf?«

»Hab' 'nen Job als Tankstellengehilfe.« Ich wußte noch nicht, ob es klappen würde, aber es klang so gut. Sollte meine Zukunftsfindung am besten erst einmal damit anfangen, alles auszusondern, was nicht in Frage kam.

»Als *Tankstellengehilfe?* Gabe ...«, rief er erschrocken. Die Leute verrenkten sich den Hals, um uns besser zu sehen. Dutch schüttelte den Kopf und wollte noch mehr sagen, aber da setzte die Musik ein, und Gladys schritt langsam den Mittelgang hinunter, wo ich ihr entgegenkam und ihr meinen Arm bot. Glücklich und hübsch sah sie aus, würdigte die Kartoffelchips zu ihren Füßen keines Blickes und verschloß auch die Augen vor dem, was sie in drei Jahren wissen würde: So wenig, wie Romans blindwütige Liebesversuche geglückt waren, so wenig, wie das, was sie verrückte Liebe nannte, Dauer und Halt bot, so wenig Dauer und Halt würde für sie die Dutchsche Liebesversion bieten: ordentlich, geregelt, systematisch. Vielleicht konnte eine Gitarre so gespielt werden, wie man ein Auto repariert, aber eine Frau konnte so nicht geliebt werden. Erst in ihrer dritten Ehe war es ihr bestimmt zu entdecken, was sie in all ihrer mediokren Lyrik nicht finden konnte: wie Liebe Gestalt gewinnen und wie sie etwas bedeuten und in ihrem Kern bewahren konnte, verborgen und bewußt zugleich, das ständige, stete Murmeln der Begierde und der Hingabe.

Der Empfang fand im angrenzenden Bankettsaal statt, auf ein paar Tischen stand ein Büfett bereit, eine Freundin von Gladys spielte Dulcimer. Sandy kam zu mir und klagte, zum Dulcimer könne man ja wohl kaum tanzen, sie vermisse Vic mit seiner Plattensammlung. Immer wenn Skip zum Notizbuch griff, gab sie ihm einen Klaps auf die Finger. Schließlich gab er es auf und ging zum Ausschank hinüber, wo er stehenblieb und Champagner trank.

»Es war eine schöne Zeremonie«, sagte sie. »Klassen besser als meine.«

»Wie meinst du das?«

Sie verdrehte die Augen. »Na, als Miß North Carolina ... Mußte die Ehe geheimhalten, sonst hätten sie mich entthront. Die Vorbereitungen mußten so laufen wie in diesen Filmen, wo ein Trupp Kriegsgefangener aus einem Lager ausbrechen will.«

Ich lachte, und Sandy nahm meinen Arm. »Wie fühlst du dich denn bei der ganzen Sache?«

»Ich freue mich für Gladys und trauere für Roman. Suche für mich selbst eine Position irgendwo in der Mitte.«

Sie dachte darüber nach. »Was wirst du jetzt machen? Was *willst* du jetzt machen?«

»Ist schon seltsam, weißt du. Erst werde ich zehn Jahre lang gar nicht gefragt, dann zweimal am selben Tag.«

»Seltsam, wirklich.«

Ich zuckte die Achseln. »Na, vorher war es wohl auch gar nicht möglich, die Frage zu stellen. Und überhaupt, wie du sagst, soll man sich nur darum sorgen, ob man's bis zum Abendessen schafft.«

»Für einen selbst, ja. Und wir übrigen schwitzen Blut und Wasser deinetwegen.«

»Das könnt ihr euch jetzt ruhig sparen. Ehrlich gesagt, ich freue mich drauf, mich jetzt mal selbst um und über mich zu sorgen. Ich bin pflegeleicht.«

Sie lachte und knuffte mich. »Hab' ich auch schon gehört. Paß auf, Gabe, wenn du irgendwann mal einen Plan schmiedest, ans große Geld zu kommen ...« Sie drückte meinen Arm »... dann mußt du mich abwimmeln.« Sie umarmte mich, streichelte mir den Rücken und zog sich dann in Richtung Skip zurück.

»Gut«, sagte ich. »Sollte ich als Veteran aus einem Auslandskrieg zurückkommen, ziehe ich nach Carolina Beach und verbringe meine Tage in deiner Bar, gebe dir schlechte Trinkgelder und versuche, dich in den Hintern zu kneifen.«

Sie winkte mir zu. »Immer diese Versprechungen.«

Roman hielt, was er sich und mir gelobt hatte. Er trank nicht und spielte ziemlich überzeugend den Zufriedenen, lächelte Gladys zu, fachsimpelte mit Dutchs Verkäufern, schüttelte Dutch sogar die Hand. Wie eingemeißelt bewahrte er den Gesichtsausdruck, den er vor tausend Haustüren aufgesetzt hatte, und ich war, glaube ich, an jenem Tag der einzige, dem die kleinen unmerklichen Zuckungen auffielen, die er sich gestattete, jenen gleich, wenn Türen vor ihm zugeschlagen wurden.

Eine halbe Stunde Honneurs, dann kam er zu mir.

»Sie wollen bald Schluß machen, und wir sollen in einer Reihe antreten, zur Verabschiedung.«

»Ab nach Rio«, sagte ich.

Er nickte. »Ich glaube, das stehe ich nicht mehr durch. Die Umarmerei, Knutscherei ...« Er nahm eine Zigarre aus seiner Brusttasche und beschäftigte sich damit, sie auszupacken. Während des gesamten Empfangs war Dutch herumgerannt und hatte Zigarren verteilt, als ob er und Gladys gerade ein Baby bekommen hätten.

»Hör zu«, sagte ich. »Warum hauen wir nicht ab hier?«

Er steckte die Zigarre in den Mund. »Einfach gehen?«

»Ja, genau. Einfach gehen.«

»Ich weiß nicht, Junge. Meinst du, wir sollten?«

»Ja, ich meine. Wir sollten.«

»Gut.« Er nickte. »Also dann. Spritztour.«

Der Lincoln schien das kalte Wetter nicht zu mögen und stotterte beim Start. Fehlzündungen knallten, als wir den Parkplatz verließen. Wir fuhren über die kurvigen Straßen, wie wir es immer getan hatten, aus dem Fenster schauend, getragen von einer ruhigen Gelassenheit. Roman griff an mir vorbei, öffnete das Handschuhfach und zog eine Flasche Crown Royal hervor, wie gewohnt im roten Beutel.

»Ich dachte, du wolltest es drosseln«, sagte ich.

»Drosseln, ja. Nicht abwürgen.« Er schraubte die Flasche auf, nahm einen einzigen kleinen Schluck und reichte sie mir. Ich nippte ebenfalls ein klein wenig daran und schob die Flasche ins Handschuhfach zurück.

»Meinst du, deine Mutter ist gut aufgehoben bei der ganzen Sache?«

»Ob sie das auf die Dauer ist, weiß ich nicht. Im Augenblick ist sie's.«

»Im Augenblick.«

»Ja, heute ist sie glücklich. Bis zum Abendessen zumindest.«

Er blickte mich an. »Das ist ja beruhigend.«

Ich zuckte die Achseln. »Sorry. Was Besseres kann ich dir nicht anbieten.«

Er dachte ein Weilchen darüber nach. »Und wohin soll's mit uns jetzt gehen?«

»›Nur weg‹ war wohl dein einziger Gedanke.«

»Ja, aber *irgendwohin* muß es gehen, nicht wahr.«

»Zu schade, daß das Zauberland Oz nicht mehr existiert. Ich glaube, wir sind ganz in der Nähe.«

»Es ist kaum zu fassen, daß jemand mit einem solchen Unternehmen einen Reinfall erleben kann. Ideale Voraussetzungen, klasse Lage, kaum Betriebskosten.« Er runzelte die Stirn, als der Lincoln fehlzündete und ruckte.

»Was ist mit diesem anderen Ort, von dem du mir erzählt hast?« fragte ich. »Mystery Hill?«

Kopfschüttelnd zog er die Zigarre aus der Tasche und steckte sie unangezündet in den Mund. »Er ist auch hier in der Nähe, aber, verdammt, es muß zwanzig Jahre her sein, daß ich das letzte Mal da war. Weiß nicht, ob ich ihn wiederfinde.«

Roman lenkte den Wagen durch kleine Nester, unmarkierte Straßen hinab, vorbeifliegende Highwayschilder musternd. Jedesmal wenn der Lincoln fehlzündete, schlug er mit der Hand aufs Armaturenbrett, und Pogo machte einen kleinen Hüpfer. »Das ... das kommt mir bekannt vor«, murmelte er, doch ich dachte mir, daß ihm alle Straßen bekannt vorkommen mußten. Schließlich kamen wir zu einem Aussichtspunkt, und vor uns schlängelte sich das schwarze Asphaltband wie eine sanft gewellte Berg-und-Tal-Bahn. Er fuhr heran und ließ den Motor laufen.

»Hier ungefähr ist es, ich schwöre. Es war eine Straße genau wie diese, und ich weiß, Mystery Hill fing da an, wo eine große weiße Scheune neben der Straße stand.«

»Vielleicht ist's noch ein paar Meilen weiter. Vielleicht gibt es die Scheune gar nicht mehr.«

»Kann sein, Gabe. Jedenfalls meine ich, wir sind dicht dran.«

Langsam rollten wir weiter, die Tachonadel kaum über Null; angestrengt suchte Roman die Landschaft nach vertrauten Zeichen ab und schüttelte immer wieder den Kopf. Inzwischen war die Luft im Wagen heiß und stickig von der Heizung, und der Motor keuchte, sobald es bergauf ging. Schließlich, am Fuß einer steilen Steigung, hatte der Lincoln zwei Aussetzer und blieb stehen. Roman ließ den Anlasser orgeln. Hinter uns Wolken aus dünnem blauen Qualm.

»Verdammt«, sagte Roman. Gegenüber am anderen Straßenrand stand ein schindelverkleidetes Häuschen mit Werbeschildern für Snacks und Bier. Roman deutete mit der Hand darauf.

»Vielleicht sollte ich einen Abschleppdienst rufen«, sagte er.

»Okay.«

Er überquerte die Straße, eisige Luft strömte durch die offene Wagentür ins Innere. Ich stieg aus, öffnete die Haube des Lincoln und starrte auf die öligen Teile, als verstünde ich etwas davon. Dann gab ich's auf, setzte mich auf den Kofferraum und wartete. Roman kam zurück, den Jackenkragen gegen den Wind hochgeschlagen. Er schüttelte den Kopf.

»Sie machen erst um eins auf«, sagte er. »Bis dahin sitzen wir fest.«

Er kramte die Flasche Crown Royal hervor, und wir nahmen beide einen Schluck, auf dem eiskalten Kofferraumdeckel sitzend. Roman zündete zwei von Dutchs Zigarren an und reichte mir eine. Bibbernd und paffend saßen wir da.

»Eigentlich müßten wir uns selbst aus der Patsche helfen können«, begann ich. »Du sagst doch immer, wir sind die Männer mit den Ideen, nicht?«

»Stimmt, müßten wir.« Er zuckte die Achseln. »Aber wir haben kein Werkzeug.«

»Erst mal müßten wir Sachverstand haben, wenn wir in die Tankstellenbranche einsteigen wollen. Und Werkzeug natürlich auch.«

Er wandte sich um und blickte mich an. »Ich glaube, deine Mutter hat mit dem College doch recht gehabt. Sie wußte immer schon weitaus besser als ich, was gut für dich war.«

Ich nickte. »Und vielleicht weiß ich's inzwischen am allerbesten. Jetzt ist wahrscheinlich ein guter Zeitpunkt für die Probe aufs Exempel. Außerdem brauche ich einen Sommerjob, da kann ich auch genausogut für dich arbeiten. Die Arbeitszeit ist schlecht, dafür ist wenigstens die Bezahlung lausig.« Dies war einer seiner alten Witze.

Er lachte. »Also gut, Mister Neunmalklug, was meinst du, was fehlt der alten Karre? Sieh es mal so: Es gibt eine Antwort. Und zwischen uns und ihr steht nur ein bißchen Denkarbeit.«

Ich trank einen Schluck und fühlte die Wärme durch mich rinnen. Ich gab die Flasche an Roman weiter. »Also gut, strengen wir unseren Grips an. Ich weiß, ein Wagen braucht eine gute Zündung, braucht Sprit, braucht Luft. Elementare Notwendigkeiten.«

Roman zog an der Zigarre, nahm einen kräftigen Schluck aus der Flasche und atmete langsam und tief durch. »Was der Wagen braucht, weiß ich nicht«, sagte er, »aber wir haben alles, was wir brauchen.« Ich lachte.

»Aber es ist zu schade wegen Mystery Hill«, sagte er. »Hätte ich dir so gern gezeigt. Wirklich eine Sehenswürdigkeit.«

»He«, sagte ich. »Vielleicht ist es genau der hier. Dieser Berg.«

Er blickte über die Schulter zurück. »Glaub' nicht.«

»Vielleicht erkennst du ihn nur nicht wieder.«

Er dachte darüber nach, nickte langsam. »Ist zwanzig Jahre her. Kann schon sein.«

Wir schauten einander einen Augenblick an und setzten uns dann ins warme Wageninnere, in die blassen Wolken unserer Zigarren. Roman schaltete auf Leerlauf, löste die Handbremse und nahm langsam seinen Fuß vom Bremspedal. Der Wagen rollte ein Stückchen zurück, die kleine Steigung hinunter und kam zum Stehen.

»War wohl nichts«, sagte er.

»Wohl nicht«, antwortete ich. Schweigend rauchten wir unsere Zigarren, häuften die Asche auf. Fahl schob sich die Sonne über die Wipfel der Kiefern, die uns umgaben, ein dünnes, gelbes, klammkaltes Licht. Ich blickte durch die Windschutzscheibe auf das schwarze, ansteigende Asphaltband vor uns. Dieser Berg, so wußte ich, barg nichts Mystisches, auch der nächste und übernächste nicht, abgesehen vom Mystischen, das allem Erahnten und Unsichtbaren innewohnt: dem Mythos und der Magie der Fortbewegung, der leeren Straße, des nächsten vollkommenen Augenblicks, auf den man, hoffnungslos, hoffnungsvoll, setzt.

DANKSAGUNG

Schreiben, tagein, tagaus, ist eine derart einsame Tätigkeit, daß es einen rückblickend, das fertige Manuskript in Händen, jedesmal wieder überrascht, wie viele Menschen einen Anteil daran hatten. Meinen Eltern schulde ich großen Dank dafür, daß sie mich zu so vielen Jahrmärkten mitgenommen haben; Lucas und Alex dafür, daß sie mir geholfen haben, den Achtjährigen in mir zu bewahren; Susan Perabo für ihre Unterstützung bei den ersten Kapiteln, damals vor hundert Jahren in Arkansas; und der Thursday Night Group: Barb, Maggie, Keith, Karen, Mary, Jack, Michael und Frank. Kein so übler Haufen Poeten. Kat und Wendy gilt mein Dank dafür, daß sie mich aus meinem Loch wieder rausgeholt haben. Ich danke Peter Steinberg für seine intensive Arbeit, seinen nicht nachlassenden Glauben und seine ruhige, ermunternde Beharrlichkeit angesichts meiner täglichen paranoiden Sorgenanfälle, Michael Parker für seine stets hilfreichen Anregungen und Patricia Chui für kluge Einsicht und Beratung; sie hatte mir versprochen, es würde Spaß machen, und sollte recht behalten. Mein Dank gilt ferner der Englischen Fakultät an der Frostburg State University für ihre Unterstützung und dem Maryland State Arts Council sowie dem National Endowment for the Arts für ihre finanzielle Hilfe.

»Born in the USA«
Junge amerikanische Autoren im dtv

»Romane sind wie Rockkonzerte. Entweder bringst du die Leute zum Tanzen oder sie feuern dir Bierdosen an den Kopf.«
T. C. Boyle

Anna Shapiro
Auf der anderen Seite vom Bett
Roman · dtv 8396
Manhattan, Downtown, bevor die Monogamie wieder modern wurde.

Matt Ruff
Fool on the Hill
Roman · dtv 11737
Ein Sommernachtstraum für Freunde der Hobbits? Eine Love-Story? All das und noch viel mehr ist der »Narr auf dem Hügel«.

T.C. Boyle
Der Samurai von Savannah
Roman · dtv 12009
Als der japanische Matrose Hiro Tanaka irgendwo vor der Küste Georgias von Bord seines Frachters springt, ahnt er nicht, was ihm in Amerika blüht ...

Michael Chabon
Wonder Boys
Roman · dtv 12417
Ein wildes Wochenende in Pittsburgh, ein nicht mehr ganz junger Schriftsteller, der sich in bizarre Abenteuer verstrickt, ein Roman wie ein Road Movie. Verfilmt mit Michael Douglas.

Binnie Kirshenbaum
Kurzer Abriß meiner Karriere als Ehebrecherin
Roman · dtv 12705
Sie lügt, stiehlt und begehrt andere Männer. Daß sie ein reines Herz hat, steht außer Zweifel.

Louisa Ermelino
Was weiß Joey Dee?
Roman · dtv 12867
Eigentlich will Joey Dee nach Las Vegas. Doch dann wird Sonny Magro tot aufgefunden, und die vertrauten Straßen von Little Italy ändern ihr Gesicht.

Jen Sacks
Nice
Roman · dtv 24237
Grace will niemandem weh tun. Aber manchmal muß sie leider jemanden umbringen ... Eine rabenschwarze Komödie für Romantiker.

Walter Satterthwait im dtv

»Satterthwait kann absolut hervorragend schreiben.«
Claude Chabrol

Miss Lizzie
Roman · dtv 20056
Amanda, das Nachbarskind, weiß, daß Lizzie Borden ihre Eltern ermordet haben soll. Und auch, daß Miss Lizzie seinerzeit aus Mangel an Beweisen freigesprochen wurde ... Ein Krimi mit Witz und Geist, aber auch ein Buch über Freundschaft.

Oscar Wilde im Wilden Westen
Roman · dtv 20196
Bei seiner Tournee durch das gesetzlose Land zwischen San Francisco und Chicago wird Englands Dandy-Dichter von schönen Bewunderern beiderlei Geschlechts begleitet – und von einem bestialischen Mörder ...

Eskapaden
Roman · dtv 20284
Sommer 1921. Ohnmächtige Ladies, verschwiegene Butler, ein Entfesselungskünstler, obszöne Gespenster und ein ermordeter Lord ... ein herrlich englischer Landhauskrimi.

Mit den Toten in Frieden
Roman · dtv 20250
Joshua Croft wird angeheuert, die verlorenen Überreste eines Navajo-Häuptlings zu finden, und stößt auf eine dunkle Vergangenheit voller Habsucht, Begierde und Verrat.

Wand aus Glas
Roman · dtv 20281
Ein Joshua-Croft-Krimi um ein 30.000-Dollar-Kollier, Indianer, Adlerfedern, um schöne Frauen und texanische Männer, um Liebe und um Mord.

Der Gehängte
Roman · dtv 20348
Schlechtes Karma: Mord im Esoterik-Zirkel von Santa Fe. Joshua Croft trifft auf eine ganze Reihe komischer Vögel.

Ans Dunkel gewöhnt
Roman · dtv 20411
Ernie Martinez, der Rita schon einmal töten wollte, ist aus dem Gefängnis ausgebrochen. Eine finstere Jagd beginnt.

T. C. Boyle im dtv

»Aus dem Leben gegriffen und trotzdem unglaublich.«
Barbara Sichtermann

World's End
Roman · dtv 11666
Ein fulminanter Generationenroman um Walter Van Brunt, seine Freunde und seine holländischen Vorfahren, die sich im 17. Jahrhundert im Tal des Hudson niederließen.

Greasy Lake und andere Geschichten
dtv 11771
Von bösen Buben und politisch nicht einwandfreien Liebesaffären, von Walen und Leihmüttern ...

Grün ist die Hoffnung
Roman · dtv 11826
Drei schräge Typen wollen in den Bergen nördlich von San Francisco Marihuana anbauen, um endlich ans große Geld zu kommen.

Wenn der Fluß voll Whisky wär
Erzählungen · dtv 11903
Der Zusammenstoß zweier Welten in den USA – der Guerillakrieg zwischen Arm und Reich hat begonnen.

Willkommen in Wellville
Roman · dtv 11998
1907, Battle Creek, Michigan. Im Sanatorium des Dr. Kellogg lässt sich die Oberschicht der USA mit vegetarischer Kost von ihren Zipperlein heilen. Eine Komödie des Herzens und anderer Organe.

Der Samurai von Savannah
Roman · dtv 12009
Ein japanischer Matrose springt vor der Küste Georgias von Bord seines Frachters. Er ahnt nicht, was ihm in Amerika blüht ...

Tod durch Ertrinken
Erzählungen · dtv 12329
Wilde, absurde Geschichten mit schwarzem Humor.

América
Roman · dtv 12519

Riven Rock
Roman · dtv 12784
Eine bizarre und anrührende Liebesgeschichte.